MÜRITZ, MORD UND MÜCKENSTICH

HEXENWÄLDCHEN

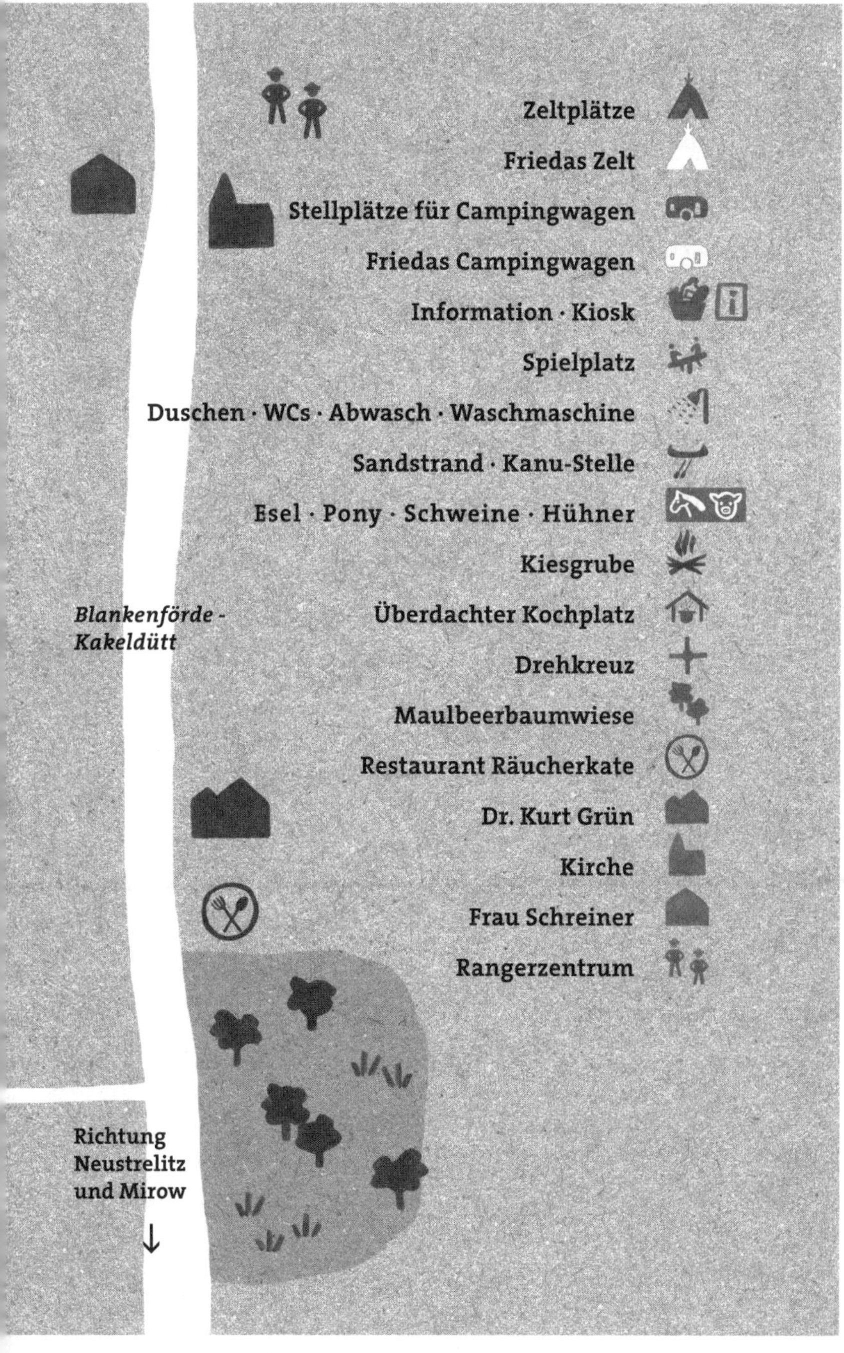
Zeltplätze
Friedas Zelt
Stellplätze für Campingwagen
Friedas Campingwagen
Information · Kiosk
Spielplatz
Duschen · WCs · Abwasch · Waschmaschine
Sandstrand · Kanu-Stelle
Esel · Pony · Schweine · Hühner
Kiesgrube
Überdachter Kochplatz
Drehkreuz
Maulbeerbaumwiese
Restaurant Räucherkate
Dr. Kurt Grün
Kirche
Frau Schreiner
Rangerzentrum
Blankenförde - Kakeldütt
Richtung Neustrelitz und Mirow
↓

Charly von Feyerabend hat eine Hotelfachausbildung absolviert und ein Studium der Literaturwissenschaft abgeschlossen. Danach hat sie in verschiedenen Verlagen und im PR- und Marketingbereich gearbeitet. 2007 zog es sie nach Oslo, wo sie ihre ersten Buch- und Spieleverträge abschloss. Nun ist Berlin die neue Heimat, wo sie mit Mann und drei Kindern lebt.

Im Anhang befinden sich Campingplatz-Rezepte.

CHARLY VON FEYERABEND

MÜRITZ, MORD UND MÜCKENSTICH

Kriminalroman

emons:

Bibliografische Information der Deutschen Nationalbibliothek
Die Deutsche Nationalbibliothek verzeichnet diese Publikation in der Deutschen Nationalbibliografie; detaillierte bibliografische Daten sind im Internet über http://dnb.d-nb.de abrufbar.

FSC
www.fsc.org
MIX
Papier aus verantwortungsvollen Quellen
FSC® C083411

Umschlagmotiv: suze/photocase.de
Umschlaggestaltung: Nina Schäfer, nach einem Konzept von Leonardo Magrelli und Nina Schäfer
Umsetzung: Tobias Doetsch
Gestaltung Innenteil: César Satz & Grafik GmbH, Köln
Campingplatzkarte: Hannah Metten
Lektorat: Susanne George
Druck und Bindung: CPI – Clausen & Bosse, Leck
Printed in Germany 2018
ISBN 978-3-7408-0391-9
Originalausgabe

Dieser Roman wurde vermittelt durch die Verlagsagentur Lianne Kolf, München.

Wir reisen um die Welt,
verleben unser Geld.
Was sollen wir im Altersheim
bei Magerquark und Haferschleim?
Aufschrift auf einem Wohnmobil

Camping ist der Zustand,
seine eigene Verwahrlosung
als Erholung zu bezeichnen.
Camper-Weisheit

Back to nature

Frieda schlug die Augen auf und spürte das Stechen von spontanen Kopfschmerzen. Das konnte doch nicht wahr sein. Heißt es nicht, dass frische Waldluft wahre Wunder bewirkt? Von wegen …

Gnadenlos durchdrang das knatternde Schnarchen ihres Mannes Georg die nächtliche Stille. Verwebte sich mit dem Schnorcheln aus dem Nachbarzelt, das grunzend daherrumpelte, zu einer Melange aus rhythmischem Vier-Achtel-Takt und Bauernhoflauten. Unter *Back to nature* hatte Frieda sich etwas anderes vorgestellt.

Die Dämmerung zuckte schwerfällig mit den Lidern. Noch war es für ein Hahnenkrähen zu früh. Doch gab es einige Streber-Frühaufsteher unter den Vögeln, die sich in einem Zwitscherkanon gegenseitig überboten. Vielleicht versuchten sie auch nur genervt, den Menschenlärm zu übertönen – klappte leider nicht.

Wie auch so einiges andere nicht klappte. Warum hatte sie sich überhaupt aufs Campen eingelassen? Ihre ganze Jugend hindurch hatte sie sich erfolgreich geweigert, einem Zeltplatz auch nur näher als einige Kilometer zu kommen. Selbst das »Dschungelcamp« im Fernsehen guckte sie nicht, der bloße Gedanke, mit fremden Menschen in nächster Nähe zu nächtigen, verursachte bei ihr Pickel. Und jetzt? Jetzt lag sie selbst in einem Zelt. In einem riesigen Tipi-Zelt. Es war ein Geschenk von Georg, quasi als Einstieg in die Sommerferien, bevor es zu ihren Eltern nach Süddeutschland gehen sollte. Er wollte ihr damit eine Freude machen, zeigte aber nur, wie schlecht er sie nach über zwanzig Jahren Beziehung kannte.

Georg selbst verband mit dem Zelten glückliche Kindheitserinnerungen und zitierte immer wieder den Lieblingsspruch seines verstorbenen Vaters: »Mehr back to nature geht nicht.«

Als Kind hatte Georg wohl nicht geschnarcht.

Frieda richtete sich auf und brachte damit das Feldbett zum Knarzen. Immerhin hatte Georg eine Campingausrüstung der Mittelklasse besorgt und anstelle von Isomatten Feldbetten gekauft. Diese vermieden den direkten Bodenkontakt beim Schlafen. Damit auch den direkten Kontakt zu Krabbeltierchen jedweder acht- und sechsbeinigen Gattung. Iiiih!

Frieda kratzte sich an der Stirn und warf einen Blick in die Runde, Georg und ihre beiden Kinder schliefen tief und fest. Unter den Feldbetten lagen die Koffer mit den Klamotten und blaue Ikea-Tüten mit dem restlichen Kram wie Handtücher, Sonnencreme, Spiele, Wasserball und Bücher. Am Zeltausgang hing ein weißer Leinenbeutel mit den wichtigsten Utensilien für nachts: Taschenlampe, Klopapier, ein Stück Seife sowie ein Handtuch. Wenn man schon den steilen Weg bis zu den Sanitäranlagen im Schein einer Taschenlampe zurücklegen musste, dann wollte man nicht auch noch eventuell heruntergefallene Klopapierrollen zwischen den Nachbarzelten suchen. Deshalb alles Nötige praktisch verstaut im Leinenbeutel. Ja, hier musste jeder sein eigenes Papier zum Toilettengang mitbringen. Es roch auch nicht unbedingt nach Veilchen auf den Klos, und der Boden des Waschhäuschens sah abends eher so aus, als hätte man hier eine Horde Wildschweine durchgetrieben. Erst gestern Abend hatte eine Mutter ihr einjähriges Balg direkt in eins der Waschbecken gehoben und es dort komplett gewaschen. Mitsamt Poritzen-Polieren. Frieda konnte gerade noch ihre Zahnbürste aus dem Spritzbereich retten. Ihr angeekelter Blick wurde von der Mutter missdeutet, die erfreut ein »Ist er nicht süß?« zu ihr rüberwarf. Nein, das war er nicht. Er war ein plärrendes, stinkendes Kind. Frieda hatte ja selbst zwei. Gott sei Dank waren die allerdings längst aus dem Popo-Polier-Alter heraus. Diese beiden zumindest.

Frieda strampelte sich aus dem Schlafsack und zog sich eine weite türkisfarbene Fleecejacke über den gestreiften Pyjama. Sie strich ihre langen dunkelblonden Haare nach hinten, zog ein paar Grimassen, um die Gesichtsmuskeln zu aktivieren, und ließ dabei die Sommersprossen tanzen. Mit einem Ratschgeräusch öffnete sie den Reißverschluss des Zeltes und steckte den Kopf in die frische Luft.

Das war schon besser!

Man durfte nicht unterschätzen, wie viel Mief vier Menschen in einem Zelt produzieren konnten. Mit einem Seufzer, der von ganz tief unten kam, schob sie sich komplett nach draußen und stand unter dem Sonnensegel. Das Segel war über dem Zelteingang am Gestänge befestigt und spannte sich fünf Schritt weit bis zu den gegenüberliegenden Bäumen. Ein Schutz vor Regen, obwohl es Sonnensegel hieß, denn Sonne kam zwischen den vielen Bäumen nur selten hier unten an. Gestützt von zwei dünnen metallenen Stangen, bildete das Segel ein windschiefes Konstrukt, das bestimmt keiner kräftigen Windböe standhalten würde. Das Aufbauen hatte Georg einige Schweißperlen und Flüche gekostet, was Frieda recht unterhaltsam gefunden hatte. Darunter standen ein großer Klapptisch und vier Campingstühle mit Armlehnen. Drei Schritte abseits war ein zweiter, kleinerer Tisch, auf dem der Kocher thronte und Campinggeschirr auf seinen Einsatz wartete. Im Urlaub auch noch selber kochen. Tolle Idee von Georg. Echt!

Frieda setzte sich hin, schwang ihre Füße auf einen zweiten Stuhl und legte den Kopf in den Nacken, um den Vögeln zuzuschauen, die auf den Zweigen der Kiefern umherhüpften. Die Bäume wuchsen hier zahlreich und umzingelten die Zelte und Wohnwagen wie ein Palisadenzaun. Schlank und die ersten drei bis vier Meter unbeastet, ragten sie steil in die Höhe und zeigten mit ihren Wipfelspitzen gen Himmel. Als ob es erstrebenswert wäre, so hoch wie möglich hinaufzukommen.

Das Campingareal zog sich über zwei Hügel, die sich an einen netten naturbelassenen See schmiegten. In Ufernähe wuchsen breite Schilfgürtel, die für brütende Wasservögel einen idealen Schutz boten. Zwischen unzähligen Seerosenblättern lugten gelbe, weiße und pinkfarbene Blüten heraus und wurden von Libellen umschwirrt.

Für die Gäste gab es eine Sandstrand-Badestelle, einen Kanuverleih, einen mit Holzlatten verkleideten Kiosk inklusive

Rezeption, wo man morgens die vorbestellten Brötchen abholen konnte, ein Pony, Esel, Schweinchen und ein paar frei laufende Hühner, die sich um einen sehr stolzen Hahn scharten. »Hexenwäldchen« hieß der Campingplatz und war ziemlich ausgebucht. Wohnmobile, Wohnwagen, Campingbusse und viele, viele Zelte drängten sich bunt und laut auf dem Gelände. Pippi Langstrumpf hätte ihre Freude gehabt.

Seitlich von Friedas Zelt standen einige Wohnwagen von Dauercampern. Seltsame Wesen, die regelmäßig am Wochenende hier auftauchten, die Kiefernnadeln von den Dächern ihrer Unterkunft pflückten und sich so aufführten, als ob ihnen der Laden hier gehörte. Alle anderen, die hier nur vorübergehend ihre Zelte aufschlugen, waren für sie so etwas wie Störfaktoren und wurden einfach ignoriert oder geduldet.

Als sie vor zwei Tagen angereist waren, bezeichnete Georg den Platz als »höchst idyllisch«, während Frieda beim Anblick des roten, graslosen Untergrunds bereits die erste Krise schob. Hier konnte kein Gras wachsen, bei dem ganzen Gezelte. Obendrein stampften zu viele Menschen in Büffelmanier herum und erstickten die Graskeimlinge im Ansatz. Traurig und staubig, dachte Frieda. Während Georg glücklich »back to nature« murmelte.

Ein Vogel, den Frieda als mutmaßlichen Stieglitz ausmachte, flog dicht an ihrem Kopf vorbei. Landete zu ihrer Rechten ein paar Schritte weiter auf dem Boden. Unter Georgs Hängematte, die zwischen zwei Kiefern gespannt war. Der Vogel sprang auf das Seil, das sich um den Stamm schlang, hüpfte auf den bunt karierten Stoff und flatterte mit einem Zwitschern weiter.

Lag da nicht einer drin? In der neu gekauften, noch ungewaschenen, nach Chemie duftenden Hängematte? Frechheit! Ein Rausch-Ausschlafer oder ein Spanner?

Friedas Augen weiteten sich, und ihre Nasenflügel bebten. Wehe, da würde es einer wagen, ihrer Familie zu nahe zu kommen! Sie merkte, wie ihr Blut anfing zu kochen und sich bereits üble Beschimpfungsmöglichkeiten in ihrem Kopf bereit machten. Das hier war doch ein Familien-Campingplatz. Nach zweiundzwanzig Uhr musste man ruhig sein. Musste! Hier drehten sogar die Zeltplatzchefs ihre abendlichen Runden und ermahnten zu laute Kinder oder quatschende Erwachsene. Hier war nix mit Grölen bis in die Puppen oder Saufen, bis der Arzt kommt. Hier war um zehne Schicht im Schacht.

Sie kratzte sich erneut an der Stirn, wurde aber von einem Bollern in ihrem Bauch abgelenkt. Erst zu der einen Seite, dann zur anderen. Friedas Mundwinkel zuckten bogenförmig aufwärts. Sie tätschelte die beachtliche Wölbung um ihren Bauchnabel und dachte kurz an den Zwerg, der nun seit rund sieben Monaten darin herumspukte. Doch nur für einen kurzen Moment, denn es galt, für etwas einzutreten. Für das Recht auf die eigene Zeltparzelle – für die man ja immerhin gezahlt hatte.

Kurz schwankte Frieda, ob sie vielleicht nicht doch, ganz kurz nur, ihren Mann aufwecken sollte, aber sie war ja Journalistin. Vor einundzwanzig Jahren hatte sie den Mumm gehabt, als Schülerin bei der Lokalpresse anzufangen, und sich von Berichten über Vereinstreffen zu umfangreichen Reportagen hochgearbeitet, für die sie teilweise tief in die Ortsgeschichte und die Politik eingedrungen war. Sie arbeitete sich immer weiter hoch, studierte, hospitierte, korrespondierte, transpirierte, bis sie für die »Welt«, die »FAZ« und den »Spiegel« schrieb. Als sie von einem renommierten Reisemagazin den Auftrag erhielt, nach Kambodscha zu reisen, um über die noch relativ unbekannten Bergvölker in der Annamitischen Kordillere zu berichten, die sich den Lebensraum mit teilweise endemisch vorkommenden Reptilien und Amphibien teilen, wie den Phong-Nha-Ke-Bang-Bogenfingergecko, lernte sie Georg kennen.

Es hatte sofort *Zoing* gemacht.

Damals in der Eingangshalle eines Hotels. Stolperte sie doch über seinen Rucksack, blieb dabei mit dem Röckchen an der Schnalle hängen und – *Zoing* – riss der Gummibund, und sie stand im mintfarbenen Slip vor ihm. Georg hielt ganz Gentleman den Blick auf ihr Gesicht gerichtet, riss einen schokoladenfarbenen Ziervorhang von der Wand und überreichte ihr das Stück Stoff mit einem angedeuteten Diener. Danach gingen sie Kaffee trinken. Frieda verbrachte wohl drei Stunden in dem zum Wickelrock umfunktionierten Staubfänger und fühlte sich seit langer Zeit beseelt. In diesen drei Stunden verpasste sie das Treffen mit einem Wissenschaftsjournalisten, der sie in das Kambodscha-Thema einführen sollte, und verlor so den Auftrag. War ihr aber egal.

Manchmal spielte auch das Leben Schnick, Schnack, Schnuck.

Biss, den hatte sie schon immer gehabt. Biss und Durchhaltevermögen. Auch wenn sie nach der Geburt der Kinder in der Redaktion einer langweiligen Frauenzeitschrift gelandet war. Pizza-Trenddiäten und Promiklatsch wie »Ist Heidi Klum eigentlich ein Mann?« waren nun die Themen, mit denen sie sich herumschlug. Das war jedoch Georgs Schuld. Er hätte sich für seinen Anspruch auf Elternzeit starkmachen müssen. Er konnte nicht, behauptete er. Er will nicht, dachte sie.

Frieda stand auf und schritt zur Hängematte.

Ein Mann lag darin.

Frieda hüstelte, doch der Mann hielt die Augen geschlossen. Er war bestimmt ein Meter achtzig, hatte dichtes schwarzes Haar, das ihm bis über die Ohrläppchen hing, trug Jeans, einen roten Pulli und war blass. Sehr blass. Um nicht zu sagen, verdammt blass. So blass, dass Frieda das tat, was Frauen in solch einer Situation oft taten. Ob sie wollte oder nicht: Sie schrie!

***

»Was?« Frieda saß auf der Holzbank vor dem Kiosk und trank die dritte heiße Schokolade. »Ihr wollt mit dem Kanu paddeln gehen?« Überrascht schaute sie ihre beiden Kinder an. Jonni, zwölf Jahre alt, trug seine Pickel mit großer Gleichmut, kippte sich dafür aber täglich eine halbe Tube Gel in die Haare, und Lea, acht, die vor einigen Wochen die Schminke entdeckt hatte und seitdem rumlief, als sei sie in einen Farbtopf geplumpst. Jeden Tag obsiegte eine andere Grundfarbe.

»Seid ihr gar nicht … ähm … geschockt?«

Jonni schaute sie verwundert an. »Warum?«

»Na ja, für mich ist das der erste … Tote.«

»Ach so … ach nee, die sieht man doch ständig.«

»Äh … hä?«, wandte Frieda ein.

Lea grinste schief und sagte: »Ach, Mama. Glotze, Computerspiele, weißte. Jonni hat sogar ein paar Fotos gemacht. Und, was ist jetzt? Das Wetter ist doch echt prima! Und die anderen wollen gleich los.«

Frieda schaute ihren Mann an, der neben ihr saß und nur mit den Schultern zuckte. »Ihre Aussage haben se ja zu Protokoll gegeben: durchgeschlafen bis zu deinem Geschrei. Paddeln? Warum nich. Aber Kinners, dann paddelt ihr nur bis zur Fischbrötchen-Kaffeeklappe und kommt danach gleich wieder. Das sind rund vier Stunden. Okay?« An Jonni gewandt fügte er hinzu: »Und pass mer auf die Lütte auf, ja!«

Frieda schnaufte hörbar. »Aber Georg, hier rennt irgendwo ein Mörder rum.«

»Mörder? Das ist doch noch gar nicht bewiesen. Und selbst wenn … die Wahrscheinlichkeit, dass er am helllichten Tag eine Gruppe von minderjährigen Paddlern«, Georg blickte zu Lea, »… Verzeihung … oder Paddlerinnen abmurkst, ist sehr gering. Also, immer schön den Ball flach halten!«

Und unter dem schwachen Protest von Frieda verließen die beiden Kinder, mit Handy, Bargeld, Sonnencreme und Wasserflaschen ausgerüstet, den Zeltplatz.

»Ist doch besser so. Du hast da übrigens was«, meinte Georg und zeigte auf ihre Haare. »Haben *die* wenigstens Spaß. Ich vermute mal, dass wir den hier nicht haben werden. Im Gegenteil. Da der Tote bei uns gefunden wurde, macht uns das automatisch zu Verdächtigen. Also, im Falle von …«

Frieda knirschte mit den Zähnen und fuhr sich mit der Hand durchs Haar. Manchmal hasste sie es, mit einem analytisch denkenden Wissenschaftler verheiratet zu sein.

»Mien Leeve«, sagte Georg in einem Ton, der Friedas Puls gleich um vierzig Prozent beschleunigte. »Da wir doch gerade so schnacken, wollen wir uns nicht mal über die Elternzeitplanung, die Auszeit und deinen Job unterhalten?«

Ruckartig wandte sich Frieda ihm zu. Betrachtete sein FC-St.-Pauli-Shirt, das er als Schlafhemd nutzte und immer noch anhatte. Doch, der meinte das ernst. Seine Augenpartie hatte die Lachfältchen nicht ausgefahren. Mit einem »Spinnst du?« stand sie auf, streifte die Decke ab, in die sie die schwarzhaarige, drahtige Campingplatzchefin gewickelt hatte, und streckte sich. Sie merkte, wie ihr Herz wummerte. Lag das an der Aufregung oder an der ganzen Schokolade? Wohl an beidem. Bewegung war eine gute Idee. Sie ließ ihren Mann sitzen, der gerade die Vor- und Nachteile abwägte, sich zuerst eine Bockwurst oder aber ein Eis zu holen. Der erste Schock war ausgeschwitzt, und die Gehirnzellen arbeiteten wieder. Um sie herum summte es wie in einem Bienenstock. Die ganze Zeltplatzfraktion war aus ihren Nestern gekrochen und hatte sich zu kleineren und größeren Gruppen zusammengerottet. Während Frieda in Richtung Zelt lief, drangen ein paar Satzbrocken an ihr Ohr. »Erstickt … an einer Fischgräte?«, »Eine richtige Plage dieses Jahr«, »Ich wusste ja, dass so etwas früher oder später mal …«, »Meine Frau hat noch gestern …«, »Ob wir da wohl Schadensersatz …«

Frieda schauderte es. Brauchte man spezielle Gene, um Campen regelmäßig freiwillig auf sich zu nehmen? Sie lief an der Badestelle entlang, bewunderte neidvoll die Unbeschwertheit der Sandburgen bauenden Kinder und stiefelte seitlich einen Weg zur Kuppe des Hügels hoch.

Puuhh, dachte sie. Ihr Zelt war eingekreist von einem rotweißen Band, neben der Hängematte stand ein dicklicher Polizist und rauchte einen Zigarillo.

Zeltnachbarn saßen auf ihren Faltstühlen und nickten ihr zu, als sie vorbeiging.

Frieda blieb am Absperrband stehen. »Entschuldigen Sie bitte, Herr … Herr?«

Der Polizist drehte sich zu ihr. Er stand neben der Hängematte, über die eine braune Decke ausgebreitet lag. »Ja? Pfifferling mein Name. Und Sie sind … Sie sind doch die Finderin der Leiche! Jaja, die Stechviecher sind richtig aggressiv dieses Jahr.

Wie kann ich Ihnen helfen?« Er steuerte zwischen den Campingstühlen auf sie zu, wobei er wie ein Bär mehr von rechts nach links schwankte, als dass er richtig ging. Die Spitze seines Zigarillos war nur noch Asche und beugte sich der Schwerkraft, fiel zu Boden. Na ja, fast, so ganz schaffte es die Asche nicht, ihren Fall zu steuern, sie landete in einem von Georgs Schuhen, die zwischen den Stühlen standen. Der würzige Geruch würgte Frieda. Boah, wer konnte schon frühmorgens Zigarillos rauchen?

»Ich brauche meine Kosmetiktasche, könnte ich die … die bitte haben? Sie liegt drinnen auf dem –«

»Nein, das ist nicht möglich. Hier darf nichts entfernt werden. Fragen Sie doch noch mal heute Mittag. Nu? Und jetzt entschuldigen Sie mich bitte, ich muss mich noch um Herrn Schreiner, also die Leiche, kümmern.«

»Herrn Schreiner? Woher wissen Sie …?«

»Der Tote stammt hier aus der Gegend … Ist so eine Art Lokalpolitiker. Na ja, *war* trifft's wohl eher. Verheiratet, gutbürgerlich, Mitglied im Stadtrat und im Heimatverein.« Damit pustete er einen nach Harz duftenden Rauchschwall aus und stapfte zurück zur Hängematte. Frieda fasste an ihren Bauch und krümmte sich. Das konnte doch jetzt … Mit schnellen Schritten stolperte sie den Hügel zur anderen Seite hinunter in Richtung Toiletten und schaffte es gerade noch, sich über eine Schüssel zu beugen, als es schon aus ihr herausschoss. Schokolade, Kartoffelsalat, Würstchen und Magensäure. Jede Menge Magensäure. Wäre ihr nicht schon schlecht gewesen, wäre es spätestens jetzt passiert.

***

»Alles gut, Schatz?« Georgs Stimme ertönte hinter ihr.

»Mrmmphffffs«, erwiderte Frieda. Nicht nur, dass sie ein neues Übelkeitslevel erreicht hatte, auf ihrer Stirn prangte auch ein Mückenstich der Extraklasse. Fett, rot, und sie hatte das Gefühl, dass er gerade erst angefangen hatte, anzuschwellen.

»Komm, ich helf dir.« Georg griff unter ihren Arm und schleppte sie den Hügel wieder hoch, lieh sich einen Stuhl von den Zeltnachbarn und setzte Frieda neben das Absperrband. »Wir können bestimmt gleich wieder an unsere Sachen. Aber weißt du was? Die Campingplatzchefin hat uns angeboten, in einem Wohnwagen zu übernachten. Eigentlich vermieten sie den, aber wir dürfen ihn kostenlos nutzen. Ist doch klasse, oder? Sind auf jeden Fall keine Halsafsnieder.«

»Mmpfhl«, machte Frieda, sah zu ihrem hochgewachsenen Ehemann auf und dann runter auf ihr Smartphone, das gerade *gebiiingt* hatte. Sie las: *Heisan Frieda – gratuliere zum siebten Schwangerschaftsmonat plus einen Tag. Dein Baby kann jetzt die Augen öffnen und legt sich eine Fettschicht zu – also pass auf, was du isst, nicht dass es als Michelinmännchen geboren wird. Haha. Obst heißt auf Norwegisch: Frukt. Ha det bra!*

Dazu eine Art Comiczeichnung von einem Bauch mit einem Embryo zur Veranschaulichung der aktuellen Größenverhältnisse.

Puuh, dachte Frieda, diese App war mehr anstrengend als praktisch. Sie versprach zwar Schwangerschaftsinformationen, gepaart mit der Möglichkeit, seinen norwegischen Wortschatz aufzufrischen, aber es fühlte sich mehr nach Schlechtes-Gewissen-Machen an – funktionierte quasi wie eine Mischung aus Frauenarzt und Schwiegermutter, die Norwegisch an der VHS unterrichtet.

Unten bei den Toiletten rührte sich etwas. Ein roter VW-Käfer hielt, und ein älterer Mann in Jeans, weißem Hemd und dunkelbraunem Kordsakko trottete den staubigen Weg zu ihnen hoch. Er hatte eine schwarze Ledertasche unter den Arm geklemmt, blickte müde vor sich hin und schüttelte dem Polizisten, der ihm entgegengekommen war, die Hand. »Hallo, Gerd, wo ist denn unser Freund?«

»Hallo, Kurt, hier entlang.« Der Polizist trat einen Schritt zur Seite und ließ den Mann zur Hängematte durch.

Während Georg zum Kiosk lief, um für Frieda einen Kamillentee zu holen, konzentrierte sie sich auf ihre Atmung und verfolgte unter halb geschlossenen Augenlidern das Geschehen vor ihrem Zelt. Der Fremde entpuppte sich als Arzt. Er musterte kurz den Toten, schloss die Finger um dessen Handgelenk, legte sie dann an seine Halsschlagader, schaute ihm in die Augen und verkündete anschließend: »Der ist tot. Wahrscheinlich letzte Nacht gestorben. Vor drei bis sieben Stunden. Keine auffälligen äußeren Merkmale, ich vermute, dass es sein Herz war. Klagte ja seit ein paar Wochen über Stresssymptome. Übrigens ist sein Vater vor zehn Jahren an Herzversagen gestorben. So was ist erblich.«

Die beiden Männer beugten sich über ein Blatt Papier, Gerd Pfifferling telefonierte, und der Arzt düste wieder weg. Anscheinend nach Hause zum Schlafen, da ihm der Polizist ein ironisches »Gute Nacht« hinterherschickte.

Während Frieda wenig später den Kamillentee schlürfte, hielt ein zweites Auto, ein langes schwarzes, direkt neben den Toiletten. Zwei mit schwarzen Anzügen und weißen Hemden bekleidete Männer stiegen aus, trugen unter Ächzen einen Kunststoffsarg nach oben und wuchteten den Toten hinein. Deckel zu, Toter weg.

Auf dem steilen Weg nach unten hatten sie Mühe, nicht auszurutschen, was den Älteren der beiden zu einem herzhaften »Sakramoscht« verleitete. Vielleicht sollte man dem Anlass gebührendes Fluchen in die Ausbildung mit aufnehmen.

Pfifferling begann das Absperrband flink aufzurollen, wischte sich einige Schweißtropfen von der Stirn und rief Frieda zu: »Sie können wieder in das Zelt.«

»Und die Spurensicherung?« Frieda war aufgestanden und trat unter das Sonnensegel. »Was ist denn mit der Spurensicherung? Hier …« Sie zeigte auf den Campingtisch, auf dem noch Gläser und Flaschen vom Vortag standen. »Ist das überhaupt alles von uns? Und was …?«

»Kein Stress, werte Frau. Wir machen unseren Job, und Sie … Sie zelten weiter. Ich kann Ihnen übrigens gegen Mückenstiche eine aufgeschnittene Zwiebel empfehlen.«

»Äh? Aber wer sichert den Mordplatz?«

»Mordplatz?« Der Polizist zwinkerte vergnügt. »Das ist ja mal eine nette Bezeichnung, aber Sie müssen nichts befürchten. Der Hausarzt des Verstorbenen war gerade da und hat ein natürliches Ableben bestätigt. Das ist dann so sicher wie das Amen in der Kirche.«

Gerd Pfifferling hatte das Band fertig aufgerollt und blieb neben der Hängematte stehen, wo er mit dem Fuß aus Versehen gegen eine Bierflasche stieß, die in Richtung Campingtisch rollte. Er wollte sich gerade danach bücken, doch Frieda kam ihm zuvor. Sie war trotz größerer Wampe gelenkiger. »Danke, das kommt zum Pfand. Was ist das überhaupt für 'ne Marke?«, fragte sie und schaute vom Etikett hoch zu Pfifferling, der bereits davontrottete.

»Der Arzt, der hat sich die Leiche doch gar nicht richtig angesehen!«, rief Frieda ihm hinterher, doch der Polizist ging einfach weiter.

»Was, wenn es nicht natürlich war?« Friedas Stimme überschlug sich und drehte Purzelbäume. Die Köpfe der anderen Camper ruckten in ihre Richtung. Doch Pfifferling hob nur die Hand und winkte einmal. Ohne sich umzudrehen.

Georg kam kurz darauf von den Klos zurück und zuckte mit den Schultern, als ihn Frieda mit Fragen bestürmte. »Was is? Der Hausarzt des Verstorbenen hat ein natürliches Ableben bestätigt – das passt doch.«

»Aber ... aber es war überhaupt keine Spurensicherung da. Stell dir das mal vor. Sieht es hier nicht anders aus? Also als gestern Abend, als wir noch hier saßen und gesagt haben, dass wir erst heute alles aufräumen wollen.«

»Ja, glaubst du, der Tote hat erst noch gemütlich hier am Tisch gesessen und die Reste aus unseren Bierflaschen getrunken, bevor er sich mit beginnendem Infarkt in die Hängematte geschleppt hat?«

»Sehr lustig. Georg, hier ist gerade einer gestorben, und du nimmst es nicht ernst.«

»Nein, mein Schatz, du findest dich nicht mit der Diagnose des Hausarztes ab. Wie heißt es so schön, der Otto-Normal-

Mensch weiß immer alles besser als der Schiedsrichter und der Polizist.«

»Georg, also –«

»Ähm, Liebling, wo ist denn das Waschmittel?« Georg fing an, die Hängematte loszuknoten. »Magst du denn heute hier schlafen oder lieber im Wohnwagen?«

Mit einem erbosten »Mpfl« knallte Frieda die Teetasse auf den Campingtisch und trollte sich zwischen den neugierigen Zeltnachbarn und Dauercampern entlang zum Ausgang. Der schmale Weg war rechts und links gesäumt von eichhörnchenhohen Holzbalken.

Natürliches Ableben? Einfach so – zack – Herzinfarkt? Oder hatte der Typ eine plötzlich tödlich verlaufende Allergie beim Erstkontakt mit einer fremden Hängematte bekommen? Der Tote war zwar schon sehr grau im Gesicht gewesen, aber viel älter als fünfzig, Anfang fünfzig war der doch mit Sicherheit nicht. Gut, auch schon in dem Alter bekam manch einer einen Herzkasper. Aber dass der Pfifferling und der Arzt innerhalb so kurzer Zeit die Todesart festgestellt haben, das war doch wohl nicht möglich!

Frieda kickte gegen einen Zapfen, der im hohen Bogen in einem offenen Beutel landete, der neben einem Zelt lag.

Ein Schluchzen durchdrang das Campergemurmel. Ganz eindeutig, ein helles Wimmern und dann Schnäuzen. Frieda blieb stehen und blickte sich um. Links von ihr, in zweiter Reihe, sah sie einen eleganten Wohnwagen mit Holzterrasse, der hier schon seit geraumer Zeit zu stehen schien. Waren die Reifen doch handbreit in den Untergrund eingesunken. Eine der beigefarbenen Gardinen bewegte sich, und das Wimmern schlug in ein leises Heulen um. Über der Terrasse war ein quadratisches Vorzelt gespannt, unter dem edle Holzliegen und ein Tisch mitsamt frischen Blumen darauf Gemütlichkeit verbreiteten. Daneben befand sich eine aus Stein gemauerte Feuerstelle. Der eierschalenfarbene Wagen sah modern und geräumig aus. Nett, dachte Frieda und packte sogleich den Gedanken an der Gurgel, um ihn zu schütteln. Nett? Never!

Sie ging weiter und sah auf einer der Holzbänke vor dem Kiosk den breiten Rücken von Herrn Pfifferling. Er unterhielt sich mit der Campingchefin. »… was gibt's denn heute in der Räucherkate? Spezial oder einen halben Broiler?«

»Spezial.«

»Mit oder ohne?«

»Natürlich mit und für Stammgäste sogar die doppelte Portion.«

Frieda stolperte an den beiden vorbei ins Innere des Kiosks. Direkt hinter dem Eingang war der Tresen der Rezeption, daneben an der Wand stand ein Regal voller Infomaterial. Frieda nahm eine Broschüre über Kanuwanderwege in die Hand und lauschte angestrengt nach draußen.

Der Polizist sagte: »So, ich geh jetzt. Bestimmt kommt Bernd bald vorbei, so ein Thema lässt der sich ja nicht entgehen.«

Ein helles Lachen erklang. »Hauptsache, er bauscht die Sache nicht so auf. Tote sind keine gute Werbung.«

Kurz darauf stand die Chefin neben Frieda und legte ihr die Hand auf die Schulter. »Wie geht es Ihnen? Brauchen Sie noch einen Kamillentee?«

Frieda zuckte zusammen, dann schüttelte sie den Kopf. »Nein, danke. Aber was soll ich sagen … Finden Sie es nicht merkwürdig, dass der Tote einfach so in unserer Hängematte gestorben ist?«

Die Schwarzhaarige steckte ihre Hand in eine der ausgebeulten Cargohosentaschen, aus denen Heringe und ein Stück Seil herausragten, grinste etwas schief, wandte sich ab und sagte: »Ein bisschen schon, aber der Arzt war ja da. Und mein Job hier, der hat mich gelehrt, dass Wundern reine Zeitverschwendung ist.«

Frieda fragte nach: »Hat der hier allein gecampt?«

»Nee. Der war ja gar kein Gast hier. Der wohnt doch in der Nähe. Na ja, wohnte. Haben Sie eigentlich was gegen den Mückenstich?«

***

»Ja, und?«, sagte Georg und lüpfte genervt zum fünften Mal innerhalb von drei Minuten den Topfdeckel, um zu checken, ob das Nudelwasser schon kochte. Tat es aber immer noch nicht. Er starrte kurz auf sein Handy, dann in den Himmel, wo sich schwarze Wolken zu einem gigantischen Berg türmten. »Jetzt müssten die beiden doch vom Paddeln wieder da sein. Bevor es zappenduster ist. Außerdem hab ich Hunger.«

Da Frieda sich weigerte, in der Nähe des Leichenfundorts zu schlafen, hatten sie den Kindern einen Zettel ans Zelt gehängt und ihre Habseligkeiten in den Wohnwagen geräumt, der ihnen angeboten worden war. Er war klein, aber fein. Mit Vorzelt und Plastikstühlen.

»Ja, und?«, wiederholte Frieda aufgebracht und biss sich kurz auf die Zunge, um den Impuls zu unterdrücken, wie wild an ihrer Stirn zu reiben. »Du denkst immer nur ans Futtern. Der Typ hatte hier auf dem Zeltplatz nix verloren. Sag mal, bin ich die Einzige, die noch bei klarem Verstand ist?«

Georg drehte sich zu seiner Frau um, musterte ihr Gesicht und nahm ihre Hand. »Schahatz, was hältst du davon, dir und dem Baby eine Pause zu gönnen? Komm …« Er führte sie zu einer der Liegen mit grellgelber Blumenmuster-Polyamidauflage und drückte sie darauf runter. »Entspann dich. Gleich gibt's was zu essen, und dann sieht die Welt schon wieder ganz anders aus.«

Frieda fauchte: »Entspannen, während die Kids noch unterwegs sind? *Du* hast es ihnen erlaubt, gegen meinen Willen, du …«

Georg verschwand im Wohnwagen und kam mit zwei Zwiebeln, Knoblauch, Gewürzen, Kapern, Möhren, Parmesan und zwei Dosen Tomaten heraus. Gut gelaunt schnippelte er drauflos, schaute hin und wieder zu Frieda, die sich mittlerweile beruhigt hatte, und ließ den Blick in die Runde schweifen.

Der Tag hatte seine Chance gehabt, nun schlichen sich erste Wellen von abendlicher Kälte an wie trunkene Seemänner und ließen Frieda erzittern. Regentropfen platschten auf das Vorzeltdach. Sie grummelte »back to nature« und warf Georg einen bösen Blick zu. Heute nervte er sie, obwohl sie ihn für seine Kochkunst ja heiß und innig liebte. Im Bekannten- und Freundeskreis gab es genug männliche Dumpfbacken, die weder Kochlöffel noch Staubsauger anrührten. Frieda seufzte. Hoffentlich erzog sie ihren Großen nicht zu einem Macho. Vielleicht sollten sie zu Hause mal eine Liste aufhängen, auf der jeder seine festen Aufgaben hatte. Nicht nur einmal im Monat Zimmer aufräumen und Müll rausbringen.

Sie schloss die Augen. Das mit dem Toten gab ihr nach wie vor Rätsel auf. Warum war er überhaupt hier auf dem Campingplatz gewesen? An einen Nachtspaziergang glaubte sie nicht. Hatte er vielleicht jemanden besucht? Der Polizist hatte erwähnt, dass er Lokalpolitiker war. Konnte er vielleicht in irgendwas verstrickt sein, oder hatte er sich Feinde gemacht?

Ein leises Schluchzen mischte sich in das Trommeln der Tropfen. Hell und verzweifelt.

Frieda öffnete ein Auge und schielte zu dem eierschalenfarbenen Camper, der nun direkt hinter ihrem Wohnwagen stand.

Gab es da jemanden, der um ihn trauerte? Womöglich eine heimliche Geliebte?

Er liebt mich von Herzen, mit Schmerzen, ganz viel, ein bisschen, gar nicht

»Was'n?« Georg unterhielt sich mit Jonni und Lea, mampfte zwischendurch seine Nudeln, versuchte dabei, das weiße Polohemd, das er sich extra fürs Campen gekauft hatte, nicht mit roten Sprenkeln zu versauen, und bekam trotz flackeriger Kerzenlichtbeleuchtung bei einsetzender Dämmerung mit, dass Frieda irgendwie nicht ganz da war. So mit Gedanken und halbem Körper. Sie saß zwar mit am Tisch und warf bei der von Jonni zum Besten gegebenen Paddelgeschichte immer mal wieder an passender Stelle ein »Neeeeiiin!« oder »Toll« ein, drehte sich aber andauernd zur Seite, um auf einen der Nachbarwohnwagen zu äugen.

Georg wischte sich mit dem Ärmel über den Mund. »Frieda, was is ... Ach klei mi ann Moars, mein neues Hemd, das gibt's doch nicht, wenn ...«

In diesem Moment sprang Frieda auf, schnappte sich den Toilettengang-Leinenbeutel, der bereits an ihrem Stuhl auf den nächsten Einsatz gewartet hatte, und eilte mit einem »Ich mach mich schon mal fertig« runter in Richtung Waschräume. Eilen im Sinne von zumindest so schnell, wie es ihr mit der momentanen Körperfülle möglich war und der regennasse Weg voller Stolperfallen zuließ.

Die Sanitäranlagen, die von hier aus schneller erreichbar waren, hatten eine andere Aufteilung, verströmten aber denselben Charme modrig riechender Ostalgie. Nennt man das funktionale Architektur?, dachte Frieda und behielt ihre Zielperson im Auge. Eine Rothaarige mit Hochsteckfrisur, durchschnittlich groß, ihr Kleid mit Blümchenmuster endete knapp über den Knien und ließ auf eine normale Figur schließen. Mehr Informationen gab der Blick auf ihren Rücken nicht her.

Blümchenkleid ging in den Raum mit den Waschbecken. Wahrscheinlich zum Zähneputzen und Gesichtwaschen.

Abendtoilette machen. Frieda grinste, sie hatte mal einen Artikel über den Begriff Toilette geschrieben, um es von dem eindimensionalen Klo zu befreien. Im 17. Jahrhundert nannte man das Stück Tuch, in das Bürsten und Kämme eingeschlagen waren, auf Französisch »toile«. Die Damen breiteten es auf einem Tisch neben dem Bett aus, um sich vor dem Schlafen die Haare zu kämmen. Damals gab es ja noch kein Bad. Später bezeichnete Toilette die Abendgarderobe inklusive Schmuck, während heutzutage der Begriff fast nur für das Keramikbecken gebraucht wurde. Manchmal verbirgt sich auch hinter den Worten mehr, als man erahnen kann.

Frieda folgte ihr und nickte mit einem lauten »Guten Abend« den anwesenden weiblichen Campinggästen zu, als ob sie mindestens drei der fünf kannte. Mit dem Babybauch wusste sie, dass auf erstaunte Blicke meist wohlwollende und lächelnde folgten – hier waren alle noch im Rest-Hormonrausch. War ja schließlich ein Familiencampingplatz, und somit war die Wahrscheinlichkeit recht groß, dass die anwesenden Damen ebenfalls in den Genuss des Hormoncocktails gekommen waren, den eine Schwangerschaft so mit sich brachte. Und Reste davon würden bis zum Lebensende in den Adern herumspuken. Reste, die ausreichten, um feuchte Augen zu bekommen, wenn Schwangere um die Ecke bogen oder ein frisch Geborenes ein Bäuerchen machte.

Frieda stellte sich in die Nähe von Blümchenkleid an einen Spiegel, versuchte, den Atem wieder zu kontrollieren, der nach so einem schnellen Lauf ganz schön ins Galoppieren kam, und starrte ein paar Sekunden lang die rote Beule über ihren Augen an. Sie packte die Zahnbürste aus und betrachtete das Gesicht ihrer Zielperson. Hübsch, echt hübsch, diese kleine zierliche Nase und die vollen Lippen, auch wenn der Blick aus den dunkelbraunen Augen sie an eine zufrieden kauende Kuh erinnerte. Die Rothaarige löste eine Haarklammer, und wie auf Kommando fielen die Locken in einem Schwapp bis über den üppigen Busen. Wie alt mochte sie wohl sein, doch schon einige Jahre älter, so Ende fünfzig? Sah sie verheult aus? Eigentlich nicht, oder?

Frieda räusperte sich und sprach eine ihr unbekannte Frau an, die neben ihr stand. »Ach ja, das war heute aber auch ein schlimmer Tag, oder?« Auf deren irritierten Blick fuhr sie fort: »Dieser Regen und dann noch der Tote, dieser Schreiner, also, er war kein Schreiner ... Na ja, vielleicht doch, das weiß ich nicht, aber er hieß zumindest Schreiner.« Frieda schielte zu Rothaar, die kurz erschrocken aufschaute und dann anfing, hektisch ihre Haare zu bürsten.

»Schrecklich«, meinte Frieda. »So ... ähm, gut aussehend. Das sah man trotz der grauen Leichenblässe.«

Während die angesprochene Frau zaghaft »Ja« sagte, ein »blöde Stechmücken, oder?« hinterherschob und zügig ihre ausgebreiteten Kosmetikartikel einpackte, beobachtete Frieda aus den Augenwinkeln, wie an der Nase von Blümchenkleid ein Tränentropfen immer dicker wurde, bis ihn sein Gewicht nach unten zog.

Bingo, dachte sie und schickte ein »Die armen Hinterbliebenen« hinterher.

Während sie sich Creme ins Gesicht schmierte, verschwand die Rothaarige wieder. Ohne sich die Zähne geputzt oder Gute Nacht gesagt zu haben. Machte man das beim Campen nicht so? Nach einem geteilten Gruppenerlebnis, was ein gemeinsam benutztes Waschbecken mit tiefen Blicken hinter die Schminkfassaden doch darstellte, wenigstens noch einen persönlichen Abschiedsgruß anreihen?

Frieda bückte sich und zog einen Kajal aus dem Ärmel, den sie zuvor dort hineingesteckt hatte. »Ach, was hab ich denn hier gefunden? Der muss der rothaarigen Frau gerade runtergefallen sein, auf diese übrigens ziemlich schlammigen Fliesen, kennt die denn jemand?«

Doch das einheitliche Kopfschütteln sowie das Auftauchen von Lea schob der Neugier einstweilen einen Knebel in den Mund.

Allerdings störte sie das nicht weiter, als Hobby-Ornithologin war sie es gewohnt, zu beobachten und zu warten. Der Adler hat seine Beute gewittert oder so ähnlich, dachte Frieda, als sie zum Wohnwagen zurückging und einen letzten Blick aufs Nachbargrundstück warf. Warte nur.

***

»Wie, du willst nicht mit mir shoppen gehen? Ich dachte, wir schauen heute Morgen nach einer neuen Schwangerschaftsbux für dich.« Georg trat hinter Friedas Campingstuhl und fasste an ihre Stirn. »Hast du Fieber?«

»Bärchen«, flötete Frieda, »nur weil du einmal in zehn Jahren selbst auf die grandiose Idee kommst, mit mir Klamotten zu kaufen, muss ich doch nicht gleich drauf anspringen, oder? Ich hatte den Kindern versprochen, mit ihnen etwas zu spielen … Fußball wäre doch nett. Außerdem sind wir nicht in Berlin. Hier haben sonntags die Geschäfte geschlossen.«

Georg sah seine Frau an, als hätte sie ihm gerade verkündet, dass sie Drillinge erwartete. »Fußball? Du? Und was soll eigentlich das Pflaster da?«

»Solange ich noch meine Schuhe selber binden kann, kann ich auch noch etwas wagen! Haha. Und das Pflaster brauch ich gegen das Jucken«, quetschte Frieda schief heraus. Sie erhob sich vom Frühstückstisch und stapfte mit den ebenfalls verblüfften Kindern auf den uneben löchrigen Weg.

»Hier?« Jonni kratzte sich am Kopf. »Ich halte das für keine gute Idee.«

Sie kickten recht motivationslos zwischen den Pfützen herum, bis sich Frieda den Ball krallte, zielte und schoss.

KLIRRR machte es. Frieda unterdrückte ein Grinsen und lamentierte laut und deutlich: »Ach Mensch, Lea, kannst du nicht …« Und stapfte zu dem benachbarten Campingwagen, auf dessen Terrasse der Schuss für etwas Unordnung gesorgt hatte. Genauer betrachtet hatte der Ball eine Flasche Wein vom Tisch gefegt und ein Glas zerdeppert. Als Frieda laut schnaufend unter dem Vorzelt stehen blieb, kam die Rothaarige aus der Tür des Wohnwagens. Im gleichen Blümchenkleid wie gestern. Nur etwas verknitterter. Ihre langen Haare bildeten verwurschtelte Knoten, und ihr Gesicht sah aus, als ob es mal dringend zum Bügeln müsste.

»Was …«, stammelte sie und verbreitete einen Geruch von Alkohol und Schlafmief. Sie wischte sich über die Augen und verschmierte dabei Restschminke, die sich wie eine moderne Indianerbemalung bis zu den hohen Wangenknochen zog. Trotz allem wirkte die Frau durchaus attraktiv, was Frieda als Pluspunkt für die Geliebten-These anrechnete und gleichzeitig ein innerliches Knurren auslöste. Wie konnte man in diesem Zustand attraktiv sein?

»Entschuldige bitte«, entschuldigte sich Frieda, wobei sie in Campermanier das Gegenüber einfach duzte, und zeigte auf Jonni und Lea. »Meine Kinder haben Ball gespielt.« Die beiden Sprösslinge starrten sie ungläubig an, deuteten aber das Händewinken ihrer Mutter richtig und verzogen sich kopfschüttelnd in Richtung Strand.

Frieda bückte sich gemächlich und sammelte die Glasscherben ein. »Ich bin untröstlich, es tut mir echt leid … Hast du auch Kinder?«

Die Angesprochene ließ sich auf einen der edlen Holzstühle sinken und starrte auf die Füße.

Um an die Weinflasche unter dem Beistelltisch zu kommen, kniete sich Frieda auf den grünen Plastikrasen, der unter dem Vorzelt für Natur-Feeling sorgte, und ächzte laut. Empathiefähige Lebewesen wären an dieser Stelle aufgesprungen, hätten die Schwangere hochgewuchtet, ihr Luft zugefächelt oder sie mit Schokolade gefüttert, aber Blümchenkleid blieb lethargisch sitzen und starrte nun ein schwarzes Loch in den Tisch. Schweigsam und ausdauernd. Bevor sie damit Unheil anrichten konnte und womöglich das Raum-Zeit-Gefüge ins Wanken brachte, stieß Frieda ein lautes »Aargh« aus und streckte ihr eine Hand entgegen.

Die Frau schaute sie verblüfft an.

Frieda fügte ein »Krrramppfff« hinzu, und endlich bewegte die Rothaarige sich, zog Frieda in die Höhe, drückte sie in einen Stuhl und dehnte das verkrampfte Bein in die entgegengesetzte

Richtung. Dann ging sie in den Wohnwagen und kam mit einem Glas Wasser und einer großen weißen Tablette wieder.

Frieda zögerte.

»Trink. Das ist gut.«

»Äh …«

»Das ist Magnesium, gegen Krämpfe, das nehme ich auch immer.« Tränen schossen ihr in die Augen, und sie verschwand wieder im Camper.

Frieda ließ die Tablette in das Glas plumpsen und sah zu, wie sie sich mit großem Geblubber auflöste. Dann trank sie das Glas leer. Schnalzte mit der Zunge. Schnipste mit den Fingern. Aber es rührte sich nichts.

Frieda sagte: »Hallo?«

Nichts.

Sie stand auf und trat zum Eingang des Campers. Für einen Moment hielt sie die Luft an, um die Miefwelle nicht einzuatmen. »HALLO!«

»Mhm«, kam es zurück.

Ihr wurde schwindelig, sie musste sich dringend langlegen. »Ich komm später wieder, ja?«

***

»Wo willst du hin?«, fragte Georg, der nach einer Runde gemeinsamen Ausruhens gerade die Badesachen einpackte, um sich mit einem Buch und den Kindern an die Bucht zu setzen. Noch schien die Sonne, was sich aber schnell ändern konnte. Der Wetterbericht schien in dieser Ecke eher einem Würfelspiel der Götter zu gleichen, und das Wetter selbst machte sowieso, was es wollte.

»Zur Nachbarin«, sagte Frieda.

»Mit einer Flasche Wein? Übrigens ist das die Flasche Wein, die uns die Campingchefin wegen all dem Ärger geschenkt hat.«

»Ja, ähm … Die Kinder haben ihre Gläser kaputt … Also, um ’tschuldigung zu sagen.«

»Aha. Kommst du denn dann gleich noch nach?«
»Ja, klar.«

Während Georg las, planschte, mit Jonni und Lea Eis aß, wieder planschte, sich anzog und mit den Kindern gegenüber vom Campingplatz im Restaurant Räucherkate Pizza essen ging, weilte Frieda bei Manuela. So hieß die Nachbarin. Sie war zu DDR-Zeiten eine bekannte Schauspielerin gewesen und plante derzeit, ein eigenes Theater in Berlin zu eröffnen.

Frieda saß mit ihr unter dem Vorzelt und schenkte Wein aus einer zweiten Flasche ein. »Mit Katrin Sass hast du zusammen auf der Bühne gestanden, echt? Famos! Da lernt man doch bestimmt eine Menge Männer kennen, oder?«

Manuela hielt in der rechten Hand, die drei große goldene Ringe zierten, ein bauchiges Glas und schwenkte es elegant im Kreis, sodass die rubinrote Flüssigkeit in breiten Schlieren an der Innenwand hinunterfloss. »Hihi, ja, das waren Zeiten, wir machten damals alles, Bühne, Fernsehen, Hörfunk, und die Männer, ach ... Das waren wirklich noch andere Zeiten.«

Frieda ballte unter dem Tisch die Hand, Manuela war echt ein harter Brocken. Sie hatte zwar schon einiges über Theater erfahren, kannte nun alle Schauspieler, die mit ihr in Brechts »Mutter Courage und ihre Kinder« aufgetreten waren, und wusste, dass Manuela eine entbehrungsreiche Kindheit gehabt hatte und der Camper das einzige Erbstück ihres Vaters war, aber zum eigentlichen Thema waren sie nicht vorgedrungen. Immerhin hatte Manuela inzwischen einen glasigen Blick und gab dem L eine leicht lallige Note.

»Früher, ach, früher krä... kredenzten mir meine Verehrer Champagner aus dem KaDeWe, einen Perrier-Jouët oder Dom Pérignon.« Die Rothaarige lachte auf und warf den Kopf in den Nacken. »Oui, oui. Wir tranken ihn aus meinen Stöckelschuhen und begossen uns damit in der Badewanne ...« Sie sah Frieda prüfend an, doch diese lächelte weiter, und so fuhr Manuela fort: »Heute ist's ein Sekt aus dem Lidl.« Ihre Stimme änderte sich zu einem Singsang. »Irgendwann kommt der Moment im

L… Leben einer jeden Frau, wo das Einzige, das hilft, ein Glllas Champagner ist. Sagte schon Bette Davis in … ›Alte Freunde‹? Nein, das müsste ›Alllte Bekanntschaften‹ gewesen sein. Ach«, sie seufzte laut auf, »Gentlemen muss man heute mit der L… Lupe suchen.«

Manuela bekam wieder den Schwarze-Löcher-starr-Blick und verstummte. In Friedas Kopf purzelten Informationen durcheinander. Positiv gesehen könnte man diese Fähigkeit – schnell Assoziationsketten zu bilden – als kreativ bezeichnen, aber Frieda sah es meistens nicht positiv, sondern fühlte sich davon gestört. Vor ihrem inneren Auge flackerten in Millisekunden Bilder von Bette Davis, Champagnerflaschen mit Blumenmotiven, Abenden, an denen Frieda selbst Champagner getrunken hatte, James Bond und einem Zeitungsartikel zum Thema Alkohol auf.

Jahre vor der Geburt der Kinder hatte Frieda über den Konsum von Alkohol recherchiert und in der »Welt« einen bissigen Artikel mit der Headline »Der Staat macht seine Bürger absichtlich alkoholabhängig« veröffentlicht. Er schlug ein wie eine Bombe, allerdings blieb es bei öffentlichen Betroffenheitsbezeugungen. Warum hatte heute keiner der Politiker mal so richtig den Arsch in der Hose und zeigte der Wirtschaft den Stinkefinger? Alkohol bedeutete ab einem gewissen Prozentlevel einen regelrechten Endorphinrausch – das Selbstbelohnungszentrum des Menschen feiert quasi einmal Karneval in Rio und zurück, wobei das Fatale beim Alkohol war, dass er nicht nur einen Rezeptor im Gehirn ansprach, wie Heroin, sondern gleich auf mehrere wirkte. Der Suchtwissenschaftler, mit dem Frieda damals gesprochen hatte, war ein bekennender Antialkoholiker. Spätestens seitdem er als Student in Suchtkliniken gejobbt hatte. Abschreckung pur.

Manuela schien Alkohol gewohnt zu sein. Nach fast zwei Flaschen lallte sie zwar ein wenig, aber man konnte sie immer noch gut verstehen.

Frieda stupste sie an. »Gibt es heute überhaupt noch Gentlemen?«

Die Schauspielerin trommelte mit den roten Fingernägeln gegen die dünne Wand des Glases. »Solllche Exempl…lare sind heute …« Unvermittelt rollten Tränen über ihre Wangen. Sie sank in sich zusammen, als würde sie die Sterbeszene aus »Schwanensee« zum Besten geben.

Frieda lächelte, wurde sich ihrer Mimik bewusst und biss sich schnell auf die Lippe. »Das … das tut mir leid.«

Manuela schluchzte. »Er war ein Lichtblllick im Tal dieser Tristesse. Er war mein Seelllenpartner. Mein Ritter. Mein Romeo.«

Frieda beugte sich zu ihr und legte den Arm um die bebende Schulter, zumindest so weit es die Babykugel und der Tisch zuließen. Will meinen, ihre Fingerspitzen tätschelten die Schulter der traurigen Gestalt. »Was ist denn passiert?«

»Er war so … so aufgebracht, so gar nicht er selllbst, als würde er für eine Statistenrolllle in einem Western proben. Und dann … weiß nich mehr … bekam er einen Anruf oder eine SMS … Er war dann weg. Und jetzt ist er ganz weg. Hat mich im Stich gelllassen … Hätte ich doch Robert geheiratet …«

Frieda half Manuela in den Camper und legte sie aufs Bett, wo die Schauspielerin mit einem gehauchten »Perlllen bedeuten Tränen« an ihre Perlenhalskette fasste und einschlief. Boah, dachte Frieda, ich glaub, ich darf die Kids nie wieder schelten, was Aufräumen anbelangt. Gegen das hier waren die Kinderzimmer reine Ikea-Katalogbilder.

***

»Ach, Sie kommen auch schon, Madame?« Georg lag auf einer Liege vor dem Wohnwagen und blinzelte ins Kerzenlicht. »Ist das Gelage beendet und deine Neugierde befriedigt?«

Es *biingte*. Frieda nickte ihm geistesabwesend zu und schaute auf ihr Handy: *Heisan Frieda, gratuliere zum siebten Schwangerschaftsmonat plus zwei Tage. Wenn dein Baby heute auf die Welt käme, hätte es ganz gute Chancen zu überleben, da fast alle lebenswichtigen Funktionen ausgebildet sind. Nichts-*

destotrotz sollst du gut auf dich aufpassen, vor allem, da die Belastungen im letzten Schwangerschaftsdrittel zunehmen. Dann befreie dich von allem Unnötigen, auch im Privaten, also bitte einmal Aufräumen! Haha. Ehemann heißt auf Norwegisch: ektemann. Ha det bra!

Frieda schüttelte den Kopf, verschwand im Camper, holte ihren hellblauen Rucksack hervor und steckte den Kopf rein.

Georg leierte in heller Stimmlage: »Ach, Schatz, hast *du* dich heute toll um die Kinder gekümmert, was duftet hier so lecker, gekocht hast du auch noch, und die Kinder schlafen ja schon, du bist mein Superheld!«

Frieda überhörte ihren Mann und die Lobhudelei, die er gerne von ihr hören wollte, zog mit einem triumphierenden »Haha!« ein dunkelgrünes Notizbuch aus dem Rucksack, setzte sich an den Campingtisch, auf dem mehrere Kerzen so vor sich rumflackerten, schlug das Buch auf und kritzelte fleißig mit einem Stift hinein. Zuerst schrieb sie das Wort:

Spuren

strich es durch und schrieb:

Verdächtige

darunter:

Manuela.

Georg trank einen langen Schluck aus seiner Bierflasche, knipste eine Taschenlampe an, die er schräg hinter sich hängte, und hielt sich ein aufgeschlagenes Wissenschaftsmagazin vor das Gesicht. »Ich wusste ja gar nicht, dass du dich für das Theater der DDR interessierst. Mehr als für uns. Offensichtlich. Frieda? Ihr wart ja laut genug.«

Frieda winkte in Gedanken vertieft ab. »Jaja, Schatz.«

Georg seufzte leise. »Und die will noch ein drittes Kind!«

***

Es wehte ein starker Wind am nächsten Morgen. Der feine rote Sand, der den Boden bedeckte, wurde aufgewirbelt und legte sich über den Frühstückstisch. So muss es in der Wüste sein, dachte Frieda und meinte damit nicht nur die feine Sandschicht, die das Brötchen besonders knusprig machte, sondern auch das Schweigen ihres Mannes.

»Georg, ach, nun sei nicht so, lass mir doch den Spaß«, sagte Frieda und tätschelte dabei ihre Babywampe. Sie hatte das Gefühl, dass der Bauchzwerg Purzelbäume für seine erste Olympiade übte.

Georg schaute sie nur kurz an. Mit diesen zusammengezogenen Augenbrauen und diesem abschätzigen Blick. »Kinder, was wollt ihr heute machen? Eure Mutter ist ja wohl beschäftigt und –«

Frieda unterbrach ihn. »Kinder, ich wollte fragen, ob ihr euch ein paar Euro Taschengeld dazuverdienen wollt.« Sie zwinkerte Georg zu. »Jetzt hast du einen Tag Pause, du wolltest doch hierher, um abzuschalten. Passt doch, oder?«

Kurz darauf hatten sich Lea und Jonni an strategisch günstigen Punkten postiert. Beide ausgestattet mit Notizblock und Stift. Lea saß mit hochgelegten Füßen und einem Buch vor dem Wohnwagen, mit Blick auf Manuelas Camper, und Jonni saß auf der anderen Seite des Campers auf einem der großen Steine, am Rand des befahrbaren Weges.

Frieda hatte von der Campingchefin erfahren, dass sich Herrn Pfifferlings Dienststelle in der siebzehn Kilometer entfernten Stadt Neustrelitz befand, und machte sich auf den Weg. Mit einem munteren Lied auf den Lippen, einem rot-weiß gepunkteten Sommerkleid, Sonnenbrille und lauter Musik fühlte sie sich gut. Irgendwie frei. So ganz allein im Auto. Sie könnte sonst wohin fahren, ohne Georg, ohne Kinder, ohne alles – einfach das alte Leben hinter sich lassen und ein komplett neues Kapitel, ach was, ein komplett neues Buch aufschlagen – vielleicht würde sie wieder anfangen zu … QUIETSCH, jaulten die Bremsen. Die Abfahrt! Wer brauchte schon einen Neuanfang, wenn das Leben gerade so spannend war!

Wenig später war Frieda nicht mehr ganz so gut drauf. Ziemlich beschissene Laune, das hätte es wohl eher getroffen. Was durchaus an ihrem Gesprächspartner, Herrn Pfifferling, liegen konnte, der sie gerade anraunzte.

»Was hab ich unterlassen? Was erlauben Sie sich überhaupt, Sie dahergelaufene Stadtschnepfe? Wohl zu viele Krimis gesehen, oder was? Der Anton Schreiner geht Sie einen feuchten Kehricht an. Haben Sie nicht einen dringenden Termin bei der Nagelpflege? Oder bei Ihrer linksdrehenden Öko-Hebamme? Nu?«

Frieda konnte gar nicht so schnell atmen, wie sie sich aufregte. Es fehlte nicht viel, und ihr Kreislauf wäre gekippt. Mit hochroten Wangen stürmte sie zur Familienkutsche und pfiff sich einen Liter Wasser rein. Sie hatte lediglich nach dem Handy des Toten gefragt und dem Polizisten den Hinweis gegeben, dass der Verstorbene wohl eine Geliebte auf dem Campingplatz hatte. Dankbar hätte er ihr sein sollen. Jawohl! Dankbar!

Frieda blickte auf ihr Handy. Eine Nachricht von ihrer Mutter: *Wir liegen mit einer schleimigen Bronchitis flach, Dr. Simmel sagt, es sei ansteckend. Tut uns leid, aber wir müssen daher euren Urlaub bei uns absagen. Alles Liebe und mach dir bitte keine Sorgen, Ingrid versorgt uns. Mama.*

Ja toll, sie hatte sich schon so auf die Ferien im heimatlichen Garten inklusive Speis und Trank gefreut. Hotel Mama liegt flach, so ein Oberbockmist! Eine Prise schlechtes Gewissen schoss in ihr Gehirn: Hoffentlich ging es den Eltern bald wieder besser!

Irgendetwas zupfte an ihrem Bewusstsein. Irgendetwas hatte der Polizist erwähnt, was an der Hirnhaut nagte. Nur was? Der Radiosprecher meldete Verkehrsblitzer, dann folgte ein Lieblingslied von Frieda, das ihre Laune aus dem Keller zerrte und alle anderen Gedanken vorübergehend verdrängte: »Because I'm happy …«

Zwei Kilometer später flogen Kraniche über die Straße. Die Campingchefin hatte erzählt, dass sich immer im August bis zu fünfzigtausend Kraniche rund um die Müritz sammelten, um dann händchenhaltend gen Süden zu flattern. Die Müritz sei das größte zusammenhängende Wassergebiet Mitteleuropas. Da war doch was mit Gletschern und Eiszeit, rumpelte es in Friedas Kopf, der aufgrund der aktuellen Situation allerdings nur ein »depperter Bulle, depperter Hornochse, depperter Bulle« ausspuckte. Denkapparat am Anschlag.

Wenn sie Georg erzählen würde, wie unhöflich der Pfifferling zu ihr gewesen war, zu ihr, der Schwangeren, dann würde er seine Wissenschaftlerehre links liegen lassen und dem depperten Bullen eins rechts und links mitgeben. Echt!

***

Frieda trat aus dem Kiosk des Campingplatzes, lief am Spielplatz vorbei und stutzte. »Hallo, Schatz, prost! Jetzt schon Frühschoppen? Aber gut, dass ich dich hier treffe … dann kann ich dir eine Überraschung offenbaren.«

»Überraschung?«

»Rate mal!«

»Du hast im Lotto gewonnen?«

»Ich spiel doch gar kein Lotto, Mensch, Georg.«

»Du hast … ein Kanu gemietet?«

»Nein.«

»Ja, was denn?«

»Ich hab verlängert.«

»Oh.«

»Oh?«

»Öch … Warum denn, mien Leeve?«

»Ich dachte, ich mach dir eine Freude. So back to nature, du weißt schon.«

»Mir? Bist du dir da sicher?«

Nun hatte Frieda zwei Möglichkeiten – sie konnte sich auf eine Diskussion einlassen und versuchen zu verstehen, was ihr Gatte meinte, oder sie konnte ihn einfach anlächeln.

Sie lächelte ihn an und machte sich auf die Suche nach ihren kleinen Agenten. Zwischen eingeölten Campern hindurch, die ihr entgegenkamen und zum Sandstrand flanierten wie Lemminge.

Jonni salutierte wie ein kleiner Soldat und überreichte Frieda mit einer Verbeugung den Notizblock. »Auftrag ausgeführt. Bericht innen liegend. Erwarte angemessene Vergütung.« Damit drehte er sich um und rannte mit einem Juchzer und die Badehose schwenkend zur Badestelle. Frieda schlug die erste Seite auf und las: *10.02: Zielobjekt geht zum Klo. Sieht aus wie Papa nach einem Skatwochenende. Kommt zurück, sieht immer noch scheiße aus. 12.47: lautes …*

»Hi, Mamilein!« Lea flog Frieda um den Hals. »Ich hab die ganze Zeit brav die Nachbarin beobachtet, wie du –«

»Psst«, zischte Frieda und zog ihre Tochter in den Wohnwagen. »Danke, meine Süße, du bist meine Topagentin. Da haste dir 'nen Zehner echt verdient! Ist denn was passiert?«

»Äh ja …«, kam es zögerlich. »Also so ein bisschen, sie hat ganz schön laut telefoniert und vor lauter Fluchen vergessen, ihr Kleid hinten zuzumachen.«

»Hä?«

Lea grinste und ahmte Manuela nach, wie diese mit einer Zigarette im Mundwinkel über die Baumwurzeln stolperte. Frieda lachte auf, als ein gekünsteltes Hüsteln sie zur Tür schauen ließ.

Manuela stand dort und sagte: »Entschuldige, Herzchen, ich wollte mich nochmals wegen gestern bedanken …« Irritiert verstummte sie. Frieda und Lea waren knallrot angelaufen.

»Stör ich bei irgendwas?« Manuela blickte sich um und ruckelte dabei mit dem Kopf wie ein Huhn.

»Nee«, piepste Frieda, pflückte Lea den Notizblock aus der Hand und ließ diesen zusammen mit Jonnis im Rucksack verschwinden.

Lea schnappte sich ihren Badeanzug, ein Handtuch und ein Buch und war schneller draußen, als Frieda »Schokoladenpudding« sagen konnte.

Frieda schluckte. Schokoladenpudding wäre jetzt echt famos! Schokoladenpudding war genau das, was sie jetzt haben wollte. Wollte? Ach was, haben musste. Und zwar sofort!

»Frieda …?«, sagte Manuela.

»Entschuldige, ich war gerade in Gedanken. Aber Manuela, was hast du … Also, wie geht es dir heute?«

Die Schauspielerin setzte sich auf einen der Klappstühle vor dem Wohnwagen und massierte sich den Knöchel. »Danke, dass du dich nach meinem Befinden erkundigst. Ich weiß auch nicht, welch Geist gestern Besitz von mir ergriff, als ich einer Wildfremden, also dir, mein schmerzendes Herz ausschüttete. Es widerspricht eigentlich meiner Natur. Aber du, du hast etwas an dir, das …«

Friedas Handy *büingte*, und während sie mit einer Hand ein leeres Glas vor Manuela stellte und Wasser aus einer Flasche hineingoss, las sie: *Heisan Frieda – gratuliere zum siebten Schwangerschaftsmonat plus drei Tage. Dein Baby hört immer besser, wenn auch gedämpft durch das Fruchtwasser. Also achte darauf, was in deiner Umgebung gesagt wird. Wir empfehlen Klassik, das beruhigt Babys. Und das mit dem besser Hören lässt spätestens in der Pubertät wieder nach. Haha. Musik heißt auf Norwegisch musikk. Wir empfehlen an dieser Stelle Edvard Grieg, den bekanntesten norwegischen Komponisten! Ha det bra!*

»Frieda, hörst du mir überhaupt zu?«

»Nein. Also, ja, aber gerade nicht. Ähm, ich mein natürlich gerne, hast du vielleicht später noch Zeit?« Frieda blickte an Manuela vorbei und sah, wie Georg mit Zornesfalte auf ihr Camperzuhause zusteuerte.

»Ich muss jetzt erst einmal Schokoladenpudding kochen.«

Manuela lachte. »Hihi, immer diese Schwangeren, dann bis später. Salut.« Und weg war sie. Tschüss, Manuela und hallo, Ehestreit.

Schon polterte Georg los. »Friederika!« Allein das hatte schon nix Gutes zu verheißen, da er sie sonst nie mit vollständigem Vornamen ansprach. »Wie stellst du dir das eigentlich vor? Wir haben weder genug zu essen noch Kleidung hier. Und was heißt hier überhaupt *verlängert*? Wie lange denn?«

»Schatz, komm, setz dich, ich hol dir ein Bier, ja?« Frieda schaltete auf Versöhnungsstufe eins. Für kleinere Konflikte durchaus ausreichend.

»Ich will jetzt kein Bier, ich will wissen, was das soll!«

Okay, dachte sich Frieda, das leitete wohl Stufe zwei ein. »Schatz, was hältst du davon, wenn ich uns gleich was Leckeres –«

»Frieda-ha, ich will auch nix essen, ich will eine exakte Definition.« Georgs Stimme wurde immer lauter, und Frieda winkte ihn in den Wohnwagen.

Sie lächelte ihr Verführungslächeln der Stufe drei. »Meine Eltern sind krank, und Zelten ist doch lustig!«

»Lustig? Es gab eine Leiche, und es hat geregnet. Viel geregnet. Ich hoffe, sie haben nichts Ernstes?«

Frieda schüttelte den Kopf. »Nein. Und die Kinder waren Kanu fahren und haben sogar vergessen, sich zu streiten! Übrigens … die Kinder sind gerade am See.«

»Ja, und?«

Frieda klopfte mit der Hand neben sich aufs Bett.

»Nee!«, meinte Georg, wobei ein Grinsen über sein Gesicht zuckte.

»Nee?«, wiederholte Frieda, zog ihn runter und verschloss seine Lippen mit einem Kuss.

Ein leckerer Duft von angebratenen Zwiebeln und Schokoladenpudding stieg Frieda in die Nase. Sie lag mit vollem Bauch auf dem Bett, schleckte sich den braunen Schnurrbart von der Oberlippe und zog mit einem Seitenblick auf den brutzelnden Gatten die beiden Notizblöcke aus der Tasche.

Lea hatte die Schauspielerin genau drei Mal gesehen. Jedes Mal ging die Zielperson den Weg hinter dem Camper runter, da, wo Jonni saß. Jonni hatte beim ersten Mal den Klobesuch notiert, beim zweiten Mal war Manuela wieder zum Klo gegangen, aber beim dritten Mal, da hatte sie laut telefoniert, und Jonni trug ein: *15:37: Handytelefonat, heftig, Zielobjekt droht dem Handy mit der Faust. Kann leider nur folgende Worte ver-*

stehen: Hilfe, ehrvoll, Rosen, Romeo und Robert. Zielperson schaut beim Laufen misstrauisch hinter sich, somit Verfolgung nicht möglich.

»Schatz, kommst du?« Georg rief zum Essen. Und da ließ Frieda ihn nicht zweimal rufen.

Es gab Spaghetti bolo, vegetarische Bolo, da die Hälfte der Familie aus Nicht-Fleischessern bestand. Den Tieren zuliebe. Und aus Protest gegen die Bedingungen der Tierhaltung.

Die Kinder waren noch am See, und das war gut so, die konnten auch noch später etwas essen. Ruhe beim Kauen tat auch mal gut.

»Warum hast du eigentlich gestern mit der Nachbarin gequatscht?«, durchbrach Georg das einträchtige Schmatzen.

»Ja, weil ... weil doch die Kinder mit dem Ball und so.«

»Frieda, steckst du deine Nase wieder in Dinge, die dich nix angehen?«

»Also, Georg, ich weiß nicht, was –«

»Wie das mit der Angelika und dem gemopsten Mops oder der alten Huber, als du –«

»Ich bitt dich, das war was ganz anderes, die hatte mich ja –«

»Ha, also doch!«

Während Frieda schmollte, erzählte Georg triumphierend, was er in den letzten zwei Tagen in Erfahrung gebracht hatte, so Bier trinkend am Kiosk, wo im Laufe von wenigen Stunden fast jeder Camper mindestens einmal oder auch mehrere Male aufschlug. Manuela habe tatsächlich ein Techtelmechtel mit diesem Herrn Schreiner gehabt. Zumindest habe das eine Dauercamperin hinter vorgehaltener Hand erzählt. Aber vielleicht sei die auch nur neidisch auf Manuelas Stellplatz und wolle sie wegmobben. Der Schreiner sei übrigens Lokalpolitiker, ein Geizkragen und verheiratet. Der gute Anton Schreiner.

»Anton?«, wiederholte Frieda und rieb sich den Bauch, in dem es wieder ordentlich rumpelte. Es rumpelte sogar so stark, dass sich das Gerumpel einen geruchsintensiven Ausgang suchte.

Georg unterdrückte einen Kommentar, rümpfte nur die Nase und räumte die Teller ab.

Frieda flüsterte »Idiot« und erhob sich. Schwangerschaften veränderten ziemlich viel, um nicht zu sagen, eigentlich alles.

Georg stapelte die Teller in einem Plastikbottich, in dem sie das benutzte Geschirr sammelten. »Tut mir leid, aber ich habe gleich keine Zeit für dich. Ich habe nämlich ein Date.«

»Ah, okay.« Frieda krümmte sich. »Au.« Da hatte der Bauchbewohner wohl ein Organ erwischt. Sie war immer wieder erstaunt, wie gut das Gehirn Erfahrungen verdrängte. Nur wenige Monate nach einer Geburt waren die unangenehmen Dinge wieder vergessen. Sonst gäbe es wohl nur Einzelkinder auf der Welt.

»Viel Spaß«, sagte Frieda und ließ sich in die frisch gewaschene Hängematte sinken, die Georg zwischen zwei Bäume gespannt hatte, und hörte ihn zu ihrem Vergnügen vor sich hin schimpfen.

»Viel Spaß? Ich sagte *Date*, und sie wünscht mir viel Spaß.«

Was hat er wohl vor?, dachte Frieda und hüpfte zum nächsten Gedanken – Anton. Aha!

Ihre Augen konnten nur für wenige Minuten geschlossen gewesen sein, als eine melodiöse Stimme flötete: »Herzchen, darf ich deine Ruhe kurz unterbrechen?« Manuela stand da wie ein moderner Hermes. Sie trug wieder ein kniekurzes Blümchenkleid mit tiefem Ausschnitt und Rüschenrock. Gelbe Blumen auf orangefarbenem Hintergrund.

»Gerne sogar!«, antwortete Frieda und versuchte, sich elegant aus der Hängematte zu schwingen. Dummerweise verhielt sie sich eher wie ein Käfer auf dem Rücken und zappelte nur hilflos von der einen zur anderen Seite.

Manuela reichte ihr beide Hände und zog sie hoch. »Weißt du, Frieda, es gibt Momente im Leben einer Frau, da ist man nicht gerne allein. ›Die schlechteste Gesellschaft lässt dich fühlen, dass du ein Mensch mit Menschen bist.‹ Was natürlich nicht wertend auf dich bezogen ist. Im Gegenteil.«

Frieda zog die Augenbrauen in die Höhe. »Aha?«

»Mephistopheles.«

»Mephistopheles?«

»Aus Goethes Faust, das war ein Zitat. Schätzelein, du kennst doch Faust!«

»Na klar, war schließlich Pflichtlektüre im Deutsch-LK, aber ich muss gestehen, dass ich es nie bis zum Ende –«

»Ach«, unterbrach Manuela seufzend. »*Er* war gebildet. Er zitierte oft aus dem Faust. ›Besonders lernt die Weiber führen; es ist ihr ewig Weh und Ach. So tausendfach, aus einem Punkte zu kurieren.‹« Mit einem Seitenblick auf Frieda ergänzte sie: »Auch Mephistopheles. Weißt du, nach dem gemeinsamen Abend mit dir fühle ich mich dir verbunden. Du bist der einzige Mensch, der weiß, dass der ...«, sie senkte die Stimme zu einem Flüstern, »... dass der Tote mein Galan war.«

»Weiß ich das?«, fragte Frieda und wunderte sich, warum die Schauspielerin ausgerechnet sie zur Vertrauten auserkoren hatte.

In einer gut versteckten Blümchenkleidtasche klingelte es. Manuela zog ein Smartphone heraus, nickte Frieda königlich zu, als ob sie gerade in die seltene Gunst käme, einem Telefonat lauschen zu dürfen. »Treffen? Ja, gewiss ... In zwei Stunden? ... Wie immer – besten Dank, mein treuer Freund.«

Mit geröteten Wangen stand sie auf. »Bien sûr. Ich muss mich gleich aufhübschen, aber bevor ich es vergesse, du hattest erwähnt, dass du mit hochliterarischen Texten ebenfalls Erfahrung gesammelt hast? Ich würde dir einen Blick in meine Dramen gestatten und mir auch durchaus deine Meinung dazu anhören, ja? Ich bring dir nachher noch etwas vorbei. ›Ach neige, du Schmerzenreiche, Dein Antlitz gnädig meiner Not!‹ – Gretchen! Und ich war das beste Gretchen, die jemals eine Bühne betreten hat, das kannst du mir glauben!« Manuela beugte sich vor, küsste Frieda flüchtig auf die Wange, verbeugte sich wie im Theater und verschwand.

Sie hinterließ einen Duft von Rosen und Zimt und eine verblüffte Frieda, die mit verzogenen Mundwinkeln die Kussstelle abrieb und vor sich hin murrte: »Ich kann das richtig gut, so mit dem Befragen und so.« Doch lange Zeit, sich zu ärgern, hatte sie nicht.

Die Kinder nahten und grölten schon von Weitem: »Liebstes Mamilein!« Und Frieda wusste, dass sie aus dieser Nummer nur um ein paar Euro ärmer rauskommen würde.

Die Sonne war ein ganzes Stückchen weitergerückt, als Frieda einen zehn Zentimeter dicken Packen dramatischen Manuela-Text in Händen hielt, das Deckblatt-Zitat von Novalis – »Das Theater ist die tätige Reflexion des Menschen über sich selbst« – überflog und der davonschwebenden Verfasserin hinterherschielte.

So viele Zitate hatte sie in den ganzen letzten zehn Jahren weder gehört noch gelesen.

Und so viel Schminke im Gesicht einer Frau hatte sie zuletzt bei einem Clown gesehen. Anders akzentuiert und verteilt vielleicht.

Frieda legte den Stoß Blätter auf den Tisch, beschwerte ihn mit einem Handtuch und nahm die Verfolgung auf. Manuela schritt schwungvoll den Weg entlang. Nicht zum Kiosk, sondern in die entgegengesetzte Richtung, wo man tagsüber durch eine Drehtür das Campinggelände verlassen konnte.

Manuela drehte sich durch das Gitter und marschierte einen festgetretenen Weg am Wasser entlang, und Frieda versuchte, hinter den Bäumen und Büschen Deckung zu finden.

Der See lag ruhig da, Schilf ragte lanzenartig in Ufernähe in die Höhe. Vogelrufe durchbrachen die Stille.

Wie schaffte es Blümchenkleid, auf solchen Absätzen so schnell vorwärtszukommen? Germany's Next Topmodels konnten dagegen echt abstinken.

Das Grünzeugs wuchs immer dichter, fast dschungelartig. Sie waren vielleicht zehn bis fünfzehn Minuten gelaufen und befanden sich nun am nördlichen Zipfel des Sees. Hier floss der See in einen schmalen Kanal, der künstlich angelegt worden war, um eine Verbindung zum nächsten Kanu-Wasserweg herzustellen. Eine schmale Holzbrücke führte auf die andere Seite.

Manuela steckte sich eine Haarsträhne hinters Ohr und blieb stehen.

Frieda bremste scharf ab, duckte sich blitzschnell hinter einen von Sträuchern umgebenen Baum und stieß sich den Kopf an dem Stamm. »Au«, fluchte sie leise. Der Babybauch hatte sie, wie eine umgehängte Kanonenkugel, nach vorne gezogen.

Da stand jemand. Ein groß gewachsener dunkelblonder Mann Anfang fünfzig in Jeans und lässigem weißen Shirt. Er hatte durch ein Fernglas in die Baumwipfel geschaut, ließ es aber fallen, als er Manuela bemerkte. Gut, dass das Fernglas mit einem Lederband um seinen Hals hängt, dachte Frieda und schätzte den Preis auf über hundertfünfzig Euro. Als Hobby-Ornithologin weißte Bescheid. Der Mann breitete die Arme aus und lief der Schauspielerin ein paar Schritte entgegen.

»Robert«, säuselte diese und lehnte den Kopf an die männliche Schulter. »Robert, ich bin so unglücklich.«

Der Mann strich ihr über die Wange und schnupperte an ihrem hochgesteckten Haar. »Du riechst immer noch so gut, meine rote Rose. Die schönste unter allen Blumen. Wie habe ich dich vermisst.«

Während Frieda krampfhaft überlegte, ob sie Pfifferling anrufen oder Georg eine SMS schicken sollte, näherten sich unter großem Gejohle und Plätschern zwei Kanus, gefüllt mit sechs Teenies.

»Mama? Was machst du denn da?«, rief eine helle Stimme, und Frieda stolperte aus ihrem Versteck hervor, das vom Wasser aus leider nur zu gut zu sehen war.

»Ähm … Hallo, Lea-Schatz.« Frieda versuchte, nicht in Manuelas Richtung zu starren, und zupfte sich ein paar Blätter aus dem Haar. »Du weißt ja, Schwangere und Tee, haha. Wo wollt ihr denn hin? Ich dachte, ihr bräuchtet das Geld für die Pferde oder Esel oder was auch immer.«

Lea saß mit zwei älteren Mädels in einem Kanu, während Jonni zwei Jungs in seinem Alter als Begleiter hatte. Sie paddelten näher ans Ufer.

»Die haben Pause. Und Papa meint, dass es okay ist, wenn wir mal rechtsrum fahren bis zum großen See. Da kann man bis zur Mühle rudern.«

Eines der größere Mädchen hatte eine eindrucksvolle Brille à la Harry Potter auf der Nase und sagte: »Das heißt nicht fahren oder rudern, sondern paddeln.«

»Aha«, meinte Frieda. »Papa hat das gesagt, wo hast du ihn denn –«

Manuela löste sich aus der Umarmung und kam auf sie zu. »Ah, Frieda, was für ein Zufall, was führt dich denn hierher?«

»Ach, du auch hier? Was mich herführt? Die frische Luft ...«, erwiderte Frieda und tätschelte die Babywampe.

»Ciao, Mam«, rief Jonni. »Wenn wir noch vorm Dunkelwerden zurück sein wollen, müssen wir uns sputen.«

Und weg waren die unfähigsten Spione diesseits des Weißwurstäquators. Ließen Frieda allein. Allein mit ihrer Hauptverdächtigen. Frieda hatte mal für einen Artikel in der »Welt« recherchiert, aus welchen Hauptgründen in Deutschland gemordet wurde, und eindeutig kam heraus: aus Liebe. Beziehungsweise aus unerfüllter Liebe und Eifersucht. Okay, manchmal war auch Habgier das Motiv, aber tatsächlich standen Beziehungstaten ganz weit oben.

Die Tatverdächtige mit Lippenstift sagte lächelnd: »Darf ich euch bekannt machen? Robert, Philosoph aus Leidenschaft.« Manuela machte eine kurze Pause und blickte ihn schelmisch an. »Und Frieda, eine Freundin von mir und der Literatur.«

Robert beugte elegant den Kopf zum Gruß, während Frieda sich mit einem »Ah ... hallo« umdrehte. »Ich muss schnell mal ... irgendwohin«, sagte sie und verschwand.

»Bis auf bald«, klang Manuelas Stimme nach. War das eine Drohung? Hatte sie im betrunkenen Zustand nicht den Namen Robert erwähnt? Warum sie nicht ihn geheiratet hatte oder so. Hatte sie ihn wegen Anton abserviert? Lustiges Wort, dachte sich Frieda, während sie im Schwangerschafts-Joggingschritt zurückeilte. Ab-servieren. Aus der Nähe hatte Frieda gesehen, dass Robert gar nicht dunkelblond war, sondern braune Haare mit weißen Strähnen hatte, die von der Sonne vergoldet wurden. Er hatte wohl einige Erdumrundungen mehr hinter sich als die Schauspielerin.

Etliche Flüche über die Kurzatmigkeit später hatte Frieda Georg gefunden. Beim Kiosk neben dem Spielplatz. Er saß auf einer Holzbank, ein Tisch bot ihm und zwei weiteren Männern Platz für Bierflaschen und ein Kartenspiel. Das Kinderlachen und der Sand, der von den Spielenden herüberspritzte, schien sie nicht in ihrer Konzentration zu stören.

»Georg«, hechelte Frieda.

Doch dieser schüttelte nur den Kopf und starrte auf sein Blatt.

»Georg, bitte«, raunte Frieda betont deutlich, versuchte, nicht in Ohnmacht zu fallen, und sah ihren Mann mit einem Blick der Dringlichkeitsstufe drei an.

Seufzend stand dieser auf, fächerte die Karten zusammen und verstaute sie in der Gesäßtasche.

Gesäßtasche hört sich besser an als Arschtasche, dachte Frieda und grinste. Allerdings war sie so nervös, dass ihr das Grinsen zu einer schiefen Grimasse verrutschte.

»Was hast du denn jetzt schon wieder angestellt?«, fragte Georg und checkte, ob die Karten sicher verstaut waren.

»Ähm, ich glaub, ich hab den Fall gelöst. Manuelas Ex, der Robert, hat Anton ermordet. Mord aus Eifersucht, was laut der Statistiken das häufigste –«

»Frieda, sag jetzt nicht, dass das wahr ist. *Deshalb* holst du mich aus dem Spiel? Ich hab gerade das beste Blatt seit drei Stunden auf der Hand, das gibt's doch nicht! Dunnerkiel!« Er setzte sich zurück an den Tisch und nahm einen großen Schluck aus der Bierflasche.

Die anderen zwei Skatspieler sahen fragend zu Frieda, die aufsteigende Tränen hinunterschluckte, Scheißhormone dachte und zurück zum Wohnwagen eilte. Dort blieb sie an der Ecke des Campers stehen, streckte vorsichtig den Kopf vor und schielte zu Manuelas Behausung. Alles ruhig. Da ertönte eine Stimme hinter ihr, und Frieda zuckte zusammen.

»Frieda, spionierst du mir etwa nach?« Die Schauspielerin stemmte die Arme in die Hüften.

»Äh, nein, ich wollte nur schauen … ob da ein Vogel … ob du schon … Weiß der Geier, das ist mir gerade zu anstrengend.« Mit einem Ächzen ließ sie sich auf einen Plastikstuhl fallen und starrte der Campnachbarin in die Augen. »Als Geliebte hast du aber eine kurze Trauerzeit.«

Manuela schaute auf den Tisch, zog eine lange schwarze Holznadel aus der Hochsteckfrisur, sodass sich eine rote Flut über ihre Schulter ergoss, und fuchtelte mit der Nadel herum wie mit einem Degen.

Will sie mich jetzt erstechen?, dachte Frieda und legte reflexartig die Hände auf den Bauch. Innerhalb von wenigen Sekunden fühlte sie, wie die Handflächen warm wurden, und ein leichtes BUFF zeugte davon, dass der Bauchzwerg sich zur Verteidigung in Kampfposition brachte.

Manuela trat an den Tisch, zog das Handtuch weg, das auf dem Drama lag, und reichte die Blätter Frieda. »Herzchen, Anton war spendabel, er wollte mir auch bei meiner Idee, ein eigenes Theater zu eröffnen, helfen. Würde ich die Hand beißen, die mich füttert? Werd erst einmal so alt wie ich, sammle Erfahrungen, dann erlaube dir, über andere zu urteilen. ›In jedem Kleide werd ich wohl die Pein des engen Erdenlebens fühlen. Ich bin zu alt, um nur zu spielen, zu jung, um ohne Wunsch zu sein.‹«

Frieda verdrehte die Augen. »Mephistopheles?«

»Nein, Faust. Ich speise gleich mit meinem Verflossenen. Frieda, Schätzelein, wir Frauen müssen das Beste aus jeder Situation machen, denn Wünsche haben wir alle, nicht wahr? Und Robert – der war verreist und ist erst heute aus dem Ausland zurückgekommen.« Sie drückte Frieda die Holznadel in die Hand und verschwand.

Die Holznadel hatte eine feine Spitze und entpuppte sich als Bleistift.

»Boah«, grummelte Frieda und schlug den Prolog auf. Auch noch ein Gedicht. Doppelt boah!

Nach einer halben Stunde summte es in Friedas Kopf, und sie hätte für ein Bier gemordet. Für ein Bier mit echten Umdrehungen. Wenn die Alkoholproduzenten wüssten, was ihnen bei den ganzen Schwangeren und Neu-Mamis durch die Lappen ging, würden sie die Ein-Kind-Ehe auch in Deutschland fordern.

Manuelas Schreibe war nix für zwischendurch, vor allem nicht, wenn das Gedankenkarussell sich ständig selbst überholte. Zum dritten Mal fing Frieda von vorne an und schlug nach zehn Minuten das Theaterstück wieder zu.

Ob an der Herzinfarkt-Diagnose doch was dran war? Wenn Anton auch genötigt worden war, dieses Drama zu lesen, konnte es schon sein ... Eins wusste sie nach dreißig Minuten mit Sicherheit – hier fand sich bestimmt kein Anhaltspunkt für Manuelas Schuld oder Unschuld. Welcher Philosoph hatte behauptet, dass der, der weiß, nichts zu wissen, schon mal mehr weiß als der, der das nicht weiß? Platon? Aristoteles? Ein Gedanke ploppte in Friedas Kopf auf: »Da steh ich nun, ich armer Tor! Und bin so klug als wie zuvor.« War das nicht auch Faust? Vielleicht sollte sie den doch mal ganz lesen, oder gab es nicht eine Verfilmung? Goethes Text konnte definitiv nicht schlimmer sein als dieses Geschreibsel.

Ein anderes Bild drängte sich dazwischen, das von der Ehefrau des Toten. Stand sie nicht auch auf der Verdächtigenliste ganz weit oben? Wie war Anton tatsächlich umgekommen? Und was war mit dem Abendessen? Wo blieben die Kinder, und spielte Georg immer noch Skat?

Nicht von dieser Welt

Ein aufdringliches *Büing* schüttelte Frieda aus dem Schlaf. In der nächtlichen Dunkelheit angelte sie verschlafen nach dem Handy und las: *Heisan Frieda – gratuliere zum siebten Schwangerschaftsmonat plus vier Tage. Na, dem Baby schon Grieg vorgespielt, oder hast du dir dafür keine Zeit genommen? Zu diesem Zeitpunkt der Schwangerschaft hast du circa sieben Kilo zugenommen, und dank der Größe deines Babys wird die Haut spannen und jucken. Lass dich doch massieren und creme dich ein. Wir empfehlen übrigens Schwimmen! Nicht dass du dank Besenreisern und Krampfadern ganz blau wirst. Haha. Schönheitsoperation heißt auf Norwegisch: skjønnhetsoperasjon. Ha det bra!*

Frieda rieb sich die Nase, irgendwie war die App eine Zumutung.

Ein Geräusch brachte die Wand zum Zittern. Georgs Schnarchen war zur Abwehr von wilden Bären geeignet, da konnte sie das Wiedereinpennen echt knicken. Sobald der Gatte ein paar Biere kippte, nahm der Lärmpegel gewaltig zu. Verdammter Mist, dabei war sie noch so …

Etwas bewegte sich an der Tür des Wohnwagens.

»Wer da?«, rief Frieda.

»Ach, Mama, wir sind's doch nur«, zischte Lea.

Frieda warf einen schnellen Blick auf die Betten der Kinder, die tatsächlich leer waren.

»Wo wollt ihr denn hin? Um diese … um diese unchristliche Uhrzeit.«

»Angeln, das haben wir dir doch gestern erzählt. Ben, der hier aus dem Kaff kommt, kennt eine tolle Stelle und hat was von perfekten Ködern erzählt und –«

»Mensch, Lea, jetzt text keinen Roman, komm schon, ciao, Mam«, brummte Jonni, und weg waren sie.

Mhm, ich seh meine Kinder auch nur noch von hinten,

dachte Frieda und war sich nicht ganz sicher, ob sie darüber lächeln oder traurig sein sollte.

Es duftete nach Tannennadeln, frisch aufgebrühtem Kaffee und Kamillentee. Frieda hatte den Frühstückstisch gedeckt und reichte Georg die Butter. »Schatzi, sei nicht traurig, dass der Weichkäse alle ist, ich fahr nachher nach Neustrelitz und kauf dir welchen, ja? Wir müssen eh unsere Vorräte auffüllen, worauf hast du Lust?«

»Lust?«, wiederholte Georg und sah Frieda misstrauisch an. »Was ist da schon wieder im Busch? Weißt du was, ich komm mit zum Einkaufen, die Kids werden ja sowieso bis mittags weg sein und danach zur Badestelle gehen.«

»Aber willst du nicht lieber hierbleiben? Und was für die beiden kochen?«

»Ach, ich lass einen Zettel und zehn Euro hier und hoff, dass die beiden nicht nur Eis davon kaufen. Oder hast du ein Problem damit, dass ich mitkomme?«

»Haha, Problem«, wiederholte nun Frieda und merkte, wie ihr Mund trocken wurde. »Schön, dass du mitkommst. Da soll es ein nettes Café geben. Und schwere Sachen tragen ist ja auch nicht mehr.«

Das Café war wirklich nett: gemütliche Einrichtung mit pompösen, golden verschnörkelten Sofas und Sesseln, putzigen Bildern von Riesenhörnchen und Porträts aus den Zeiten von Mozart, dazu eine reichhaltige Auswahl an Waffeln und Kuchen sowie koffeinfreier Kaffee. Wenn Frieda schwanger war, dann war sie es richtig. Sie achtete darauf, dass kein Tropfen Alk oder koffeinhaltiger Kaffee ihre Kehle hinunterrann. Es reichte ja, dass sie den Wurm mit Zucker traktierte. Das war ihr wunder Punkt, besser gesagt ihre wunde Schokoladenpackung, denn kaum erreichte solch eine Tafel ihr Zuhause, da wurde diese sogleich auf brutalste Weise aufgerissen und große Wunden in die braune Masse geschlagen. Um das zu ändern, hatte sie eine Hundert-Prozent-Kakao-Tafel gekauft, aber mangels Zucker schmeckte diese einfach nur bitter. Vielleicht gewöhnte sie sich noch dran, mal sehen.

»... Slawendorf! Interessant, müsste um das 10. Jahrhundert rum gewesen sein, als die hier siedelten. Vielleicht können wir da mal mit den Kids hinfahren. Hört sich doch spannend an, oder? Und vorne stand ein Schild mit ›Schlosspark‹, wollen wir uns mal das Schloss anschauen, das wäre doch auch ein interessanter Ausflug«, sagte Georg, aus dessen Augen der Forscherdrang blitzte, was Friedas Magen auf Knopfdruck mit verliebter Wärme füllte.

»Ja, mein Schatz, und was machen wir dann dort mit den Kids, während du dich ins Vergnügen stürzt?«

»Hä?« Georg blickte sie fragend an. Sie waren zwar mittlerweile schon ewig zusammen, aber ihre Scherze verstand er manchmal erst im zweiten Anlauf. Was Frieda allerdings nicht auf mangelnde Qualität der Scherze schob.

Zwei Stunden später bekam Frieda keine Luft mehr, und Georg war desillusioniert. Den Schlosspark gab es zwar, und er war auch ganz nett, so mit Statuen, einem Luisentempel, dem alten Pferdestall, den man allerdings nicht betreten durfte, und einer Orangerie, aber das Schloss selbst war abgebrannt, und das schon im Jahr 1945. Tja. Hat wohl nie jemand dran gedacht, das »Schloss« aus »Schlosspark« zu streichen. Seit etwas über siebzig Jahren.

Kurz darauf saß Frieda in der Touristinformation mitten in der Fußgängerzone und trank in großen Schlucken eine Flasche Wasser auf ex. Die Füße taten weh und fühlten sich an wie ein platt gefahrener Frosch. Dazu schmerzte der Rücken. Na prima, dachte sie. Eigentlich wollte sie noch mal zur Polizeistation und Herrn Pfifferling an seiner Polizistenehre packen, aber mit Georg im Schlepptau traute sie sich das nicht. Der würde eher sie packen und mitsamt den Campingsachen ins Auto stopfen und nach Hause karren.

Unzählige Broschüren, Karten und anderes Material für Touristen lagen hier zum Mitnehmen aus, außerdem gab es ein paar Informationsschalter. Über einem hing ein Banner mit dem

Slogan »Natur Natur sein lassen«. Dort stand Georg in lässiger Haltung und sprach mit einem älteren weißhaarigen Ranger in Outdoorkluft, der vom Äußeren her versprach, selbst bei Regen Feuer machen zu können. Er informierte ihn über kostenlose Touren, die man hier im Müritz-Nationalpark machen konnte: Floß fahren, Wasservögel aufspüren, Seeadler beobachten, Wanderungen durch die von der UNESCO zum Weltnaturerbegebiet erhobenen Serrahner Buchenwälder, extraleichte Kindertouren oder stramme Kilometer-Herausforderungen.

Allein bei dem Wort »Tour« brach Frieda der kalte Schweiß aus, und ihre Hand griff zu einer zweiten Flasche Wasser. Würde dieser Urlaub ihr Untergang sein?

Frieda stellte die Lauscher auf, als sie das Stichwort »Heimatverein« hörte. Der Ranger erzählte gerade, dass sich heute um achtzehn Uhr die regionale Gruppe engagierter Heimatpfleger treffen würde, um über die Seidenraupenzucht zu diskutieren – hatte doch im 17. Jahrhundert Kurfürst Friedrich Wilhelm von Brandenburg Maulbeerbäume anpflanzen lassen, um deutsche Seide zu produzieren. Das Treffen fände im Gemeindehaus statt, das ganz in der Nähe vom Campingplatz Hexenwäldchen sei. Gegenüber vom neuen Baugrundstück. Der Campingplatz gehöre ja zur Gemeinde Mirow, was übrigens auch ein nettes Städtchen sei. Zwar habe es keinen so schönen Schlosspark, aber dafür eine eigene Schlossinsel mit einem Schloss, einer Schlosskirche, einem Kavaliershaus und dazu eine Liebesinsel. Der Ranger redete ohne Punkt und Komma und kam übergangslos darauf zu sprechen, wie schrecklich das mit dem Tod von Herrn Schreiner sei. Noch so jung und sportlich. Er sei … ähm, war ja auch im Heimatverein gewesen. Schrecklich! Er selbst sei ja um einiges älter und möge es lieber etwas ruhiger, wahrscheinlich hatte der Tote zu viel Stress gehabt. Aber Mirow müssten sie noch unbedingt besuchen, auch wenn der Park sehr bescheiden …

Als sie den Weg zum Hafen entlangschlenderten, küsste Georg Frieda auf den Mund. »Danke, Spatz, das war eine gute Idee, die Ferien hier zu verlängern.«

Und Frieda lächelte und schwieg. Sie hatte noch drei Stunden bis zum Treffen. Ausreichend Zeit, ihren Gatten zum Joggen zu schicken, über Seidenraupenzucht zu googeln, die Bolognese aufzuwärmen und sich dann vom Acker zu machen. Georg würde sie einfach etwas von einem neuen Thema für einen Zeitschriftenartikel erzählen. Könnte sie ja wirklich machen – nach der Aufklärung des Mordfalls.

***

»Ich darf euch willkommen heißen und zunächst bitten, eine Schweigeminute einzulegen, um Anton Schreiner zu gedenken. Wie die meisten wissen, wollten wir das Treffen nach seinem tragischen Tod zuerst absagen, aber auch Anton war ein Freund des Maulbeerbaums.« Der kleine, rundliche Mann von vielleicht sechzig Jahren strich sich das dunkle, schüttere Haar aus der Stirn und tupfte sich mit dem Ärmel seines blau-weiß gestreiften Hemdes ein paar Schweißtropfen von der Nase. Sein Name war Willi Schrimm, und er war der Vorsitzende des Heimatvereins, wie Frieda in einem Gespräch mit ihm vor Beginn der Veranstaltung erfahren hatte.

Der Verein tagte in einem Vereinsheim, das relativ modern wirkte. Es roch nach Essigreiniger und Streuselkuchen, den eine der älteren Damen mitgebracht hatte. Also den Streuselkuchen, an dem sich bereits einige Herrschaften eifrig bedienten. Trotz Schweigeminute. Insgesamt waren es wohl dreißig Leute, von denen ein paar sehnsuchtsvoll nach draußen in die Sonne lugten und sich wohl wünschten, den Streuselkuchen lieber mit Wassergeplätscher und Vogelgezwitscher zu kombinieren.

Der Dicke fuhr fort: »Auf unserer Agenda stehen folgende Punkte. Das Formelle zuerst: Feststellung der Anwesenden, sind wir beschlussfähig?«

Eine Frau, die aussah wie Oma Eusebia aus »Fix und Foxi«, lang und hager, mit schwarzem Dutt und schmalrandiger Brille, schwenkte eine Liste und nickte. Reden konnte sie gerade nicht, da sie den Mund voller Kuchen hatte.

»Wer übernimmt das Protokoll?«

Eusebia meldete sich wieder, diesmal mit der Hand. Frieda hielt Ausschau nach einem Nudelholz, konnte aber keins sehen.

»So? Nun gut. Unser erster Tagesordnungspunkt ist der Maulbeerbaum, der zweite Tagesordnungspunkt ist das Fest, und als dritten begrüßen wir neue Mitglieder. Anregungen und Wünsche gerne jederzeit an mich, solange es sich dabei nicht um Getränkewünsche handelt, höhö. So, seid ihr alle mit Bier versorgt? Jetzt aber erst mal hoch die Tassen! Auf Anton! Wir werden auch in deinem Namen weiter für die Maulbeerbäume kämpfen. Mögest du selig ruhen, wo auch immer du gerade rumstromerst!«

Es klirrte in der Runde, gefolgt von einem Wischen, als sich mehrere Herren und Damen den frischen Schaum vom Mund strichen. Frieda hatte bisher selten ein Vereinsheim gesehen, in dem es kein frisch gezapftes regionales Bier gab. Das gehörte sich wohl so. Und im Laufe ihrer Journalistenkarriere hatte sie wirklich viele Vereinsheime besucht.

Sie selbst nippte an einem Glas Wasser und legte lauschend den Kopf schräg.

Der Hauptmeier, also Vereinsmeier mit der dicken Wampe, stampfte sein nun leeres Glas auf den Tisch. »Da die Gemeinde sich noch nicht sicher ist, was sie mit dem Grundstück machen will, also verkaufen, verpachten oder selbst nutzen, müssen wir etwas unternehmen. Vor allem, da unser feiner Herr Bürgermeister pro Ferienwohnungen eingestellt ist. Ich habe keine Ahnung, wie und wo er da selbst seine Finger mit drin hat.«

»Die Ranger nicht zu vergessen, die Schlammkriecher, die wollen das Grundstück doch auch raffen«, rief einer rein, was mit einem knurrigen Lachen der anderen quittiert wurde. Die nächste halbe Stunde diskutierten die Heimat-Leute, wie die Maulbeerbäume, die auf diesem circa zehn Hektar großen Grundstück wuchsen, geschützt werden könnten, ob die Ranger einfach mal etwas Seife bräuchten und was man gegen den Bürgermeister machen könnte. Eusebia hielt eine spontane, flammende Lobhudelei auf den Alten Fritz, der die Seidenraupenzucht in Preußen im Jahr 1784 auf den Höhepunkt gebracht habe. Es wurden knapp sieben Tonnen Rohseide produziert, und das fast nur im Nebenerwerb. Heutzutage seien die Voraussetzungen dank Klimawandel sogar noch besser. Die Bodenbeschaffenheit sei hier ideal mit dem leicht sandigen und kalkhaltigen Untergrund.

Der Vereinsobermeier küsste Eusebia auf die Stirn und riss das Wort wieder an sich. »Die Seidenraupenzucht wieder aufleben zu lassen, Seide als neuen deutschen Rohstoff zu vermarkten, alles bio, versteht sich, ist eine gute Sache. Arbeitsplätze, Leute, das, was die Politik nicht schafft, schaffen wir! Deutsches Kulturgut, deutsches Produkt! In der Schweiz gibt es Seidenkrawatten, die komplett in der Schweiz hergestellt werden, abgesehen davon, dass die Raupen wohl Verdauungsprobleme bekommen mit dem Käse, höhöhö. Seide und Seidenprodukte made in Germany – das sind unsere Schlagwörter! Unser Verein setzt sein Vermögen ein, wobei private Spenden natürlich auch willkommen sind, höhö. Wir haben bereits junge Bäumchen geordert. Wer hilft mit, die einzupflanzen? Wir pflanzen einfach drauflos, auch ohne Beschluss! Wir lassen uns davon nicht abbringen, und wenn es das Letzte ist, was wir machen werden!«

Die Mitglieder diskutierten darüber, ob es sinnvoll wäre, zwischen den alten Maulbeerbäumen, die durchaus schon ihre zweihundertfünfzig Jahre auf dem Buckel hatten, neue einzupflanzen. Es würde zwar etwas dauern mit dem Wachstum, aber man könnte bereits im kommenden Jahr ausreichend Nahrung für die Seidenraupen gewinnen. Vielleicht müsste man die alten Bäume sogar fällen, um mehr Platz für die neuen, ertragreicheren zu schaffen, erwähnte der Dicke und leitete über zum nächsten Tagesordnungspunkt.

Als Erstes stimmten die Vereinsleute darüber ab, ob sie am diesjährigen Fest Waffeln backen würden, ihren Infostand über die Seidenraupenzucht mit Schautafeln bestücken wollten und wer das machen sollte und ob Opa Frank wieder die elektronischen Experimente vorbereiten könnte, die letztes Jahr »so a guats Geschmäckle« gegeben hatten, wie eine Teilnehmerin meinte, die ganz offensichtlich eine Dazugezogene war. Was für einen Dialekt sprachen die Leute hier überhaupt? So richtig ins Ohr ist mir hier nix gegangen, komisch eigentlich, überlegte Frieda und stand auf, als Opa Frank vorschlug, im Büro des Bürgermeisters ein selbst gebautes Abhörgerät zu installieren. Noch mehr Vereinsmeierei ertrug sie heute nicht, und die aufgelockerte Stimmung nach dem dritten Bier schlug ihr auf den Magen. Es bollerte in ihrem Bauch. Sie musste sich strecken. Am besten auf der Liege. Dem Bauchbewohner Platz geben, damit er nicht weiter ihre inneren Organe als Boxtrainingssäckchen benutzte.

Gerade als Frieda sich erfolgreich zur Tür geschoben hatte, wurde diese aufgestoßen, und ein drahtiger Endfünfziger mit weißem Bart und wallendem weißem Haupthaar stürmte herein. Brachte einen würzigen Geruch nach rohem Schinken mit und riss sogleich den Mund auf, um den rundlichen Vereinsobermeier anzuschnauzen: »Willi, jetzt reicht's! Was ist mir da zu Ohren gekommen, was hast du vor? Eine Demo vor dem Rathaus in Mirow? Bist du total bescheuert?«

Willi wedelte beschwichtigend mit der Hand, schickte eine Vereinsmeierin nach einem Glas Bier für den Erzürnten und sagte in ruhigem Ton: »Herr Bürgermeister, wer wird denn gleich so aufbrausend sein? Hier, trink erst mal einen, dann können wir in Ruhe …«

Eine Bewegung ließ Frieda aufmerksam werden. Eusebia tauchte geduckt neben ihr auf, versteckte sich hinter den Rücken einiger Vereinsmitglieder und wollte ab durch die Tür.

»Das war interessant, was Sie da über den Alten Fritz erzählt haben«, sprach Frieda die Frau an.

»Was? Ach so … ja, danke«, meinte diese, blickte hektisch zu Willi und wollte Frieda zur Seite schieben. Allerdings hatte Frieda so einige Kilos entgegenzusetzen und fuhr fort: »Willi hat mich ja anfangs vorgestellt, Sie wissen ja, dass ich für die Frauenzeitschrift ›Clodette‹ über die Seidenraupenzucht berichten will und noch weitere Informationen brauche, und da habe ich mich ge–«

»Nein«, unterbrach der Dutt und drückte sich an Frieda vorbei.

Das war alles. Ein schlichtes Nein, und weg war sie.

Und die Diskussion zwischen Willi und dem Bürgermeister war auch schon abgeebbt und in einen gemütlichen Zusammenhock übergegangen.

Da konnte Frieda ja auch gleich zum Campingplatz zurückgehen, um an der Matratze zu horchen. Und das machte sie dann auch. Sie hatte ja schon einiges Interessantes erfahren.

***

Morgenluft is nett, dachte Frieda und setzte sich vom Spatzengetschilpe begleitet an den Chefe-Tisch beim Kioskeingang. Hier befanden sich unter fast freiem Himmel Büro und Begrüßungskomitee sowie Beschwerde- und Fragezentrale in einem.

»Was hat dich denn heute Morgen so früh aufgeschreckt?«, begrüßte sie der Campingplatzchef und schaute sie über einem Dreitagebart aus grünen Augen an.

»Der Hunger«, scherzte Frieda und tätschelte ihre Wampe. Ein immer funktionierender Eisbrecher. Nach der Schwangerschaft sollte sie sich ein Kissen unter das Shirt stopfen.

Nachdem sie mit einer Tüte voller Brötchen, einer Tasse dampfendem Pfefferminztee und einem Schokoriegel versorgt war, sagte sie: »Die Vögelein zwitschern ja so einiges auf einem Campingplatz.«

»Mmh?«

»Über den Toten.«

»Sind die Toten nicht tot, damit man über sie schweigt?«

»Ist das ein Zitat?« Frieda biss grimmig in die Schokolade.

»Was? Nö. Aber ich kannte den Schreiner nicht gut, und was ich von ihm kannte, so als amtierender Stadtrat, das mochte ich nicht. Heftig dieses Jahr mit der Stecherei. Ganz schön rot übrigens.« Der Campingplatzchefzeigefinger zeigte auf eine Stelle über ihren Augen.

Frieda fasste sich an die Stirn und fluchte innerlich. Über

Nacht musste das Pflaster abgegangen sein. »Ich hab gehört, dass er sich für die Seidenraupenzucht auf dem Grundstück gegenüber eingesetzt hat. Das ist doch löblich.«

»Das gegenüber? Die Pfeife, ähm, der Tote wollte da Ferienhäuser hin haben.«

»Ich dachte, die Seidenraupen?«

»Mir echt egal, sollen die das lassen, wie es ist, mit 'ner Rangerzentrale, das wäre top. Alle sprechen von Naturschutz, aber was dafür tun, dafür sind sich die Herrschaften dann zu fein. Da zählt dann die eigene Kohle.«

»Aber die Seidenraupenzucht –«

»Quatsch, da stinkt der Fisch doch vom Kopf her.«

»Ihr seid nicht auch ... an dem Grundstück interessiert?«

»Wir? Nee, unser Areal ist groß genug, danke aber auch.«

Frieda ließ nicht locker. »Aber Ferienhäuser wären schon eine ... schon doof, oder?«

Chefe schaute sie erstaunt an. »Klar wär das doof, was glaubst du denn? Dass wir dem Bürgermeister 'ne Party schmeißen? Wer freut sich schon darüber, wenn die eigene Kundschaft abgegraben wird? Heutzutage muss ja jeder schauen, wo er bleibt, oder? Da investier ich lieber in Familien und Schweinchen als in Schickimickis aus Berlin-Mitte. Und dein Stich, versuch's mal mit 'ner halben Zwiebel.«

Frieda verabschiedete sich lachend und wanderte zwischen verkabelten Campingbussen zurück zum Wohnwagen, wo sie ein Frühstück mit allem Pipapo zubereitete. Wobei sich das Pipapo hier auf Käseaufschnitt, Honig, Marmeladen aus dem Berliner Biomarkt, Gurkenscheiben, Salami für Jonni und einen Rest selbst gemachten Schokiaufstrich beschränkte. Der Schokoriegel war schon alle. Frischen Lachs durfte sie gerade nicht essen, und sie weigerte sich, den für die übrige Familie zu kaufen. Sonst tropft euch mein Sabber auf die Teller, hatte sie Georg beim Einkaufen gesagt. Was ihn dazu veranlasst hatte, mehr Bier einzupacken. Mit dem Einkaufen war das eh so ein Ding. Sprang sie im Geschäft etwas gelüstemäßig an, so kam es durchaus vor, dass sich auf dem Nachhauseweg schon nach wenigen Minuten die Neigung ins Gegenteil verkehrte. Dass das leckere Gurkenglas dann sogar Ekelgefühle hervorrief. Also, nicht das Glas, sondern dessen Inhalt. Tja, Schwangersein war ein ständiges Wechselbad.

Bis der Rest der Bande aus den Schlafsäcken kroch, hielt sich Frieda eine aufgeschnittene Zwiebel auf den Stich, zückte ihr Notizbuch und studierte die Aufzeichnungen:

Manuela, Hauptverdächtige, wollte Anton sie verlassen? Sehr suspekt, Theaterschauspielerin, kann also quasi professionell täuschen, Lizenz zum Nerven, Zitat-addicted, hat mich aus mir unerfindlichen Gründen zur Freundin auserkoren – wie komm ich aus der Nummer wieder raus? Wobei die Nähe das Beobachten erleichtert.

Robert, Exfreund und Fast-Mann von Manuela, war angeblich zur Tatzeit im Ausland. Nachprüfen! Sehr verdächtig! Vor allem, wie er hier und um sie herumschleicht.

Seidenraupen-Kollektiv, per se alle aus dem Heimatverein verdächtig, scheinen teilweise sehr militant drauf zu sein … Willi der Wortmacker ist mit Eusebia zusammen, die abgetaucht ist, als der Bürgermeister kam. Was ist eigentlich mit dem?

Frieda legte die Zwiebel weg, kaute am Ende ihres Bleistifts und dachte über ein Gespräch nach, das sie beim Treffen des Heimatvereins mit ihrer Sitznachbarin geführt hatte, einer adrett prallen Brünetten in schwarzem Leinenkleid. Diese erzählte bereitwillig über die Witwe des Toten, Frau Schreiner, die ja auch Mitglied bei den Seidenraupen und auch soooo engagiert gewesen war. Nicht so engagiert wie ihr Mann, der sich persönlich wahnsinnig für die Seidenraupensache geopfert hätte. An dieser Stelle musste die Frau eine Pause machen. Dann murmelte sie: »Die Besten trifft es immer zu früh, viel zu jung, und was für ein Verlust, und doch ist nie der Tod ein ganz willkommner Gast.« Jaja, bla, bla, dachte Frieda und sagte: »Schlimme Sache, schlimme Sache«, wofür sie einen stummen Blick aus tränenerfüllten, großen Augen erntete. Beim Verabschieden erfuhr

Frieda, dass sie mit Frau Pfifferling gesprochen hatte, der Frau des Polizisten. Dem hätte sie so eine charmante Ehegattin gar nicht zugetraut.

Frieda nahm den Bleistift aus dem Mund, strich das »Hauptverdächtige« bei Manuela durch, setzte hinter Robert ein Fragezeichen und notierte als nächsten Punkt:

Frau Schreiner, Frau des Toten, noch keine Infos, ist auch im Seidenraupen-Club.

Campingplatzchef (muss mir mal den Namen merken), Ferienhausplan wäre Konkurrenz, er behauptet, dass Anton pro Ferienhäuser war.

Darunter zog Frieda eine Linie und schrieb:

To do

– Frau Schreiner ausfindig machen, abchecken

– Roberts Alibi überprüfen

– Willi und Eusebia unter die Lupe nehmen

Zu Friedas ganz eigener chaotischen Natur, die auch eine gewisse Form von Vergesslichkeit mit sich brachte, kam die Schwangerschaftsdemenz, eine nicht zu unterschätzende Unterdrückung aller Gedanken, die sich nicht auf das Baby bezogen. Davon ausgenommen waren Gedanken, die der Nahrungsbeschaffung dienten, da diese ja mit dem Baby zu tun hatten. Die weibliche Natur der Gebärenden setzte klare Prioritäten. Frieda steckte sich ein Stück Käse in den Mund.

Die Tür des Wohnwagens ging auf, und Frieda klappte die Notizen schnell zu.

»Morgen, Schahatz.« Georg küsste sie auf den Kopf und lugte auf das Notizbuch. »Was treibst du denn da?«

Frieda lächelte ihn an. An manchen Tagen packte einen das Frischverliebtsein, wie frisch von Amors Pfeil durchbohrt. »Weißt du, mein Süßer, Manuelas Ex muss nicht unbedingt der Mörder sein, deshalb überlege ich, wer noch als Täter in Frage kommt.« Sie hatte beschlossen, Georg doch einzuweihen, für alle Fälle.

»Frieda-ha, ohne Witz, wir sind hier, um Urlaub zu machen,

und nicht, damit du die Zeit mit deinen Detektivspielereien verbringst.«

An manchen Tagen war das Frischverliebtsein auch genauso schnell wieder weggeblasen, wie es aufgepoppt war.

»Ich glaub, dahinter steckt 'ne dicke Geschichte. Weißt du, gegenüber gibt's ein Grundstück, worum sich mehrere Parteien streiten, und der Schreiner saß doch im Stadtrat.«

»Parteien? CDU und die Grünen, oder wie? Was riecht hier eigentlich so nach Zwiebel? Und ich glaub nicht, dass –«

»Guten Morgen.« Die Kinder setzten sich gähnend an den Tisch.

Was dann folgte, war Schweigen zweierlei Kategorien. Das der zufrieden Schmatzenden und das der beleidigten Leberwürste, wobei Letztere weniger aßen als Erstere.

Georg räumte den Tisch ab und klatschte in die Hände. »So, Familie, wer kommt heute Mittag mit nach Mirow?«

Schweigen der dritten Kategorie machte sich breit.

»Lea? Jonni? Wir können auf den Kirchturm steigen, ein Schloss besichtigen und ein Eis essen, na?«

Jonni pulte mit dem Finger in seinem Mund. »Ach, Paps, wir sind doch schon verabredet, mit Ben und denen von unten. Wir wollen doch zur Badestelle gehen. Lieber ein anderes Mal, ja?«

Georg schaute seine Frau an, die nur den Kopf schüttelte und »Badetag« sagte.

»Nun gut«, murrte Georg. »Dann morgen! Wir wollen ja auch was mit der Familie machen, okay?«

Lea, Jonni und Frieda sahen sich an und zogen die Augenbrauen hoch, nickten aber brav und sagten wie aus einem Munde: »Ja, Papa.«

Daraufhin packte Georg seine gute Laune und das Skatkartenspiel ein und marschierte davon, wahrscheinlich in Richtung Kiosk.

Frieda lag an der Badebucht, mit einem neuen Pflaster auf der Stirn und mit einem alten Bikini bekleidet, der groß genug war, die Pobacken zu umfassen und die mächtige Oberweite festzuhalten. Für diese Handvoll Sonnenbäder war sie zu geizig, sich auch noch einen neuen Badeanzug zu kaufen. Noch tat's dieser ja auch. Stolz und schützend legte sie eine Hand auf den Bauch und überlegte sich, ob und wie der Bauchzwerg die helle Sonne wahrnahm. Schwamm er in der Fruchtblase rum und schirmte die Augen mit der Hand ab, oder ließ er die Korken knallen, genoss die Wärme und pfiff »La Paloma«? Hatte so ein mütterliches Sonnenbad Einfluss auf seine frühkindliche Entwicklung, und prägte es das spätere Verhalten in Bezug auf Sonnenbrillen, Hautkrebs oder Gummibärchen?

Frieda grinste. Wie tat es gut, mal weg aus dem Prenzlberg zu sein und frühkindliche Pädagogik so ernst zu nehmen wie fünf Pfund Kirschen, nämlich gar nicht. Entweder würde sie den dritten Sprössling nach dem Erreichen des Laufalters in die Knäckebrotminen schicken oder den beiden Erstgeborenen zum Erziehen überlassen. War nur fair. Grins.

In der Bucht kreischten die Kinder vor Freude, spritzten sich nass, standen auf dem Steg und angelten oder buddelten im Sand. Nett. Lea und Jonni waren mit anderen Kindern im Wasser, und Frieda erhob sich, das Klo rief. Passierte ziemlich oft am Tag. Und auch in der Nacht. Es waren einige Schritte bis zu den nächsten Toiletten, und während sie dorthin watschelte, vibrierte so einiges an ihrem Körper. »Wabbeln« wäre wohl treffender. Es wabbelte sogar noch nach, als sie stehen blieb. Erdbebenwellen, die sich den Körper entlangzogen und Schockwellen auslösten, zumindest bei Frieda, die sich plötzlich gar nicht mehr schwanger-sexy vorkam, sondern schwabbelig und fett. Als sie zu ihrem Sonnenplatz zurückkehrte, beschloss sie, ihre Klamotten anzuziehen und sich dann zum Trost ein Eis zu spendieren. Na ja, ihre Stelle würde nach der Geburt drei Jahre für sie frei bleiben, bis dahin hatte sie gute Chancen, einen Großteil der Kilos wieder zu verlieren. Allerdings war die Frage eher, wollte sie überhaupt zurück? Doof, wenn man etwas nur mangels Alternativen machte.

In ein weites Schwangerschaftskleid gehüllt, flatterte sie zur

Eisblüte des duftenden Kiosks und stieß mit der Nase auf eine große Tafel mit Aushängen, auf denen Workshops und andere Unternehmungen angepriesen wurden: Schnitzen, T-Shirts Bemalen, Angeln und Ranger-Touren. Bei einer Tour waren sogar noch Plätze frei – heute Mittag, vierzehn Uhr. Floßfahrt mit Artencheck. Georg wollte doch was mit der ganzen Familie machen – na bitte.

Und das Eis war auch lecker. Hier gab's sogar Brauner Bär. Mmhm!

***

Pünktlich wie die Maurer parkte Georg die Familienkutsche am Treffpunkt vor einer Jugendherberge mitten im Wald an einem See. Nur drei andere Autos standen auf dem Parkplatz. Die vier marschierten zum Steg, an dem fünf weitere Touris warteten, und stiegen auf das große Floß, das an den Holzbalken befestigt war. Jonni und Georg stocherten mit den Stangen im Wasser herum, als eine aufgebrachte Stimme ertönte: »Hey, lasst das!«

Schon kam ein Mann, der sich als ihr persönlicher Ranger Tom entpuppte, herangerauscht. »Warum fassen Städter immer alles an? Fragen, Leute, höfliches Fragen ist nicht oldschool, oder?«

Georg öffnete schon den Mund, um eine Diskussion über oldschool und gutes Benehmen anzufangen, aber Frieda unterband das mit einem Kniff in seine Taille und der Frage: »Was für besondere Tiere leben denn hier in diesem schönen Habitat?« Klar erzählen Ranger gerne über ihren Beruf, und so stocherte Tom, nun fröhlich plaudernd, sein Gefährt durch das Wasser. Allein. An einer Biberburg vorbei, in Richtung Seeadler, dann in die Mitte des Sees, wo er die Kids Wasserproben nehmen ließ. Danach ging es am anderen Ufer an Land, und alle durften mit Keschern Insekten fangen und Wassertiere, die dann in einem Auffangbottich bewundert wurden. Georg war Feuer und Flamme auf höchster Brennstufe, und den Kindern gefielen die Wasserflöhe und Wasserskorpione auch. Als Georg und die Kinder auf der Rückfahrt in eine Diskussion vertieft waren, bei der es um Eis und eine mehrtägige Kanuwanderung ging, nutzte Frieda die Gelegenheit, dem Ranger Fragen zu stellen, die sich nicht um Vier- bis Achtfüßler drehten.

»Hi, Tom, das mit dem Stalken machst du toll«, suchte Frieda den Anfang des Gesprächs.

»Stalken? Ich stalke niemanden.«

»Haha ... Haha? Ähm, mit den langen Stöcken das Floß vorwärtszubewegen heißt doch Stalken, oder?«

Tom lachte so laut, dass er einen bunt schillernden Eisvogel aufschreckte, der erbost neben ihnen entlangflitzte. »Als meine Freundin schwanger war, hat sie auch alles verdreht. Sind die Hormone. Wird schon wieder, Kopf hoch!«

»Okay, dan... danke. Wie geht es deiner Freundin?«

»Wir sind getrennt, und sie verweigert mir das Besuchsrecht, blöde Fo...« Er blickte zu den Kids und verschluckte den Rest des Wortes. »Frauen halt, also manche zumindest. Sind das eure gemeinsamen Kinder?«

»Ja?«

»Das ist gut.«

»Ähm ... ja. Arbeitest du denn schon lange als Ranger, Tom?«

»Nein, und leider auch nur aushilfsweise. Weißt du, keine Knete, ist ja immer dasselbe. Die wirklich wichtigen Dinge im Leben haben keine Sponsoren. Erst wenn ein neues Center gebaut wird, gibt es wieder Festanstellungen, sagt zumindest der Boss.«

»Wer ist denn der Boss?«

»Warum interessiert dich das, willst du dich auch bewerben? Willste den Schülern was über Aufklärung und Babypflege erzählen, oder was? Haha. Nix für ungut, der Boss, das ist Jens, der sitzt in der Zentrale.«

»Aha, okay, was haben wir ein Glück mit dem Wetter ... Gibt es denn Pläne für ein neues Center?«

»Du bist ja neugieriger als meine Oma. Aber, ja, gibt es. Ihr kommt doch vom Hexenwäldchen, dort in der Nähe soll eins entstehen, ich glaub, direkt gegenüber, zusammen mit den Besitzern vom Campingplatz. Kannste die ja selber fragen, wenn dich das so interessiert. Einige von uns würden sich für so 'nen Job sogar ein Bein rausrupfen!«

Das Familiengemurmel verstummte, und Georg grunzte misstrauisch: »Was interessiert dich denn, Schahatz?«

»Nichts«, sagte Frieda und gab Tom beim Verabschieden einen Zehn-Euro-Schein als Trinkgeld.

Ein Ausflug ganz nach meinem Geschmack, dachte Frieda, küsste ihren Mann und ließ ihn verwundert blickend stehen.

***

Frieda lag in der Hängematte und versuchte zu schlafen. Die Kinder waren zur Kiesgrube abgezottelt. Das war ein großer Platz vor dem Campingareal, wo bei Dämmerung ein riesiges Lagerfeuer brannte, um das sich alle Nachtgestalten mit Musikinstrumenten und Stockbrot versammelten. Hier durfte man auch nach zweiundzwanzig Uhr laut sein, während auf dem Campingplatz nur noch geflüstert wurde. Georg suchte jemanden zum Schachspielen, und die Stimmen der Vögelein verschmolzen zu einem einzigen Gutenachtlied: La-Le-Lu, nur der Mann im Mond schaut zu, wenn die kleine Frieda …

»Frieda«, riss sie eine Stimme aus dem Eindämmern. »Ich hatte schon Sehnsucht nach dir. Und, was sagst du?« Manuela erschien so plötzlich, als übte sie gerade die Rolle eines Dschinn ein.

»Ich? … Was ich sage? So generell? Dass mich die politische Weltlage ganz schön –«

»Nein, zu meinem Drama, du Schelmin. Wo siehst du es, auf welcher Bühne, mit welcher Besetzung?«

»Ich hab … ich hab es noch nicht ganz fertig.«

Manuelas Mundwinkel übten den freien Fall. »Aber warum? Hat es dich nicht gefesselt? Fandest du es nicht … nicht gut genug?«

»Aber nein, liebe Manuela, ich kann es mir schon ganz bildhaft und lebhaft auf den Brettern vorstellen.«

»Brettern? In einer Bruchbude?«

»Nein, auf den Brettern, die die Welt bedeuten, aber erzähl mir doch noch mal, was du mit deinem eigenen Theater so vorhast! Herr Schreiner, also der Anton, wollte das unterstützen?«

»Ja.« Manuelas Augen strahlten wieder. »Hat er ja auch schon, der Gute. Und er wollte noch mehr folgen lassen. Er sah in mir seine Muse. Er selbst wollte ja auch immer mal Theater spielen. ›Die Kunst ist lang! Und kurz ist unser Leben‹, pflegte er zu sagen. Mein Drama beschrieb er als Geniestreich und meine Darbietung als anbetungswürdig. Er wollte mir die Welt zu Füßen legen, damit ich darüber einen roten Teppich ausbreite. Geflochten aus Worten meiner Dichtung, gesät aus meiner Seele.«

Puuh, dachte Frieda, lächelte aber tapfer. »Sch... schön gesagt, ähm ... Anton muss dich sehr geliebt haben.« Frieda verkniff sich, auf Robert hinzuweisen, da Manuela verträumt nickte und den Blick gen Himmel wandern ließ.

Frieda hakte nach: »Wann wollte er dir denn die Welt zu Füßen legen, also, dir mit dem Theater finanziell helfen?«

Manuela dachte kurz nach. »Bald, hatte er gesagt. Er müsste noch eine Entscheidung abwarten. Wenn ich mich recht entsinne, hatte er was mit Ferienhäusern erwähnt. Aber solch weltliche Dinge haben mich noch nie interessiert. Frieda, der Abend ist noch jung, dann will ich dich beim Lesen nicht aufhalten. Morgen können wir ja über mein Stück reden, ja?« Und weg war sie, bevor Frieda auch nur blinzeln konnte.

Nicht von dieser Welt, dachte Frieda, bevor sie die Augen schloss. Nicht von dieser Welt.

Kurz vor dem Einschlafen hörte sie noch ein leises und zärtliches *Biiing*.

Das Sein im Jetzt

»Das Sein im Jetzt, wie Menschen sich suchen und dabei den anderen finden«, las Frieda laut und biss in ihr Marmeladenbrötchen. Die Erdbeermarmelade tropfte seitlich hinunter und hinterließ einen süßlichen Klecks auf Seite vier.

Oops, dachte Frieda. Immerhin sieht Manu jetzt, dass ich es angefasst habe. Nach zwei weiteren Seiten verschluckte sie sich, und nach fünf Seiten stieg ihr auch noch Magensäure in den Mund. Bei Seite 13 versuchte sie, den sauren Geschmack mit Kamillentee zu ertränken, und als ihr Handy *biiingte*, spritzte etwas … ähm … Schwangerschaftsübelkeit auf Seite 14. Waren nur ein paar Tropfen, aber was rausmusste, musste raus. Bekommt das Manuskript halt mehr Farbe, stöhnte Frieda in Gedanken. Sie wischte das Handy an, wieder diese unsägliche Schwangerschafts-App.

Georg kam mit zwei dampfenden Kaffeebechern zu ihr. »Einmal koffeinfrei, mein Schatz. Na, wie ist das Theaterstück unserer Nachbarin?«

Frieda schielte zum Nachbarcamper und flüsterte: »Ganz schöner Scheiß.« Wobei das *schön* aus *schöner Scheiß* nun wirklich nichts mit *schön* auf sich hatte.

Georg hatte gerade einen Schluck Kaffee genommen, den er laut prustend ausspuckte. »Was? Ich dachte, dass das etwas Klassisches oder Postmodernes sein müsste.«

»Eher postneurotisch oder traumatisch. Sag mal, kennst du den Spruch, dass einer nicht weiß, dass er nichts weiß und –«

»Klar, das müsste Sokrates gewesen sein. ›Wer nichts weiß und weiß nicht, dass er nichts weiß, ist ein Tor – meide ihn. Wer nichts weiß und weiß, dass er nichts weiß, ist bescheiden – belehre ihn. Wer etwas weiß und weiß nicht, dass er etwas weiß, ist im Schlafe – wecke ihn. Wer etwas weiß und weiß, dass er etwas weiß, ist weise – folge ihm.‹«

Frieda schüttelte den Kopf, früher hatte sie Georg ihr wandelndes Lexikon genannt. Heute nervte sie es oft genug. Aber manchmal war es auch einfach nur praktisch. »Danke, du allwissende Müllhalde.«

»He, das ist aus den ›Fraggles‹! Ach, lustig, das muss ich mal Lea zeigen.« Georg lachte und ging in Richtung Toiletten, um sich den Kaffeefleck aus der weißen Shorts zu waschen. War schließlich seine letzte frisch gewaschene Shorts. Und Wäschewaschen gehörte nicht gerade zu den vergnüglichen Beschäftigungen beim Campen. Das bedeutete nämlich Schlange stehen bei der einzigen Waschmaschine, die funktionierte. Das hieß, seine Wäsche demonstrativ vor die Maschine stellen und alle halbe Stunde hineilen, um zu checken, dass kein anderer sich vordrängte. Was so seine zwei bis drei Stunden dauern konnte.

Frieda wurde nicht schlau aus dem Theaterstück. Es kamen insgesamt acht Personen vor: ein Hausmeister, der den Eingang zu einem Plattenbau fegte, in dem insgesamt drei Personen wohnten. Dazu tauchte ein Orangenverkäufer auf, der alles hatte – nur keine Orangen, und ein Chor, ein klassisches Element aus der griechischen Tragödie, der auch aus drei Personen bestand. Getarnt als Gegenstände wie Stehlampe und Kleiderständer. War das Ganze eine Satire, grottenschlecht oder noch nie da gewesen genial? Frieda tendierte in Richtung grottenschlecht. So fühlte sie sich zumindest selbst. Und vor dem Lesen ging es ihr noch gut. Uarghs.

Die erste Szene bestand aus komischen Dialogen, wobei Frieda sich noch nicht sicher war, ob sie diese lustig fand oder einfach nur komisch. Herr Meier, Herr Schmidt und Frau Eve wohnten in der Platte und stießen auf den Hausmeister, der diese Tätigkeit eigentlich nur machte, um sich von seiner Arbeit als Atomphilosoph zu erholen. Als die drei Bewohner erfuhren, dass sie die letzten Mieter in der Platte waren, stritten sie, flirteten und wunderten sich. Durchwebt war das Ganze von den philosophischen Überlegungen des Hausmeisters, dessen Bestreben es war, Gedanken zu entwirren und auf einen Punkt runterzubrechen. Ihn interessierte das erste Wort.

Tatsächlich das erste Wort, das jemals von einem Menschen gedacht wurde. Das sogenannte Ur-Wort. Er behauptete, dass jeder Satz und Gedanke aus einem einzigen Wort bestehen könne. Auch wenn das Wort sich mehr nach einer Krankheit anhörte und zwei Zeilen lang war.

»Herzchen, wenn ich dich sehe, geht die Sonne auf – du hast ja mein Manuskript vor dir liegen. Welche Stelle findest du bis jetzt am besten? … Weißt du, was? Begleite mich doch, ich muss zum Rathaus nach Mirow, dann können wir uns unterwegs unterhalten, und ich lade dich zu einem Cake-Gedeck ein.«

»Cake-Gedeck?«

»Kaffee und Kuchen und Sahne und je nach Tageszeit noch einen Cognac, was denn sonst? Süße, manchmal denke ich, du kommst von einem anderen Stern. Na, was ist? Und warum hast du eigentlich ein Pflaster auf der Stirn?«

Frieda schüttelte den Kopf, doch Georg hatte die Unterhaltung mitbekommen und trat mit einem großen Wasserfleck auf der Hose zu ihnen. »Gute Idee, denn Friedalein muss noch was zum Essen besorgen, und ich habe gleich eine Verabredung. Bestens.« Er gab Frieda einen Kuss, zeigte auf das Manuskript, hob dann den gestreckten Daumen nach oben, und weg war er.

Arsch, dachte Frieda.

Sie ließ sich widerwillig von Manuela unterhaken, hörte sich an, warum ein Atomphilosoph das kleinste Element in den Gedanken suche, wie man durch unterschiedliche Betonung aus einem einzigen Satz ein ganzes Stück erschaffen könne und was es mit dem Hausmeister-Dasein so auf sich habe. Metamorphotisch und ätherisch oder so.

In Mirow angekommen, steuerte Manuela, die in die Rolle einer Fremdenführerin geschlüpft war, zunächst das Schloss am Mirower See an. »Die wohl berühmteste Frau, die hier gelebt hat, und, unter uns gesagt, meine Lieblingsbewohnerin dieser Wohnstätte, war Sophie Charlotte von Mecklenburg-

Strelitz. Sie war so gebildet und smart, dass einer ihrer Briefe das Interesse von Georg III. auf sich zog und sie Königin von Großbritannien und Irland wurde. Dabei hatte sie in dem Brief nur über das Verhalten der preußischen Truppen in Mecklenburg gemeckert. Tja, früher gab es noch die Kunst der Rhetorik, und die Schönheit der Sprache wurde wie ein Bouquet seltener Blumen gepflegt und nicht einfach zertreten. Hervorgebracht hat dieses Adelsgeschlecht allerdings drei Königinnen. Remarquable ... für diese ländliche Ecke ... Sophie war Botanikerin. Durch und durch. So wie ich.«

Gegenüber dem Schloss lag das Kavaliershaus für den Hofstaat, doch die Schauspielerin führte Frieda zu einer kleinen Insel, die von einer verschnörkelten, zierlichen Brücke festgehalten wurde. Alte Bäume bogen sich knorrig über das Wasser und boten eine düstere Kulisse für das große Grabmal in der Mitte der Insel.

Frieda wollte sich die Inschrift anschauen, aber Manuela zog sie weiter, starrte auf ihr Handy, murmelte »Keine Zeit« und eilte an einer hölzernen Kirche vorbei zurück zum Auto. Sie fuhren die Straße entlang in Richtung Rathaus, und Frieda stellte fest, dass es ganz schön viel Straße gab. Es wirkte, als ob der Rest der Stadt eigentlich hauptsächlich aus ebendieser einen Straße bestand.

Wohnhäuser, eine Eisdiele und Läden reihten sich hier aneinander wie Perlen auf einer Kette. Manuela parkte in der Nähe des Rathauses, das sich als recht unspektakulär entpuppte. Ein stinknormaler Bau in Weiß und Lachsrosa mit rotem Dach.

Die Schauspielerin verschwand in einem der Büroräume, um sich wegen einer Anmeldung zum Zweitwohnsitz zu erkundigen, und ließ Frieda im Flur stehen. Diese summte sich neugierig durch den Gang und entdeckte an dessen Ende eine Klapptafel, auf der eine Ankündigung stand: »Informationsveranstaltung für Investoren des Bauvorhabens Grundstück OD234/21b«.

Frieda zog ein Notizbuch heraus, als hinter der Klapptafel

eine Flügeltür aufschwang. Der weißhaarige Bürgermeister trat heraus und streckte ihr lächelnd die Hand hin. »Aah, herzlich willkommen! Sie sind etwas zu früh, werte Dame, doch sind uns Investoren immer willkommen! Egal, zu welcher Tages- oder Nachtzeit. Wie war Ihr Name?«

Frieda hatte die Hand automatisch ergriffen und sagte: »Frieda.«

»Hallo, Frau Frieda, die Namen streicht nachher meine Sekretärin von der Liste, aber wenn Sie jetzt schon hier sind, dann dürfen Sie auch als Erste unseren Masterplan bewundern.«

Er hakte sie unter und zog sie durch die Flügeltür in einen großen Raum. Schwere rote Vorhänge an den Fenstern versprühten den Charme von altehrwürdigen Veranstaltungen. An der einen Seite war eine Leinwand heruntergezogen, und gegenüber gruppierten sich etliche Stühle um einen Beamer. Auf drei langen Tischen standen Getränke, Schnittchen und Gebäck bereit, dazwischen als Deko Häuser in Miniaturformat.

»Sind sie nicht hübsch? Ferienhäuser der Extraklasse. Gefallen sie Ihnen?«, fragte der Bürgermeister mit leuchtenden Augen, und Frieda konnte unter der Erwachsenenschicht den kleinen Jungen sehen.

»Ja«, gab sie zur Antwort und zupfte einen Prospekt vom Tisch, der über die geplante Ferienhaussiedlung informierte.

»Energiesparend, familienfreundlich, Regenwassernutzung, Solarzellen, ein Eins-a-Vorzeigeobjekt. Mehr Umweltschutz geht wirklich nicht.«

»Aha«, sagte Frieda und steckte den Prospekt ein. »Liegen denn alle Genehmigungen für das Bauvorhaben vor?«

»Liebe Frau Frieda, das ist nur noch eine Frage der Zeit. Es ist alles in Vorbereitung. Übrigens planen wir auch einen Wellnessbereich, der sich durchaus sehen lassen kann, mit Saunas vom Feinsten. Ich darf Ihnen vielleicht die Zeit bis zur Veranstaltung mit einer Tasse Kaffee versüßen? Meine Sekretärin wird sich darum kümmern.«

Der Bürgermeister hakte sie wieder unter, ließ noch ein paar typische Sprüche über Baby und Geburt ab, klopfte im Gang an eine Tür, öffnete, ohne abzuwarten, und schob Frieda mit einem gut gelaunten »Bis später« hinein.

Frieda drehte den Kopf zum Fenster, wo an einem Schreibtisch die Sekretärin saß, und schloss ihren offenen Mund, ohne ein Wort herausgebracht zu haben. Die Sekretärin tat das Gleiche, was vielleicht daran liegen mochte, dass es Oma Eusebia war.

Frieda stammelte: »Wo … wie … ähm, warum?«

»*Was* wäre die treffende Frage«, entgegnete Eusebia. »*Was* machen *Sie* denn bitte hier?«

»Ich … ich hab den Bürgermeister getroffen.«

»Ja, das ist mir nicht entgangen«, sagte Eusebia und holte eine Liste aus der Schublade. »Sie sind *was* genau?«

»Nein und ich …« Draußen auf dem Flur rief jemand Friedas Namen. »… habe jetzt auch keine Zeit mehr. Ich komme ein anderes Mal wieder.«

»Wegen mir nicht«, konterte Eusebia und knabberte an ihren Fingernägeln. »Wegen mir aber bitte nicht.«

***

Frieda briet klein geschnittene Zucchini, Karotten, Auberginen und Paprika an, setzte Reis auf und deckte den Tisch. Manuela hatte auf der Heimfahrt ganz undamenhaft über die Bürokratie abgelästert und darüber ganz vergessen, dass sie ja eigentlich über das Theaterstück sprechen wollte. Jetzt traf sie sich mit ihrem Ex Robert und hatte leider keine Zeit mehr. Und die Kinder waren sonst wo, würden irgendwann schon wieder hier auftauchen. Spätestens, wenn der Hunger anklopfte.

Nach einer Weile schlenderte Georg herbei. Mit sichtlich zufriedenem Gesichtsausdruck.

Frieda stellte ihm einen lecker duftenden Teller vor die Nase und fragte: »Was hattest du heute denn so Megawichtiges vor, Bärchen?«

»Das ist eine reine Männersache, sozusagen eine No-Woman-Show.«

»Aha, na ja, wenn's Spaß macht. Was macht ihr denn so? Skat spielen und Bier trinken?«

»Wir? Nö, das kann man so nicht sagen. Wir unterhalten uns über Politik! Diskutieren und –«

»Also Skat spielen und Bier trinken, sag ich doch.« Frieda nickte. »Sag mal, wusstest du, dass der Bürgermeister eine Ferienhaussiedlung gegenüber vom Campingplatz bauen will?«

»Echt? Das erklärt vielleicht die angeregte Diskussion zwischen den Campingplatzchefs vorhin.«

»Ja? Erzähl.«

»Es ging um die Ranger und … Frieda, jetzt hör mal zu, die Geschichte mit dem Toten ist durch. Lass das doch endlich sein, genieß den Urlaub, entspann dich und unser Baby und stocher nicht verzweifelt in irgendwelchen –«

»Verzweifelt stochern? Als ob ich –«

»Schahatz, du glaubst doch nicht im Ernst, dass der Polizist und der Arzt leichtfertig mit einer Leiche umgehen. Der Tote hatte schon länger gesundheitliche Probleme, und es liegt kein Fremdverschulden vor.«

Frieda schüttelte den Kopf, klatschte Georg eine weitere Ladung Gemüsereis auf den Teller und verschanzte sich hinter einer Frauenzeitschrift.

Georg seufzte nur und tippte mit dem Zeigefinger auf die Zeitschrift. »Übrigens hängt vorne am Kiosk ein Plakat. Am Wochenende findet hier im Dorf ein Fest statt. Mit Feuerwehr-Show! Haha, als ob die Camper auf so was –«

»Toll, da gehen wir hin, okay?«, unterbrach ihn Frieda.

»Wir? Uhm. Na ja … wenn du meinst. Du überraschst mich doch immer wieder.«

Den Abwasch erledigte Georg. Vor den Sanitäranlagen gab es mehrere Spülbecken. Und warmes Wasser gab es auch. Dank eines kleinen, netten Boilers mit einem kleinen, freundlichen Wasserhahn, aus dem ein dünnes Rinnsal herauskam. Geduldige Abwascher wurden mit einer vollen Schüssel heißen Wassers belohnt, ungeduldige mit einer halb vollen.

Um diese Zeit standen nur wenige Leute vor den Becken, da die Hauptessenszeit tatsächlich erst ein paar Stunden später begann. Trotzdem hatten sich bereits einige Essensreste im Spülbecken eingefunden und bildeten ein Stillleben von Mais an Nudeln.

Als Georg weg war, zog Frieda das Notizbuch hervor, kramte einige Minuten in ihrem Gedächtnis und schrieb:

Ranger Tom, etwas prollig, weiß viel über Pflanzen, vielleicht auch Pflanzengifte? Wenn neue Rangerzentrale, dann sicherer Arbeitsplatz. Chef der Ranger ist Jens.

Bürgermeister?

Und die To-do-Liste ergänzte sie um die Punkte:

– *Ranger Jens auf die Pelle rücken*

– *Woran könnte Anton gestorben sein?*

Georg zog Frieda mit einem Kuss in die Höhe. »Zeit für etwas Bewegung, meine Süße.«

»Was meinst du denn damit?«

»Dass wir einen Spaziergang machen können.«

»Willst du damit sagen, dass ich Sport machen soll? Findest du mich zu fett?«

»Liebling, du bist schwanger, ich hoffe doch, dass du etwas mehr Speck auf den Rippen hast! Komm, ich lad dich irgendwo auf 'ne Tasse Kaffee und ein Stück Kuchen ein.« Damit bekam Georg geschickt die Kurve und lief Händchen haltend mit Frieda runter vom Campingplatz und die Dorfstraße entlang.

»Schau mal, das sind Maulbeeren.« Frieda zeigte auf kleine hellrote Früchte, die an einem großen Baum hingen, und grüßte mit einem Kopfnicken einen Mann, der dort mit einem Spaten stand.

»Entschuldige, Georg«, sagte Frieda, drehte sich um und ging zurück. »Willi?«

Der Mann wandte sich ihr zu. »Ja? Ach, die Frau von der Frauenzeitschrift. Sie kommen gerade recht zum ersten Spatenstich.« Und schon begann er zu graben. Bei jeder Schaufel, die er mit Erde belud und zur Seite wuchtete, prustete er eine Silbe heraus: »Die ent-schei-dungs-un-freu-di-gen Dep-pen. Al-les muss man al-lein ma-chen.«

Willi richtete sich auf, nahm einen ein Meter hohen Baumsetzling und versenkte diesen in der Mulde. »Seit der Antike gibt es diese Maulbeerbäume bei uns, wussten Sie, dass er eine eigene Familie unter den Rosenartigen bildet? Mit vierzig Gattungen und über tausend Arten! Wenn die Früchte reif sind, müssen Sie wiederkommen und kosten. Köstlich! Und gesund. Und das Holz der Bäume zählt zu den gefragtesten Edelhölzern! Der Schreiner hatte schon keinen Mumm in den Knochen, und der Stadtrat säuft lieber. Die blöden Hornochsen!«

»Schahatz, wir wollten doch weiter und –«, mischte sich Georg ein, der ihr hinterhergetrottet war.

Doch er wurde von einem lauten Ruf unterbrochen. »Ja, sapperlot, was soll das denn?« Ein groß gewachsener grauhaariger Mann eilte auf sie zu. Er war glatt rasiert, hatte ein braun gebranntes Gesicht, das um die Augen herum von zahlreichen Falten eingekerbt war, und trug funktionale Kleidung in Form von Jeans, blauem Hemd und einer Weste, die mehr Taschen hatte, als man zählen konnte.

Willi hatte angefangen, ein zweites Loch auszugraben, unterbrach seine Tätigkeit aber. Er stellte einen Fuß auf das Spatenblatt und stützte sich auf dem Knauf ab. »Jens, alter Ranger-Gesell, was treibt dich denn her?«

»Ich hatte so was schon geahnt, du Ratte!«, fluchte Jens und gab den Setzlingen in den Anpflanzsäcken einen Tritt, sodass ein paar davon umfielen.

Willis Augen verengten sich, und eine steile Falte ragte zwischen seinen Augenbrauen empor.

»Schahatz, ich würde jetzt gerne –«

Eine helle Frauenstimme hinter ihnen rief aufgebracht: »Willi!«, begleitet vom Geräusch hektischer Schritte auf hochhackigen Schuhen.

Jens hatte währenddessen alle kleinen Maulbeerbäumlein umgestoßen und beschimpfte Willi, der seinen Spaten drohend in der Luft herumschwenkte, als Betrüger und Täuscher.

Georg packte Frieda am Arm und zog sie ein Stück zurück. »Jetzt gehen wir.«

Mit einem »Nein« riss sie ihren Arm los. Ihr Handy *büngte*. Zweimal.

Willi knallte die Schaufel auf Jens, der zur Verteidigung die Faust ausstreckte. Ein spitzer Schrei erklang. Oma Eusebia stürzte sich zwischen die Männer und bekam die Faust von Jens ab. Voll auf die Murmel.

Schockstarre.

Eusebia hielt sich den Kopf, Frieda zog aus den Weiten ihrer Handtasche ein Kühlpad und das Handy, Willi beschimpfte Jens und zog seine Freundin, die zu Boden gegangen war, in den Arm, Jens knurrte ein »'tschuldige« und machte sich vom Acker.

Frieda las auf dem Handy: *Heisan Frieda – gratuliere zum siebten Schwangerschaftsmonat plus fünf Tage. Langsam wird es Zeit, sich für einen Vorbereitungskurs anzumelden, es sei denn, du hast bereits geübt und größere Kinder. Was ist mit deinem Partner, gibt es Unstimmigkeiten oder Zweifel bei der Wahl des Geburtsortes? Hauptsache, du zweifelst nicht am Partner. Haha. Süßigkeit heißt auf Norwegisch: godteri. Ha det bra!*

Heisan Frieda – gratuliere zum siebten Schwangerschaftsmonat plus sechs Tage. Hast du die Nachricht gestern gar nicht gelesen? Wichtigeres vorgehabt? Und: jetzt schon mal Grieg gehört? Eignet sich gut zum Baby-im-Bauch-Beruhigen. Übrigens schüttet dein Körper gerade Hormone aus, um sich auf die Geburt vorzubereiten, und das Bindegewebe lockert sich. Durch das Babygewicht und die Lockerung kommt es oft zu Rückenschmerzen. Hauptsache, das bleibt nicht so mit dem Bindegewebe. Haha. Sich im Freien bewegen, Sport treiben, angeln, Beeren pflücken und einfach die Natur genießen hat übrigens im Norwegischen einen ganz eigenen Begriff, den man in diesem Umfang gar nicht übersetzen kann: friluftsliv. Ha det bra!

Diese App ist ja mehr Strafe als Information, dachte Frieda.

»Sie sind Zeuge, ich brauche auf jeden Fall Namen und Telefon …«, brabbelte Willi, aber Eusebia schüttelte mit einem Blick auf Frieda den Kopf und stöhnte. »Nein, nur das nicht. Willi, lass es einfach, ja!«

Frieda und Georg gingen weiter die Straße entlang. Dabei redeten sie gerade mal zwei Worte.

Sie sagte: »Georg?«

Er sagte: »Nee.«

Bis Frieda stoppte und auf ein Türschild starrte.

»Geht es dir nicht gut, Frieda?« Georg schaute ebenfalls auf das Schild, auf dem in großen goldenen Buchstaben »Dr. Kurt Grün« stand. »Ist dir übel, oder was?«

»Nein … ähm … ja, übel, so von der ekligen Sorte, weißt du.« Theatralisch hielt sie sich die Wampe. »Ich muss mich mal kurz durchchecken lassen, ja? Geh du schon mal zurück.«

»Soll ich nicht warten?«

»Ach Quatsch.« Und RUMMS, fiel die Tür hinter Frieda ins Schloss.

Wenn man eine kleine Waldmaus gewesen wäre, hätte man Georg beim Zurücklaufen zum Campingplatz wohl leise vor sich hin schimpfen hören, wobei des Öfteren die Worte »Kaffee« und »Kuchen« fielen.

In der Praxis herrschte Betrieb wie in einem Taubenschlag, mit flügellahmen gräulichen Exemplaren. Eine weiß bekittelte Sprechstundenhilfe fragte Frieda: »Ja, bitte, haben Sie einen Termin?«

»Nein, aber das da.« Frieda zeigte auf ihre Kugel.

»Wir sind aber kein Frauenarzt. Oder haben Sie da ein Furunkel? Die Haut ist zumindest ziemlich gerötet.« Die Sprechstundenhilfe zeigte mit einem Kugelschreiber auf Friedas Stirn.

»Nein, und ich denke, dass man kein Spezialist für Frauen sein muss, um das zu untersuchen.« Frieda hustete zweimal hohl in die Hand. Es hörte sich fast echt an, unbezahlbar, wenn man als Kind nicht zur Schule wollte. Der Trick mit dem Fieberthermometer auf der Heizung hatte ja leider nur bis zur vierten Klasse funktioniert.

Die Sprechstundenhilfe rückte ihre goldgerahmte Brille auf der Nase zurecht und tippte pikiert mit einem knallroten Fingernagel auf den Tresen. »Ihre Versichertenkarte. Bitte.«

Vierzig Minuten später saß Frieda im Sprechzimmer und ließ sich Brust und Rücken abhören.

»Kinder sind was Schönes! Ich habe drei und zwei Enkelkinder. Und jetzt mal tief einatmen«, sagte der grauhaarige Arzt. Er war einen Kopf größer als Frieda und so faltig wie eine Ziehharmonika.

»Zelten!«, stieß Frieda zwischen zwei Atemschüben heraus. »Ich mein, man kann gut mit denen zelten gehen.«

»Nein, dafür sind meine noch zu klein. Alles einwandfrei, ich schau Ihnen gerade noch in den Mund.« Er tauschte das Stethoskop gegen einen Holzspatel und eine Minilampe.

»Ihre Kinder?«

»Nein, die Enkelkinder, das eine ist drei und das zweite gerade frisch entbunden. Und jetzt mal schön Aaaaahhhh machen.« Er legte den Spatel auf ihre Zunge.

»Grlglg ...« Frieda würgte und spuckte einen Schwung Magensäure auf ihr Gegenüber. Gut, dass der Arzt eine Brille trug. In aller Ruhe nahm er diese ab, putzte sie mit einem Tuch, setzte sie wieder auf und zog sich einen frischen Kittel an.

»Das, das tut mir jetzt wahnsinnig –«, stammelte Frieda.

»Ach, Kindchen.« Dr. Grün tätschelte ihre Wange. »Sie sind nicht die Erste und nicht die Letzte. Haben Sie Sodbrennen?« Er reichte ihr ein Glas mit Wasser, das sie gierig trank.

Frieda schüttelte den Kopf. »Wir zelten gerade, wissen Sie.«

»Zieht es da nachts durchs Zelt?« Der Arzt zückte eine Armmanschette. »Mal den Ärmel hochkrempeln, bitte.«

»Nein, das nicht, nur –«

»Jetzt die Hand zur Faust ballen. Ist Ihnen öfters schwindelig?«

»Nein. Autsch, das ist fest.«

»Ja?« Er hörte auf, Luft hineinzupumpen, und maß den Puls.

»Die Leiche«, sagte Frieda und hielt still, als Dr. Grün mit einem Hämmerchen die Kniereflexe testete.

Der Arzt lachte. »Wieso Leiche? Sie haben noch gute Reflexe, junge Frau. Und ich kann Ihnen zu einem guten Allgemeinzustand gratulieren. Wie viel haben Sie denn zugenommen?«

»Ich? So fünfzehn Kilo bis jetzt. Und ich meinte die Leiche auf dem Campingplatz.«

»Ach so, die. Herr Schreiner. Ich kannte ihn schon von klein auf. Ein netter Mann. Fünfzehn Kilo? Jetzt schon? Ihnen ist wirklich nicht öfters schwindelig? Nehmen Sie denn Folsäure?«

Es klopfte an der Tür, und mit dem Hinweis, dass Patienten mit einem Termin draußen warten würden, legte die Sprechstundenhilfe Patientenakten auf den Tisch.

Friedas Blick fiel auf die Akten. Wie konnte sie nur an Infos über den Toten kommen?

»An was ist er denn gestorben?«, platzte Frieda heraus.

Dr. Grün hielt inne, sah sie an, nahm die Brille ab, holte ein Tuch aus der Tasche und putzte erneut die Gläser. »Ich schreibe Ihnen Vitamin D auf, ansonsten würde ich Ihnen Ruhe empfehlen. Für Sie und das Baby. Das mit dem Toten scheint Sie ja sehr aufgewühlt zu haben. Herr Schreiner hatte einen Herzinfarkt. Darüber wunder ich mich gar nicht. Er rauchte, aß zu fett, machte keinen Sport, und zur Vorsorge musste ich ihn fast persönlich abholen. Eine traurige Sache, aber wussten Sie, dass in Deutschland jährlich circa siebzigtausend Menschen an einem Herzinfarkt sterben?« Mit einem »Darf ich?« zog er ihr das Pflaster von der Stirn.

»Aua«, jaunerte Frieda und rieb sich den Mückenstich. Die Haut war ganz heiß, und die gerötete Stelle schmerzte.

»Oh, gut, dass wir da noch einen Blick drauf werfen.« Der Arzt desinfizierte, schmierte eine Paste drauf und dozierte kurz über den Zusammenhang von milden Wintern und der Zunahme von unerwünschten Insekten. »Auf Wiedersehen«, sagte er und schüttelte Friedas schlaffe Hand.

Was sollte Frieda tun? Einen Ohnmachtsanfall vortäuschen? Und dann?

»Ähm … ähm, Herr Dr. Grün, ich … ich schreibe für eine Frauenzeitschrift, und da … Haben Sie die Leiche obduziert?«

»Soso, für eine Frauenzeitschrift, und die berichtet über Leichen? Nun, nein, es gab keine Obduktion, bei eindeutigen Fällen sehen wir davon ab. Vonseiten der Angehörigen gab es auch keine Notwendigkeit.«

Er war schon an der Tür, um in sein anderes Sprechzimmer zu wechseln.

»Danke, Herr Grün. Eine letzte Frage noch, warum wissen Sie so genau, dass es ein Herzinfarkt war?«

»Was sollte es denn sonst gewesen sein?«

***

Frieda lief an den Maulbeerbäumen vorbei, aber Willi und Eusebia waren nicht mehr da. Sie schaute sich das Areal an und stellte fest, dass es sehr groß war. Perfekt gelegen am Wald, an einem beschaulichen Ort, ideal, um Kanutouren zu machen oder wandern zu gehen oder einfach zu baden und die Ruhe zu genießen.

Frieda zückte das Handy, wählte aus der Kontaktliste einen Namen und rief an. Kurz darauf meldete sich eine helle, melodiöse Stimme. »Hallihallo, Friedalein, na, wie isses bei deinen Eltern?«

»Hi, Josefine, die sind krank, wir haben das Zelten noch verlängert.«

»Oh no! Soll ich dich abholen kommen?«

»Haha – nee, passt schon. Ich hab da mal eine Frage an dich, an dein Autoren-Ich sozusagen.«

»Schieß los, hihi.«

»Also, frag mich nicht, wie ich auf die Frage komme …«

Frieda lief während des Telefonierens weiter und sah schon den Parkplatz vom Hexenwäldchen vor sich auftauchen. Keine Zeit für Geplänkel. »Kann es sein, dass ein Arzt bei einer Leiche ohne Untersuchung als Todesursache Herzinfarkt feststellt? Also nur so aufgrund der Familiengeschichte und einer leichten Vorerkrankung.«

»Oha. Du hast mich jetzt aber neugierig gemacht. Soll ich dich vielleicht doch abholen? Hihi. Also, um gleich zur Antwort zu kommen: Ja. Das passiert sogar öfters, als man es für möglich halten würde. Fehldiagnosen, die den Umständen geschuldet sind und in Ermangelung an Fachkenntnis. Vor allem in Dörfern oder Städten mit ein oder zwei Hausärzten, die wollen es sich zudem nicht mit den anderen Einwohnern der Stadt verscherzen, wenn sie plötzlich ein Fass aufmachen würden mit Mördersuche. Dann wäre das Wartezimmer womöglich bald ziemlich leer. Totenleer quasi, hihi.«

»Danke, Josefine, ich melde mich.«

Zwischen den Autos waren drei Gestalten aufgetaucht, die ihr entgegenliefen. Drei sehr vertraute Gestalten. Die größte trug ein Schneidebrett vor sich her, auf dem etwas lag. Es war ein Kuchen nebst Messer. Schmeckte gut. Sogar besonders gut mitsamt der ganzen Familie, auf einem einsamen Steg, der ins warme Wasser ragte.

***

Freitage mochte jeder, sie waren sozusagen die Pippi Langstrumpfs der Woche. Nur dieser Freitag trug einen Trauerflor im Knopfloch, denn heute wurde Anton Schreiner beerdigt.

Frieda hatte die dunkelsten Klamotten herausgesucht, was aufgrund der eingeschränkt vorhandenen Garderobe und des stetig wachsenden Bauchs nicht ganz einfach gewesen war. Sie trug nun ein blaues Trägerkleid mit weißen Punkten, versuchte aber, den Mangel an Trauerfarbe mit einem leidvollen Gesichtsausdruck wettzumachen. Außerdem stand sie abseits der Trauergemeinde, fast versteckt hinter einem Baum. Täter tauchten doch oft auf den Beerdigungen ihrer Opfer auf, oder?

Warum eigentlich? Um zu sehen, dass der Tote nicht mehr aus dem Sarg krabbelte? Frieda drückte auf den Fotoknopf des Handys und hoffte, kein Aufsehen zu erregen.

Frau Schreiner war eine Witwe wie aus dem Bilderbuch. Schwarz, weinend und mit verschmierter Wimperntusche. Von den vielleicht fünfzig trauernden Trauergästen erkannte Frieda die Leute aus dem Heimatverein und einige aus dem Dorf nebst Polizist Pfifferling mit Gattin und Bürgermeister. Eine Blasmusikgruppe mit Horn und Trompete spielte ihre traurige Weise, und Frieda wurde von einer melancholischen Welle erfasst, die sie fast zum Mitweinen brachte. Aber nur fast. Jemand tippte von hinten auf ihre Schulter, und Frieda quiekte so laut, dass sich einige Trauergäste umdrehten und Zischlaute ausstießen wie römische Wachgänse.

Es war Manu, die knallroten Lippenstift, eine schwarz getönte Sonnenbrille und ein nachtschwarzes Wallekleid mit roter Ansteckblume trug.

»Mensch, Manu«, schimpfte Frieda leise. »Willst du eine Sturzgeburt verursachen? Echt!«

»Ah, mon Dieu! Entschuldige bitte, ich ... ich bin ja ganz gerührt, dass du so eine gute Freundin bist.«

»Ja?« Frieda schaute sie fragend an.

Manuela tupfte sich mit dem Zipfel eines Stofftaschentuchs die Augenwinkel ab. »Dass du mich sogar hier unterstützt! Danke! ›Und wandelt mit bedächtger Schnelle, vom Himmel durch die Welt zur Hölle!‹« Sie seufzte tief. »Aber ich bleibe nicht lange. Nicht dass meine Anwesenheit zu einem Tumult führt. Das war übrigens aus dem Vorspiel vom Faust.«

Während Manuela das sagte, drehten sich einige Köpfe der Trauergäste in ihre Richtung und schickten nicht gerade freundliche Blicke herüber.

»Weißt du eigentlich, ob es ein Testament gibt?«, fragte Frieda etwas später, während sie neben Manuela in Richtung Straße schwankte. Nachdem sogar der Polizist sich mehrere

Male zu ihnen gedreht hatte, hatten sie beschlossen, lieber zu gehen.

Die Schauspielerin schnäuzte recht ladylike in ihr Taschentuch. »Ach, daran hab ich noch gar nicht gedacht! Vielleicht hat mir der Gute ja etwas hinterlassen. Wobei ich in letzter Zeit eher das Gefühl hatte, dass er sich zurückzog.«

Der Gute, dachte Frieda, wie schnell er von der größten Liebe ihres Lebens zum Guten geworden war. »Ach wirklich?«, schnaufte Frieda. Auch dreißig Meter konnten manchmal anstrengend sein.

»Ja. Vielleicht war das ein Zeichen des nahenden Todes? Erschöpfung, keine Lust mehr auf Sex, Wortkargheit. Bestimmt! Jetzt, wo ich darüber nachdenke … Da vorne steht Robert, ich wünsch dir was, Schätzchen, bis morgen.« Und weg war sie.

Georg und die Kinder waren mit dem Kanu unterwegs, und Frieda fuhr zu einer nahe gelegenen Mühle, die zwar außer Betrieb war, dafür aber Namensgeber für Pommesbude und Restaurant auf der anderen Straßenseite. Hier wollten sie sich später treffen. Frieda stellte das Auto auf dem großen Parkplatz beim Biergarten ab, holte sich etwas zu trinken und marschierte runter zum Wasser. Dort schaukelten ein paar Kanus vor sich hin, und eine Wasserrutsche lud zum Planschen ein. Allein der Blick auf den knallblauen See, eingerahmt von einem grasgrünen Schilfgürtel, war entspannender als fünf Yogastunden. Ein Geruch nach Fritteuse und eine frische Brise lagen in der Luft, als Frieda mit Notizbuch und Tageszeitung auf einer Bank am Rande eines kleinen Spielplatzes niedersank. Durch ihren Kopf schoss: Halb zog sie ihn, halb sank er hin und ward nicht mehr gesehen. Diese Zitiererei von Manuela färbte ab, schrecklich!

Frieda blätterte im Notizbuch, ergänzte bei der Liste der Verdächtigen:

– Dr. Grün …

Und strich den Namen gleich wieder durch. Aus welchem Grund hätte der denn den Schreiner umbringen sollen? Was

Frieda zu einem interessanten Punkt brachte: Wer hatte überhaupt ein Motiv? Puuh, wo anfangen?

In Friedas Kopf purzelten Gedanken durcheinander, bis die Titelmelodie von »Star Wars« erklang. Das passierte öfters, wenn ihr Gehirn beschloss, den Alltagsstress auszublenden. Quasi ein körpereigenes Entspannungsprogramm. Sie summte die Melodie vor sich hin, schloss die Augen, blätterte blind das Notizbuch durch und ließ den Zeigefinger auf einer zufälligen Seite ruhen. Es war ein Kirschkompottrezept. Okay, damit konnte sie jetzt eigentlich nicht so viel anfangen. Danke, Unterbewusstsein. Jetzt hatte sie Appetit auf Kirschen und meilenweit keine in Sicht. Nur Maulbeerbäume. Grummel.

Frieda schlug den Lokalteil der Zeitung auf, und die Melodie wurde von einem Trommelwirbel unterbrochen. Als Aufmacher stand dort groß zu lesen: »Tote schaukeln nicht«.

Ein gewisser Bernd Barum schrieb über den toten Herrn Schreiner und das Unglück, in einer Hängematte einen Herzinfarkt zu erleiden. Es war mehr eine Lobhudelei auf Schreiner, dass er als Stadtrat so engagiert gewesen sei und bei der nächsten Bürgermeisterwahl gute Karten gehabt hätte. Sogar von »zukünftiger Staatssekretär« war die Rede, nur habe er leider unter dieser Herzschwäche gelitten. Lag wohl in der Familie, also das Herzinfarktrisiko, der Vater und ein Onkel seien auch daran verstorben. Allerdings waren die in ihren Betten gestorben, während der Schreiner wohl noch etwas geschaukelt habe vor seinem Ableben.

Frieda fing an zu schwitzen. Eine weitere Sache, die die Schwangerschaft so mit sich brachte. Leichte Bewegung oder Erregung, und die Schweißdrüsen feuerten aus allen Rohren. Der Artikel war echt schlecht. Der Tote habe vor seinem Ableben noch geschaukelt? Keinerlei Zweifel oder Nachfragen, was der Schreiner überhaupt auf dem Zeltplatz getrieben hatte oder ob es vielleicht eventuell auch ein kleiner Mord war. Das war so dermaßen schlecht, dass Frieda das Handy zückte, um sogleich bei der Zeitung anzurufen, da ertönte das wohlbekannte *Biiing*.

Heisan Frieda – gratuliere zum siebten Schwangerschaftsmonat plus sieben Tage. Die Hitze kann ganz schön anstrengend sein. Lockere Kleidung und bequeme Schuhe sind ein Muss, nicht dass der Kreislauf kippt. Wir empfehlen kühle Fußbäder und Fußgymnastik: einfach mit den Füßen kreisen und die Zehen anziehen und entspannen. Beugt auch Venenthrombosen vor. Ist auch das Einzige, was man derzeit verhüten kann. Haha. Schlechte Laune haben heißt auf Norwegisch: være i dårlig humør. Ha det bra!

Frieda dachte: Schlechter geht doch noch, und tippte die Nummer der Redaktion ein.

»Nordkurier, Lokalredaktion Neustrelitz, Günther mein Name, wie kann ich helfen?«, ratterte eine jung klingende Stimme.

»Ähm … ja, guten Tag, ich … mein Name ist Frieda, Friederika Rudi … Ist Herr Karum zu sprechen?«

»Kenn ich nicht, worum geht es denn? Wollen Sie eine Anzeige aufgeben, etwas verkaufen, eine Veranstaltung melden oder auf eine Chiffre antworten?«

»Chiffre?«, wiederholte Frieda erstaunt. »Äh, ich –«

»Gut, danke, ich verbinde.«

»Nein … ähm.«

Klick.

»Edelweiß, ja, bitte?«, meldete sich eine tiefe Frauenstimme.

»Hallo, Frau Edelweiß, ich … Friederika Rudi mein Name, ich wollte –«

Frau Edelweiß unterbrach: »Ja, Sie wollen eine Chiffre aufgeben, beantworten oder etwas verkaufen, sonst wären Sie nicht hier gelandet, also?«

»Nein, das … also, ich –«, stotterte Frieda.

»Na, seien Sie nicht so schüchtern, wenn Sie eine Chiffre zum Kennenlernen aufgeben wollen, kann ich Ihnen gerne beim Texten helfen. Na los!«

»Ich? Ich bin verheiratet und gerade mit dem dritten Kind schwanger.«

»Und dann wollen Sie jemanden kennenlernen? Also, das find ich echt nicht –«

»Nein, das ist ein Missverständnis, ich will mit Herrn Bernd Karum reden.«

»Karum? Sie meinen wohl Bernd Barum? Der ist vergeben, und zwar ist der mit –«

Klick.

Frieda reichte es. Sie wählte erneut und sagte zu Frau Günther: »Hallo, ich noch mal, Friederika Rudi, ich wollte keine Anzeige aufgeben, sondern mit Bernd Barum sprechen, ist er denn derzeit in der Redaktion?«

»Nein, der ist in Blankenförde, da findet demnächst ein Fest statt, quasi eine Berichterstattung vom Aufbau bis zum –«

Frau Günther wurde von einer tiefen Frauenstimme aus dem Hintergrund unterbrochen: »Gertrud, ist das die Frau, die Bernd sprechen will? Sag ihr nicht, wo er ist, die ist nur hinter ihm –«

Klick.

Frieda hatte aufgelegt. Ein Kanu, bestückt mit zwei Kindern nebst einem grimmig schauenden Georg, legte gerade an. Und dieses Telefonat hätte wohl sonst noch etwas mehr Zeit gekostet. Und Nerven.

Es gab Pommes satt und Apfelschorle. Die Kinder schwärmten ohne Ende von der tollen Fahrt. Sie hätten einen Reiher gesehen, Enten, seien an Privatgärten mit eigenen Kanuanlegestellen und Stegen vorbeigefahren und wollten sofort in diese Gegend ziehen.

»Ein Paradies für Fisch und Kanufreund«, sagte Jonni.

Mein Sohn ein Dichter, dachte Frieda und grinste Georg an.

Doch Georg grinste nicht zurück. Er hatte sehr schlecht geschlafen, und Paddeln in der Sonne war anstrengend, das trieb seine Muffeligkeit in ungeahnte Höhen. Dazu kamen ungefähr fünf neue Mückenstiche. Da konnten auch keine Entenküken im Schilf helfen.

Frieda verkniff sich, »back to nature« zu sagen, und kraulte ihm stattdessen den Rücken. »Hase, komm, ich lad dich heute Abend auf ein Bier ein. Ich weiß sogar schon, wo!«

***

Georg hielt ein Bier in der Hand und schaute auf das Tohuwabohu um ihn herum: Ein Gerüst für eine Bühne wurde gerade zusammengesteckt, überdachte Verkaufsstände aufgebaut und die grüne Wiese vor dem Gemeindehaus von mehreren Leuten platt getrampelt, die Dinge hinein- oder heraustrugen. Vor einem Bierwagen standen an fünf Stehtischen einige Männer herum und palaverten lautstark über Politik und darüber, dass am Vorabend des Festes noch Ruhe herrschte. Zu ihnen gehörte auch der Polizist Pfifferling, mit seiner Frau an der Seite.

Georg drehte sich zu Frieda. »Ein lauschiges Plätzchen hast du uns da ausgesucht.«

Obwohl das Fest noch gar nicht offiziell begonnen hatte und die Massen erst in den nächsten Tagen erwartet wurden, roch es hier bereits nach einer Mischung aus verschüttetem Bier und aufgewühlter Erde.

»Mhm, ich dachte, das wäre nett hier.« Frieda schaute etwas bedröppelt drein.

Georg gab ihr einen Kuss auf die Nase. »Ist zumindest ein guter Ort für Sozialstudien und … Wo willst du hin? Schahatz?«

»Ähm … Bin gleich wieder da. Holst du mir noch was zu trinken, bitte?« Frieda folgte einem Mann, der eine Kamera um den Hals trug. Er war mindestens sechzig und hatte Hände wie Schaufeln.

Frieda tippte ihn an. »Entschuldigen Sie bitte, sind Sie Bernd Barum?«

Der Angetippte schüttelte den Kopf und zeigte in Richtung Gemeindehaus, wo ein junger Mann gerade laut auflachte. Ein sympathisches Lachen, das seine weißen Zähne im braun gebrannten Gesicht aufblitzen ließ. Ein nettes Gesicht, dazu ein durchtrainierter Körper, bemerkte Frieda und gesellte sich kurzerhand zu ihm und zwei Mädels, die vor Charme nur so sprühten.

Die eine mit Ausschnitt bis zum Bauchnabel zwitscherte gerade: »Das hast du gemacht? Von einer Brücke in Thailand? Wow, Berni!«

Die andere warf ihre langen Haare in den Nacken und hätte dabei fast Frieda erschlagen. »Das war doch bestimmt ein Klacks für dich, oder, Berni?«

Dieser aalte sich in der Bewunderung und wollte gerade antworten, als Frieda einwarf: »Bungee-Jumping?«

Alle drei starrten sie an, und Bernd sagte: »Öh … nein.«

»Getaucht?«, riet Frieda.

Und Bernd antwortete leise: »Nein, es ging ums Essen.«

Die Ausschnitt-Tussi meinte: »Wie mutig, im Ausland auf dem Markt einheimisches Essen zu essen. Da kann man sich ja sonst was holen!«

Langhaar nickte, und ihr Kopf wippte immer schneller, vielleicht weil sie vergessen hatte, wie man das wieder abstellte.

»Und du bist?«, erkundigte sich Bernd und reichte Frieda die Hand.

»Frieda, und ich hab eine Frage zu deinem Artikel über Anton Schreiner.«

»Klar, gerne. Komm, lass uns ein paar Schritte gehen. Ganz schön fies dieses Jahr, also die Stechmücken, oder?«

Bernd ging mit Frieda am Gemeindehaus vorbei und blieb vor ein paar halb aufgebauten Ständen stehen. Er blickte sie mit schief gelegtem Kopf an, und Frieda dachte: süß, und zwar nicht in Form von, so süß soll mein Jonni auch mal aussehen, sondern eher so in Richtung: sexy-süß.

»Was möchtest du denn wissen?«, fragte Bernd

»Ähm … sag mal, kommst du aus der Ecke hier?«

»Ja.« Er lachte ein tiefes, volltönendes Lachen. »Ich komme aus der Ecke hier, warum?«

»Hast du schon mal bei einer größeren Zeitung richtig als Journalist gearbeitet?«

»Hä?« Bernds Lächeln war wie von einem Schwamm weggewischt.

»Ich mein … ich … ähm«, stotterte Frieda. »Der Artikel war gut, über Schreiner, aber …« Sie zeigte entschuldigend auf ihren Babybauch. »Manchmal purzeln die Worte etwas durcheinander. Hast du auch Kinder?«

Bernd schüttelte den Kopf, und ein trauriger Blick tauchte in seinen Augen auf.

Oops, dachte Frieda, wenn sich einer so richtig in Scheiße reiten kann, dann ich. »Bernd, hast du schon mal daran gedacht, ob das mit dem Schreiner nicht auch –«

»Schahatz.« Georg trat dazu. »Willst du uns mal vorstellen?« Er legte einen Arm um Friedas Schulter und trank mit einem Schluck seine Flasche leer.

»Klar, das ist mein Mann Georg, und das ist –«

»Bernd!« Eine Frau in lilafarbenem, langweiligem Sommer-Sack-Kleid tauchte neben ihnen auf. »Warum gehst du denn nicht ans Handy? Heute hat in der Redaktion so eine komische Frau angerufen, die dich –«

Bernd sah Frieda entschuldigend an. »Das ist meine Freundin Jasmin, und das sind Georg und Frieda.«

Jasmins Blick landete auf Friedas Bauch und arbeitete sich langsam bis zu ihrem Gesicht hoch, hüpfte dann auf Georgs Arm, und Jasmin entspannte sich. »Hallo.«

Bernd schaute hoch in den Nachthimmel und strahlte, als ob er gerade zehn Sternschnuppen gesehen hätte und daran glauben würde, dass sich Wünsche erfüllen. »Ein Abend, wie geschaffen für neue Freunde. Wollen wir uns alle was zu trinken holen? Und, Frieda, was meintest du über den Artikel?«

Sie gingen zum Bierstand. Frieda zögerte kurz, dann sagte sie: »Guter Stil … und interessant, was du da in wenigen Sätzen auf den Punkt gebracht hast. Weißt du, wir sind in gewisser Weise Kollegen, ich schreibe zurzeit für eine Frauenzeitschrift, aber früher, da habe ich auch für Zeitungen geschrieben.«

Georg schnippte mit dem Finger gegen die Bierflasche. »Für

die ›Zeit‹, ›Welt‹ und den ›Spiegel‹ und so. Will noch jemand ein Bier? Bernd? Jasmin?«

Beide nickten, und Georg stellte sich in die Schlange.

Bernd überlegte laut: »Frieda, Frieda Rudi, mhmm, kann es sein, dass du mal einen Artikel über Hanf geschrieben und damit ein Erdbeben in der Pharmabranche ausgelöst hast? Von wegen – wertvolle Heilpflanze von geldorientierter Pharmaindustrie gefressen. Wie du den ehemaligen Pharmalobbyisten aus den USA aufgespürt und dieses Interview als roten Faden verwendet hast – ganz großes Kino!«

Friedas Mund sprang auf. Das war ja schon Ewigkeiten her. Fast in einem anderen Leben. Sie nickte.

»Klasse! Der Artikel erschien damals, als ich mein Volontariat gemacht habe, wir haben viel darüber diskutiert. Echt toll!«

Jasmin hakte sich bei Bernd unter. »Selber hast du so einen Artikel aber nicht geschrieben.«

»Nein, aber das ist …«

Jasmin hatte an einem der Stehtische eine Freundin entdeckt, drückte Bernd mitten im Satz einen Kuss auf den Mund und entschwand mit einem »Bis gleich«.

Frieda nutzte die Gunst des Moments und senkte die Stimme zu einem Flüstern. »Hast du noch mehr Informationen über den Schreiner?«

»Ich? Über den Schreiner? Warum?«

»Ich dachte nur«, sagte Frieda und fügte schnell hinzu: »Alte Berufskrankheit.«

»Soso. Nee, tut mir leid, ich kannte den persönlich nicht. Ich könnte dir nur sagen, wo er gewohnt hat, das ist hier –«

»Nein, das meine ich nicht. Eher so was wie Gerüchte.«

»Gerüchte? Ich dachte, gute Journalisten geben nichts auf Gerüchte. Also, ich könnt mich ja umhören, wenn du –«

»Nein. Bitte nicht. Ich war bloß neugierig.«

Jasmin trat zwischen sie. »Was flüstert ihr denn da?«

Bernd lächelte sie an. »Über den Schreiner. Frieda hat gefragt, ob ich ihn kannte.«

Oje, dachte Frieda. »Nix Wichtiges, ist derzeit halt nur in aller Munde.«

»Ist es das?«, fragte Jasmin, zog Bernds Kopf zur Seite und küsste ihn. Innig und herzlich, so lange, bis er fast erstickt wäre.

Es hätte schon ein netter Abend werden können, wenn Georg nach dem dritten Bier nicht Friedas Notizbuch aus ihrer Tasche gezogen hätte.

Frieda lächelte und streckte die Hand danach aus. »Gib mir das bitte zurück.«

Doch Georg blätterte wild darin herum und fing an, Passagen vorzulesen. Gott sei Dank erwischte er nur die Seiten, auf denen Frieda neue Themen für die Frauenzeitschrift gesammelt hatte. Manche ernster, andere weniger ernst: Die Lieblingshaustiere der Stars – von Rocky bis Esmeralda, oder welches ist so hässlich wie sein Besitzer, oder ist das ein Tier oder der Doppelgänger? Die Hochzeit des Jahres – wer hat sie gefeiert? Wer sollte sich wieder trennen, und wer hat hoffentlich keine Nachkommen?

Frieda fluchte, und auch die anderen hatten aufgehört zu lachen, doch Georg bemerkte dies nicht. Er hielt die Kladde hoch in die Luft, sodass Frieda nicht rankam, und blätterte weiter. Tränen schossen ihr in die Augen, so sauer war sie schon lange nicht mehr gewesen. Bernd wollte Frieda zu Hilfe kommen und Georg das Notizbuch abnehmen, auf charmante Weise mit einem Witz, dass Frauenzeitschriften ja brisante Themen böten, doch Georg schimpfte, was der Schreibfritze sich da einmische, packte Bernd an der Jacke, und das schönste Handgemenge inklusive heiserer und schriller Frauenrufe war im Gange.

Polizist Pfifferling eilte herbei, trennte die Streithähne und fixierte Frieda mit einem scharfen Blick. »Haben Sie das ausgelöst? Wieder rumgeschnüffelt, oder was? Könnt ihr nicht einfach Urlaub machen wie normale –«

»Moment mal, Freundchen«, unterbrach Georg ihn, »wie reden Sie denn da mit meiner Frau?«

»Freundchen? Ich glaub, ich hör nicht recht, seien Sie bloß froh, dass ich gerade nicht im Dienst bin. Nu?«

Georg baute sich mit seinen ganzen ein Meter achtundachtzig vor dem molligen Polizisten auf, doch bevor er etwas sagen konnte, tippte Bernd dem Pfifferling auf die Schulter. »Irgendwie sind Sie ja immer im Einsatz, hahaha. Was ich Sie immer mal fragen wollte, was halten Sie von einem Interview für den ›Nordkurier‹? Über die Polizeiarbeit und …«

Während sich Jasmin stolz bei Bernd einhakte, zog Frieda ihren Mann mit sich, vorbei an dem Stehtisch, an dem die Frau des Polizisten immer noch stand und mit einem entschuldigenden Blick die Schultern hochzog.

Schätzelein hat die Nase voll

»Schätzelein, hast du Zeit?«

Die Sonne war erst vor Kurzem aufgegangen, der Campingplatz lag noch in seiner verkaterten Morgenstarre, und Frieda hatte gerade die erste Tasse Roibuschtee aufgegossen, als Manuela wie aus dem Nichts auftauchte.

»Ich sah, dass du auch schon wach bist, und da heute Morgen auf meiner Tanzkarte noch ein Tänzchen frei ist, dachte ich mir, tänzeln wir ein Stündchen zusammen?«

Frieda gähnte und rieb sich die Augen. Die Nacht war extrem mies gewesen, dank des zappelnden Bauchzwergs und diverser Krämpfe in der linken Wade, da musste sich der Tag gewaltig anstrengen, um noch mieser zu werden. Aus der Tür des Wohnwagens drang ein Schnarch-Dreiklang. Frieda nickte. Sie wollte Manuela nicht verärgern, außerdem hatte sie in den schlaflosen Stunden die Gunst der Stille genutzt, um die etwaigen Täter, die in ihrem Kopf Walzer tanzten, nochmals zu überdenken, und Robert walzte immer noch mit.

Auf Manuelas Bitte hin holte Frieda das Theaterstück, und gemeinsam spazierten sie zum Kiosk und setzten sich neben dem Spielplatz an einen hölzernen Unterstand.

Die Schauspielerin hüstelte in die Faust und fragte: »Mit verteilten Rollen?«

»Bitte?«

»Wen willst du spielen? Den Hausmeister und die Frau?«

»Urgh ... ähm, eigentlich ... Hattest du gestern einen schönen Abend?«

»Ja, danke, und wie du wünschst, dann spielst du die Frau und Herrn Meier.« Bevor Frieda etwas erwidern konnte, schloss Manuela die Augen, fasste sich an die Stirn und fing an zu lesen, wobei sie mit vollem Körpereinsatz die Worte unterstrich und damit die wenigen Kinder anlockte, die um diese Zeit bereits auf dem Spielplatz spielten. Frieda fand es ziemlich peinlich und wäre am liebsten im Erdboden versunken, als der Campingplatzchef dazutrat und in einer Sprechpause sagte: »Das ist gut, erinnert mich an Kafka.«

Manuela war sichtlich geschmeichelt, erzählte was vom Absurden im Theater und dem Bezug von Camus zu Kafka und bedankte sich gleich zweimal bei ihm. Als Robert auftauchte, verabschiedete sie sich, warf dem Campingplatzchef eine Kusshand zu und ließ sich fortgeleiten.

Frieda fragte: »Kafka?«

Der Campingplatzchef nickte. »Ja, unsere Katze, die fuhr voll auf den Hausmeister in unserem alten Wohnblock ab.«

»Die Katze heißt Kafka?«

»Ja, warum? Kennst du den Namen nicht? Ich dachte, du kommst aus der Stadt.«

Frieda lachte und sah das Theaterstück plötzlich mit ganz neuen Augen. Vielleicht sollte sie es mit etwas Abstand nochmals lesen. Vielleicht in so zwei bis drei Jahren. Oder auch dreißig. Gut gelaunt ließ Frieda die Füße kreisen. Dieser Robert verhielt sich wie ein liebestolles Hündchen, scharwenzelte um Manuela herum wie um eine dicke Wurst. Lag ganz gut im Rennen als Anwärter auf Platz eins der Verdächtigen. Eigentlich wäre eine Tafel ganz praktisch, um die Bilder der Verdächtigen dranzupinnen. So mit Pfeilen zwischen den Personen. Im Notizbuch blickte sie manchmal selbst nicht mehr durch, bei dem ganzen Gekritzel.

»Ah, hier bist du.« Georg kam und holte die Brötchentüte, die wie jeden Morgen auf Abholung wartete. »Sag mal, Frieda, was machst du eigentlich jetzt schon hier?«

Und Frieda erzählte von Manuelas Sprechprobe und dass sie sich überlegte, vielleichte sogar noch mal zu studieren, etwas Veränderung in den Trott bringen, das dritte Kind als beruflichen Neuanfang nutzen, vielleicht Psychologie oder so.

»Oder so?«, wiederholte Georg. »Und die Kinder? Und unser Einkommen? Wie stellst du dir das denn vor?«

»Noch gar nicht, war ja nur so 'ne Idee«, meinte Frieda. »Wolltest du dich nicht eigentlich entschuldigen? Jetzt, wo du nüchtern und ausgeschlafen bist?«

»Ich?«

»Wer sonst? Wer hat mein Notizbuch geklaut und mich lächerlich gemacht und dann noch einen Streit vom Zaun gebrochen?«

»Ich bitte dich, Frieda, verstehst du keinen Spaß mehr? Aber lenk jetzt nicht vom Thema ab.«

Auf dem Weg zum Wohnwagen musste sich Frieda anhören, was Georg so von Mittdreißigerinnen hielt, die meinten, noch mal studieren zu müssen. Manchmal dachte Frieda, dass Georg der eigentliche Schwangere war, was die Hormone und das Launenhafte anging.

Der Tag verflog wie das Leben einer Eintagsfliege. Laut summend und nach einem Handklatsch – platt. Am frühen Abend standen alle vier Rudis auf dem Dorffest. Lea mit glänzenden Augen und fünf Euro in der Hand, Jonni mit grummelndem Magen und ebenfalls fünf Euro, Georg in gereizter Stimmung und Frieda breit gähnend. An manchen Tagen freute sie sich schon direkt nach dem Aufstehen auf den Moment, wo sie sich abends wieder hinlegen konnte. Vor ihrer Nase fuhr der Feuerwehrwagen weg, die Feuerwehrshow hatten sie wohl verpasst. Nach einer ersten gemeinsamen Runde, die sie von Stand zu Stand führte, vorbei an Kuchen, Grillwurst, Bierstand, Glücksrad und Verkaufsbuden voller selbst gehäkelter Topflappen, Marmeladengläser und Rheuma-Duftkissen, trennten sie sich. Die Kinder stromerten allein los, in einer Stunde wollten sie sich im Gemeindehaus bei den elektronischen Experimenten treffen, neben dem Infostand über die Seidenraupenzucht.

Georg trank ein Bier, Frieda aß Streuselkuchen, und sie lauschten drei Männern Ende zwanzig, die sich über eine Frau unterhielten. Der eine beteuerte, nicht gewusst zu haben, dass diese mit einem der anderen zusammen war, als er sie ins Kino eingeladen und geküsst hatte. Woraufhin der zweite meinte, dass diese Dame auch leicht zu haben sei, was den dritten so in Rage brachte, dass er dem ersten sein Bier ins Gesicht schüttete.

Frieda holte sich ein zweites Stück Streuselkuchen und sagte: »Hier ist ja was los!«

Georg schaute sie ernst an. »Frieda, solltest du dich nicht etwas zurückhalten?«

»Bfft?«, entgegnete sie mit vollem Mund.

»Jedes Kilo mehr musst du danach nur wieder mühsam abtrainieren.«

»Sag mal, willst du mich eigentlich –?«, fauchte Frieda, wurde aber von Georg unterbrochen.

»Ich muss mit dir mal über was reden.«

Frieda holte sich demonstrativ ein drittes Stück Kuchen und grinste spöttisch, als Georg ein zweites Bier orderte. »Georg, denk dran, dein ganzer Bierkonsum, das musst du alles wieder abtrainieren.«

»Schahatz, ich will mich ernsthaft mit dir unterhalten. Also. Lass das sein.«

»Was?«

»Das mit deiner Rumschnüffelei. Das bringt doch nichts. Und wenn du gefrustet –«

»Gefrustet? Bitte, was soll das denn jetzt?« Frieda hatte die Stimme erhoben, sodass die Männer vom Nachbarstehtisch interessiert herüberschauten.

»Konzentrier dich doch lieber auf deine berufliche Laufbahn. Vielleicht kannst du Redaktionsleiter werden oder Ressortverwalter oder wie auch immer man das nennt.«

»Hä?« Frieda war fassungslos. »Tickst du noch ganz richtig? Ich soll mich um meine berufliche Laufbahn kümmern?« Frieda fegte vor lauter Ärger den dritten Kuchenteller vom Tisch und bückte sich mit großem Ächzen. »Ich hab es echt satt, mir von dir sagen zu lassen, was ich zu machen habe, und vielen Dank, dass du den Teller für mich aufgehoben hast. Nicht! Sag mal, was –«

»Psst, Frieda, red doch ein bisschen leiser.«

»Sag mal, Georg, denkst du überhaupt vorher nach, bevor du solche … solche Dinge loslässt? Was soll das denn jetzt?« Friedas Wangen hatten sich rot verfärbt, ein von der

Natur geschickt ausgedachtes Warnsignal, was Georg jedoch offensichtlich nicht zu deuten vermochte, da er weiterredete: »Schahatz, anstatt deinem alten Journalistenjob nachzutrauern –«

»Jetzt reicht's mir aber, ich glaub, du –«

Ein rundlicher Mann trat hinzu und klopfte mit der Faust auf den Stehtisch. »Ich wollte nicht stören, tu ich aber trotzdem, höhö.« Es war Willi aus dem Heimatverein. »Frau Frieda, entschuldigen Sie bitte, haben Sie denn schon unseren Infostand über die Seidenraupenzucht gesehen? Wir haben echte Kokons da und auch Fotos aufgehängt, die zeigen, wie Seide hergestellt wird. Das würde vielleicht zu Ihrem Artikel passen, den Sie ja –«

Friedas Handy *biiingte.*

Heisan Frieda – gratuliere zum siebten Schwangerschaftsmonat plus acht Tage. Während der Schwangerschaft schüttet der Körper bereits Prolaktin aus, das später auch zur Milchbildung gebraucht wird. Dieses Hormon steht im Ruf, Schwangerschaftsdemenz zu verursachen, die nach der Geburt direkt in die Stilldemenz übergeht. Gute Übung fürs Altern! Haha. Notizbuch heißt auf Norwegisch: notisbok. Ha det bra!

Georg stampfte sein Glas auf den Tisch. »Artikel über Seidenraupenzucht? Das interessiert die Leserinnen der Yellow Press bestimmt brennend.«

Frieda ignorierte ihn und wandte sich zu Willi. »Nein, bis jetzt noch nicht, aber ich wollte mir das gleich mal anschauen. Danke.«

»Da sehen Sie auch Trockengestelle und was man alles so braucht für die Seidenproduktion. Wir müssten dann ja auch noch diverse Hallen auf das Grundstück stellen. Übrigens schreibt Bernd, unser Journalist, auch einen Artikel darüber. Für den Lokalteil, vielleicht können Sie ja mal –«

Georg fasste sich an den Kopf. »Gibt es denn nichts Wichtigeres als Seidenraupenzucht? Das interessiert doch nun wirklich niemanden.«

Willi zog die buschigen Augenbrauen zusammen und holte

tief Luft. »Also, entschuldigen Sie mal, Höflichkeit ist keine ausgestorbene Tierart, höchstens bei Ihnen, wo Sie herkommen.«

Georg ballte seine Hand zur Faust und ließ diese auf den Stehtisch fahren. »Und Ihre Seidenraupen sind wohl der Mittelpunkt der Erde, oder was? Ich will hier in Ruhe –«

Der Bürgermeister trat hinzu und legte von hinten eine Hand auf Willis Schulter. »Entschuldige, aber hast du gerade eine Minute?«

Willi wischte mit einem Grunzlaut die Hand weg und maulte: »Nein, hab ich nicht. Nicht für einen Bürgermeister, der nur einseitig das Wohl seiner Bürger vertritt. Und nur weil der Schreiner nicht mehr als Kandidat da ist … Ich werde mich selbst aufstellen lassen, jawohl, und –«

Der Bürgermeister lachte, wobei sein weißer Bart von der einen zur anderen Seite zuckte. Georg hatte sich ein neues Bier geholt und auf dem Tisch abgestellt, als Ranger Tom hinzutrat und sich neben Georg stellte.

»Hey, Bürgermeister, haben Sie schon was von Naturschutzbestimmungen gehört? Ich meine, wegen des Grundstücks.«

Willi moserte: »Bleib mir bloß weg mit diesen Scheißrangern«, und fügte ein »Entschuldigen Sie« in Richtung Frieda hinzu.

Georg lachte, als er »Scheißranger« hörte, und Tom drehte sich abrupt in seine Richtung, etwas zu abrupt, da er mit dem Ellenbogen Georgs volles Bierglas umstieß. Georg riss im Affekt die Hand hoch und traf Tom am Kinn, der wiederum ausholte, um Georg zu schlagen, doch Willi packte Toms Arm und hielt ihn fest.

Der Bürgermeister wollte Willis Hand lösen und bekam von Tom die Linke in die Seite geboxt, und kurz darauf gesellten sich die drei anderen Herren vom Nachbarstehtisch dazu, und schon war eine Rangelei vom Feinsten im Gange.

Frieda hatte sich gleich verdrückt und schaute aus sicherer Distanz zu. So kannte sie Georg ja gar nicht, so aggressiv. Ob bei manchen Menschen die frische Landluft auch die gegenteilige Wirkung hatte – eher aufwiegelte als beruhigte? Oder gehörte das zu »back to nature« – Kloppen wie in Teenagerzeiten?

Nach wenigen Minuten war das Spektakel vorbei.

Herr Pfifferling hatte die johlenden Zuschauer verscheucht und Tom und Georg in seinen Streifenwagen gesetzt. Nun stand er vor Frieda und schaute sie grimmig an. »Ich kann mir nicht helfen, aber meine Nase sagt mir, dass Sie schon wieder dahinterstecken. Immer wenn es in dieser ruhigen Gegend zu Turbulenzen kommt, treffe ich auf Sie. Wie lange wollen Sie hier noch Urlaub machen?«

Frieda schossen Tränen in die Augen, und sie verfluchte wieder mal die Hormone, die sie von einer toughen Frau zum Weichei machten. Ihr fiel nichts ein, ihr, die schon im Kindergarten die älteren Kids mit Worten hatte nass machen können. »Äh«, stieß sie hervor. »Was erlauben Sie sich?« Und kam sich dabei etwas hilflos vor.

Bernd, der Lokalreporter, trat hinzu und stellte sich zwischen sie. »Holla, Herr Pfifferling, immer langsam mit den jungen Pferden. Wie ich sehe, haben Sie alles im Griff, aber ich glaube nicht, dass Frau Rudi was damit zu tun hat.« Bernd legte Frieda den Arm um die Schulter. »Das ist nämlich eine Eins-a-Journalistin, die hat schon investigativ ermittelt, jawohl!«

Pfifferling grummelte was von »Von wegen Journalistin« und verzog sich zu seinem Streifenwagen.

»Und was ist mit Georg?«, rief Frieda ihm hinterher.

»Den nehme ich erst mal mit nach Neustrelitz, in Polizeigewahrsam, zur Gefahrenabwehr!«

»Gefahrenabwehr?« Frieda hauchte das Wort und klammerte sich mit beiden Händen an ihren Bauch.

Bernd schenkte ihr einen besorgten Blick, geleitete sie ein paar Schritte weiter zur Bühne und drückte sie dort auf einen Stuhl. Er verschwand und kam kurz darauf mit einem Glas Wasser und einer Tafel Schokolade zurück. »Das tut mir leid. Echt. Es gibt zwar öfters auf unseren Dorffesten eine handfeste Klopperei, aber seltener mischen auch Touristen mit. Dein Mann ist ein bisschen … Na ja, egal. In der Regel sind das ein paar Stunden, dann lässt der Pfifferling die gehen, und sie kommen mit dem Taxi zurück. Ein paar Promille weniger und ein bisschen Schlaf mehr. Kennst du eigentlich den Trick mit der Zwiebel bei Stichen? Ja? Ich wollte dir noch etwas –«

Mit einem lauten »Mam« kamen Lea und Jonni angelaufen und umarmten sie, als ob es kein Morgen geben würde. Frieda suchte nach Worten, um zu erklären, warum ihr Vater nicht da war, und bekam von Bernd Schützenhilfe, der meinte, dass so manches Schaf auch versehentlich in einen Wolfspelz gepresst wird, womit er wohl netterweise nur sagen wollte, dass Georg unschuldig war.

***

Am nächsten Morgen saß Frieda mit einer Decke über den hochgelegten Beinen vor dem Wohnwagen, pustete die Dampfwolke über ihrem Pfefferminztee weg und biss in einen Keks, während sie Georg dabei zusah, wie dieser seine Sporttasche suchte und vor sich hin schimpfte. Er war am gestrigen Abend tatsächlich vier Stunden später mit einem Taxi beim Campingplatz vorgefahren, dann wortlos zum Kühlschrank gegangen, hatte eine Flasche Bier geöffnet und diese geext. Nachdem er über Friedas Babybauch gestreichelt und die Kinder auf den Kopf geküsst hatte, war er voll angezogen aufs Bett gesunken und eingeschlafen.

Jetzt war er am Packen. Laut brummend. Nicht so zufrieden brummend wie ein Teddybär, dem man auf seinen Bauch drückte, sondern eher wie ein Bär, dem man auf sein Pfötchen getreten war. »Schahatz, du willst wirklich nicht mit?«

»Nein, Georg, bezahlen müssen wir den Platz ja sowieso für die nächsten Tage.«

»Das ist doch keine große Summe. Du willst wegen des Toten hierbleiben, oder?«, hakte Georg nach.

»Ja, schon. Außerdem, du weißt ja, dass die Kinder …«

Friedas Handy *biingte*, und sie las: *Heisan Frieda – gratuliere zum siebten Schwangerschaftsmonat plus neun Tage. Hast du dir schon Gedanken gemacht, wie du die Geschwisterkinder auf die Geburt des neuen Sprösslings vorbereiten willst? Bei Kindern über drei Jahre empfehlen wir Puppen, um den Umgang mit Babys zu üben und auch als Projektionsfläche für eigene Wünsche. Vergiss dabei aber nicht deine eigenen Wünsche, bald ist es damit erst mal vorbei. Haha. Ponyhof heißt auf Norwegisch: ponnigård. Ha det bra!*

»Jetzt schieb nicht die Kinder vor, ich habe ja dich gefragt, ob du mich nicht begleiten –«

»Dich begleiten? Du zettelst Streit an wie ein Pubertier und machst dann einen auf beleidigte Leberwurst und ruinierst unseren Urlaub. Den letzten vor dem Baby, das finde ich ganz schön –«

»Ich ruiniere hier gar nichts. Sachlich betrachtet bist du an dem ganzen Schlamassel schuld, hättest du nicht deine Nase in –«

Frieda stand mit vereister Miene auf, und Georg wusste, dass es nun wirklich besser war, den Mund zu halten. Sie sagte: »Manchmal ist es vielleicht ganz gut, wenn man sich eine Weile nicht sieht. Fahr doch nach Hause, mach da dein Ding, und ich bleib hier. Du weißt ja, dass die Kinder eine mehrtägige Kanu-Wanderung machen, und da kann ich hier nicht weg. Lebensmittel für die nächsten Tage habe ich, sonst fahr ich mit jemandem mit zum Einkaufen. Bitte, fühl dich frei. Kannste wenigstens unsere Pflanzen gießen.«

Frieda lief schwerfällig in Richtung Kiosk und drehte sich auch nicht um, als Georg ihr nachrief: »Aber was ist, wenn das Baby kommt?« Sie hob nur die Hand und zeigte den Mittelfinger. Das hätte er sich auch früher überlegen können. Außerdem gab es auch hier in der Umgebung Krankenhäuser – und besser allein in der Entbindungsstation hocken als mit einem miesepetrigen Stinkebär, den *sie* dann noch zwischen den Presswehen motivieren müsste. Autsch-hechel-hechel – wie schön, dass du die Geburt unseres Babys – hechel-hechel – mit mir zusammen verbringst – aaauuutsch! – wie lieb von dir – hechelhechel – wie kann ich das – ohoooo – jemals wiedergutmachen – pressssss.

***

Nach einem Eis und einem Spaziergang rund um den See kehrte Frieda zurück. Sie hatte Zeit gehabt, über Georg nachzudenken, und fand es immer noch nicht schlimm, dass er sie allein gelassen hat. So war zum einen mehr Platz im Bett, sie konnte sich sogar den frei gewordenen Schlafsack zwischen die Beine stopfen, was beim Liegen mit dickem Bauch sehr bequem war, und sie konnte in aller Ruhe weiterhin ihre Nase in Dinge stecken, die sie nichts angingen. Auf dem Campingtisch lagen zwei Zettel, beschwert mit einem großen Stein.

Auf dem oberen stand: *Ciao, Mam, sind baden. Mach dir keinen Kopf wegen Paps, der braucht mal eine Pause. Das Mückenmittel haben wir mitgenommen. Lea und Jonni.*

Auf dem zweiten stand: *Liebe Frieda, ich komme in ein paar Tagen zurück. Habe dir noch Waschmarken besorgt, die liegen im Leinenbeutel beim Klopapier. Wenn ich wieder da bin, können wir gerne miteinander reden, sonst bin ich natürlich auch immer für dich erreichbar. Ich wünsche dir erholsame Tage, ohne mich sind sie vielleicht sogar noch erholsamer. In Liebe, Georg.*

Puuh, Frieda wischte sich eine Träne aus dem Augenwinkel und ging in den Wohnwagen, um sich etwas zu essen zu holen. Als sie wieder rauskam, stand Bernd da, der schnell die Zettel auf den Tisch sinken ließ. »Hallo, Frieda, schau, ich hab was mitgebracht.« Er stellte eine Flasche Sekt auf den Tisch.

Frieda lächelte verlegen und strich sich über den Babybauch. »Ich darf doch gar nicht.«

»Ich weiß doch, das ist ein exquisiter Alkoholfreier! Und sogar schon kalt!«

An der silbernen Flasche, die mit Rosen verziert war, rannen Wassertropfen hinab.

»Dann musst du aber auch ein Glas mit mir trinken, oder hast du keine Zeit?«, fragte Frieda.

Doch Bernd nickte nur und öffnete bereits die Flasche, während sie zwei Gläser holte. Jasmin war heute wohl angeleint in der Redaktion gelassen worden. Auch gut. Die nächsten drei Stunden unterhielten die beiden sich über die neuen Medien und wie die Flut an Informationen den Einzelnen überforderte, was wohl an den Schulen vermittelt werden sollte und warum Menschen sich irgendwann doch immer kloppten.

Bernd lachte. »Rein wissenschaftlich trennen uns ja wirklich nur ein paar Kleinigkeiten von den Affen, so genetisch halt.«

Frieda lächelte und dachte: Ich weiß, warum du in der Provinz schreibst, obwohl du so ein Netter bist, stand auf und sagte: »Tja, ist wohl so. Ich leg mich jetzt hin, ich bin echt müde, und du weißt ja ... Schwangere, haha.«

Bernd schaute sie an, ein paar Sekunden zu lange, bevor er den Blick abwandte. »Ich hätte auch gerne Kinder, aber Jasmin, ach – die meint, erst die Karriere, dann der Ballast. Ihr macht das echt toll! Drei Kinder – beneidenswert!« Er trat dicht an sie ran und küsste sie auf die Wange. »Danke, Frieda, du bist sehr inspirierend.«

Frieda war versteinert stehen geblieben. Hatte sie es hier nur mit schrägen Gestalten zu tun?

Bernd war schon ein paar Schritte gelaufen, dann drehte er sich noch einmal um. »Ach, Frieda, was ich eigentlich erzählen wollte, der Schreiner, der war parteilich ganz gut vernetzt und hatte Kontakte zu wichtigen Stellen in Sachen Bauvorhaben. Ich bleib am Ball und warte mal das Testament ab.«

»Danke.« Frieda winkte ab und beendete damit den lauten Informationsschub. Echt, vielen Dank, dass das jetzt der halbe Campingplatz weiß, du Dorftrampel. Na ja, gut aussehender Dorftrampel. Frieda kicherte. Mit einem Blick auf die leere Flasche vergewisserte sie sich, dass der Sekt wirklich ohne Umdrehungen gewesen war.

»Morgen schon, am Montag?« Frieda war erstaunt mit einer Prise Entsetzen. Die Kids standen im Wohnwagen und sortierten ihre Klamotten. Morgen schon würden sie die Kanureise antreten. Eine lange Woche voller ungeahnter Möglichkeiten, sich zu verletzen oder zu ertrinken.

»Ach komm schon, Ma, du hast doch gestern ein paar der anderen Jugendlichen kennengelernt, und der vom Kiosk ist einer der Begleit-Erwachsenen, den kennste ja auch.«

»Kennen ist übertrieben, ich hab den ein paarmal gesehen und –«

»Mama, bitte«, fiel Lea ein. »Die Kids von unten kommen mit und auch die, die bei der großen Wurzel zelten, die sind fünfzehn und dreizehn, und die Mitarbeiterin, die den Kanuverleih macht, die ist auch dabei.«

»Die kleine Braunhaarige?«, fragte Frieda, und die beiden nickten.

»Aber wo wollt ihr denn schlafen, unser Zelt ist zwar zusammengerollt, aber doch viel zu groß für ein Kanu.«

»Das haben wir schon geregelt, Jonni kann bei Ben mit ins Zwei-Mann-Zelt und ich bei den beiden Wurzel-Mädels. Morgen früh, bevor es losgeht, treffen wir uns alle beim Kiosk, da werden die Etappen noch mal erklärt und alles andere auch, ach komm schon, bitte! Du hattest doch schon Ja gesagt.«

»Ja, aber eigentlich auch nicht so richtig. Lea, du bist doch viel zu klein für so was.«

»Ich hab schon silbernes Schwimmerabzeichen, und Paps sagt auch immer, du musst dich von uns so langsam abnabeln. Mann, Mama!«

»Ich will jeden Tag mindestens sechs SMS haben und abends angerufen werden.«

»Du bist die beste Mama der Welt!«

Und was machte der beste Paps der Welt? Er schickte drei Bilder. Auf dem ersten lag er in einer vollen Schaumbadewanne, auf dem zweiten saß er beim Lieblingsitaliener und fotografierte ein Glas Rotwein an frischer Pasta, und auf dem dritten lag er im weichen, riesigen Bett und hatte sich die

Glotze reingestellt. Fernsehglotzen zum Einschlafen, etwas, das Frieda hasste.

***

Als die kleine Kanu-Flotte am nächsten Tag ins Wasser stach, musste sich Frieda zusammenreißen. Sie schwankte zwischen sich ins Wasser stürzen und ihre Kinder aus den Kanus zerren und sich auf den Boden schmeißen und sich weinend im Sand wälzen. Nachdem sie ein paar Tränen weggeblinzelt und alle schlechten Gedanken zum Teufel gewünscht hatte, legte sie sich in den Wohnwagen, schloss die Tür und schlief ein zur Musik von Pearl Jams »Alive«. Schlief, so lange sie es konnte. Und danach drehte sie sich um und machte die Augen zu, bis sie wieder eindämmerte.

Als sie aufwachte und das Handy anwischte, staunte sie, dass es gerade mal zwei Uhr mittags war. Es klopfte an der Tür, und Frieda öffnete. »Hallo, Manuela, sag mal, ist heute Dienstag?«

»Dienstag? Auch auf die Gefahr hin, dich enttäuschen zu müssen, aber nein, liebe Frieda, es ist Montag.«

Frieda nickte, sagte »Danke« und zog die Tür wieder zu.

Es klopfte erneut, und Manuelas Stimme drang durch die dünne Wand. »Frieda, ist das ein Scherz? Finde ich nicht gerade prickelnd, vor allem nicht, weil ich zum einen Gratulation und zum anderen Trost gebrauchen könnte.«

Frieda öffnete wieder, trat ins Helle und juckte ihren Oberarm, auf dem ein neuer Mückenstich prangte. Das Sonnenlicht traf sie wie kleine stechende Lanzen, und sie kniff die Augen zusammen. »Mhm, was ist denn los?«

Manuela lachte und zeigte ihre rechte Hand, an der ein Ring mit einem großen lila Stein glänzte.

»Das hast du dir aber was Schönes gekauft«, sagte Frieda und gähnte. Warum musste man nach dem Schlafen eigentlich noch gähnen? War Gähnen nicht ein Zeichen von Müdigkeit, aber nach dem Schlafen war doch nicht vor dem Schlafen?

»Frieda, nein, Schätzelein, ich bin verlobt!«

»Ach … Mit wem?«

»Haha, du bist so lustig. Mit Robert natürlich. Er hat mich doch nach Sylt entführt und dann weder Kosten noch Mühen gescheut, mir den perfekten Antrag zu machen. Stell dir vor, ich bin verlobt! Ich!«

»Wie schön, gratuliere! Aber warum siehst du dann aus, als hättest du geheult? Sind das Freudentränen?«

»Nein, ach, Frieda, ich weiß gerade nicht, was ich glauben soll. Stell dir vor, das Alibi von Robert ist nicht ganz dicht.«

»Du meinst wasserdicht? Und jetzt glaubst du, dass er vielleicht doch …«

Manuela lief hin und her wie ein eingesperrter Königstiger. »Ich weiß nur, dass er doch schon am Tag von Antons Tod zurückgekommen ist. Und dass er sich dann gleich nach der Entdeckung der Leiche mit mir getroffen hat, und jetzt das.« Sie blieb stehen und starrte den Ring an ihrem Finger an, als wäre er eine Pestbeule, die gleich anfangen würde zu reden.

Frieda erhob sich ächzend und legte den Arm um ihre Schulter. »Liebe Manuela, gut, dass du gerade auftauchst, ich könnte nämlich aktuell durchaus Hilfe bei meinen Ermittlungen gebrauchen.«

Manuela öffnete die Lippen zu einem runden O.

»Dann lass uns mal in die Einsatzzentrale gehen und überlegen, was wir wie machen können, und glaub mir, ich bin sicher, dass Robert damit nichts zu tun hat.«

»Ja?«

»Ja!«

»›Zwar weiß ich viel, doch möcht ich alles wissen.‹«

»Faust?«

»Wagner in Faust.«

»Oje.«

***

Zwei Stunden später war der Wohnwagen von innen nicht mehr wiederzuerkennen. Die Einbauschränke pappten voller gelber

Post-its, auf denen Namen plus Notizen standen. Wie zum Beispiel:

Willi → verdächtig, Seidenraupen-Anführer → mit Eusebia zusammen → auch verdächtig, Spionin beim Bürgermeister?

Das ging so schränkefüllend weiter. Frieda zeichnete dazu noch Strichmännchen mit besonderen Merkmalen der betreffenden Person, um schneller die Namen zu finden. Eusebia hatte eine dicke Brille auf der Strichnase sowie eine Beule auf dem Kopf als Haarknoten. Gerade zeichnete sie ein Bild von Robert, an dem allerdings Manuela so einiges auszusetzen hatte.

»Er ist viel größer und muskulöser, eben ein richtiger Mann und –«

»Manuela, das ist ein Strichmännchen!«

»Na und? Kann man doch auch die Reize hervorheben, oder nicht?«

»Wir warten noch die Aufklärung seines Alibis ab. Okay? Sooo, wie wollen wir vorgehen?«

»Wir schleichen uns von hinten an, und im Überraschungsmoment schnappen wir uns den Täter! Oder setzen uns mit einem Fernglas bewaffnet an ein Fenster zum Hof.«

»Wie meinen?« Frieda schaute sie fragend an.

»Ja, so wie bei Hitchcock.«

»Aha und nee – ich habe eine bessere Idee!«

***

Roberts Stimme klang tief und angenehm, ein Ohrenschmeichler. Auch der Händedruck, als er Frieda am Abend in Neustrelitz im Restaurant begrüßte, war angenehm gewesen, fest, aber nicht zu fest, dazu ein angedeuteter Handkuss. Zwar schien Robert irritiert, dass Manuela sie als beste Freundin vorstellte und gleich darauf erzählte, dass sie sich nun schon seit acht Tagen kannten, ließ sich aber vom Charme seiner Verlobten ablenken. Nach einer ersten Runde Champagner, natürlich nur für das Pärchen, musste Robert aufs Klo. Kaum war er außer

Sichtweite, fasste Manuela in seine Jacke, die über dem Stuhl hing, zog das Handy heraus und verschwand selbst auf der Damentoilette. Ihr Auftrag lautete, herauszufinden, ob und mit wem Robert am Tag von Antons Tod Kontakt gehabt hatte.

Als Robert zurückkam, nutzte Frieda die Zeit bis zu Manuelas Rückkehr für ein kleines, aber feines Verhör. »Robert, ich freu mich so sehr für euch beide. Ihr seid ja richtige ... Turteltäubchen, könnte man sagen. Manuela ist so happy! Was für ein Glück, dass Anton to... dass es doch noch so gekommen ist, nicht wahr?«

Robert bestellte bei einem Kellner Rotwein, probierte einen Schluck und ließ dann zwei Gläser füllen. »Für dich nur Wasser? In Ordnung ... Und was meintest du? Ach ja – Glück! Riesenglück! Manuela ist die Frau meiner Träume. Seit ich sie das erste Mal gesehen habe, das muss vor vier Jahren gewesen sein, als sie in ›Luises Liebe und Wahn‹ mitspielte, da wusste ich, das ist sie, die Eine – die, die ich heiraten muss, egal, was kommt und ...«

Friedas Handy *biingte*, sie lächelte Robert aufmunternd zu und schielte aufs Display, nur die blöde Schwangerschafts-App und nicht die Kinder. Warum hatten die sich immer noch nicht gemeldet? Echt.

Heisan Frieda – gratuliere zum siebten Schwangerschaftsmonat plus zehn Tage. »Alles am Weibe ist ein Rätsel, und alles am Weibe hat eine Lösung: Sie heißt Schwangerschaft.« Das behauptete zumindest Friedrich Nietzsche vor über einem Jahrhundert. Aber sieht es heute so viel anders aus? Gib mal in eine Suchmaschine »Frauen« und »Rechte« ein, aber ärger dich nicht zu arg, nicht dass wir noch an Schwangerschaftskomplikationen schuld sind. Haha. Sich selbst Recht verschaffen heißt auf Norwegisch: ta seg til rette. Ha det bra!

Sie legte das Handy umgedreht auf den Tisch. »Aber dann kam es doch erst mal anders, oder?«

Roberts Gesicht faltete sich zusammen. »Oh ja, das waren die tragischsten Tage meines Lebens. Wir trafen uns seit über zwei Jahren regelmäßig, und ich machte mir bereits Hoffnungen, als sie diesen … diesen anderen kennenlernte.« Er senkte die Stimme zu einem Flüstern und schaute in Richtung Damentoiletten. »Ich weiß bis heute nicht, was sie an diesem Dämlack so toll fand. Er hatte weder so viel Geld wie ich, noch eine gehobene berufliche Position, noch sah er besonders gut aus. Seltsame Sache. Ich erklär es mir so, dass Ela …«

Wieder *biiingte* Friedas Handy. Lächelnd und nickend spornte sie Robert zum Weiterreden an und schielte aufs Display. Georg hatte ein Bild geschickt, von der größten Salatschüssel zu Hause, die mit Chips gefüllt war und auf dem Bett neben Bierflaschen thronte, dazu im Hintergrund der laufende Fernseher. Warte nur, dachte Frieda, lächelte Robert weiterhin zu, zog sein Rotweinglas und den Teller mit leckeren Vorspeisen mehr in die Mitte, schoss mit ihrem Handy ein Foto und schickte es an Georg.

»Frieda, was machst du da?«, fragte Robert und zog entrüstet den Teller wieder zu sich. »Wo bleibt eigentlich Ela? Möchtest du mal nachschauen gehen, ob –«

»Nein«, sagte Frieda schnell. »An manchen Tagen kann sich ein Toilettengang einfach ziehen, und du kennst ja die Bedingungen auf dem Campingplatz, da nutzt man schon mal gerne etwas gehobenen Standard. Aber ich wollte dich nicht unterbrechen, was meintest du zu Anton?«

Roberts Faltengesicht verfinsterte sich zu einem richtigen Gewitter. »Was soll ich meinen? Verständlicherweise mochte ich ihn nicht. Ein Schönredner und Schaumschläger war das. Jedes Wort klebrig mit Gift überzogen.«

»Gift?«

»Ja! So wie er meine Ela eingesponnen hatte, wie eine Spinne.«

»Na, bloß gut, dass du am Tag seines Todes im Ausland warst.«

Robert wollte gerade sein Glas Wein zum Mund führen, verharrte aber in der Bewegung. »Bitte?«

»Ja, ähm, also, dass du nicht hier warst und … ihn möglicherweise getroffen hast.« Frieda nahm sich ein Stück Brot aus dem Korb, steckte es in den Mund und kaute darauf herum. So konnte sie wenigstens keinen weiteren Blödsinn reden.

»Ich wüsste nicht, warum ich ihn hätte treffen sollen. Wirklich nicht. Ich hätte ihm höchstens die Fresse poliert, entschuldige bitte die Ausdrucksweise, aber was ich so gehört habe, hat er meine Ela gar nicht gut behandelt. Zumindest nicht so gut, wie sie es verdient.«

Frieda schluckte den Brotbrei hinunter. »Wo warst du denn im Urlaub?«

»In Amerika, in Kalifornien, und es war eine Geschäftsreise. Bist du schon einmal dort gewesen?«

»Nein, ich bin kein Flugzeug-Mensch. Und du warst bis Sonntag dort?«

»Sonntag? Nein, warte mal. Ach, das ist so eine Sache mit dem Jetlag, danach schlafe ich fast einen ganzen Tag. Ich müsste schon Samstag zurückgekommen sein. Warum interessiert dich das überhaupt, du stellst ja komische … Oh, hallo, meine Liebe, alles in Ordnung?«

Manuela trat an den Tisch und machte Frieda ein Zeichen, Robert abzulenken.

Frieda gähnte. Ihr Gehirn war im Dauergähn-Modus geparkt und brachte nichts Sinnvolles zustande, sondern lechzte nur danach, komplett auf Stand-by herunterzufahren. Schlafen. Jetzt.

Narkolepsie war nichts dagegen.

»Ela, Liebling, willst du dich denn nicht wieder setzen?«, sagte Robert.

Manuela wandte sich Frieda zu und zog die Augenbrauen in die Höhe. »Gleich, ich muss noch …«

Da stieß Frieda ihr Wasserglas um. So, dass sich der Inhalt auf ihr selbst ergoss. Langsam erhob sie sich und sagte gähnend: »Mensch, das gibt's ja nicht, jetzt bin ich ganz nass.«

Die Schauspielerin nutzte den Moment, ließ Roberts Handy wieder in dessen Jackentasche gleiten und eilte mit einer Serviette Frieda zu Hilfe. »Ach, beste Freundin, wie konnte das nur passieren?« Sie tupfte auf dem kleinen Fleck herum, der auf

Friedas Babykugel prangte. Leider war nicht mehr viel Wasser im Glas gewesen.

Kurz darauf standen Frieda und Manuela draußen vor dem Auto, und Robert schaute geknickt. »Ihr wollt wirklich schon gehen? Ich hab uns doch so ein schönes Menü zusammengestellt.«

»Ja, bevor Frieda sich noch einen Schnupfen holt in diesem Zustand«, sagte Manuela.

»Warum bleibst *du* denn nicht bei mir? Ich dachte, wir haben etwas zu feiern.«

Sie fasste sich an die Stirn und sah aus, als ob sie ohnmächtig zu Boden sinken wollte. »Kopfschmerzen, mein Liebster, sieh es mir nach, dafür werden wir morgen umso mehr ins gemeinsame Horn stoßen können.« Mit einem mehr gehauchten denn gedrückten Kuss verabschiedete sie sich, stieg ins Auto und fuhr mit Frieda zurück zum Campingplatz.

»Und?«, fragte Frieda.

»Ja, nichts und«, gab Manuela zur Antwort. »Zuerst hab ich das vermaledeite Ding nicht anbekommen, und dann war das mit Passwort gesichert.«

»Das war's?«

»Nein, das hab ich ja nicht gesagt, das Passwort war ja leicht zu knacken, aber bis ich die ganze geschäftliche Korrespondenz durchhatte, das dauerte schon.«

»Mensch, Manuela, du solltest doch nur den Todestag checken.«

»Ja, alles zu seiner Zeit, Schätzchen, ich musste doch die Gunst der Stunde nutzen und schauen, ob der alte Schwerenöter noch andere Eisen im Feuer hat.«

»Hä?«

»Ob es noch andere Frauen in seinem Leben gibt, Frieda, sei doch nicht immer so weltfremd.«

»Jetzt komm zum Punkt, hast du nachgeschaut, was an Antons Todestag los war?«

»Nicht viel, eigentlich gar nichts. Er hatte sich bei einem Amerikaner für den Transport zum Flughafen bedankt und

Bescheid gesagt, dass er gut angekommen sei und jetzt erst mal schlafen wollte, und die nächste Mail, die bekam er von mir, auf die er mir dann geantwortet hat, das war's. Keine ausgehenden Telefonate oder weiteren Nachrichten.«

»Das ist nicht gerade viel.«

»Aber besser als gar nichts«, meinte Manuela und schaltete die Musik an.

Kurz bevor sie auf den Parkplatz beim Campingplatz einbogen, wunderte sich Frieda. »Warum bist du denn dann nicht mit Robert feiern gegangen?«

»Ach, Süße, noch sind wir erst verlobt, da heißt es, sich rarmachen, warte mal morgen früh ab!«

***

Frieda schlief schlecht, so richtig schlecht. Diesmal lag es nicht an dem nervigen Gesumme einer Stechmücke. Diesmal nicht. Sie träumte, dass sie wie Alice im Wunderland durch ein kleines Loch kroch und auf die Größe eines Hobbits schrumpfte, dann aber ein Baby gebar, das so groß war wie ein Baby-Elefant. Locker zweimal ihr Umfang. Es lag in einer Wiege, tastete mit den Händchen herum, und wenn es Frieda erwischte, schüttelte es seine Mini-Mami, als ob sie eine Rassel wäre.

Nachdem Frieda aufgewacht war, blieb sie noch eine ganze Weile liegen und dachte über die Bedeutung des Traums nach. Hatte sie Angst vor der Geburt? Irgendwie ja und nein. Respekt wäre das passendere Wort. Raus kamen die kleinen Stinker ja immer irgendwie. Und schlimm waren die ersten beiden Geburten auch nicht gewesen. Nun gut, es gab schönere Dinge, die man machen konnte, als Presswehen wegzuatmen, aber der Moment, wenn das Baby rausflutschte, auf den Bauch der Mama gelegt wurde und das erste Mal mit den blauen Augen in die eigenen schaute, das war ein Moment, an den man sich bis zum grauhaarigen Rentnerdasein erinnern würde. Wundervoll.

Was für ein Glück, dass in ihrem Traum keine Stillszene vorgekommen war. Schockschwere Not.

Vielleicht war der Dosenfisch schlecht gewesen, den sie nachts noch gegessen hatte? Oder der Käse? Oder war der Joghurt abgelaufen gewesen? Hatte sie noch etwas …

Es klopfte an der Wohnwagentür.

»Moment«, rief Frieda. Was wollte Manuela denn jetzt schon hier? Sie erhob sich ächzend vom Bett, bahnte sich einen Weg durch die auf dem Boden herumliegenden Kleidungsstücke, drehte den Schlüssel um und öffnete die Tür.

Bernd stand davor. Mit einem Blumenstrauß in den Händen.

»Ähm«, machte Frieda und zog schnell das Schlafshirt über den Bauch.

»Liebe Frieda, ich wollte Danke schön sagen.«

Frieda warf einen Blick in den Wohnwagen, auf die Post-its und das restliche Chaos, trat raus unters Vorzelt und zog die Tür hinter sich zu. »Das ist nett, aber vielleicht noch etwas früh?«

»Nur der frühe Vogel … Du weißt schon«, sagte Bernd und lächelte.

»Nee.«

»Der frühe Vogel –«

»Hat wohl Schlafprobleme?« Frieda grinste. Bernd sah nicht nur gut aus, man konnte ihn auch schnell aus der Fassung bringen. Sie fing gerade an, daran Freude zu finden. »Für was willst du dich denn bedanken?«

»Ich glaub, du hast mich da auf eine interessante Spur gebracht.«

»Spur?«

»Das Testament des Toten ist verschwunden, obwohl er in einer Kneipenrunde damit angegeben hatte. Wie ein Fuchs soll er es aufgesetzt haben. So trickreich und geschickt. Das behaupten zumindest zwei seiner Saufkumpane.«

»Ui«, sagte Frieda, schlüpfte in eine Strickjacke und setzte sich auf einen Plastikstuhl. Ob das so schlau gewesen war, Bernd wegen des Toten anzustupsen? Wahrscheinlich nicht.

Die nächste Stunde war sie damit beschäftigt, Bernd zu überzeugen, die Sache ruhen zu lassen. Sie behauptete, sich getäuscht zu haben, und meinte, dass das Testament bestimmt auftauchen würde. Und bis er dann endlich ging, dauerte es auch noch mal eine halbe Stunde. Männer!

Während Manuela von Robert mit einem noch größeren Blumenstrauß zu einem Ausflug abgeholt wurde, stand für Frieda heute *Willi* auf dem Plan. Hatten sie sich doch zu einem Interview verabredet. Natürlich alles im Namen des Artikels für die Frauenzeitschrift.

Willi wohnte mitten im Dorf, in einem schmucken, kleinen weiß getünchten Haus nebst großem Garten. Wobei der Garten mehr Wiese war mit Teich. Als er die Tür öffnete, schlug Frieda eine Duftwolke nach Aftershave und Muff aus Käse und warmer Milch entgegen. So hatte es bei ihrer Oma damals auch immer gerochen. Also nach warmer Milch und Käse. Nett.

Im weitläufigen Wohnzimmer, in dem auch Willis Arbeitsecke mit Schreibtisch und Bücherregal war, saßen sie auf einem gemütlichen Sofa und blickten durch große Fenster in den Garten. Es gab Kräutertee und ein Stück Kuchen und viele Geschichten über Seide, Raupen und wie wichtig die Heimatpflege doch sei. Willi behauptete, Historiker zu sein, Hobbyhistoriker, und somit sah er es als seine Pflicht an, das Erbe der vorigen Generationen für nachkommende Generationen zu bewahren. Verbunden mit der Möglichkeit, ein sinnvolles Produkt in Deutschland zu produzieren. Eine tolle Sache, sagte er.

»Wissen Sie, Frau Rudi, die Seidenraupenzucht wurde sogar von Hitler missbraucht, stellen Sie sich das mal vor, mit seinem Seiden-Aufbauprogramm. Obwohl mehr als fünfzehntausend Kokons nötig waren für einen einzigen Fallschirm und die Qualität nicht ausreichte, mussten die Schulkinder das weitermachen. Um die Rassenlehre am anschaulichen Beispiel zu lernen. Ist das nicht krank? Die kaputten Raupen wurden aussortiert und nur die einwandfreien weiterverwendet. Ist es nicht seltsam, dass wir Menschen immer nur Puzzleteile der Geschichte mitbekommen, Ausschnitte, die unvollständig sind? Wir wollen hier vor Ort zumindest Geschichte erlebbar machen und einen Bogen von der Seidenraupenzucht in China zur deutschen Historie aufzeigen. So etwas bleibt bei den Kindern im Gedächtnis hängen und auch bei den Erwachsenen. Und das ist ja nur der eine Punkt, eigentlich geht es ja darum, einen neuen Wirtschaftszweig in Deutschland zu erschaffen. In einem Jahr soll der Rubel rollen. Nicht immer nur reden, sondern machen, das ist unsere Devise! Haben Sie das?«

Frieda schaute von ihrem Notizbuch auf. Bis jetzt hatte sie nur wenige Worte notiert, fünf, um genau zu sein, wobei zwei davon »Bla« lauteten. Sie drehte den Bleistift zwischen den Fingern. »Was wollen Sie denn produzieren?«

Willi kaute auf seiner Lippe herum. »Das werden wir dann sehen, wir haben ja ... ja, das Beispiel aus der Schweiz vor Augen. Die machen Krawatten. Übrigens suchen wir ganz aktuell nach Sponsoren. Das können Sie gerne dick im Artikel abdrucken: Sponsoren gesucht!«

»Was sind Sie eigentlich von Beruf, Herr Schrimm? Ich tippe mal auf Lehrer.«

»Höhö«, lachte dieser und hielt sich den wackelnden Bauch. »Weit daneben, ich bin gelernter Tischler, aber mittlerweile ist es schwer, in diesem Gewerbe noch seine Brötchen zu verdienen. Deshalb arbeite ich nebenher in der Gemeinde als Hausmeister.«

»Wo haben Sie denn die Setzlinge für die Maulbeerbäume her? Ich hab solche jedenfalls noch nicht im Gartencenter gesehen.«

»Da haben Sie wohl in den falschen Märkten geschaut, die bekommt man durchaus dort. Wenn man allerdings eine bessere Qualität möchte, sollte man sie über Züchter beziehen. Sind ja spezielle Bäume, zählen zu den Edelhölzern.«

»Aha«, sagte Frieda und dachte darüber nach, was eigentlich die Motivation für Willi sein könnte, Anton zu töten. Sie fragte weiter: »Wie standen Sie denn zu dem Toten, zum Herrn Schreiner?«

Willi schaute sie verwundert an, musste aber nicht lange

überlegen. »Anton? Der war bei uns im Heimatverein sehr beliebt. Ein feiner Kerl, wenn auch etliche Gerüchte kursierten. Aber das kennt man ja, ich will nicht wissen, wie viele Weibergeschichten mir nachgesagt werden. Höhö.«

Das konnte sich Frieda nun weniger vorstellen, sie konnte sich eigentlich überhaupt kein Weib neben oder auf Willi vorstellen, und wenn sie an einen nackten Willi nebst nackter Eusebia dachte, wurde ihr gleich wieder schlecht. Sie fasste sich an den Hals und schluckte Magensäure hinunter.

»Anton unterstützte also Ihre Sache, die mit den Bäumen?«

»Ja, klar, sonst wäre er doch nicht im Verein gewesen. Außerdem wollte er ja Bürgermeister werden, da braucht es Volksnähe!«

»Apropos Bürgermeister, was wollte der eigentlich von Ihnen auf dem Fest?«

Willi klatschte sich auf den Schenkel. »Sie sind mir ja eine, neugierig wie ein offenes Klappmesser. Aber ich hab nix zu verbergen, der Bürgermeister hat mir einen Vorschlag unterbreitet, den ich leider ablehnen musste. Drehte sich natürlich um das Stück Land. Ich muss gestehen, ich verstehe nicht, warum der daraus so eine persönliche Sache macht. Ob er sich unbedingt ein Denkmal setzen will, bevor er abgewählt wird? Noch eine Tasse Tee? Brauchen Sie auch was zum Kühlen für den Stich?«

Frieda nickte, hörte auf, sich zu kratzen, und stand auf, während Willi in die Küche ging und den Wasserhahn aufdrehte. Sitzen war auf Dauer nicht so toll, also vertrat sie sich die Beine und schaute dabei auf den Schreibtisch, auf dem ein Zettelchaos herrschte. Rechnungen, Briefe, Umschläge, auf einem war ein Logo mit Bäumen als Silhouette und dem Namen »Sponge«. Bevor sie sich den allerdings genauer anschauen konnte, kam Willi mit einer dampfenden Tasse und einer speziellen Salbe zurück.

»Wollen Sie sich noch meinen Teich ansehen? Den habe ich selbst ausgehoben und bepflanzt. Der schönste in der ganzen Nachbarschaft, war sogar schon mal in der Lokalzeitung. Wie geht es eigentlich Ihrem Gatten?«

»Och jo, ich denke, ganz gut, der ist wieder in Berlin, sich vom Urlaub erholen.«

Willi lachte, fasste Frieda leicht unter dem Ellbogen und führte sie galant hinaus in den Garten. Sonnenstrahlen tanzten über die Seerosenblätter, und Frieda fragte sich, was sie nun eigentlich herausgefunden hatte. Sie zuckte innerlich mit den Schultern und konzentrierte sich auf das Wesentliche. »Willi, vielen Dank noch mal für den leckeren Tee und diesen tollen Kuchen. Ist der selbst gemacht?«

»Ja, danke, von meiner Mutter. Wollen Sie noch ein Stück?«

Frieda nickte und dachte: Geht doch.

Als sie wieder zum Campingplatz kam, hatte sie ein drittes Stück eingewickelt in einer Serviette in der Tasche. Ihr Körper schrie aus allen Zellen: Leg dich hin! Und wenn sich jemand so Mühe gab, gehört zu werden, sollte man das auch ernst nehmen. Sie schaukelte gerade gemütlich in der Hängematte, als Manuela aufkreuzte. »Liebes, wie war's? Wärst du nicht in einer Stunde aufgetaucht, hätte ich die Polizei verständigt!«

»Wegen mir?«

»Nein, weil ich so auf Polizisten in ihrer schicken Uniform stehe.« Manuela verzog den Mund zu einer Schnute. »Na klar wegen dir! Weißt du, wo mich Robert heute hingeführt hat? Zu einer wunderschönen Location – Frühstück vom Feinsten! Wie soll ich mit diesem Mann an meiner Seite nur mein Gewicht halten?«

Frieda lachte, machte der Schauspielerin ein Kompliment und erzählte von Willi. Nur Friedas Nase juckte, das tat sie immer, wenn Birkenpollen unterwegs waren oder wenn ihr an einer Sache irgendetwas faul vorkam. »Ich kann mir nicht helfen, irgendwas passt da nicht.« Frieda tippte mit dem Bleistift auf die fünf Worte, die sie notiert hatte, und Manu schaute neugierig darauf. »Was steht denn da, also zwischen den beiden Blablas und der kleinen gestrichelten Maus, die sich selbst in den Schwanz beißt?«

»Das ist eine Eins. In einem Jahr soll der Rubel rollen, meinte er.« Frieda stockte und klatschte Manuela auf die Schulter, was diese zusammenzucken ließ. »Mensch, Manuela, das isses! Wie will er in einem Jahr überhaupt irgendwas rollen lassen, wenn er noch gar nichts Konkretes geplant hat. Weder, was sie herstellen wollen, noch wo, noch womit. Außerdem erzählte er doch, dass die Qualität der Seide sogar für Fallschirme im Zweiten Weltkrieg zu schlecht war. Da passt doch was nicht.«

»Mhm«, machte Manuela. »Und jetzt?«

»Willst du ein halbes Stück Kuchen?«

***

Nachdem die beiden das Post-it mit Roberts Namen abgerissen hatten, da er in der Tatnacht keinen telefonischen Kontakt zu Anton gehabt hatte, schnappte sich Manuela Friedas Plastikschüssel mit dem dreckigen Geschirr. Sie wollte den Abwasch erledigen, wenn Frieda im Gegenzug das Theaterstück weiterlesen würde. Was diese auch tat, zumindest so lange, bis Manuela das saubere Geschirr zurückgebracht hatte und dann verschwand, um Gymnastik zu machen. Frieda zog ihre Notizen heraus und las:

Willi Schrimm, Hobbyhistoriker, konstruktiver Plan mit Bepflanzung, aber scheint etwas planlos mit Nutzung, wenn …

Einer plötzlichen Eingebung folgend, suchte Frieda auf ihrem Handy nach einer Firma mit dem Namen Sponge und rief die Nummer an.

Eine freundliche Frauenstimme meldete sich: »Hallo, Sponge B. Baumzucht, Sie sprechen mit Elise Klen, wie kann ich Ihnen helfen?«

»Ähm, hallo, hier spricht Fr… Frauke Meier, ich rufe für Herrn Schrimm aus Blankenförde an wegen der Bäume.«

»Ah, okay, warten Sie kurz, ich verbinde Sie.«

»Vertrieb, Hadermann, Sie rufen für Herrn Schrimm an? Das trifft sich gut, ich wollte ihm nämlich mitteilen, dass die gewünschte Menge rechtzeitig eintrifft.«

»Okay, die Maulbeerbäume, nicht wahr?«

»Ja, klar, Apfelholz wäre nicht so gewinnbringend.«

»Holz? Aber es geht doch um die Blätter, also als Nahrung für die Seidenraupen, die er züchten will.«

»Seidenraupenzucht? Davon weiß ich nichts, warten Sie mal ...« Es raschelte am anderen Ende der Leitung. »Nein, bei der Baumart, die geordert wurde, geht es eindeutig um das Holz. Das war doch ein Scherz, oder?«

Frieda stimmte in das Lachen ein und bedankte sich. Aha – sie ging zu den Post-its und malte einen fetten Kreis um den Namen Schrimm. Aha! Jetzt hatte Schätzelein gehörig die Nase voll. Sie nahm das Notizbuch und stapfte zum Nachbarcamper.

Dränge niemals eine Maus in die Ecke

»Nein, so würde ich nicht vorgehen.« Manuela schüttelte den Kopf, sodass die rote Haarpracht wogte. »Das ist nicht clever. Dränge niemals eine Maus in die Ecke.«

»Faust?«, fragte Frieda.

»Bitte? Ach Quatsch, das sagt man doch so ...«

Nach einer Viertelstunde war Manuelas Schokoladenvorrat weggefuttert, und die beiden hatten einen Plan. Kurz darauf eine Telefonnummer und dann eine Verabredung.

Selber Tag, neunzehn Uhr im Restaurant Räucherkate.

»Warum wollen ausgerechnet Sie mich sprechen?« Eusebia saß vor ihnen und wirkte zugeknöpft bis in die Haarspitzen.

»Einen Moment noch ...« Frieda schaute in die Speisekarte und konnte sich nicht entscheiden. Alles sprang sie an und schrie: Iss mich, ich mach dich satt und glücklich. »Manuela, würdest du mir ein Nudelgericht oder doch lieber den Salat empfehlen ...?«

»Herzchen, nimm, was du willst, hör doch auf deinen Körper!«

Eusebia räusperte sich. »Ich will Sie ja nicht unterbrechen, aber ich habe auch durchaus noch ein Privatleben und –«

Frieda klappte die Karte zu. »Euse ... ähm, entschuldigen Sie, aber wie war noch mal Ihr Name?«

»Ich heiße Elfrieda Bier.«

Frieda verschluckte sich und bekam einen Schluckauf. »Hick, ah, danke, dass Sie gekommen sind, hick. Ach Mensch, was für ein Mist, hick, nein, ich meine nicht Sie, hick, nur diesen beschissenen ... Entschuldigen Sie, hick, Schluckauf. Ich hasse das. Hick.«

Manuela lächelte süß, stand auf und holte ein Glas Wasser von der Theke. Was Frieda echt nett fand, denn bei jedem Hick wackelte nicht nur ihre Wampe wie bei einem mittleren Erdbeben, sondern es tat auch weh. Nach drei Schlucken war das Glas leer und der Hick-up erst mal gestoppt.

Eine Weile später stand eine große Portion Bratkartoffeln mit Beilagensalat vor Frieda, die inzwischen ihre Bombe hatte platzen lassen.

Eusebia, also Elfrieda Bier, schaute sie mit weit aufgerissenen Augen ungläubig an. »Sie wollen mir doch nicht ernsthaft erzählen, dass mein Willi unehrliche Absichten mit den Maulbeerbäumen hat! Das kann und will ich nicht glauben. Entschuldigen Sie mich.« Damit rückte sie abrupt ihren Stuhl nach hinten und stand auf. »Frau Rudi … das mit meinem Einsatz für diesen Heimatverein bleibt aber unter uns, ja? Das geht den Bürgermeister nichts an. Ich empfehle übrigens Zitronenöl gegen Mückenstiche.«

Da Frieda den Mund voller Bratkartoffeln hatte, konnte sie nur nicken. Elfrieda schnaubte aus wie eine alte Lok und tuckerte von dannen. »Mein Willi«, war das Letzte, was Frieda und Manuela noch hörten.

Ein paar Stunden später lag Frieda im Wohnwagen. Sie konnte nicht schlafen, weil ihr Bauchzwerg Purzelbäume schlug und sich auf einen ersten Babymarathon vorzubereiten schien. Na, besten Dank, dachte Frieda und holte seufzend Manuelas Manuskript hervor. Sie hatte ansonsten bereits alles andere Lesbare durchgelesen, da musste man manchmal auch auf härtere Dinge zurückgreifen. Und auch wenn sie es niemals zugeben würde, das Gespräch mit der Schauspielerin hatte sie durchaus neugierig gemacht. Zwischen den Zeilen stand doch mehr drinnen als nur der Wohlklang schöner Wortkombinationen, und sie versank in der von Mensch erschaffenen Parallelwelt.

Bis irgendetwas auf beängstigende Weise draußen vor dem Wohnwagen RUMMSte. Frieda ließ das Manuskript erschrocken fallen. Dieses Irgendetwas rumorte sehr nah und sehr laut. Entsetzt stellte sie fest, dass sie ja ganz allein war, nicht einmal die Kinder waren da, vor denen sie als unerschrockene Mutter hätte auftreten können.

Frieda bekam Angst. Sie war nicht feige, fühlte sich aber mit ihrem Babybauch wehrlos. Mit zittrigen Fingern zog sie das Handy hervor, Mist, es war alle, und sie hatte vergessen, es wieder aufzuladen. Doch wenn sie laut schrie, würden die Nachbarn wach werden. Frieda fasste Mut, krabbelte aus dem Bett, griff sich vom Tisch das große Brotmesser und öffnete mit einem Wumms die Tür. Kein Laut war zu hören. Unter dem Vorzelt stand alles unverändert da, die Plastikstühle, der Plastiktisch mit der Plastikdecke in Karomuster, darauf ein Stillleben mit leerem Glas und krümeligem Teller. Ein Vogelruf hallte durch die nächtliche Stille. Allmählich gewöhnten sich Friedas Augen an die Dunkelheit. Angestrengt schaute sie sich um – und bemerkte etwas, was so nicht dazugehörte. Ein Störfaktor im Camping-Idyll.

Etwas, was Frieda die Haare zu Berge stehen ließ und ihr die Kehle zuschnürte. Von wegen, sie würde mit einem Schrei die gesamte Campingnachbarschaft alarmieren, erst mal können.

Jemand lag in der Hängematte. Regungslos. Ein länglicher Haufen Mensch.

Für einen Moment hatte Frieda das Bild von einem Anton-Zombie vor Augen, der den Ort seines Todes erneut aufsuchte. Mit Würmern, die aus den Augenhöhlen krochen, und schlurfendem Gang.

»Manuela«, rief Frieda mit leiser, heiserer Stimme. »Manuela!«

Doch durch Manuelas Campertür schien ihre Stimme nicht zu dringen.

Frieda hielt das Messer hoch, den Atem an und trat drei Schritte vor.

Und Friedas Schrei riss mit Sicherheit sämtliche Vögel im Umkreis von drei Kilometern aus dem Schlaf.

***

Eine Stunde später war wieder Ruhe eingekehrt. Es war zwei Uhr, und die Campinggäste hatten sich zum zweiten Mal in dieser Nacht aufs Ohr gelegt. Bis auf Frieda, die in ihrem Wohnwagen saß und Gesellschaft hatte. Bernd kauerte am Tisch, hatte Friedas Bademantel umgehängt und schaute bedrückt in die Tasse Kaffee, die so vor sich hin dampfte. Er hatte sich ungefähr fünfundvierzig Mal entschuldigt und war jetzt in einen Zustand der Starre verfallen.

Frieda gähnte. Himmel, war Campen anstrengend, von wegen Erholung, dachte sie und blieb mit dem Blick an ihrem linken Arm hängen. Sie hatte da eine Narbe, die sich über zehn Zentimeter am Unterarm entlangzog – eine Erinnerung an einen Fahrradunfall in der Kindheit. Merkwürdigerweise entdeckte sie diese Narbe alle paar Jahre neu. Es war ganz komisch damit, eigentlich gehörte sie zu ihrem Körper, wie die Leberflecken, war ein Teil von ihr, aber trotzdem überraschte sie der Anblick jedes Mal aufs Neue. Neun Stiche waren damals nötig gewesen, und der Arzt hatte behauptet, dass die Narbe nach einem Jahr nicht mehr zu sehen sein würde; jetzt waren schon über fünfundzwanzig vergangen, in denen sie zwar etwas verblasst, aber immer noch als Spur ihres Lebens sichtbar war.

Frieda hielt Bernd den Arm vor die Augen. »Sag mal, fällt das dolle auf?«

»Was?«, stammelte Bernd.

»Na, die Narbe.«

»Narbe?«

»Ja, Mensch, Bernd, jetzt guck doch mal, hier.« Frieda zeigte auf die Stelle und wischte dabei die Kaffeetasse um, deren Inhalt sich auf Bernds Hose ergoss. Mit einem lauten »Aua« sprang dieser auf und schlug mit der Hand auf den heißen Flecken.

Frieda pflückte ein Stück Küchenpapier ab, machte es nass und reichte es Bernd, der sich damit abtupfte und wieder setzte.

Frieda seufzte, öffnete die Tür, rief halblaut: »Alles gut, nur verbrüht«, und schloss sie wieder. Nicht dass gleich noch mal der halbe Campingplatz auf der Matte stand. Es war zwar beruhigend zu sehen, dass die meisten unerschrocken zu Hilfe eilten, aber die letzten Neugierigen wieder loszuwerden, war gar nicht so einfach gewesen. Zu Bernd sagte sie: »Noch einen Kaffee?«, und dieser nickte.

»Frieda, es tut mir leid.«

»Ja, Bernd, das hast du jetzt ja schon einige Male erwähnt. Du wolltest mich nicht zu Tode erschrecken, mir keine vorzeitigen Wehen bescheren, mich nicht so leichenblass erleben, nicht für Tumult sorgen, dich nicht zum Gespött machen und so weiter. Aber warum du stockbesoffen in meiner Hängematte gelandet bist, das weiß ich immer noch nicht.«

Frieda goss Bernd die sechste Tasse ein. »Ich hab nur Sojamilch, vielleicht doch einen Schluck? Dann kannste ihn wenigstens gleich trinken.«

»Ja, bitte, also, danke, und ... Frieda, ich weiß nicht, warum ich ausgerechnet zu dir gelaufen bin, nur ... Meine Jasmin, die hat ... Es ist aus.«

»Aus?«

»Ja, sie hat Schluss gemacht.«

»Aber warum?«

»Sie wolle keine Kinder, und mein Gefasel von einem Baby ginge ihr zunehmend auf den Geist, und sie sehe keine ... keine Zukunft mehr für uns, da unsere Lie... wir an dem Thema eh zerbrechen würden, hat sie gesagt.«

»Ja, da hat sie wohl recht.«

»Was?« Bernd schaute sie entsetzt an, trank einen Schluck Kaffee und jammerte gleich wieder rum, weil er sich die Zunge verbrannt hatte.

Ganz schönes Weichei, dachte Frieda und wunderte sich, wie schnell der Alkohol aus einem Strahlemann ein rotäugiges Elend machen konnte.

»Klar zerbrechen an solchen Konflikten Beziehungen, oder glaubst du, du wirst sie überreden können, wenn sie so felsenfest dagegen ist? Warum auch? Um ein Kind in die Welt zu setzen, dessen Mutter keinen Bock drauf hat? Super Sache, echt.«

Bernd senkte den Kopf, und Frieda konnte sehen, wie an seiner Nasenspitze eine Träne hinunterrann.

»Ach, Bernd, es tut mir leid, das meinte ich nicht so, jetzt hör auf zu weinen, sonst fang ich auch noch an.« Frieda nahm seine Hand. »Komm schon, das war doch bestimmt nicht deine erste Freundin und auch nicht deine letzte.«

Bernd sah sie durch einen Tränenschleier an, gähnte, schüttelte den Kopf und sagte kaum hörbar: »Doch, das war meine erste.«

Frieda packte ihn ins Bett der Kinder, deckte ihn zu, verkniff es sich, ihm eine Gute-Nacht-Geschichte zu erzählen, und fiel selbst ins Bett. In dem Moment, als ihr Kopf das Kopfkissen berührte, fing sie bereits an zu schnarchen.

***

»Guten Morgen, Süße, und ... ach ... oh, là, là ... guten Morgen, Bernd. Du heißt doch Bernd, oder?« Manuela trat an den Frühstückstisch und blinzelte. »Du ... ähm ... du warst die ganze Nacht hier?«

Frieda schob einen Stuhl nach hinten. »Setz dich doch, Manuela, und ja, er war die ganze Nacht hier, stell dir vor, erwachsene Menschen können auch in einem Raum schlafen, ohne dass etwas passiert.«

Manuela lachte verlegen, murmelte »Allons donc« und nahm sich eine Scheibe Brot.

Frieda hielt Manuela den Narbenarm hin. »Sag mal, findest du eigentlich, dass die Narbe dolle auffällt? Findest du sie hässlich?«

Die Schauspielerin strich sich Butter und Walderdbeermarmelade aufs Brot, biss hinein und betrachtete den Arm in aller Ruhe, nicht ohne auch Bernd Blicke zuzuwerfen, der sie allerdings ignorierte. »›Du gleichst dem Geist, den Du begreifst‹, ich will damit sagen, liebe Frieda, die Narbe ist ein Teil von dir, und ob sie schön ist oder nicht, das bestimmst allein du.«

Bernd gähnte. »Das ist sehr wahr! Frieda, ich danke dir. Ich melde mich, ja?« Bernd stand auf, gab Frieda einen Kuss auf die Wange, schenkte Manuela ein müdes Lächeln und schritt davon. Und der Geruch nach abgestandenem Bier verschwand mit ihm.

»Mhm, für was hat er sich denn bedankt? Für deine Gnade, den gefallenen Journalisten aufzunehmen?«

Frieda senkte die Stimme. »Nein, für Sex!«

»Was?«, quiekte Manuela und entspannte erst die erschrockenen Gesichtszüge, als Frieda lauthals anfing zu lachen.

»Ich hab ihm einen Kontakt zu einer Zeitung verschafft. Vielleicht wird ja doch noch was aus ihm, ich denke, der erste Schritt wäre: raus aus dem Kaff. Und jetzt sag mal ehrlich, findest du meine Narbe hässlich oder nicht?«

***

In Friedas Notizbuch gab es noch ein paar To-do-Punkte, unter anderem Ranger Jens auf die Pelle zu rücken. Manuela behauptete, dass Detektive in alle Richtungen ermitteln würden, und bevor sie sich jetzt an Willi festbissen, sollte man auch andere Personen aus Anton Schreiners Umfeld überprüfen. Ein Anruf brachte Klarheit: Die Zentrale der Ranger, die Jens leitete, befand sich in dem Gemeindehaus, das Frieda bereits kannte.

Frieda und Manuela machten sich auf den Weg und fanden sich wenig später im Vorraum der Rangerzentrale wieder. Auf zahlreichen bunten Schautafeln bekam man Informationen über die Pflanzen und Tiere des Naturparks und deren Funktionen im Ökosystem. Broschüren lagen aus, damit man diese Informationen auch mit nach Hause nehmen konnte. Vogelgezwitscher drang aus Lautsprechern, und ein Schild informierte darüber, dass man bei Fragen gerne die Glocke läuten dürfte, die darüber hing. Was Manuela dann auch tat. Sie zog so kräftig an dem Glockenstrang, dass Frieda schon fürchtete, dass dieser abreißen könnte.

Es war Jens höchstpersönlich, der kurz darauf durch eine Tür trat und zu ihnen kam. Er trug wieder Jeans und ein Hemd, diesmal ein grünes, allerdings hatte er keine Weste darüber an.

Brauchte wohl keine Lupen und Schraubenzieher im Innendienst. Er schaute leicht genervt, als wäre er gerade mitten in wichtigen Aufgaben gestört worden.

Manuela gab ihm die Hand und stellte sich vor mit: »Melanie Schmitt, angenehm, die Kreisverwaltung schickt uns, Ihre Pläne für den Bau einer neuen Rangerzentrale anzuschauen.«

»So?«, sagte Jens. Als er Frieda die Hand schüttelte, zog er die Augenbrauen in die Höhe, was sie komplett blockierte und »Frieda Rudi« sagen ließ. »Wir sind uns schon mal begegnet, ich bin öfters in dieser Ecke.«

Jens winkte sie durch die Tür und trat in einen Durchgang, in dem ein runder Holztisch mit mehreren Stühlen stand. »Bitte, nehmen Sie doch Platz, möchten Sie etwas zu trinken?«

Nachdem beide ein Glas Wasser bekommen hatten, öffnete er die Tür zu einem Büro und lärmte darin herum. Offensichtlich suchte er etwas. Der ganze Raum war mit Prospektständern zugestellt, und überall standen und lagen Infobroschüren, auf denen Bäume, Kraniche, Pilze, Kanäle und Biber abgebildet waren. Es dauerte vielleicht fünf Minuten, bis er mit einer Keksdose und einer Papierrolle wieder zu ihnen kam. Mit einem verbindlichen Lächeln stellte er die Dose vor sie auf den Tisch und entrollte den Plan. Die Ecken beschwerte er mit den Wassergläsern und einem Aschenbecher, steckte sich einen Keks in den Mund, zeigte auf ein paar markante Stellen des Plans und erzählte dazu so einiges. Dabei stopfte er ununterbrochen Kekse nach und spuckte unverdrossen Krümel durch die Gegend. Als Frieda einen Schluck trinken wollte, schwammen sogar in ihrem Glas Stückchen umher. Stattdessen fragte sie: »Und was wird aus diesen Räumlichkeiten hier?«

Jens zuckte mit den Schultern. »Keine Ahnung.« Sein Tonfall änderte sich. »Was passiert, wenn zwei Ranger eine Wanderung machen? Na? Gar nichts, da sie beim ersten Baum stehen bleiben und über dessen lateinischen Familiennamen streiten. Haha. Und, kamen Sie bereits in den Genuss einer Ranger-Tour?«

Nachdem Jens den fünften Witz erzählt hatte, bekam Frieda einen Krampf im Gesicht. Zur Entspannung der Gesichtsmuskulatur, und nur dafür, aß sie den ein oder anderen Keks und hatte einen Ohrwurm im Ohr: *Ich hab Kekse mitgebracht, bitte rede mit mir. Hallo Ich.* War das von Käptn Peng? Frieda mochte seine musikalische Philosophie, und Kekse mochte sie sowieso.

Manuela ließ derweil ihren Charme spielen. Frieda hörte sie gerade sagen: »... das wird Sie dann meine Kollegin gerne fragen, wissen Sie, wir haben da ganz professionell unsere Aufteilung in emotional und sachlich, ich bin für Ersteres zuständig und –«

Frieda grätschte ins Gespräch. »Sachlich betrachtet würden mich ja schon noch ein paar Einzelheiten zum Neubau interessieren.«

Jens nickte und zeigte auf ihren Babybauch. »Mutterschutz fängt wohl heutzutage später an. Was wollen Sie denn genau wissen? Die Kreisverwaltung müsste ja bereits darüber im Bilde sein, dass es sich um Neubauten handelt.«

»Ähm?« Frieda schaute ihn fragend an und war froh, dass Manuela wieder das Wort ergriff.

»Selbstverständlich sind wir im Bilde, wo genau soll denn die neue Zentrale ihren Platz finden?«

»Am Ortseingang in Blankenförde! Direkt bei der abgebrochenen Kanuspitze, die zum Hexenwäldchen führt. Eingebettet in die alte Baumlandschaft, da, wo sich Waschbär und Fuchs noch Gute Nacht sagen.«

»Hase, meinen Sie doch wohl, oder? Fuchs und Hase«, ergänzte Manuela, Friedas persönliche Dezernatsleiterin für Zitate und Sprichwörter.

»Unsere Hasen hat schon der Fuchs geholt, haha, nein, Scherz beiseite, wir haben tatsächlich zwei Waschbärbeauftragte in unseren Reihen.«

»Haha.« Frieda lachte pflichtbewusst und schob sich einen weiteren Keks in den Mund.

Jens blickte sie erstaunt an. »Nein, das war kein Witz. Wir

haben wirklich fest angestellte Waschbärbeauftragte. Diese Rabauken verursachen einen Mordsärger, und um die Anwohner zu beruhigen –«

»Bringen sie ihnen die Waschbärensprache bei?« Frieda grinste. Den konnte sie sich nicht verkneifen.

»Ich kannte auch mal einen, der eine Waschbärenmütze hatte, das war ein richtiger Abenteurer. Auf allen Gebieten«, sagte Manu, zwar mehr zu sich selbst, erntete aber zwei entrüstete Blicke.

»Stellen Sie sich vor, Sie wären ein Waschbär und hätten somit nix als Blödsinn im Kopf«, fuhr Jens fort. »Dazu knurrt der Magen, und findig ist der kleine Kerl auch noch, da müssen dann Mülleimer, Dachböden und die frisch eingefahrene Apfelernte dran glauben, oder die klettern gleich auf die Bäume und knicken die vollen Äste ab, nicht grade der Liebling der Landwirte.«

»Und dann kommt der Beauftragte und klopft denen auf die Tatzen?«, fragte Frieda.

»Haha. Nein, der gibt den Leuten Tipps, wie zum Beispiel einen Raufkletterschutz für Bäume zu besorgen und Verschlüsse für Mülltonnen.«

»Soso«, sagte Manuela. »Und was hat das alles mit dem Neubau zu tun?«

Jens rückte seinen Stuhl vom Tisch und stand auf. »Nichts, aber Sie haben ja gefragt.«

Frieda murmelte: »Ich nicht«, was Jens zu überhören schien. »Für den Neubau brauchen wir Platz, da neben den Büroräumen unser technischer Stützpunkt hierherkommen soll. Mit Trecker, Holzlagerung, einer Kühlzelle für das Wild und so weiter. Und wir übernehmen die beiden Volieren von der Vogelauffangstation im Müritzhof. Da haben wir bald von der Wachtel bis zum Fischadler und Kranich alles hier herumfleuchen. Und eins können Sie mir glauben, das wird ordentlich groß, sodass ein flügellahmer Adler auch mal zum Training kommt.«

»Wie viele Arbeitsplätze schafft die neue Zentrale denn?«,

hakte Frieda nach. »Und steht schon fest, wer angestellt werden soll?«

»Interessiert das das Oberzentrum? Na ja – so um die fünf neue Plätze haben wir geplant, und ja, es gibt da ein paar Kandidaten. Was haben der Bürgermeister und ein Waschbär gemeinsam? Sie waschen beide gerne, der eine Moneten, der andere Morellen. Haha.«

Manuela tippelte mit ihren knallroten Fingernägeln auf die Tischplatte. »Arbeitsplätze sind hier rar gesät, oder? Hat nicht sogar Ihr Stuhl gewackelt?«

Jens grinste zuerst, da er wohl einen Witz erwartete, dann setzte er eine erstaunte Miene auf. »Gewackelt? Da müssten allerdings erst die anderen zusammengebrochen sein, ich bin ja quasi hier der Leitwolf. Führe die Fackel in der Hand und leuchte den anderen. Bevor mein Stuhl wackelt, steht hier kein Stein mehr auf dem anderen, da müssen Sie keine Angst haben. Projekte, die ich in die Hand nehme, die ziehe ich durch, auf die eine oder andere Weise. Verschwenden Sie bitte keine Ihrer Gehirnzellen auf so eine Sache. Jens schaukelt das schon. Wollen wir zum Baugrund gehen?«

Beide schüttelten den Kopf, das war nicht nötig.

»Ich habe gehört, dass es Mitbewerber für das Grundstück gibt«, sagte Frieda.

»Na ja, das wird schon keine Konkurrenz für uns sein. Was juckt den Kuchen den Krümel. Haha. Nee, aber die Seidenraupen-Hoschis, die haben keine Lobby und mehr ein Phantom als eine dicke Raupe im Kopf, der Campingplatz hat ja einen Rückzieher gemacht, die wollen sich ja doch nicht erweitern, sondern sind mehr an unseren touristischen Angeboten für ihre Gäste interessiert, und der Bürgermeister? An die Ferienhaussiedlung glaub ich nicht. Im Stadtrat sind durchaus vernünftige Leute, die den Nutzen und die Notwendigkeit unserer Zentrale sehen. Wem würden diese Ferienhäuser denn eigentlich dienen?«

***

Frieda saß im Wohnwagen und diskutierte mit Manuela vor der Post-it-Wand. Die Schauspielerin hielt den gelben Haftzettel mit dem Namen »Willi« in der Hand. »Jeder hat eine Leiche im Keller, der einzige Unterschied besteht darin, dass die eine größer ist als die andere. Schätzelein, wusstest du, dass sogar mein viel gepriesener Goethe eine Leiche verbuchen kann? Na ja, so etwas in der Art zumindest – seinen Sohn August. Zeit seines Lebens, er erreichte übrigens nur ein mittleres Alter von vierzig Jahren, litt dieser unter dem allmächtigen Vater. Die Erwartungen an ihn müssen erdrückend gewesen sein, armes Menschenkind, das sich so gar nicht entfalten konnte. Er hatte die Italienreise seines Vaters abgefahren und Notizen darüber nach Hause geschickt, die eigentlich veröffentlicht werden sollten. Doch sein Vater hielt sie für zu schlecht. Nach meiner bescheidenen eigenen Meinung muss ich sagen, dass er damit sogar recht hatte. Und Willi bildet da keine Ausnahme.«

Frieda schwitzte, sie schwitzte so arg, dass sie gar nicht mehr hinterherkam, die verschwitzten, zeltgroßen Shirts zu waschen und auf einer Leine, die zwischen zwei Baumstämmen gespannt war, aufzuhängen. Sie fühlte sich schon fast wie in der Ariel-Werbung mit Wäsche, so weit das Auge reichte, mit dem Unterschied, dass ihre Klamotten eher bunt waren denn weiß.

Der Mückenstich auf der Stirn war mittlerweile fast verschwunden, allerdings hatte sich die Qualität ihres Blutes unter den Saugern herumgesprochen. Fünf neue Stiche zierten Arme und Beine, was in der Kombination mit dem Schweiß eine juckende Angelegenheit war.

Frieda legte die Hand auf den Bauch und versuchte, Kontakt zum Bauchzwerg aufzunehmen. Schlechtes Gewissen schlich sich in ihre Gedanken. Wann hatte sie zuletzt bewusst über das Wunder Kind nachgedacht? Wie es sich in ihrem Bauch entwickelte? In anderen Kulturen waren Schwangere fast so was wie Heilige, zumindest wurden sie von den anderen verehrt und besonders zuvorkommend behandelt. Wie ging das in unserer Gesellschaft unter. Alles und jeder sollte einfach nur funktionieren. Veränderungen waren ein Einschnitt in den gewohnten

Ablauf und damit unerwünscht. Es galt dann, wenigstens so lange den Status quo aufrechtzuerhalten, wie es ging. Jaja, mir geht es gut, alle Abers waren ein unerwünschtes Zeichen von Schwäche. Eine Blöße, die persönlich angekreidet wurde. Wie konnte man mal nicht stark sein.

»Frieda«, sagte Manuela, »hörst du mir überhaupt zu?«

»Jaja, Goethes Sohn. Und wie er untergebuttert wurde. Warum eigentlich? Warum hat er sich nicht befreien können?«

»Ich sprach zuletzt von Willi, aber gut – ich denke, dass August nicht die Kraft hatte auszubrechen. Die Erwartungen lasteten auf ihm, und dieses Korsett war zu eng zum Luftholen.«

»Wie mich das ankekst. Warum müssen Menschen den anderen ihren Willen aufbürden? Warum probiert man, so zu sein, wie es die anderen erwarten, und wie findet man überhaupt heraus, wer man eigentlich ist und was man will?«

Manuela betrachtete sie schweigend und strich Frieda eine Haarsträhne aus dem Gesicht. Sie musste sie eher wegzupfen, da die Haarsträhne dank des Schweißes festklebte. »Schätzelein, muss ich mir Sorgen machen? Vermisst du Georg?«

Frieda lachte, ein stockendes Lachen, das an einen Motor mit Anlassschwierigkeiten erinnerte. Etwas hustend und unmotiviert.

Die Schauspielerin wedelte mit dem Willi-Zettel, der an ihrem Finger klebte. »Wollen wir erst das hier fertig machen und dann deine Seele liebkosen?«

»Ich hätte jetzt gerne ein eiskaltes Radler, das wäre fein«, murrte Frieda und fügte sich der Diskussion, wen man von der Verdächtigenliste nehmen sollte. Am Ende klebte Willi auf dem rechten Schrank ganz oben als Hauptverdächtiger, hatte er nicht erwähnt, dass er sich nach dem Tod von Anton nun selbst aufstellen lassen wollte? Eusebia hing bei den mitverwickelten Unverdächtigen. Unter Willi klebten der Bürgermeister und Jens. So viele waren gar nicht verdächtig.

Friedas Handy *biingte*. Gleich zweimal, und sie las: *Heisan Frieda – gratuliere zum siebten Schwangerschaftsmonat plus elf*

Tage. Dein Körper übt für die Geburt mit Übungswehen, den sogenannten Braxton-Hicks-Kontraktionen. Schuld daran ist das Hormon Oxytocin, das in deinem Körper so einiges auf den Kopf stellt. Diese Kontraktionen trainieren quasi deine Gebärmutter fürs Gebären, und du merkst es am Hartwerden deines Bauches. Manche Frauen merken gar nichts, andere verspüren ein unangenehmes Ziehen. Immerhin einer, der zurzeit was übt. Haha. Schlafentzug heißt auf Norwegisch: søvnberøvelse. Ha det bra!

Heisan Frieda – gratuliere zum siebten Schwangerschaftsmonat plus zwölf Tage. Warum liest du diese App nicht täglich? Wir hoffen, dass du keine Frühgeburt hattest! Deine Hormone tanzen Cha-Cha-Cha, und da das Gewicht deines Körpers besonders auf die Beine drückt, wurden die Venen auf »weiter« gestellt, was an einzelnen Stellen aber zu Krampfadern führen kann. Eine gute Zeit für Hausschlappen zum Reinschlüpfen. Also: Beine hochlegen. Aber nicht zu oft, sonst verschläfst du noch die Geburt. Haha. Profit heißt auf Norwegisch: profitt. Ha det bra!

»Ich frag mich immer noch, wer eigentlich von Antons Tod profitiert«, sagte Frieda und klatschte sich mit der Hand gegen die Stirn. »Das hab ich ja wegen des ganzen Traras total vergessen. Bernd hatte noch mal angerufen und erzählt, dass der Tote mit seiner Frau ziemlich gestritten hat. Das weiß er von den Nachbarn, da ging's wohl manchmal hoch her, auch ums Geld haben die gezankt. Der Schwiegervater war ein Jahr zuvor gestorben, und sein Häuschen hatte Anton zu Bargeld gemacht, was dann auf seinem Konto landete.«

»Hmm, wie können wir es detektieren, wo Antons Testament verblieben ist?«

»Detektieren? Ähm ... Keine Ahnung.«

»Schätzelein, es hilft ja nichts, wir müssen da rein. In die Hölle des Löwen.«

»Du meinst, in die Höhle des Löwen?«, verbesserte Frieda und hängte das gelbe Zettelchen mit dem Namen »Frau Schreiner« unter die anderen Verdächtigen.

Manuela schüttelte vornehm den Kopf. »Du hast mein Theaterstück wohl doch nicht zu Ende gelesen, liebste Frieda, dann wüsstest du, was es damit auf sich hat.«

Frieda hüstelte verlegen und flüsterte: »Aber bald, ganz bald, bestimmt!«

***

Die beiden Frauen hatten sich Sommersonnenhüte aufgesetzt – gegen die Sonne. Im Gepäck befanden sich zwei Flaschen Wasser – gegen den Durst. Die Arme waren eingecremt – gegen den Sonnenbrand, und so marschierten sie bestens vorbereitet durch Blankenförde. Vorbei an der Hexenwäldchen Räucherkate, vorbei an friedlich dösenden Familienhäusern, einem schnuckeligen Gutshaus, Kanuleihstationen, Schildern, auf denen Gästezimmer angeboten wurden, und Imbiss- und Kaffeebuden in Richtung Dorfausgang. Gegenüber der kleinen Dorfkirche und dem Gemeindehaus stand ein rotes Backsteingebäude, auf dem noch das Wort »Konsum« zu lesen war. Die Farbe abgenagt vom Zahn der Zeit. Große, gardinenverhangene Fenster glotzten zur Straße und präsentierten mit Keramikfiguren das Faible der Hausbewohner für Gartenzwerge und Pferde. Frieda klingelte. Keiner da. Bevor sie die Klinke runterdrücken konnte, hielt neben ihnen ein Auto, und Eusebia guckte heraus. Mit verquollenen Augen. Sie winkte sie ans Autofenster und flüsterte: »Sie hatten recht, mit Willi stimmt was nicht.« Sie zog ein besticktes Stofftaschentuch aus der Handtasche, die auf dem Beifahrersitz lag, und tupfte sich die Nase ab. »Entschuldigen Sie, aber das … Ich … ach. Ich fahre gerade nach Hause, hab mich heute krankgemeldet. Sehen Sie, da vorne geht's rechts rein, das dritte Haus auf der linken Seite, wenn Sie wollen … Erdbeerkuchen könnte ich anbieten.« Eusebias Stimme war brüchig und von Schniefern durchzogen. »Warum stehen Sie eigentlich vor dem Haus von der Schreiner?«

Frieda grinste schief, tätschelte ihren Bauch und nuschelte:

»Schönes Haus, früher Konsum, haha, voll ostig, gab es da nicht auch so Rabattmarken? Und ja – wir kommen.«

Eusebias Haus war typisch für dieses Dorf – einfach, nett, mit gelb gestrichenen Fensterläden und blühenden Blumen vorm Haus, daneben und bestimmt auch dahinter. Wahrscheinlich auch drinnen.

Blankenförde hieß ja eigentlich auch Blankenförde-Kakeldütt und war eine Ortschaft, die aus zwei Dörfern bestand, die nur durch die Havel geteilt waren. Um die Fachwerkkirche standen noch einige Grabsteine, die fast alle den gleichen Nachnamen trugen. Früher seien die Dörfer ja quasi von einer Familie gegründet worden, erzählte Eusebia, die ja eigentlich Elfrieda hieß und trotz strahlendem Sonnenschein ständig die Nase hochzog.

»Heuschnupfen?«, fragte Frieda mitfühlend.

»Nein, Willi«, sagte Elfrieda und schenkte Kräutertee zum Kuchen ein. Wenn es so warm sei, müsse man auch was Warmes trinken, das helfe immer! Außerdem seien die Kräuter selbst gezogen und getrocknet, also voll bio, und sie müsse sich kurz die Nase putzen gehen.

Das große Wohnzimmer war eine Mischung aus Oma-Kitsch und dem Prädikat sommerlich. Sofa, Couchtisch mit frischen Blumen und gehäkelter Spitzendecke, flacher TV-Bildschirm, orangefarbene Vorhänge. Dazu Bilder, die wohl schon die Wände der Urgroßeltern geschmückt hatten und verschiedene dramatische Naturszenen zeigten: Sonnenuntergang am See, schwarzes Wolkenungetüm an stürmischem Meer, drohendes Gebirge hinter kleiner Holzhütte. Ein hellbrauner Schrank mit Nippes und Büchern nahm eine ganze Wand ein, während auf der anderen Seite ein Klavier stand.

Elfrieda trat wieder ein und stellte die kulinarischen Versprechungen schwungvoll auf den Tisch. Genauso schwungvoll polterte sie los: »Ich hab ihm vertraut, wollte den Rest meines Lebens mit ihm auf Mallorca verbringen. Mandelblüte, Meer und einer der über fünfzigtausend anderen Deutschen dort sein.

Und jetzt das …« Elfrieda stopfte sich eine Gabel Kuchen in den Mund. »Wissen Sie, wir sind sogar verlobt. Seit zwei Jahren.« Sie verdrehte die Augen gen Decke. »Er hat eine Unterart der Roten Maulbeere aus Nordamerika geordert. Der Roten!«

»Und?«, fragte Manuela.

»Für die Seidenraupenzucht braucht man die Weiße aus China!«

»Sicher?«

»Ja, verdammt!«

Wo ist denn hier bitte der Ausgang?

»Aber was soll das Willi bringen?«, fragte Manuela und setzte sich elegant auf einen Steg, der in einen Kanal ragte. Sie hatte Frieda in den kleinen Ort Himmelpfort mitgenommen, und gemeinsam sahen sie den Hausbooten, Kanus, Kajaks und Touristendampfern zu, wie sich diese an der Schleuse sammelten. Eine Handvoll junger Männer hörte auf einem Motorboot Schlagermusik in solch einer Lautstärke, dass die Fische bestimmt taub wurden. Einer der Männer schwenkte eine Bierflasche in Friedas Richtung und pfiff auf zwei Fingern.

Frieda zeigte auf ihre Babywampe und ihm einen Vogel. Dann wandte sie sich Manuela zu, die auf dem leicht feuchten Steg wie auf einem Thron für Ladys saß, die nur knapp an der Königinnenwürde vorbeigeschrammt waren. »Liebste Manuela, ich habe keine Idee. Für eine Seidenraupenzucht, die vielleicht in ein paar Jahren einen wohl eher überschaubaren Gewinn erbringen würde, würde ich persönlich bestimmt keinen umbringen. Aber weißt du, wenn du einen Täter nach seinem Motiv fragst, dann antwortet dir wohl selten die Stimme der Vernunft.«

»Oha, junge Dame, nicht so vorlaut.« Manuela lachte. »Auch der verwirrteste Geist hat ein Motiv für noch verwirrendere Handlungen, die Sache ist nur, dass wir das Motiv vielleicht nicht nachvollziehen können. Außerdem geht es ihm ja offensichtlich nicht um die Seidenproduktion. Vielleicht hat Anton etwas getan, was Willi gegen den Strich ging.«

Friedas Augen wurden immer größer. »Du meinst doch nicht … nicht etwa, dass Anton ein Verhältnis mit Eusebia hatte?«

»Mon dieu, non! Auf jeden Fall sagt Willi nicht die Wahrheit, was seine Pläne mit den Bäumen anbelangt, was hat er zu verbergen? Warum täuscht er sogar die Frau, mit der er eigentlich nach Mallorca ziehen will, oder handelt es sich bei ihm um einen notorischen Lügner? ›Nach Golde drängt, am Golde hängt doch alles.‹ Das würde zumindest Margarete aus Faust dazu sagen.«

»Du meinst so was wie: Folge dem Geldfluss, und am Ende wartet der Täter? Na ja, Eusebia will ihm ja auf die Finger schauen. Die ist ganz schön sauer!«

»Bien sûr.« Manuela blickte auf ihre goldene Armbanduhr und stand eilig auf. »Komm mal mit.« Sie liefen in Richtung Dorfstraße, wo ihr Auto parkte. Vorbei an einer alten, kleinen Kapelle, die sich an die Reste einer Klosterruine schmiegte. Noch ein Stück weiter lag die altehrwürdige Brauerei beziehungsweise das, was von ihr noch übrig war, da sie einer Brandlegung zum Opfer gefallen war. Gegenüber konnte man in einem Café Würstchen oder ein Kaffeegedeck bestellen oder dem Weihnachtsmann einen Besuch abstatten. Zumindest sein Zimmer war hier zu besichtigen, inklusive Weihnachtsmannarbeitspult, seinem Bett und einer kleinen Backstube, in der man zur Weihnachtszeit Kekse backen konnte.

Manuela setzte sich gegenüber der Weihnachtsmannstube an einen der Tische und lächelte Frieda an.

Frieda sagte verwundert: »Willst du hier einen Wunschzettel einschmeißen, oder was?«

»Schätzelein, lass dich überraschen.« Sie zeigte auf ein buntes Plakat, das für heute einen lustigen Spielenachmittag für Kinder von fünf bis zehn Jahre ankündigte, was den Kinderauflauf verbunden mit dem Lärmpegel erklärte. Im gleichen Moment trat aus der Weihnachtsmannstube ein Weihnachtsmann im Sommeroutfit. Kurze rote Hose, ein rotes Shirt, eine rote Schildmütze und ein angeklebter weißer Bart, der bei diesem Wetter bestimmt ausreichte, um gewaltig ins Schwitzen zu geraten.

Friedas Verwunderung hatte auf einen Sprung Gradstufe vier erreicht, sie blickte Manuela an, als wäre diese komplett verrückt geworden.

Manuela lachte laut auf und flüsterte Frieda zu: »Darf ich bekannt machen: Weihnachtsmann Tom. Das hat mir Jens verraten, als du bereits rausgegangen warst. Wie meinte Jens: Ein

Ranger ist sich für nichts zu schade, er rauft sogar freiwillig mit den Engelchen. Und verzeih mir, dass ich das ›Haha‹ von Jens nicht wiedergeben kann.«

Frieda schaute dem Weihnachtsmann ins Gesicht und meinte tatsächlich, Ähnlichkeiten mit Tom zu erkennen. »Und?«

»Jens meinte, dass er nicht die komplette Personalliste preisgeben kann, ich persönlich vermute, dass er die Namen einfach nicht parat hatte, aber zumindest scheint Tom am dringendsten eine Stelle zu brauchen. Sein Häuschen steht wohl kurz vor dem Zwangsverkauf. Das hat Jens in einem Nebensatz fallen lassen.«

»Oh.«

Die beiden beobachteten das Treiben des Weihnachtsmanns, wie er mit weit ausholenden Gesten von seinen Rentieren und dem Schlitten erzählte und die Kinder zum Lachen brachte. Nach vielleicht dreißig Minuten lösten ihn seine Helferlein ab, drei Engelchen in kurzen Röcken und trägerlosen Shirts mit aufgedruckten Flügeln, und Tom machte eine Pause bei einer Flasche Bier. Frieda setzte sich an seinen Tisch und erntete dafür ein paar neidische Blicke von minderjährigen Weihnachtsmann-Fans. »Hi, Tom, haste klasse gemacht.«

»Oh, danke, Friederika ... Nein, Fritzi?«

»Frieda.«

»Ah, entschuldige, das weiße Gestrüpp scheint schon ins Gehirn zu wuchern«, sagte Tom und zupfte sich am Bart. Er schaute sich um. »Was treibt dich denn auf ein Kinderfest ohne deine Kinder?«

Frieda dachte, der hat aber ein gutes Gedächtnis, trotz Namensverwechslung, und woher weiß er denn, dass meine Kids nicht dabei sind? »Glaubst du, Erwachsene schreiben keine Wunschzettel? Hihi. Weißt du, wen wir in Blankenförde zufälligerweise getroffen haben? Jens, deinen Chef.«

»Ach, hat der euch gesteckt, dass ich hier arbeite?«

»Ähm ... Warum sollte er? Und ... nein, ich bin mit einer Freundin unterwegs.« Frieda zeigte auf Manuela, die gerade in ihre Richtung gestarrt hatte und nun ein Gesicht zog, als sei sie auf frischer Tat ertappt worden. »Tom, dein Chef war sehr nett … Also, unterhaltsam. Erzählt wohl gerne Witze? Und wie geht es denn dir, machst du bald mal wieder eine Floßfahrt?«

»Mir? Ganz gut, wie sagt man – schlechten Menschen geht es immer gut.« Tom drehte sich zur Seite und spuckte auf den Boden. Sehr zum Entsetzen einiger Eltern, die neben ihren Kleinkindern standen und den Sommer-Weihnachtsmann anstarrten.

Tom kratzte sich an der Nase, wobei der Bart verrutschte, was eine »Oooh«-Runde bei den Kindern auslöste. »Mein Chef und nett? Da bist du aber die Erste, die das sagt, ha! Ganz im Gegenteil. Ich kenne keinen Menschen, der so auf seinen Vorteil und sein Ego bedacht ist. Aber – ich muss.« Er stand auf.

Frieda klopfte sich mit dem Zeigefinger unter die Nase, was Tom dazu veranlasste, seinen Bart zurechtzurücken. Er trank den Rest des Biers auf ex, rülpste anständig und lief mit ausgebreiteten Armen und einer ordentlichen Bierfahne auf die Kinder zu. »Wer will mit mir Geschenke-Fangen spielen?«, rief er und blinzelte dabei einer attraktiven Mutter zu, die fast in Ohnmacht fiel.

Viel rausbekommen hatten sie nicht, aber der selbst gebackene Apfelkuchen des Cafés schmeckte ausgezeichnet, auch noch das zweite Stück. Mit Sahne.

***

Als die beiden Frauen wieder auf dem Zeltplatz ankamen, stritten sie sich. Frieda behauptete, dass es keinen Sinn mache, in alle Richtungen zu ermitteln, dann könnte man auch Robert wieder auf die Verdächtigen-Seite kleben, da er durchaus auch von einem Festnetzanschluss angerufen haben könnte, und Manuela fasste sich an die Stirn und seufzte, dass sie mit Frieda Kopfschmerzen bekäme, wie eine Mutter bei ihrer pubertierenden Tochter, außerdem habe Frieda gerade das Gespräch mit Tom verbockt, da sie nun genauso schlau waren wie zuvor. Am Ende hatten beide hochrote Wangen, Stimmen, die ein paar

Oktaven höher kratzten, und die Krallen waren ausgefahren. Sie beschlossen, sich aufzuteilen.

Manuela interessierte sich für den Bürgermeister, und Frieda wollte der Sache mit dem Testament nachgehen.

Manchmal brachten getrennte Ermittlungen vielleicht doch mehr.

Frieda gönnte sich am Kiosk eine heiße Schokolade und starrte auf die sportlichen Damen in Bikinis, die sich entweder ein Kanu ausliehen, ein Äpfelchen oder Karöttchen gönnten oder mit ihren großen bunten Sonnenbrillen lächelnd auf Friedas Babykugel glotzten. Wie lange würde es wohl dauern, bis sie wieder ihren alten Körper hätte? Vor allem, welchen? Den vor Lea oder den vor Jonni oder den, den sie als Studentin hatte? Seufzend kratzte sie mit dem Löffel die letzten Tropfen aus der Tasse und schleckte ihn ab. Wenn man sich einen Körper aussuchen könnte, hätte sie gerne den von Brigitte Bardot gehabt oder von Marilyn Monroe oder ... Ihr Blick blieb an der Figur einer Rubens-Dame hängen, wanderte höher zu einem außergewöhnlich hübschen Lächeln in einem sehr sympathischen Gesicht. Es erhellte die ganze Person in einem extraschönen Aura-Flash. Frieda stieg die Schamröte ins Gesicht. Nicht, weil die Rubens-Dame ihr freundlich zugenickt hatte und sie sich ertappt fühlte, nicht nur, weil die Hormone in Habachtstellung standen und bei jedem geringsten Anlass die Händchen aneinanderrieben und nach allen Richtungen Farbspritzer schossen, sondern auch, weil sie sich so blöd fühlte. Sie sollte ihren Körper ehren, dafür, dass er gerade Kind Nummer drei beherbergte und bis heute so treu gedient hatte. Was für ein Bullshit, diesen scheißblöden Idealen hinterherzuhecheln. Wenn sie das nächste Mal jemand fragen sollte, wie sie gerne aussehen wollte, dann würde sie antworten: so wie jetzt. Alles prima.

»Entschuldigen Sie bitte, schöne Frau«, tönte es von hinten, und Frieda drehte sich erstaunt um. Es war Bernd, der auf ihren Mund zeigte. »Du hast da ... Ich sag nur Schokobart.«

Frieda wischte sich mit dem Handrücken über den Mund.

»Bernd, ich dachte du wolltest dich in Richtung Berlin aufmachen?«

»Mach ich auch, ich hab tatsächlich ein Vorstellungsgespräch bekommen, und dafür wollte ich mich schon mal bedanken.«

»Mhm, man soll das Huhn eigentlich nicht zerlegen, bevor man es gefangen hat.«

»Das Huhn?«

»Heißt das nicht so?«

»Keine Ahnung, ich wollte dich einfach zum Essen einladen, oder sind deine Kinder wieder zurück vom Paddeln?«

»Nö, noch nicht. Warum hast du das nicht gleich gesagt? Essenseinladungen schlage ich aus rein religiösen Gründen nie aus.«

»Was?«

Auf dem Weg nach Neustrelitz nutzte Frieda die Gelegenheit, um über die Kirche des Fliegenden Spaghettimonsters zu berichten. Eine Gegenbewegung, die in den USA als Antwort auf den Kreationismus entstanden war. Die Anhänger des Spaghettimonsters wurden Pastafari genannt. Es war keine Sekte – Gott bewahre, davon waren sie wirklich trillionenmeilenweit entfernt –, sondern sie bezeichneten sich als Weltanschauungsgemeinschaft, die satirisch und kritisch mit Religionen umging. Anstelle der Zehn Gebote hatten sie die acht »Am Liebsten Wäre Mirs« ins Leben gerufen, die unter anderem zum Inhalt hatten, dass man an das Nudelmonster glauben konnte, aber nicht musste, dass es auf keinen Fall dazu benutzt werden wollte, um Kriege oder bloßen Streit anzuzetteln, und dass alle einfach nett zueinander sein sollten. Weiter behaupteten sie, dass wir Menschen von Piraten abstammten, wobei Piraten notwendig waren, um das Erdklima zu regulieren, da es einen wissenschaftlich bewiesenen Zusammenhang zwischen dem Aussterben der Piraten und der Erderwärmung gab: je weniger Piraten, desto höher die Temperatur.

Frieda und Bernd lachten viel und laut, und als Bernd ihr einen gewissen Blick des Knistergrads zwei schenkte, wusste Frieda zweierlei. Zum einen, dass ein Schwangerenbauch à la

»Ich platze gleich« keinen Hundert-Prozent-Abschreckungsmodus bedeutete, und zum anderen, dass es jetzt Zeit war zu gehen. Sie hatte gezögert, ob sie ihn nicht vielleicht doch noch vor die Karre ihrer Ermittlungen spannen sollte, aber jetzt war sie sich sicher, dass das keinen Taug hatte.

»Ich muss los, hab morgen früh einen Termin.«

»Ah, okay, ich fahr dich zurück. Und was ich dir schon die ganze Zeit sagen wollte –«

Friedas Pupillen weiteten sich. »Ah, der Kellner kommt, die Rechnung, bitte.«

»He, ich wollte dich doch einladen.«

»Ah ja, stimmt ja. Danke schön, das war sehr nett, und wo sind die Jacken, ah, da sind die Jacken, wann fährst du morgen, und richtest du in der Redaktion bitte schöne Grüße aus von mir, und wenn sie dich was fragen, dann – oh, entschuldige, war das dein Fuß, die Tür hat geklemmt, und wenn sie dich was fragen – warum fährst du so langsam, bist du nachtblind, oh nein, du willst mir doch nicht erzählen, dass du nachtblind bist, und wenn ein Reh plötzlich auf der Straße steht und –«

»Frieda! Lass gut sein. Machen das die Hormone? Puuh!« Bernd fasste sich an den Kopf. »Da schrillt einem ja der Schädel, und ich wollte dir noch –«

»Wie lange dauert es denn –«

»Frieda, was ist los? Ich ... ich hab meine Ex angerufen, und wir wollen es noch einmal versuchen.«

»Echt? Warum sagst du das denn nicht gleich?«

***

An Friedas Wohnwagentür klebten zwei Zettel. Auf dem einen stand: *Liebste Frieda, ich melde mich morgen, interessante Neuigkeiten. Deine Manuela*, und auf dem zweiten: *Hallo. Ich habe etwas. Telefon unter dem Licht. E.*

Aha, dachte Frieda, nur: Was soll das bedeuten? Telefon unter dem Licht? Von E? War das ein blöder Scherz?

Frieda besah sich den Zettel, die Schrift, die Schreibrichtung, roch sogar daran und schlussfolgerte, dass es wahrscheinlich eine Frau gewesen war, die die Schnörkel bei T und L eingebaut und zuvor Kaffee getrunken hatte. Wobei, Frieda roch an ihren Fingern, die ein feines Röstaroma verströmten, das war wohl sie selbst gewesen. Hüstel. E wie Eusebia, Quatsch, Elfrieda? Unter dem Licht? Frieda knipste im Wohnwagen, den sie offen zurückgelassen hatte, alle Lichter an und suchte dort nach etwaigen Zetteln. Sogar unterm Bett schaute sie nach, sollte das »unter dem Licht« eine verhüllende Umschreibung für »da, wo das Licht nie hinkommt« sein. Aber nix.

Verwirrt nahm sich Frieda ein alkoholfreies Radler aus dem Kühlschrank, setzte sich draußen an den Plastiktisch und stemmte mit einem Ächzen die schweren Beine auf einen weiteren Stuhl. Bisher hatte sie keine Krampfadern, hoffentlich blieb das auch so!

Immer noch konnte man Tagesrestlicht ausmachen, und immer noch ertönten Vogelstimmen, die sich gegenseitig ein »Halt den Schnabel, ich will schlafen« zuzwitscherten. Frieda massierte sich gerade die Unterschenkel, als sich eine Hand auf ihre Schulter legte und sie mit einem hellen »Öchz« zusammenzuckte. Eine weibliche Stimme flüsterte: »Psst. Warum rufst du nicht an? Ich warte seit drei Stunden.«

Es war Elfrieda, die vorwurfsvoll eine Kerze auf dem Tisch zur Seite rückte und anklagend auf den Zettel zeigte, der daruntergelegen hatte. »›Unter dem Licht‹, war das so schwer? Ich dachte, du bist hier die Topdetektivin. Komm rein.«

Und Frieda folgte mehr verdattert denn freudig dem ungeladenen Gast in den Wohnwagen. Elfriedas Laune wurde nicht besser, als sie die ganzen Post-its sah und feststellen musste, dass es hier keinen Alkohol gab. Nicht einmal ein Bier oder Wein aus der Tetrapackung. Sie war an diesem Abend Meisterin im Werfen von Vorwurfsblicken, die des Öfteren auch Friedas Kugel galten. Offensichtlich machte sie die Medizinballrundung für so einiges verantwortlich, nicht nur für den Alkmangel, sondern auch dafür, dass es so spät war, dass der Tisch nicht abgeräumt und auf dem Stuhl ein Kaugummi klebte.

»Möchtest du ein Glas Wasser, Orangensaft? Nein? Vielleicht einen Schluck Sojamilch mit rein? Nicht witzig, okay, also Euse… Elfrieda, was führt dich in meine bescheidene Hütte?«, fragte Frieda.

»Das hier hab ich gefunden.« Elfrieda knallte einen beschriebenen Zettel und ein Prospekt zwischen zwei Teller mit Nudeln an Tomatensoße. »Vielleicht bringt dich das ja weiter. Übrigens wird Eusebia hinten mit ia geschrieben, nicht mit ei.« Sie ging und löste sich draußen zwischen den Tannen auf, als ob sie nur der Hauch eines vornächtlichen Alptraums gewesen war.

War sie aber nicht.

Die Papiere fühlten sich dafür zu real an. Auf dem Prospekt waren Musikinstrumente abgebildet, und auf dem Zettel standen irgendwelche Berechnungen und das Wort »Maulbeerbaum«.

Das Handy *biiingte*, und Frieda bekam die tägliche Auslese der wundervollen Ereignisse ihres Mannes fern von jedem Campingplatz präsentiert. Heute Biergarten unter Kastanien und ein Schnappschuss zweier Arbeitskollegen vor halb leeren Biergläsern und Skatkarten. Immerhin hatte Georg unter dem Bild ein Herzchen eingefügt, was wohl so etwas wie »Ich vermisse dich« oder »Ich liebe dich« bedeuten konnte. Vielleicht hatte er sich auch nur einfach vertippt, trotzdem reichte es aus, Frieda ein paar Tränchen die Wangen hinunterzutreiben. Als sie nochmals die gesammelten Nachrichten der Kinder las, kurbelte dies die interne Flüssigkeitsproduktion nur noch mehr an.

***

»Wie, du warst mit Bernd essen?« Manuela stand vor Friedas Frühstückstisch und stampfte mit dem Absatz auf wie ein kleines, zorniges Kind, das kein Eis bekam.

»Und du? Dem Bürgermeister hinterherzuschnüffeln wie ein drittklassiger Detektiv bringt doch auch nichts.«

Manuela schnaubte empört, zückte ihr Handy und zeigte triumphierend ein paar Bilder: »Dafür hab ich Beweisfotos von dem Treffen, und ich bin durchaus vergleichbar mit Philip Marlowe.«

»›Zack Eichhörnchen, zack Igel‹«, murmelte Frieda ein Zitat aus ihrer Lieblingsserie »Stromberg«. Deren Handlung war rund um einen Büroleiter geklöppelt, der von sich selbst schwer begeistert war und mit diesem Satz veranschaulichte, wie schnell er sich von einer Gestalt in die nächste verwandeln konnte. Auch wenn er mit dieser Meinung ziemlich allein dastand.

Kurz darauf hatten sich die beiden darauf geeinigt, dass sie alle beide toll waren und die Aufklärung des Todesfalles in greifbarer Nähe sein musste. Länger würde das bei den Kriminalfilmen auch nie dauern, meinte Manuela.

Die Person, mit der sich der Bürgermeister getroffen hatte, kannten sie nicht. Ein Mann, vielleicht Mitte vierzig, mit Jeans und weißem Hemd bekleidet. Normaler Durchschnitt. Nix Auffälliges. Dabei war der Bürgermeister extra nach Rostock gefahren, was ein Stückchen Weg war. Aber machte dies das Treffen dann gleich verdächtig?

Manuela schlug die Beine so elegant übereinander, dass selbst Heidi Klum erblasst wäre. Vor Neid selbstverständlich. »Übe dich in Geduld. Ich werde Elfrieda fragen, ob sie mir ihre Hilfe zuteilwerden lässt, sie sitzt doch im Vorzimmer des Bürgermeisters und –«

Frieda unterbrach sie: »... und ist gerade dermaßen von Willi angepisst, ähm ... Verzeih, Manuela, aber Elfrieda ist so richtig angenervt, schau, was sie mir gestern vorbeigebracht hat. Ich glaub, wir bräuchten etwas mehr, um sie für weitere Spionagetätigkeiten zu motivieren, als nur unseren feuchten Händedruck. Die Notizen sind schwer zu –«

Manuela nahm den Zettel und den Prospekt. »Sag jetzt bitte nichts mehr. Denn die Wahrheit ist eine mehrschneidige Waffe.«

Frieda gähnte. »Faust?«

»Nein, aus meinem Theaterstück, ich bitte dich, Schätzelein, aber das müsstest du doch mittlerweile durchhaben. Wenn du nicht immer mit Bernd beschäftigt wärst, was sagt eigentlich dein –«

»Bernd ist wieder mit seiner Ex zusammen, alles fein.«

»Aha«, sagte Manuela, was sich eher wie eine offene Frage als eine Feststellung anhörte. »Was ich eigentlich sagen wollte: Wenn du mir diese Sachen erklärst, dann betrachte ich sie mit deinen Augen, mit deinem Bewusstsein, lass es mich subjektiv erleben. Unvoreingenommen!«

Frieda nahm einen Schluck Kaffee und schaute den Vögeln zu, die zwischen den Nadeln auf dem Boden umherhüpften. Manchmal wünschte sie sich, auch Flügel zu haben und einfach wegfliegen zu können. Manchmal. Nur manchmal?

Laut der Band Die Ärzte haben manchmal, aber nur manchmal, auch Frauen ein kleines bisschen Haue gern. Wobei Manu wohl eher einen Hau weghatte. Frieda lachte laut auf und warf ihren Gedanken ein High Five zu.

»Frieda, hörst du mir zu?« Manu wedelte mit ihrem Handy.

»Bitte?«

»Auf dem AB kommt die Nachricht, dass wegen zu hoher Auftragslage gerade kein Telefondienst möglich ist.«

»Telefondienst?«

»Ja, bei denen hier.« Manuela wedelte nun mit dem Musikinstrumentenprospekt herum und seufzte. »›Es irrt der Mensch, solang er strebt.‹«

»Ich versteh nur Bahnhof.«

Die Schauspielerin meinte, dass die Musikinstrumentenbauer nicht erreichbar wären und dass Frieda ein ernst zu nehmendes Problem mit der Konzentrationsfähigkeit hätte. Das fand Frieda nicht, da sie sich durchaus sehr intensiv auf ihre Gedanken konzentrieren konnte, die allerdings in einem anderen Takt schwangen als die ruhelose Welt, aber das konnte sie schlecht erklären. Na ja, vielleicht schon, allerdings hatte sie überhaupt keine Lust auf Erklärungen.

Stattdessen zückte Frieda ihr Handy, schenkte ihrer Campingfreundin ein siegessicheres Lächeln, wählte, wartete und sprach: »Hey, mein Hase, wie geht es dir? … Bitte? … Doch, doch, hier ist alles gut, ich wollte nur … nur hören, wie es dir geht. … Auch gut, schön, schön. Was machst du denn heute? …

Nein, mir ist nicht langweilig. … Vermissen? Ach so, ja, klar, und ich freue mich auf … Was heute für ein Tag ist? Donnerstag, warum, rennt die Zeit in Berlin schneller? Haahaa, nein? … Und was? … Vergessen? Ich? Ähm … Oh. Ja, danke, dir auch und … Kannst du für mich bitte in einen Musikladen gehen? Georg? Georg?« Friedas Gesichtszüge waren im Laufe des Telefonats entgleist, mit den hinunterhängenden Mundwinkeln sah sie aus wie eine Merkel-Nussknacker-Figur.

Manuela legte ihre Hand auf Friedas Arm. »Alles klar, Schätzelein?«

Frieda drückte erneut auf dem Handy rum, flüsterte etwas wie »Hochzeitstag vergessen« und sprach dann gleich lauter: »Hi, Josefine, ich wieder. Na, wie ist die Lage? Nicht so prall wie bei mir? Haahaa, der war gut … Doch. Hör mal, hast du vielleicht heute Mittag noch etwas Luft? Ja? Super, ich schick dir gleich eine Adresse und ein paar Daten, die du bitte für mich abchecken kannst, ja? Hast was gut! Was … Nee, komm schon, wirklich? Über fünf? Na gut, wenn ich wieder in Berlin bin, ja?«

Manuela und Frieda beschlossen, sich den Zettel von Willi bei einem Stück Kuchen unten am Kiosk vorzunehmen. Selbst gebackener Apfelkuchen war schon was Leckeres. Und Zahlenrätsel flutschten mit Sahne eindeutig besser. Kaum saßen sie und versuchten, aus den Berechnungen schlau zu werden, da krachte im kleinen Mitarbeiterraum neben dem Tresen etwas auf den Boden, und eine Männerstimme schimpfte laut: »Verdammt, man kann sich hier nicht mal umdrehen, ohne gleich was umzureißen!«

Eine Frauenstimme, die wohl der Chefin gehörte, fauchte zurück: »Und du solltest wohl einfach mal das Bier sein lassen, dann klappt das auch wieder mit dem Drehen.«

»Es ist einfach zu eng hier.«

»Aber du wolltest dich ja nicht vergrößern.«

»Auf der anderen Straßenseite, das ist doch hirnrissig.«

»Hirnrissig? Ich glaub, du …«

Mit einem lauten KAWUMM fiel die Tür ins Schloss, und ein Mitarbeiter drehte die Musik lauter.

Schade, dachte Frieda und beugte sich wieder über den Zettel. Sie deutete mit dem Zeigefinger auf das Wort »Maulbeerbaum« und sah sich zum vielleicht dreißigsten Mal die Zahlen an: »3,5–4000 m², Kauf pro Km, 0,2–0,3 pro Stamm. 20 cm nach 7 Jahren«. Neben weiteren Zahlen und konfusen Rechnungen stand noch das Stichwort »Steckholzvermehrung«.

Frieda runzelte die Stirn. »Was wird hier multipliziert, um welche Werte handelt es sich hier denn? Warum soll dieser Zettel so wichtig sein?«

Manuela zuckte mit den Schultern, schaute auf einen Punkt hinter Frieda und fing an zu lächeln, so in Strahlebereichstärke vier plus.

Robert schlenderte herbei.

Wenn Manu ein Hund wäre, würde sie sich vor lauter Wedeln gar nicht mehr einkriegen, dachte Frieda. Mit einem »Ma chère« küsste er Manuela die Hand, worauf diese kicherte wie ein junges Mädchen.

Robert zog sie hoch. »Sie haben heute ein Date, Madame. Darf ich bitten?«

Manuela blickte zu Frieda und sagte schnell: »Eigentlich wollte ich gerade noch mit –«

»Bestimmt hat Ihre Freundin Verständnis, wenn Sie für ein paar Stunden untertauchen. Sie hat ja keinen … Besitzanspruch auf Sie.«

»Besitzanspruch?«, fragte Frieda und hörte auf, über das dämliche Siez-Spiel zu grinsen.

Robert schaute angewidert zu den Sanitäranlagen. »Ela kann selbst entscheiden, was sie machen will, und ist dir nichts schuldig, oder?«

»Hoho, immer langsam mit den jungen –«, warf Frieda ein, doch Manuela hauchte ihrem Verlobten einen schnellen Kuss auf die Wange. »Kein Grund zur Eifersucht, und ja, ich überlege zu verkaufen.« Auf Friedas fragenden Blick erklärte sie kurz: »Ich überlege gerade, meinen Camper zu verkaufen, wir planen ja gerade … also … wie es weitergehen soll.«

»Oje«, rutschte es Frieda heraus, und sie verabschiedete sich zu einer Runde Beine-Hochlegen und Augen-Ausruhen. Beziehungsstress hatte sie heute selbst schon genug. Sollte sie Georg was Nettes schreiben? Wäre schon gut, nur was?

***

Das Handy klingelte Frieda aus einem unruhigen Schlaf. Josefine war schnell gewesen und erzählte, dass der Musikinstrumentenladen recht groß und spezialisiert auf Instrumente für bedürftige Menschen war und Spezialinstrumente für Kunden in ganz Europa baute. Nebenbei erforschten sie die Klangqualitäten von Hölzern und ihre Nutzbarkeit. Beim Stichwort Maulbeerbaum wurde der Mitarbeiter allerdings wortkarg, erwähnte nur was von großer Sache, einem Spezialauftrag und dauert alles noch.

»Josefine, komm schon, dass kann doch nicht alles sein, oder?«

Josefine lachte. »Du kennst mich gut, Friedalein, und ja, persönliches Vorbeigehen bringt meistens etwas. Man wird nicht so schnell abgewimmelt, und man kann das Gegenüber anlächeln. Trotzdem war es nicht sehr ergiebig, auch wenn mich diese Spezialinstrumente schon schwer beeindruckt haben. Was diese Menschen über Holz wissen und wie sie darüber reden, das ist eine eigene Sprache.«

»Und?«

»Was und?«

»Ja, was hat er noch gesagt?«

»Für diesen Spezialauftrag, über den er nicht sprechen darf, sind Bäume vonnöten, die schon etliche Jahrzehnte auf dem Buckel haben sollten. Für den Klang. Reicht dir das, liebe Frieda?«

»Du bist ein Schatz, und ja, ich revanchier mich!«

»Am besten vor der Geburt, sonst ist wieder ein halbes Jahr Funkstille.«

Frieda versprach, sich um Theaterkarten zu kümmern und Josefine einzuladen. Ihr Einsatz war sehr ergiebig gewesen. Was hatte Willi nur vor? War ja nix mit Einpflanzen und in fünf Jahren den Gewinn Abgreifen.

Frieda zückte das Notizbuch, um die letzten Infos einzutragen, als ihr Blick auf den Tisch fiel. Etwas war anders. Nur eine Kleinigkeit, die die Harmonie ins Wanken brachte, wie ein Sandkorn im Inneren einer Muschel. Es waren zwei Bierdeckel, die zuvor nicht da gelegen hatten. Bierdeckel aus der Räucherkate.

Durchgeräuchert ist auch gar

Frieda schaute sich im Spiegel an. So viele Sommersprossen hatte sie noch nie gehabt. Sie hielt ihr Gesicht näher an das glänzende Oval, das ihr Bild zurückwarf. Aber diese dunklen Flecken, die waren neu. Angestrengt kramte sie in ihrem Gedächtnis, war das der Grund, weswegen Schwangere nicht so oft in die Sonne sollten? Gingen diese komischen Flecken denn wieder weg? Sie war ja kein Sams. Und über der Oberlippe hatte sie auch noch so einen dunklen Schatten, der fast wie ein Damenbart aussah. Mit einem Ruck drehte sie den Kopf vom Spiegel weg. Zu viel Licht schadete heute ihrem Selbstwertgefühl.

Es war früher Abend, sie trat in den Schankraum der Räucherkate und setzte sich an den kleinen Tisch am Fenster zur Straße. Allein. Manuela war immer noch nicht wieder aufgetaucht, und darüber war Frieda ganz froh. Auf Robert hatte sie keine Lust.

Die Gaststätte war bis unter die Decke mit allerlei Krams dekoriert, wie Skier, Gartenzwerge, Landkarten und stimmungsvolle Landschaftsbilder, auf denen viel Wasser zu sehen war, vor allem Kanäle. Es ging zu laut zu, die Lärmquelle war allerdings kein Düsenjet, sondern ein Stammtisch, der auf der anderen Seite des Raums tagte. Die Tischrunde des Heimatvereins. Es war nicht zu überhören, dass es um die Seide und das tolle Projekt ging.

Willi schwang Reden und im Takt dazu seine Wampe, Eusebia warf Frieda ein paar Blicke zu und rückte ein Stück von ihrem Verlobten ab, was dieser nicht bemerkte, und der Rest hielt sich unter zustimmenden Rufen am Bier fest.

Friedas Handy *biiingte*, und sie las: *Heisan Frieda – gratuliere zum siebten Schwangerschaftsmonat plus dreizehn Tage. Der Kopf deines Babys wächst in diesem Monat erneut, wenn es auf die Welt kommt, hat es hundert Milliarden Gehirnnerven-*

zellen, von denen es ein Leben lang zehren wird, da dann keine weiteren dazukommen. Die Verbindungen dazwischen nennt man Synapsen, deren Zahl kann bis zu hundert Billionen betragen. Wenn man im Alter sein Gehirn nicht fordert, werden diese aber auch wieder gekappt. Haha. Einhorn heißt auf Norwegisch: enhjørning. Ha det bra!

»Was ich mir wünsche?« Frieda starrte die Bedienung an, als ob diese ein regenbogenfarbenes Einhorn auf ihrem Kopf spazieren trüge.

»Alkoholfreien Wein? Saftschorle? Was zu essen?« Die Bedienung war eine Frau mittleren Alters mit eng anliegenden Jeans, einer glänzenden schwarzen Bluse, einem lockeren Dutt aus schwarzen Haaren und großen goldenen Ohrringen. Lachfältchen zierten ihre äußeren Augenwinkel, und himbeerrote Lippen versprachen fruchtige Genüsse, nicht nur aus der Küche.

»Ähm …«, war alles, was Frieda hervorbrachte, während sie dachte: Woher kenn ich die nur?

»Ich hoffe, dass der Stammtisch da drüben …«, die Bedienung wies mit einem Nicken in Richtung lautstarkes Lachen, »… Sie nicht stört. Kommen Sie denn auf dem Campingplatz zur Ruhe?«

»Apfelsaftschorle«, sagte Frieda und nickte. »Danke, ja, es ist sehr erholsam. Stimmt es, dass die Räucherkate zum Campingplatz gehört?«

»Ja, es sind dieselben Besitzer.« Die Schwarzhaarige senkte die Stimme. »Aber sind Seidenraupen nicht viel interessanter?«

Frieda schaute unkonzentriert in die Karte, während Willis Stimme herüberpolterte, und mehrere Erinnerungsfetzen stiegen in ihr hoch. Einige formten sich zu Worten wie: »Holzqualität«, »Roter und Weißer Maulbeerbaum«, »Musikinstrumentenbau«, »Eusebia hatte wirklich nichts geahnt?«. Andere waberten unförmig drum herum und streckten die Zunge raus. »Du siehst mich nicht, du siehst mich nicht«, wie die Band Rammstein in einem Lied singt.

»Bitte schön.« Mit einem Augenzwinkern stellte die Bedienung ein Glas mit dem gewünschten Inhalt hin. »Noch was Interessantes gefunden?«

Frieda schaute die Frau erstaunt an. Das hörte sich an, als ob sie auf einer Mission wäre, auf der Suche nach einem Schatz oder einem unversehrten Dinosaurierei. »Sie meinen, was zu essen?«, fragte sie.

»Ja, das auch.«

»Ähm ... Ich nehm das hier.« Ohne hinzuschauen, wies Frieda auf die aufgeschlagene Seite der Speisekarte und hatte Glück, ihr Zeigefinger ruhte auf den Worten: »Stück Kuchen«. »Mit Sahne, bitte.«

Frieda hatte ein Buch mitgenommen und hielt es sich vors Gesicht. Es gab aber keine neuen Dinge, die sich zu belauschen lohnten. Eusebia ließ das Treffen verstreichen, ohne dass sie Willi an den Pranger gestellt hätte, obwohl dieser lautstark damit angab, für das Amt des Bürgermeisters zu kandidieren und deutschlandweite Aufmerksamkeit auf dieses Nest in Brandenburg zu lenken. Die anderen Seidenraupen-Fans interessierten sich für die Umsatzzahlen aus der Schweiz und die Produkte, die man aus der heimischen Seide herstellen könnte.

Es verging eine Stunde, in der unentwegt Gäste kamen und gingen. Die Räucherkate erfreute sich offensichtlich großer Beliebtheit bei Einheimischen und Touristen.

Frieda war enttäuscht. Na ja, eigentlich nicht so richtig. Zwar hatte der Abend sich rein ermittlungstechnisch nicht rentiert, aber dafür war sie zufrieden satt. Nach dem Stück Kuchen hatte sie einen großen Salat gegessen, hinterher eine kleine Pizza und als Abschluss eine Vanillecreme. So viel hatte sie schon seit Wochen nicht mehr auf einmal verputzt. War der Magen doch nach oben gerutscht und musste sich mit einem Bruchteil seines ursprünglichen Platzes zufriedengeben. Spielte quasi Gruppenkuscheln mit den restlichen Organen. Nur, warum hatte Eusebia ihr die Bierdeckel auf den Campingtisch gelegt?

Das war sie doch gewesen, oder nicht?

Als die Bedienung mit der Rechnung kam, fasste sich Frieda ein Herz. »Entschuldigen Sie bitte, aber kennen wir uns?«

»Kennen wäre übertrieben, aber ja, wir sind uns schon mal begegnet, beim Treffen des Heimatvereins haben wir uns unterhalten. Wenn auch nur kurz. Und beim Dorffest hab ich Sie gesehen.«

Frieda gab vor lauter Schreck acht Euro Trinkgeld. »Pfifferling? Sie sind doch die Frau des Polizisten?«

Die Frau reichte ihr die Hand. »Ja, das bin ich, auch wenn ich mich nicht nur über den Beruf meines Mannes definiere.« Frieda wollte den Mund öffnen, um sich zu entschuldigen, doch sie schob schnell hinterher: »Es tut mir leid, wie mein Mann sich verhalten hat. Manchmal, da fehlt ihm etwas … Fingerspitzengefühl. Er versucht nur, einen guten Job zu machen, und schießt hin und wieder übers Ziel hinaus. Ich habe gehört, dass Ihr Mann nach dem … Vorfall abgereist ist? Ich hoffe, dass er wieder zurückkommt.« Das professionelle Bedienungslächeln war einer Offenheit gewichen, die ihr Gesicht sehr weich erscheinen ließ. »Wenn ich Ihnen irgendwie helfen kann, dann lassen Sie es mich bitte wissen, ja? Ich persönlich finde es ja gut, dass Sie … nachfragen. Also, wegen des Toten. Ist doch schon komisch, so ein fitter Mann, und dann plötzlich …«

»Waren die Bierdeckel von Ihnen?«

»Bierdeckel?«, fragte Frau Pfifferling. »Ich weiß nicht, was Sie meinen.«

Zurück im Wohnwagen, notierte Frieda ins Notizbuch:

Frau Pfifferling arbeitet in der Räucherkate, hat mir ihre Hilfe angeboten, nett, im Gegensatz zu ihrem Mann.

Hinter Willis Namen setzte sie ein Ausrufezeichen, bei Robert malte sie ein grummeliges Smiley, und die To-do-Liste strich sie komplett. Stattdessen schrieb sie in großen Buchstaben das Wort »Testament« hin, klappte das Buch zu und schmiss es ans andere Ende des Wagens. Danach fühlte sie sich besser. Die Hitze hatte ihr heute so zu schaffen gemacht, dass der Bauch mit seinem Protestgrummeln wegen Überfüllung keinerlei Gehör fand. Erschöpfung obsiegte und geleitete sie in tiefen Schlaf.

Was blieb, war ein zufriedenes Schnarchgeräusch, das im Takt die dünnen weißen Gardinen erzittern ließ.

***

Das frühstückliche Besteckgeklapper und das Gemurmel der Nachbarn fügten sich mit dem Vogelgezwitscher zu einer Symphonie, auch wenn sie etwas unrhythmisch daherkam. Nur eine Stimme, laut und schrill, war deutlich herauszuhören. Friedas. »Willst du nicht doch wieder …? … Nein? Ach, Georg, sei doch nicht immer so stur. … Doch, das bist du. Wohl. … Ja, ich weiß, ich hab unseren Hochzeitstag vergessen, aber darum geht es gerade nicht. Nein, ich … Jetzt lass mich doch mal … Was war denn mit dem Norwegischkurs? Erst wolltest du mitziehen und dann? Nix war's. Und wenn ich es nur mal wage zu erwähnen, dass ich beruflich vielleicht in eine andere Richtung will, dann … Was? Sag mal, jetzt hackt's ja komplett, ich …« Frieda beendete mit einem Tastendruck das Gespräch und blickte sich um, was die Köpfe der Nachbarn rasch in eine andere Richtung zucken ließ. Zur Ablenkung griff Frieda zum Theaterstück und hielt sich die Blätter vors Gesicht.

»Einen wunderschönen guten Morgen«, flötete Manuela und legte eine Tüte voller Brötchen auf Friedas Campingtisch.

»Wunderschön?«, raunzte Frieda zurück.

Die Schauspielerin sah sie irritiert an. »Wie meinst du, Schätzelein?«

»Was an diesem Morgen ist denn wunderschön? Glaubst du, dass man nur durch ein paar Brötchen gute Laune bekommt und dass deine Hochstimmung automatisch auch zu meiner werden muss?«

»Frieda-ha. Ist dir etwas Unschönes über die Leber gelaufen?«

»Das kann man so sagen. Dein Theaterstück ist … ist so eine … Georg war's. Der Sack sagt, ich soll mir einen richtigen Job suchen oder bei der Frauenzeitschrift bleiben. Ich soll endlich erwachsen werden. Denk dir mal! Ich werde jetzt zum dritten Mal Mutter und soll erwachsen werden, als ob ich …«

Manuela setzte sich auf einen der Stühle und schielte sehnsüchtig auf die Brötchentüte. »Weißt du, ein voller Bauch denkt leichter, glaub mir. Außerdem lohnt es sich meistens nicht, zu lange über das nachzudenken, was Männer gesagt haben. Die haben es manchmal schneller wieder vergessen als du.«

Manchmal, dachte Frieda, nicht nur manchmal bräuchten auch die Männer einfach nur etwas Haue.

Kurz darauf knusperte es zweistimmig, und Friedas Miene entspannte sich zunehmend.

»Was machen wir denn heute Schönes?«, fragte Manuela.

»Ich weiß nicht, ich glaub, ich brauch mal 'ne Pause«, sagte Frieda. »Wolltest du nicht am Bürgermeister dranbleiben? Oder kommt nicht wieder Robert? Was ist eigentlich mit ihm und dir und dem Verkauf deiner mobilen Hütte?«

Die Schauspielerin hatte es plötzlich eilig. Sie stand auf, hantierte mit dem Frühstücksgeschirr herum und nuschelte was von Hamburg. In Hamburg hatte Robert ein Apartment. Groß genug für sie beide. Und einen guten Job. Der auch genug einbrachte für sie beide.

»Aber was ist mit deinen Theaterplänen in Berlin? Mit dir?«

»Ach, Frieda, so weit ist es mit meinen Schreibkünsten nun auch nicht her, es fesselt dich ja nicht einmal, es zu Ende zu lesen.« Mehrere lange Seufzer bewegten ihre Brust auf und ab wie ein Blasebalg. »Mir dünkt, ich muss mich tatsächlich der Wahrheit stellen. Aussortiert vom Ensemble, zu untalentiert fürs Schreiben eigener Stücke, zu pleite, um ein altes Theater zu reanimieren, und zu alt, um noch länger auf mein Glück zu warten.« Und weg war sie.

Frieda hatte wieder schlechte Laune. Diesmal war sie auf sich selbst sauer.

Warum musste sie Manuela unbedingt mit der Nase auf die Schwachstelle stoßen?

Nach zwei Stunden Schlummern im Schatten an der Badebucht fühlten sich die Energiereserven fast wie aufgetankt an. Auch wenn die Energiereserven nicht mehr wie in der Jugendzeit sechshundert Prozent betrugen, sondern sich auf neunzig Prozent reduziert hatten. Wie ein Akku, der nach einigen Jahren nicht mehr die volle Leistung brachte und statt sechs nur noch zwei Stunden hielt. Das mit dem Nächte durchfeiern und am nächsten Tag arbeiten ging nicht mehr. So viel Red Bull könnte sie gar nicht in sich reinschütten, um die Augen am Zufallen zu hindern, aber neunzig Prozent Normalzustand waren ja auch fein. Wer brauchte schon durchgesoffene Nächte, zertanzte Schuhe und Halsschmerzen vom Mitsingen? Seufz.

Nach einer herrlichen Dusche fühlte sich Frieda gut. Um die Mittagszeit waren die Duschen noch schön sauber und keine Warteschlangen davor. Sogar das Wasser kam auf Anhieb raus, und das nicht lauwarm, sondern wohltemperiert.

Immerhin etwas Positives am Campen, dachte Frieda, die Ansprüche auf Luxus pendelten sich in einem gut überschaubaren Normalbereich ein, und das eigene Zuhause erschien einem im Glanze einer Villa.

Frieda verteilte Creme auf ihrem Bauch und fragte sich, wie wohl ihre Schambehaarung mittlerweile aussah, es war schon etliche Wochen her, als sie sie das letzte Mal persönlich gesehen hatte. Inzwischen dürfte aus dem gepflegten Bürstenschnitt ein wuchernder Dschungel geworden sein.

In ihrem Berliner Kiez war Frieda ja eher die Ausnahme. Die anderen Schwangeren, wovon es richtig viele gab, die nahmen ja nur am Bauch zu. Sahen aus wie eine Puppe, der man eine Knetkugel vorne drangepappt hatte. Knete dran – schwanger. Knete weg – Baby da und Figur wie zuvor. Für sie schien »Gelüste« ein Fremdwort zu sein, sie aßen nicht für zwei, sondern für null Komma fünf.

Frieda vertrat die Auffassung, dass man dem eigenen Spiegelbild fest in die Augen schauen und sich eingestehen sollte, dass »elfisch« eine Figurbeschreibung für Kindergartenkinder war.

Lächelnd zog sie sich ein bequemes Kleid an, wackelte zur Räucherkate und freute sich schon unterwegs auf Pommes mit Salat.

»Na, haben Sie sich mein Hilfsangebot noch mal durch den Kopf gehen lassen?«, fragte Frau Pfifferling und stellte eine Schüssel Salat und einen gut gefüllten Teller mit Pommes vor Frieda auf den Tisch.

»Ja, ich hätte gerne eine heiße Schokolade.«

»Das mein ich doch nicht, sondern –«

»Ich weiß.« Frieda lachte. »Ja, es gibt da schon etwas, bei dem ich nicht weiterkomme.«

Und sie erzählte von dem Testament von Herrn Schreiner, das noch nicht aufgetaucht war.

Frau Pfifferling bat eine Kollegin, sich kurz auch um ihre Gäste zu kümmern, und setzte sich zu Frieda an den Tisch. »Testament. Mhm, da höre ich mich mal im Dorffunk um, mal schauen, ob unsere Klatschweiber etwas darüber wissen. Kommen Sie heute Abend noch mal vorbei, dann weiß ich sicherlich mehr.«

»Und Ihr Mann?«

»Ob der was weiß?«

»Nein, hat der nichts … nichts dagegen, wenn Sie …?«

»Ach, der schießt öfters übers Ziel, weshalb ich dann versuche, hinter ihm die Scherben aufzusammeln.«

Auf dem Weg zurück zum Campingplatz trug Frieda vorsichtig einen Pappteller in der Hand. Er war abgedeckt mit einer Plastikfolie und barg ein Geschenk erster Sahne. Auch zweiter Sahne, dritter und vierter Sahne, da insgesamt vier Stücke Kuchen nebst Sahnebergen darunter schlummerten. Versunken in einen Sommernachtstraum, aus dem sie bald von spitzen Gabelstichen erweckt werden würden.

Laute Stimmen drangen aus Manuelas Camper, untermalt von Vivaldis »Vier Jahreszeiten«. Robert sagte gerade: »Das ist keine Umgebung, die einer Dame entspricht.«

Manuela antwortete mit einem scharfen Unterton, den Frieda bis jetzt noch nicht gehört hatte: »Das ist das Letzte, was ich von meinem Vater habe, das werde ich nicht verkaufen. Und in irgendwelchen Fonds lege ich nichts an. Ich breche nur ungern Dinge übers Knie. Vor allem nicht, wenn ich emotional noch daran hänge.«

»Ela, wie soll das denn weitergehen, wenn wir erst einmal verheiratet sind und in Hamburg leben?«

»Hamburg!«

»Ja, Hamburg, das ist meine Perle und die Stadt, in der ich einen guten Posten in der Reederei Lippton & Sons habe. Einen sehr guten Posten in einer sehr schönen Stadt. Aus der ich gerade wieder über vier Stunden hierhergefahren bin, um dich zu sehen. Weil ich dich –«

»Robert, bitte dräng mich nicht.«

»Was?«

»Mit Hamburg und dem Camper und –«

»Ich warte seit vier Jahren auf dich, habe deinen Lebenswandel immer geduldet, aber jetzt reicht es mir. Und das nach allem, was ich für dich getan habe. Entweder stehst du zu mir, oder wir lassen es sein!«

Die Tür wurde aufgerissen, und Robert stürmte heraus. Er warf Frieda einen hasserfüllten Blick zu und rannte dabei fast einen Stuhl um. Verschwand zwischen den Zelten und Campern, wie ein Fremdkörper, der von der Umgebung absorbiert wurde.

Manuela erschien in der Tür, mit aufgerissenen Augen und offenem Mund, so als ob sie Robert noch etwas hinterherrufen wollte, aber nicht wusste, was. Als sie Frieda mit dem gut gefüllten Pappteller erblickte, verzog sich ihr Mund zu einem schiefen Grinsen. »Hallo, Frieda, wie lange ... ähm ... Wie ist dein wertes Befinden?«

»Besser als deins anscheinend, aber ich hab Kuchen dabei.« Und sofort schossen ihr die ersten Takte von dem Sesamstraße-Song »Hätt ich dich heut erwartet, hätt ich Kuchen da« in den Kopf. Mit Kuchen lief alles besser, eine alte Weisheit, die in Friedas Familie von Generation zu Generation weitergegeben wurde.

Sie stellte den Erdbeer-Vanillepudding-Kuchen mit Streuseln auf den Holztisch, leckte die Sahne ab, die am Papier klebte, und lud Manuela mit einem Winken zum Schmaus ein.

Dabei dachte Frieda daran, dass Robert gesagt hatte, er würde bei einer Reederei arbeiten. Da sie einmal einen Artikel über den deutschen Seehandel geschrieben hatte, wusste sie, dass sich diese Branche in einer handfesten Krise befand. Wer weiß, wie lange er noch auf seinem »sehr guten Posten« sitzen würde …

»Ach, Liebes«, seufzte Manuela und schob sich eine Gabel voll Sahne in den Mund. »Hat man keinen, hat man ein Problem, hat man einen, wird's auch nicht besser.«

»Ist das so? Ich denke, dass man für Probleme meistens selbst … Aber eigentlich wollte ich mich bei dir entschuldigen. Du hast ein Recht drauf, glücklich zu werden. Es steht mir nicht zu, über dein Leben zu urteilen.«

»Was meinst du?«

»Das mit Hamburg und deinem Theater und jetzt noch mit dem Camper.«

Manu schaute sie aus braunen Augen an, in denen goldene Sprenkel blitzten.

Mit einem »Dass ich erkenne, was die Welt im Innersten zusammenhält« verabschiedete sie sich. Sie war geknickt, und Frieda kam es vor, als sei sie von gestern auf heute um fünf Zentimeter geschrumpft und um zehn Jahre gealtert. Sie konnte Manuela auch nichts raten, was hätte sie schon sagen können? Lebe deinen Traum oder so was? Aber was war, wenn man mehrere Träume hatte und diese nicht zusammenpassten? Wer zahlte für die Verwirklichung der Träume, und was war, wenn aus einem Traum ein Alptraum wurde? Frieda hatte einen ausgeprägten Hang zu Tagträumen, konnte sich stundenlang darin verlieren, vor allem wenn der Haushalt schon seit Ewigkeiten laut schreiend darauf lauerte, gemacht zu werden. Nein, einen Rat für Manuela hatte sie nicht, bei dieser Art von Lebensentscheidung konnte sie sich ja nicht einmal selbst raten. Offensichtlich bot sogar der alte Goethe nur Sprüche und keine Lebenshilfe.

Frieda saß an ihrem Plastiktisch und schlug das Notizbuch auf. Von hinten. Sie schrieb in Notizbücher von beiden Seiten hinein. Eine Angewohnheit, die sie schon von klein auf hatte. Hinten Ideen, Gedanken und Träume und vorne die beruflichen Notizen. Sie stieß auf die Seiten, die Georg auf dem Dorffest zum Besten gegeben hatte. Um sich über sie lustig zu machen. Dabei hatte er gar nicht gewusst, in welchem Zusammenhang diese Einträge standen. Sie würde am liebsten neue Zeitschriften entwickeln. Frauenzeitschriften, die nicht den Promis oder Adligen oder sonst wem auf den Teller schauten, sondern solche mit Anspruch. Vielleicht mit Tipps für Selbstständige, für Alleinrziehende, für Frustrierte, für Deprimierte, für Kranke, für Alleingelassene, für solche, die sich weiterbilden, einfach nur lachen oder mit den Gedanken in die Ferne schweifen wollen.

Fast dreißig Seiten hatte Frieda mit Themen vollgeschrieben, die nichts mit »Brigitte«, »Bunte«, »Avanti« oder »Barbara« zu tun hatten. Anstelle erfolgreicher Biografien von Strahlefrauen wollte sie von denen erzählen, die sich mitten im Umbruch befanden. Mut zum Scheitern. Zum Thema Nachhaltigkeit, verbunden mit Tipps aus Omas Zeiten, hatte sie Wissenswertes und Praktisches zusammengetragen, und sie wollte die Leserinnen aus der Komfortzone stoßen. Mit dem eigenen Verhalten, ob der Kauf im Supermarkt oder sonst wo, konnte man etwas in seinem direkten Umfeld bewegen, was vielleicht sogar zu einer besseren Welt führen konnte! Das waren Dinge, die Frieda wirklich beschäftigten.

Manuelas Streit mit Robert hatte in Frieda eine Saite zum Schwingen gebracht, die gar nicht zur Ruhe kommen wollte. Wo stand sie, und wo wollte sie eigentlich hin? Zwar waren das keine superneuen Themen, die ihr durchs Gehirn zogen, aber ihr kam es vor, als hätte sie jetzt mit der dritten Babypause eine letzte Chance, etwas im Leben zu verändern.

Tja.

Friedas Handy klingelte, es waren die Kinder. »Hoi, Mam, wie geht's, wie steht's?«, klang Jonnis Stimme aus dem flachen schwarzen Gerät. »Uns geht's prima! Noch ein paar Nächte, dann hast du uns wieder, vermisst du uns schon?«

Ehe sie etwas sagen konnte, meldete sich Lea. »Mama, ich

vermiss dich ganz dolle! Wir haben gestern fast dreißig Fischadler gesehen. Stell dir das mal vor! Und letzte Nacht hat es in unser Zelt geregnet, aber nur ein bisschen, und bei den Mülltonnen, da war ein Raubtier.«

»Raubtier?«, wiederholte Frieda entsetzt. Aus dem Hintergrund tönte Jonnis Stimme: »Das waren nur Waschbären, nix Schlimmes, Mam. Was machst du gerade? Schlägst du dir den Bauch voll?«

Warum kannten die eigenen Kinder einen nur so verdammt gut? Frieda wischte sich die letzten Kuchenkrümel vom Mund. »Ich? Nein. Ich arbeite was.«

»Mama, du bist schwanger.«

»Kann man dann nicht arbeiten?« Frieda lachte, allerdings blieb ihr das gleich darauf im Hals stecken, als Lea sagte: »Aber Mama, was arbeitest du denn? Du machst doch nichts.«

Der Rest des Telefonats war etwas wortkarg. Zumindest von Friedas Seite aus. Sahen die Kinder es wirklich so, dass sie nichts machte?

***

»Hallo, Frau Pfifferling.« Frieda betrat die Räucherkate und stellte sich an die Theke neben dem Durchgang zur Küche. Um diese Zeit summte es in der Stube wie in einem Bienenstock.

»Gleich«, rief die Gattin des Polizisten ihr zu. »Gleich bin ich bei Ihnen.« Woraus dann dreißig Minuten wurden, die Frieda auf einem Barhocker mit einer Apfelsaftschorle absaß.

»So.« Frau Pfifferling nahm neben ihr Platz und senkte die Stimme. »Ich hab Frau Sickmann dahinten noch etwas bearbeiten müssen, nein, nicht umdrehen, etwas mehr Professionalität, Sie sind doch Detektivin oder waren es mal, nicht wahr?«

Frieda schaute irritiert, zuckte nur mit den Schultern, was Frau Pfifferling als Bestätigung auffasste. »Mein Mann hat ja manchmal keine Ahnung, ich sag immer, lass mir die Menschenkenntnis, und dir lass ich die Waffe. Hö! Na ja. Wollen Sie noch einen Saft?«

Frieda schüttelte nur den Kopf, ihre Sprachfähigkeit war lahmgelegt. Das pudrige Parfüm der Bedienung vermischte sich mit deren süßlichem Schweiß und ergab so eine tödliche Nahkampfwaffe. Zumindest dürfte die Räucherkate kein Fliegenproblem haben. Frieda schluckte etwas Magensäure hinunter und konzentrierte sich auf die goldenen Ohrringe der Frau, die im Sprechtakt hin- und herschaukelten.

»Die Sickmann, die wohnt direkt neben der Witwe Schreiner, und nach dem dritten Glas Wein wurde ihre Zunge zwar schwerer, aber dafür wurde sie sehr mitteilsam. Hö! Übrigens, ich bin die Helene.« Sie schüttelte der überraschten Frieda die Hand. »Über das Testament wusste die Nachbarin gut Bescheid. Vor dem Tod haben sich die zwei wie die Kesselflicker gestritten. Oh. Warte kurz.«

Frieda schaute ihr nach und fiel fast vom Hocker. Der Polizisten-Gatte war eingetreten und scannte die Anwesenden. Noch schaute er nicht in ihre Richtung, und Frieda nutzte die Chance und schlüpfte durch die andere Tür raus auf die Terrasse. Sie setzte sich an den hintersten Tisch und hoffte, dass Helene gleich noch mal zu ihr kommen würde. Tat sie auch, aber sie zeigte nur mit dem Finger ins Innere des Lokals, dann auf ihre Armbanduhr, streckte beide Hände mit gespreizten Fingern aus, lächelte und verschwand schneller wieder im Inneren, als Frieda zwinkern konnte.

Okay, dachte Frieda und beeilte sich, wieder zum Campingplatz zu kommen. Sie lief über den Parkplatz und schielte zur Grube, die etwas abseits lag. Die ersten Mitcamper saßen um ein Lagerfeuer herum, aber Frieda hatte keine Lust auf geselliges Lachen. Hinter der Schranke lagen die Tierställe, und an deren Rückwand war eine Sammelsurium-Wand, so nannte zumindest Frieda die Sammlung: Prospekte versprachen bunte Abwechslung, und Bücher warteten darauf, gelesen und zurückgebracht zu werden. Neben einem Bestseller von Iny Lorenz, einem historischen Roman von Verena Rabe und einem Thriller von Oliver Ménard stand da ein dünnes Sachbuch mit dem ernüchternden Titel »Späte Eltern«. Schlimmer kann meine Laune nicht mehr werden, dachte Frieda und ließ sich von diesem Werk in ihre einfachen Gemächer begleiten.

Im Wohnwagen hielt Frieda das Buch hoch und drehte es im Kreis. »Darf ich vorstellen, die Räumlichkeiten einer älteren Mutter.«

»So alt bist du nun auch wieder nicht«, tönte Manuela von der Tür her. »Willst du uns nicht bekannt machen?«

Lächelnd reichte Frieda ihr das Buch mit den Worten: »Manuela – Buch, Buch – Manuela.«

Manuela studierte den Titel und schmiss es dann in hohem Bogen ans andere Ende des Wohnwagens. »Schätzelein, manche Dinge muss man nicht lesen, um zu wissen, dass sie es nicht wert sind. Stopf dir doch bitte keine Vorurteile in deinen von mir sehr geschätzten Kopf. Ich wollte auch nur mitteilen, dass ich Eusebia auf den Bürgermeister angesetzt habe.«

Frieda hatte die Tür geschlossen, zwei Gläser auf den winzigen Tisch gestellt und Wasser eingegossen. »Echt jetzt? Wie hast du das denn geschafft?«

»Mit Schläue«, sagte Manuela und exte das Glas Wasser wie einen Schnaps.

Frieda grinste, sie konnte es nicht verleugnen, dass ihr die Theaterschauspielerin immer sympathischer wurde.

Diese fuhr fort: »Ich habe den wunden Punkt gefunden und meinen Finger reingelegt.«

»Autsch!«

»Und ja – sie ist Wachs in meinen Händen!«

Frieda zog eine Packung Knabbermischung aus einer Schublade und riss den dünnen Plastikdeckel ab. »Greif zu und erzähl mir, wie du das geschafft hast.«

Und Manuela griff zu und erzählte. Was zu den Dingen gehörte, die sie am liebsten machte. Reden, mit ganzem Körpereinsatz. Sie berichtete von ihrer letzten Unterhaltung mit Eusebia, die beim Stichwort Theater ein Leuchten in den Augen bekam und von der Berliner Theaterlandschaft schwärmte. So fuhr Manuela kurzerhand ihre Kontaktantennen aus und organisierte zwei Premierenkarten inklusive Sektchentrinken mit den Schauspielern nach der Vorstellung. Eusebia schwebte trotz Willi-Ärger im Theaterhimmel und fragte, wie sie sich revanchieren könnte, und da musste Manuela natürlich nicht lange überlegen: Spionage im Rathaus. Warum war der Bürgermeister nur so scharf darauf, eine Ferienhaussiedlung in dieses Kaff zu bekommen?

Die Schauspielerin sah Frieda an. »Will er sich einfach ein Denkmal setzen, oder steckt doch etwas ganz anderes dahinter? Frieda, ich wünsche dir eine angenehme Nacht, ich hoffe, dass du gut schlafen kannst! Mach dir keine unnötigen Gedanken wegen deinem Alter. Du bist so jung, wie du dich fühlst! Und aussehen tust du wie Anfang dreißig.« Damit ging Manuela.

War das jetzt ein Kompliment? Frieda war durchaus bewusst, dass die Gesichtsfalten mit den ganzen Flüssigkeitseinlagerungen wie weggebügelt waren. Wie bei einem aufgepusteten Luftballon. Allerdings würde dem Luftballon irgendwann die Luft ausgehen. Das Schicksal drohte auch ihr.

Seufz.

Zum zwanzigsten Geburtstag des Babys würde sie selbst neunundfünfzig sein, zum dreißigsten neunundsechzig, und wenn ihr noch Ungeborenes genauso ein Spätzünder war wie sie mit dem Babykriegen, dann würde sie wohl schon einen Rollator haben, wenn die Enkelkinder-Babywindeln tief flogen.

Puuh, gerade dann, wenn man den Alkohol am ehesten braucht, darf man nicht, dachte Frieda und glotzte auf das Handy, das gerade *gebiiingt* hatte.

Heisan Frieda – gratuliere zum siebten Schwangerschaftsmonat plus vierzehn Tage. Wie fühlst du dich? Bist du gut drauf, oder neigst du dazu, den Kopf unter die Bettdecke zu stecken, was immer noch besser ist als ständig in die Kloschüssel. Haha. Scherz beiseite, einige Frauen neigen zu dem sogenannten Schwangerschaftsblues und können das Ende des Rundseins kaum noch abwarten – aber keine Sorge, das ist nur eine Phase und geht vorbei. Also beides, der Blues sowie das Rundsein. Haha. Sorge für schöne Augenblicke an jedem Tag und mache etwas, das dich glücklich macht! Apfelkerne heißt auf Norwegisch: eplekjerne. Ha det bra!

Apfelkern? Das erinnert mich ja schon wieder an Faust, an des Pudels Kern, dachte Frieda. Sie tippte gedankenverloren auf dem Handy herum und bemerkte erst nach einer Weile, dass sie »Pudel«, »Kern« und »Faust« eingegeben hatte. Sie las eins der Suchergebnisse: »Faust trifft bei einem Spaziergang einen schwarzen Pudel, der sich später in Mephisto verwandelt, woraufhin Faust erstaunt ausruft: ›Das also war des Pudels Kern!‹«

Aha, dachte Frieda, das ist die ganze Geschichte hinter diesem Zitat. Ernüchternd. Was mich eigentlich interessiert, ist die Sache mit Gretchen, wie kam Goethe auf diese Frauengestalt?

Eine halbe Stunde später war der Respekt, den Frieda gegenüber Goethe hatte, um circa hundertfünfzig Prozent gestiegen. Es gab tatsächlich ein reales Vorbild für Gretchen. Goethe war seinerzeit als Rechtsanwalt tätig, und vor Gericht wurde Gretchens Fall verhandelt. Gretchen hieß mit richtigem Namen Susanna Margaretha Brandt, war Vollwaise, fünfundzwanzig Jahre jung und arbeitete als Dienstmagd in einem Frankfurter Gasthaus namens »Einhorn«, wo sie von einem Gast betrunken gemacht und dann geschwängert wurde. Sie hielt die Schwangerschaft geheim, aus Scham und aus Angst vor den Konsequenzen, und tötete den Jungen nach der Geburt. Die Leiche wurde entdeckt, ein Kopfgeld von fünfzig Talern auf die Kindsmörderin ausgesetzt, sie wurde vor Gericht gestellt und vier Tage später mit dem Schwert enthauptet. Goethe beschäftigte sich ausführlich mit dem Thema, ob Kindsmörderinnen, denen zuvor Gewalt angetan worden war, die Todesstrafe verdienten, und brachte damit wohl einige Steine ins Rollen, sodass sich gesetzlich tatsächlich etwas tat.

Hätte Frieda diese Hintergrundinformationen zu Schulzeiten gehabt, wäre sie wohl mit mehr Interesse an dieses Werk gegangen und hätte es vielleicht sogar zu Ende gelesen. Hätte, hätte.

Schlagartig fühlte sie sich müde. Müde war quasi der zweite Vorname von Schwangeren, und da sie ja offensichtlich zu den älteren Schwangeren gehörte, durfte sie sogar zweimal sooo müde sein und sich durchaus um acht Uhr aufs Ohr hauen, und wenn sie im Bett lag, dann … Chhhrrrrrrr.

Des Pudels Kern

Es hämmerte gegen die Wohnwagentür, und Friedas Augen zuckten erschrocken auf. Draußen war es hell, und Kinder lachten. War sie gerade erst eingeschlafen, oder war es bereits morgen, also heute am nächsten Tag?

Sie hievte die Beine unter der Bettdecke hervor, was einen Stapel Bücher und Blätter dazu veranlasste, auf den Boden zu poltern.

»Frieda«, klang eine Männerstimme von draußen. »Frieda, bist du da?«

Oh Mann, dachte Frieda, öffnete die Tür und knurrte: »Wer stört?«

Bernd stand da, eine Flasche alkoholfreien Sekt in der Hand und eine rote Rose in der anderen. »Hab ich dich etwa geweckt?«, fragte er überflüssigerweise und drängte sich an ihr vorbei in den Wohnwagen. »Ich brauch eine Vase und zwei Gläser, dein Mann ist noch nicht wieder da, oder? Mensch, Frieda, es hat geklappt, stell dir vor, ich hab die Stelle.«

»Hast du nichts zu essen mitgebracht? Wie spät ist es denn? Und ich gratuliere zum Praktikumsplatz.«

»Praktikumsplatz? Von wegen, ich hab einen Jahresvertrag als Redakteur. Die haben gleich erkannt, welche Fähigkeiten in mir stecken. Und auch wegen deiner Empfehlung! Warum hast du mir das denn nicht gleich verraten, dass die einen suchen? Wolltest mich wohl nicht nervös machen, du Süße.« Der Korken ploppte aus der Sektflasche, und unter Bernds fast kindlichen Juchzern spritzte die süße Blubberbrause durch den Wohnwagen und in zwei fast saubere Gläser.

Friedas Mund klappte auf. Jahresvertrag? Süße? Hatten die gerade eine Stelle frei? Verdammt, einen Jahresvertrag in der alten Redaktion, dafür würde sie fast morden. Der klebrige Duft drang in ihre Nase und landete einen Volltreffer in der Magengrube. Schneller als Bernd »Prost« sagen konnte, raste

Frieda zu den Toiletten und fütterte ein unschuldiges Klo mit einem Kuchen-Sahne-Gemisch vom Vortag.

Wie siehst du denn aus?, dachte Frieda, als sie sich das Gesicht am Becken wusch und einen Blick in den Spiegel wagte. Die Haare waren zerzaust, sie hatte rote Pickel auf den Wangen, und die Wimperntusche vom Vortag verlieh ihr das Aussehen eines Pandas.

Der neueste Detektivinnen-Look, perfekt getarnt, dachte sie und versuchte erst gar nicht, die Frisur in Ordnung zu bringen. Schließlich hatte sie Ferien. Ferien von den Kindern, vom Mann und von allem Zivilisierten.

»Hey, Frieda, alles gut?« Bernd kam ihr auf dem Rückweg entgegen und sah so aus, als wollte er ihr gleich unter die Arme greifen, um sie zu stützen.

Frieda drückte das Kreuz durch, nickte, eilte mit einem »Ich zieh mich erst mal um« an ihm vorbei und knallte die Tür hinter sich ins Schloss. Anziehen war ja schön und gut, nur was? Es gab kein einziges Kleidungsstück, das ungetragen beziehungsweise fleckenfrei war. Sie schlüpfte in ein lila Kleid, das nur an einer Stelle mit Tomatensoße bekleckert war. Kleider hatten allerdings den Nachteil, dass die Oberschenkel aneinanderrieben. Frieda konnte sich nicht daran erinnern, jemals so viel Oberschenkel gehabt zu haben. Aber dank Internetrecherche hatte sie auch schon Babypuder in der Hand, das sie großzügig auf die betreffenden Stellen rieb. Um den Kopf band sie ein buntes Tuch, dann sahen die zerzausten Haare fast aus wie Kunst, und das Panda-Schwarz wich einer notdürftigen Überholung der Gesichtslackierung. Ferien waren ja auch dazu da, sich gut zu fühlen.

»Wow«, sagte Bernd, als sie kurz darauf in einer Vanille-Wolke hinaustrat. Seit Beginn der Schwangerschaft liebte sie diesen Duft, begleitet von einem unbändigen Hunger auf in Butter gebackene Pfannekuchen. Nach den Gelüsten auf Schokolade, die wiederum den Gelüsten nach Orangen folgten, Orangen übrigens am liebsten in Form von frisch gepressten Säften mit Kokosmilch. Eigentlich hatte sie immer Gelüste.

Während der Schwangerschaft potenzierten sich diese nur um den Faktor zwanzig.

»Auf dich und vielen lieben Dank.« Bernd reichte ihr ein Glas, dessen Inhalt nun allerdings etwas weniger blubberte. Stiller Sekt, dachte Frieda, ekelhaft. Bevor sie wieder zu den Toiletten stürmen musste, stellte sie das Glas mit einem »Danke« auf den Tisch und klopfte Bernd auf die Schulter. »Gut gemacht! Du scheinst sie beeindruckt zu haben! Wie eigentlich? Hast du vor Ort ein Thema bearbeitet?«

»So viel Zeit hatte ich dazu gar nicht, sie waren im Redaktionsschluss-Stress und hatten gerade einmal zwanzig Minuten für mich.«

»Echt?« Frieda ärgerte sich darüber, dass sie sich ärgerte, dass Bernd den Job bekommen hatte. »Ich freu mich wirklich«, sagte sie zwischen zusammengepressten Zähnen und versuchte, das, was sie sagte, auch zu meinen. »Danke für den Sekt, aber sei mir nicht böse, dafür ist es mir noch zu früh.«

Bernd schaute auf sein Handy und lachte. »Also, ich trinke um zehn Uhr schon mal gerne einen alkoholfreien Sekt. Aber liebe Frieda, hast du heute –«

»Zehn Uhr?« Friedas Gehirn vernetzte einige Nervenzellen und schlug Alarm. »Oh, ah, ähm ... Sei mir nicht böse, aber ich muss los. Ich hab einen Termin.«

»Aber Frieda«, rief Bernd ihr nach. »Frieda, ich wollte dir noch was erzählen.«

Frieda war bereits auf dem Weg in Richtung Ausgang. »Später, ich ruf dich an!«, rief sie ihm über die Schulter zu.

Jetzt hieß es, die geheime Ermittlerin nach dem Testament zu befragen, und wenn sie gestern die Handzeichen von Helene richtig gedeutet hatte, war sie jetzt, um zehn Uhr, in der Räucherkate mit ihr verabredet.

***

Sieben Minuten nach zehn stand Frieda vor der verschlossenen Tür der Räucherkate. Sie hörte ein Poltern auf der Terrasse und spähte um die Ecke. Tatsächlich, da war Helene und wischte gerade die Tische ab.

Nachdem Frieda mit einem Kamillentee und einem Stück Apfelkuchen mit Sahne versorgt war, lauschte sie Helenes Schilderung. »… die Frau Sickmann ist schon so eine. Stellt sich halb taub und lässt sich keine Gelegenheit entgehen, auf ihr Hörgerät hinzuweisen, obwohl sie Ohren hat wie ein Luchs. Der entgeht nix. Die könnte selbst den Eichhörnchen im Winter zeigen, wo die ihre Nüsse versteckt haben. Na ja, für uns ist das ja ganz praktisch, nicht? So, um auf deine Frage zu kommen, Frieda, die Sickmann hat ganz deutlich gehört, sogar mehrere Male, dass die beiden sich gestritten haben. Und dabei ging es um das Testament. Sie, also Frau Schreiner, soll geschrien haben: Dass du das nicht wagst, du altes Arschloch, und zwar so laut, dass es sogar noch zwei weitere Nachbarn bezeugen können. Der eine davon wohnt auf der anderen Straßenseite, stell dir das mal vor. Und er soll geschrien haben, also der Herr Schreiner, dass sie sich schon noch wundern wird, sollte er mal hopsgehen. Dann stünde sie mit leeren Händen da, wie Sterntaler. Eine Woche vor seinem Tod verkündete er, dass er sein Testament beim Notar hinterlegen wolle, nur ist er dann vor dem Termin gestorben.«

»Aha«, schmatzte Frieda. »Wo aber ist es dann abgeblieben?«

Helene schaute enttäuscht drein, sie hatte wohl eine andere Reaktion erwartet, eine mit mehr Applaus. »Das weiß ich nicht, ein paar Nachforschungen kannst du auch allein machen, oder?«

»Hey, das war klasse! Vielen Dank, ohne dich wüsste ich das nicht und würde völlig im Dunklen tappen. Aber wo kann das Testament denn nur sein?«

»Antons Frau behauptet ja, dass keines im Haus sein soll. Also wenn sie nicht ganz doof ist, hat sie das verschwinden lassen.«

Hinter Frieda ertönte eine Stimme. »Der Dorfklatsch funktioniert wohl gut.« Es war Bernd, der um die Ecke des Gebäudes bog.

Helene verzog sich ins Innere der Gastwirtschaft, und Frieda schaute ihn mit großen Augen an. »Bist du mir gefolgt?«

»Nein, ich hatte Durst. Verstehst du die Tragweite der Information denn? Egal, was Anton zu Lebzeiten bestimmt hatte, da das Testament verschwunden ist, ist alles hinfällig. Ich dachte, dich interessiert das nicht mehr.«

»Ja? Hab ich das –«

»Frieda, du bist echt ein Buch mit sieben Siegeln, möchtest du einen Kaffee? Vielleicht koffeinfrei? Sag mal, mit welchen Kollegen aus meiner neuen Redaktion hast du denn zusammengearbeitet, und welche Themen …«

Helene stellte zwei Tassen Kaffee auf den Tisch und verzog sich wieder.

Frieda strich sich eine Haarsträhne hinters Ohr und entschied sich gerade dafür, Bernd reinen Wein einzuschenken, als ihr Handy klingelte. Es war Georg. Sie nahm ab. »Hallo, wie geht es dir? Vermisst du mich?« Sie stand auf, nickte Bernd ein entschuldigendes »Ist wichtig« zu und ging zur Straße, weit genug weg, dass er nicht mithören konnte. »Ja? Schön zu hören. Und ja, alles gut hier. Die Kinder haben dich ja gestern noch selbst angerufen, oder? … Okay, und ja, auch dem Bauchzwerg geht es gut. Weißt du, dass ich gestern was Interessantes gelesen habe über ältere Eltern und wie das für die Kids ist und für die Eltern selbst und … Was? Nein, ich schieb keinen Film, ich finde das wichtig, sich darüber klar zu sein, dass … Ob mir die Wohnwagendecke auf den Kopf fällt? Georg, ich wollte dir gerade was … Warum unterbrichst du mich denn ständig? Ich hab über ein Pflegekind nachgedacht, wenn … Jajaja? Das sagst du immer, wenn ich deiner Meinung nach Dünnschiss rede, wie nett, weißt du was, du kannst mich mal.«

KLICK. Frieda drehte sich mit hochrotem Kopf schwungvoll um und wäre dabei fast in Bernd gestolpert. »Frieda, das tut mir leid.«

»Was?«, fauchte sie.

Bernd legte die Hand auf ihren Arm. »Na, das geht mich ja nichts an, aber das hört sich ja gar nicht gut an.«

Und Frieda brach in Tränen aus.

Eine halbe Stunde später marschierte Bernd mit Frieda um den See. Etwas frische Luft und viel Grün würden ihr und dem Baby guttun, meinte Bernd. Außerdem gäbe es da eine Stelle, an der eine Wasserschlange mit Vorliebe in der Sonne lag. Die müsse er ihr zeigen. Frieda selbst war wie fremdgesteuert. Das »Jajaja« von Georg dröhnte in ihren Ohren nach und überlagerte einen Teil von Bernds Gesäusel. Für Georg hatte sie nun zum dritten Mal ihre Figur verhunzt, für ihn und die Frucht seiner Lenden würde sie wieder zu Hause bleiben und die Mutterrolle nach alter Väter Sitte übernehmen und sich dem Kochlöffel und der Waschmaschine beugen. Damit er weiter Karriere machen konnte, hatte sie auf ihre verzichtet. Okay, es ging auch darum, wer mehr Geld verdienen konnte und wer stillen, aber fair war das nicht. Von wegen Gleichberechtigung im 21. Jahrhundert. Davon waren die Frauen noch Welten entfernt.

»Frieda-ha«, sagte Bernd, und seine Stimme klang so fern, als käme sie vom Mars.

»Ja?«

»Du schaust so grimmig, brauchst du eine Pause, willst du dich da vorne auf den Baumstamm setzen?«

»Baumstamm?«

»Ja, da schaut die Wurzel aus der Erde, ist beim letzten Sturm umgekippt.«

So saßen die beiden nebeneinander und schauten schweigend aufs Wasser.

»Weißt du, Frieda, mit dir ist sogar das Schweigen schön«, sagte Bernd und legte seine Hand auf ihren Rücken.

»Ähm?«, meinte Frieda und zog die Augenbrauen hoch.

»Und mit Jasmin, das ist jetzt übrigens endgültig aus.«

***

Frieda fiel plötzlich ein, dass sie noch eine dringende Verabredung mit Manuela hatte, und erklärte Bernd, dass er bei den Recherchen über Anton leider nicht mithelfen könne. Er hätte ja einen neuen Job, auf den er sich konzentrieren müsse, und sie selbst hätte ja ihre Ehe, die Zeit beanspruchte, also, um sie wieder auf die Reihe zu bekommen. Und die Kinder kämen ja bald zurück, und außerdem wäre ihr ständig schlecht. Oder so.

Als Frieda sich vergewissert hatte, dass Bernd nicht wieder um sie rumschlich, trommelte sie an Manuelas Campertür. Keiner öffnete.

Frieda holte das Handy und watschelte auf der Suche nach ihr zum Kiosk, als sie einen kleinen Menschenauflauf an der Schranke bemerkte und beim Näherkommen sah, wie dort gerade ein Oldtimer wendete. Ein schicker metallicblauer Zweisitzer mit Robert am Steuer und Manuela mit Kopftuch und Sonnenbrille daneben. Sie sahen aus wie zwei Figuren aus einem alten Film.

Als Robert Frieda erblickte, blitzte etwas Triumphierendes, fast Dämonisches in seinen Augen auf. Etwas, das Frieda zutiefst –

»Frieda-ha, du hast doch gesagt, dass Manuela und …« Bernd stand plötzlich hinter ihr und tippte auf ihre Schulter.

»Oh … ähm, ich hab mich wohl vertan, und …« Friedas Handy *biiingte*. Sie zog es hervor, schaute auf das Display und war zum ersten Mal richtig froh, von der Schwangerschafts-App eine Nachricht erhalten zu haben. »Ach, Bernd, tut mir leid, ich bin schon zu spät dran, ich hab mich vertan, mit wem ich mich treffen wollte, Schwangerschaftsdemenz, schon mal davon gehört? Voll nervig, man vergisst fast alles. Und hast du das *Biiing* gerade gehört, ich werde schon gefragt, wo ich bleibe, ach, diese neue Technik, schon praktisch, wenn man sich schreiben kann, nicht? Ich muss dann, tschüss.«

Auf dem Weg zu ihrem Wohnwagen drehte Frieda sich dreimal um, aber Bernd kam nicht hinterher. Gott sei Dank. Sie verzog sich ins Innere, schloss die Tür, trank den alkoholfreien, fast ausgeblubberten Sekt und las:

Heisan Frieda – gratuliere zum siebten Schwangerschaftsmonat plus fünfzehn Tage. Na, schon Schwangerschaftsgymnastik angefangen? Das ist besonders gut, um den Beckenboden zu trainieren. Yoga speziell für Schwangere bietet ebenfalls eine Zeit, in der man sich in einem ruhelosen Alltag auf sein Baby konzentrieren kann. In der man lernt, in seinen Körper einzutauchen und den Signalen des Babys zu vertrauen. Dies ist zwar die einzige Phase im Leben einer Frau, in der sie stolz darauf ist, dicker zu werden, aber wir wollen es ja nicht übertreiben. Haha. Misstrauen heißt auf Norwegisch: mistillet. Ha det bra!

Misstrauen, dachte Frieda. Sie musste an Robert denken, wie er mit Manuela im Zweisitzer gesessen und zu ihr herübergestarrt hatte. War das misstrauisch gewesen?

Frieda gab ein paar Worte bei Google ein, tippte auf eine Telefonnummer und lauschte dann einem Tuten, bis eine melodiöse männliche Stimme erklang. »Reederei Lippton & Sons, Sie sprechen mit Urs Habitad, wie kann ich Ihnen helfen?«

»Hi, Urs Habitad, hier ist … ähm, Ela«, sagte Frieda und dachte: Verdammt, warum hab ich Ela gesagt? »Ist denn Robert gerade im Haus?«

»Nein, der hat einen Außerhaustermin. Darf ich fragen, mit welcher Ela ich gerade spreche?« Das Melodiöse war aus der Stimme verschwunden.

»Welche? Haben Sie so viele Kundinnen, die so heißen?« Frieda lachte schrill.

»Nein, aber eine spezielle Ela hat besagten Robert seinem vorigen Partner ausgespannt.« Jetzt klang die Männerstimme verschnupft. »Aber da Sie eine Kundin sind, können Sie es ja nicht gewesen sein. Darf ich etwas ausrichten?« Das Melodiöse kehrte in Missklängen zurück.

»Ähm, nein, danke, ich ruf dann ein …« Friedas Gedanken rasten durch die Gehirnwindungen und warfen mit freien Assoziationen nur so um sich. Sollte sie oder sollte sie nicht, oder doch? »Entschuldigen Sie, mich geht das nichts an, aber waren Sie mit Robert …?«

»Ja«, schluchzte die Stimme auf. Und die Leitung war tot.

***

Frieda hatte Manuela nicht übers Handy erreichen können und beschloss, etwas gegen das Kribbeln in den Beinen zu machen und spazieren zu gehen. In Gedanken versunken trugen ihre Füße sie wieder in Richtung Räucherkate. Ob es an dem leckeren Kuchen oder den Nudelgerichten lag, sei dahingestellt, denn Frieda kam nur bis zum Grundstück mit den Maulbeerbäumen, wo Willi mit einem schweren Hammer ein Schild in den Boden rammte. Sie las:

Seidenraupenzucht in Blankenförde-Kakeldütt

Der Beginn der Seidenraupenzucht geht auf eine alte Legende zurück. 3000 v. Chr. versteckte sich die chinesische Kaiserin Xi-Ling-Chi vor einer Schlange in einem Maulbeerbaum und traf dort eine Seidenraupe, deren schöner Faden sie entzückte und sie auf die Idee mit der Seide brachte.
Erst 500 n. Chr. gelangte das Geheimnis der Seidenproduktion durch zwei persische Mönche zum römischen Kaiser Justinian I., und von dort breitete es sich aus.
In Brandenburg kam der Weiße Maulbeerbaum 1663 durch Kurfürst Friedrich Wilhelm (1620–1688) an, der französische Hugenotten zur Seidenproduktion ins Land holte. Unter Friedrich II. (1712–1786) fuhr die heimische Seidengewinnung Höchstmengen ein, auch weil er dies durch Prämien und Anordnungen förderte.
Zuletzt wurde in der DDR Seide produziert.
Die Seide ist somit ein Teil deutscher Geschichte und zählt zu unseren Kulturgüter, die wir fördern und schützen müssen.
Eine ehrenvolle Aufgabe für den Heimatverein.

»Hi, Willi«, grüßte Frieda.
Doch von ihm kam nur ein mürrisches »Mhm«.
»Wie schaut's aus? Seid ihr schon weitergekommen?«
»Interessiert dich das für deine Zeitschrift, oder setzt du

meiner Verlobten Flausen in den Kopf wie diese … wie diese Möchtegern-Schauspielerin?« Willi hielt den Hammer immer noch schlagbereit in die Höhe.

Frieda musste schlucken, da war plötzlich so ein Kloß im Hals. »Deiner Verlobten? Ich wusste gar –«

»Ich weiß zwar nicht, was du im Schilde führst, aber ich behalte dich im Auge. Der Pfifferling hat am Stammtisch vor dir gewarnt. Du stachelst hier alle auf. Verschwind am besten wieder nach Berlin in dein Schickimicki-Viertel.«

Mit einem »Da fehlt ein ›n‹ bei Kulturgüter« kugelte sich Frieda davon.

»Frieda«, tönte es hinter ihr. »Warte mal.« Bernd materialisierte sich, und Frieda hoffte, dass dies nicht zu einer schlechten Angewohnheit werden würde.

»Du, ich hab grade keine Zeit, ich –«

Willi haute mit einem gewaltigen WUMMS das Schild endgültig in den Boden. »Ah, Bernd, wenn du magst, kannst du gleich ein Interview mit mir machen, dann –«

»Sorry, Willi, aber ich mach jetzt nichts Regionales mehr, ich bin jetzt bei einer großen Zeitung, die –«

Willi durchbohrte die beiden mit messerscharfen Blicken. »Aha, ich verstehe. Der Herr hat jetzt Besseres zu tun, als sich mit uns Regionalen rumzuschlagen. Ob das deine Eltern auch so gut finden? Da muss ich doch später gleich mal beim Hof vorbei und schauen, ob die Hühner jetzt mit Torten gefüttert werden.« Willi lief kopfschüttelnd die Straße entlang und verschwand hinter der nächsten Kurve.

Bernd studierte das Schild, schürzte die Lippen und strahlte. »Frieda, ist dein Treffen schon vorbei?«

In Ermangelung an Geistesblitzen machte diese »Mhm«.

»Ich weiß, wie wir nach dem Testament suchen können. Aber das kostet dich was.«

Frieda spürte, wie Magensäure die Speiseröhre hochkroch und bereits in der Kehle klopfte. »Wir?«

»Entweder darf ich mitspielen, oder du gehst leer aus.«

»Das nennt man Erpressung, und ich weiß nicht –«

»Mensch, Frieda, jetzt sei doch nicht so unlustig. Das war ein Spaß, ich bin *dir* ja was schuldig, aber wenn du willst, dann darfst du mich zu einem Kaffee einladen. Bei dir im Wohnwagen und ich bring dann –«

»Jetzt spann mich nicht auf die Folter.« Frieda zeigte auf die Babykugel. »Du weißt, dass ich nicht mehr lange habe!«

»Wir werden Nachbarschaftshilfe leisten und im Haus der Witwe Schreiner die Klamotten des Verstorbenen aussortieren. Sie will das ganze Zeug spenden, aber selbst nichts anrühren. Und da kommen meine Eltern, die sich um den nächsten Kirchenbasar kümmern, ins Spiel und dadurch auch wir. Ist doch super! Und Karma-Punkte von Gott gibt's obendrein.«

Frieda lächelte. »Danke, Bernd, das ist ... echt super! Wann?«

»Jetzt.«

***

Das Haus des Toten war ein typisches Einfamilienhaus mit Garten, einer Katze, einem Gartenzwerg mit Gießkanne, Buchsbaumhecken, einem Beet mit Rosen und einem kleinen Windrad in Form von Marienkäfern. Frieda wartete im Auto, das abseits geparkt war, bis Frau Schreiner sich bei Bernd bedankt hatte und mit dem eigenen Fahrzeug verschwand. Gut, dass die Witwe Bernd vertraute. Besser gesagt den Eltern von Bernd und dem früheren Ich von Bernd. Dem Bernd, bevor er Frieda kennengelernt hatte.

»Frieda, komm.« Bernd streckte ihr die Hand hin und zog sie aus dem Auto raus auf die Füße. Was gar nicht so einfach war mit der gegenwärtigen Gewichtsverteilung.

Bernd schob sie durch die Haustür. »Lass uns erst einmal durch alle Räume gehen. Frau Schreiner hat mir genau gesagt, was ich wo rausholen soll. Ein bisschen kenn ich mich hier sogar noch aus, ich hab früher mit der Tochter und dem Hund der Schreiners hier gespielt. Ist schon 'ne Weile her. Aber schau ...«

Er führte Frieda durch die Zimmer und erzählte eine lustige

Geschichte von früher, etwas mit Hundefutter und knusprigem Kindergeburtstagskuchen.

Auch im Inneren entsprach das Haus dem Idealtypus eines Einfamilienhauses. Im Erdgeschoss zweigten von einem geräumigen Flur die Küche, ein Gästeklo und ein geräumiges Wohnzimmer mit Essecke ab, von dort gelangte man auf die Terrasse. Im oberen Stockwerk lagen ein Elternschlafzimmer, ein Arbeitszimmer, ein leer stehendes Kinderzimmer, in dem ein Geruch nach Zwiebeln hing, und ein Bad. Wie still hier alles ist, dachte Frieda. Vor zehn Jahren tobte hier bestimmt noch der Bär mit Lärm, Rumgekreische, Tanzen und Stampfen und jetzt – Totenstille. Ihr lief ein Schauer den Rücken entlang. Wenn sie sich vorstellte, wie es einmal ohne die Kinder in ihrer eigenen Wohnung sein würde …

Nur mit Georg.

Das war verdammt gruselig.

»Ich suche unten in der Garderobe die Jacken zusammen und Schuhe und noch die Handschuhe, Mützen und Schals, und du gehst schon mal ins Schlafzimmer, in Ordnung?«, fragte Bernd.

»In welches denn?«

Bernd schaute sie an, als ob sie gerade von einem Alien das Gehirn ausgelutscht bekommen hätte. »Wie wär's mit dem, in dem er geschlafen hat? Hier sind die Mülltüten, da kannst du die Klamotten reinstopfen.« Er reichte ihr eine Rolle blauer Säcke und marschierte die knarzende Treppe wieder nach unten.

Frieda schluckte. Sie fühlte sich wie eine Einbrecherin, was sie im Grunde ja auch war. Am liebsten wäre sie so schnell es die Kugel erlaubte aus dem Haus gestürmt. Sie hielt die Türklinke des Schlafzimmers in der Hand und zögerte. Wenn sie diese jetzt hinunterdrücken würde, könnte sie nicht mehr kneifen.

Sie biss sich auf die Lippe und öffnete die Tür. »Willkommen«, murmelte sie. »Willkommen, Frau Detektivin.«

Mit einem Lied auf den Lippen, das mehr schräg denn heiter

klang, öffnete sie schwungvoll den Kleiderschrank. Frauenkleider. Schließen, andere Seite öffnen: Männeranzüge. Schick, dachte Frieda. Soll ich die jetzt einfach reinstopfen oder erst ordentlich zusammenlegen? Sie entschied sich für Letzteres und legte zunächst alle Anzüge auf das Bett. Die würde sie gleich falten. Erst einmal der Bezeichnung Schnüffler nachkommen und die Schubladen durchforsten. Damenunterwäsche, Herrenunterwäsche, Schmuck, eine Sammelsuriumschublade mit Uhren und Haarklammern, diverse Parfümflaschen, Bettwäsche und ein paar Bücher. Die Ausbeute war enttäuschend. Keine nach Rosen duftenden Liebesbriefe oder Zettel mit verräterischen Botschaften. Und vor allem: kein Testament. Während Frieda die Männersocken in eine blaue Tüte schmiss, fluchte sie kräftig. »Was mach ich hier eigentlich?«

Eine tiefe Stimme von der Tür sagte: »Das frag ich mich auch. Was machen Sie hier eigentlich?« Ein älterer Herr mit Jeans und dunkelroter Weste über dunkelblauem Hemd stand im Rahmen und musterte Frieda. »Wenn Sie das Krankenhaus suchen, das ist ein paar Kilometer weiter.«

»Haha, Paps, du und deine Sprüche.« Bernd trat dazu. Sein Blick zuckte von den Anzügen über die geöffneten Schubladen zu dem älteren Herrn. »Ich hab dir doch gesagt, dass ich das für euch erledige. Kein Problem.«

»Und wer ist das?« Der Mann zeigte auf Frieda.

»Eine Freundin, die gerade –«

»Die gerade vorbeikam und das Nützliche mit dem Praktischen verbindet. Reden und packen«, sprang Frieda ein.

Bernd zog seinen Vater am Arm auf den Flur. »Mach doch mit Mama was Nettes. Geht ein Eis essen oder leiht euch ein Kanu.«

»Sag mal, willst du mich …«, polterte der Mann los, bis beide in Gelächter ausbrachen, die Treppe hinuntergingen und Frieda nur noch Bruchstücke verstand: »schwanger«, »von dir?«, »Journalistin«, »hübsch«.

Frieda rückte die Nachttische nach vorne, kein Testament, sie hob die Matratze an den Rändern hoch, kein Testament.

Als Bernd reinkam, musste er sich bücken und unter dem Bett schauen, sogar den Teppich ließ sie ihn umdrehen – kein Testament.

»Bist du immer so gründlich?«, scherzte Bernd, doch Frieda war nicht nach Lachen zumute.

»Ich schau mich mal im Kinderzimmer um«, sagte Bernd, und Frieda pausierte auf dem Bett. Faltete nebenbei die Anzüge zusammen und legte diese in einen zweiten Sack. Als sie gerade überlegte, ob sie im Badezimmer nach losen Fliesen suchen sollte, fielen aus einer Jackentasche zwei Tickets heraus. Zwei Flugtickets nach Südamerika, ausgestellt auf Herrn und Frau Schreiner, datiert auf den 5. in zwei Monaten. In zwei Monaten! Für einen Moment hielt Frieda die Luft an, dann eilte sie ins Nachbarzimmer und wedelte damit vor Bernds Nase herum »Na, von wegen Streitereien und so – nach Südamerika sollte es gehen.«

»Guck an, davon haben meine Eltern gar nichts erzählt, obwohl sie sonst immer topinformiert sind.«

Zwei Stunden später standen acht gefüllte Säcke neben dem Haus. Auf fünfen prangte der Aufkleber »Basar«, der Rest war für die Tonne.

»Glaubst du, die hätte gewollt, dass du die Tassen mit seinem Namen weg–«, fing Frieda an, aber Bernd scheuchte sie mit einem »Sie kommt wieder, schnell, hau ab« davon.

Frieda versteckte sich um die Ecke neben dem Wohnzimmerfenster. Ein helles Quieken drang von drinnen an ihr Ohr.

Hab ich's doch gewusst, dachte Frieda. Die Tassen hätten wohl im Hängeschrank bleiben sollen.

Aber als sie vorsichtig durchs Fenster reinlugte, erkannte sie den wahren Grund für das Quieken: Frau Schreiner starrte auf die Flugtickets, die Bernd in der Hand hielt. Mit einem ziemlich entgeisterten Gesichtsausdruck.

»Wie, sie wusste nichts davon?«, fragte Frieda.

Bernd bog auf den Parkplatz des Campingplatzes ein. »Hab ich doch gesagt, Frau Schreiner wusste nichts davon. Sie war so ein Mitteldíng aus … geschockt und überrascht. Und eine Sache hab ich noch gefunden. Die wollte ich dir heute Abend …«

»Mhm«, sagte Frieda und dachte, ich muss mal mit Manuela sprechen.

»Was sagst du dazu?«, fragte Bernd.

»Zu was?«

»Frieda-ha, manchmal denke ich, du stellst dich mit Absicht schwerhörig, damit ich mich wiederholen muss.«

»Ähm … Du wolltest mir noch was zeigen?«

»Ja.« Bernd klopfte auf seine Jackentasche. »Und ich wollte wissen, ob du mit mir essen gehen willst, ein Date?«

»Bernd, jetzt echt mal, ich bin verheiratet.«

»Ich weiß, aber vom Mann sieht man ja nicht viel, und richtig gut zu laufen scheint es ja auch nicht. Und die Kinder stören mich nicht, ich mag …«

Frieda zeigte Bernd einen Vogel, ächzte sich aus dem Auto und tapste die letzten Schritte zum Wohnwagen. Bernd hatte echt einen an der Klatsche, wie kam er dazu, sie anzugraben, während sie kurz vorm Explodieren stand? So unsexy wie jetzt hatte sie sich noch nie gefühlt.

Darauf erst einmal eine Tafel Schokolade.

***

»Frau Rudi?« Die Stimme der Campingplatzchefin ertönte hinter Frieda, die sich gerade beim Tierstall die Bücher ansah. »Frau Rudi, gut, dass ich Sie treffe, ich muss Ihnen leider etwas mitteilen. Es tut mir leid, aber wir brauchen den Wohnwagen nächste Woche wieder. Wenn Ihre Kinder zurück sind, haben Sie noch eine Nacht, aber dann muss ich Sie leider bitten, den Wohnwagen zu räumen.«

»Echt jetzt?«

»Ich weiß, dass wir noch eine weitere Woche ausgemacht hatten, aber … da hat sich was quasi überschnitten, so von amtlicher Seite.«

»Amtlicher Seite?«

»Ach, Frau Rudi, jetzt schauen Sie mich nicht so an, ich kann Ihnen auch leider nichts anderes anbieten, aber wissen Sie, manchmal da kommen Dinge dazwischen … Da hab ich keinen Einfluss drauf.«

»Wie soll ich das verstehen?«

»Von amtlicher Seite halt.« Die Campingplatzchefin senkte die Stimme. »Wenn Sie es unbedingt wissen wollen, aber Sie dürfen es nicht weitererzählen. Herr Pfifferling, der Polizist, hat mich gebeten, den Wohnwagen für einen Freund von ihm zu reservieren. Es ist halt unser einziger Wohnwagen, den wir vermieten, und der Pfifferling hat angedeutet, dass er sonst die Bestimmungen für unsere Grube nachprüfen will, von wegen Feuer und Reichweite und Schutz der Bäume, außerdem hat er gesagt, dass die Wasserqualität des Sees gecheckt werden müsste, ob unsere Gäste nicht zu viel Verunreinigung verursachen. Wir stecken doch mit den Rangern mitten in Verhandlungen, da können wir uns solche Untersuchungen nicht leisten.«

»Nicht leisten?«

Die Chefin zog aus einer der Taschen ihrer Cargohose einen Schraubenzieher heraus. »Wissen Sie was, Sie können auch bei uns im Gästezimmer schlafen, und wir verteilen die Kinder auf andere Zelte, also, wenn Ihr Mann keine Zeit hat, Sie abzuholen oder weiß der Geier. Ich muss jetzt los. Und – es tut mir leid, wäre das mit den Rangern gerade nicht, würde ich gar nicht auf so was eingehen.« Mit einem Seufzer drehte sie sich um und eilte zurück zum Kiosk.

Frieda schüttelte den Kopf. Manche Tage boten sich an, ungefragt in die Tonne getreten zu werden. Sie zog irgendein Buch aus dem Regal und watschelte zurück zum Wohnwagen, den sie nur noch für drei Nächte haben würde.

Schon von Weitem sah sie einen leuchtend roten Farbklecks vor dem Wagen. Manuela saß an Friedas Tisch und hatte den Kopf zwischen den Armen vergraben.

»Was ist denn passiert?«

Manuela schaute sie an. Mit knallroten, verheulten Augen. »Wir … wir haben uns gestritten.«

»Warum das denn?«

»Er ist ein anmaßender, schulmeisterlicher Mistkerl, der mich einfach nur besitzen will wie einen Pelzmantel. Einen edlen Pelzmantel, vielleicht Hermelin. Aber nicht mit mir. Dafür hat meine Mutter nicht gekämpft. Nicht für H.H.H.«

»Hahaha?«

»Heirat, Haushalt, Hundekuchen. Damit meinte meine werte Frau Mama, dass wir Frauen Besseres auf die Beine stellen können als nur den Haushalt schmeißen. Ich hab mich doch nicht als Schauspielerin durchgeschlagen, übrigens sehr erfolgreich durchgeschlagen, um nun in Hamburg Cocktails zu trinken und auf langweiligen Reedereipartys vorgezeigt zu werden. Nicht dass ich mich nicht gerne rumzeigen lasse, aber ich will doch bitte noch mitentscheiden, wie und wo ich leben will. Oder?« Manus Stimme wurde immer leiser, bis am Ende nur noch ein fragender Blick übrig blieb.

Frieda räusperte sich. »Ähm, also, klar kannst du selber entscheiden, wie und wo und so, aber da du gerade beim Thema bist. Robert … Also, ich hab heute in der Reederei angerufen und mit seinem Ex gesprochen.«

»Ja, und?« Manu tupfte sich die Nase mit einem geblümten Stofftaschentuch ab.

»*Seinem* Ex.«

»Du meinst Urs? Den kenn ich, was hat er denn erzählt?«

»Äh … Wusstest du …«

»Dass Robert bi ist? Ja, klar, aber Urs ist schon lange Geschichte, auch wenn er es nicht wahrhaben will. Wie sagte meine Mutter immer: Vögel nie da, wo du arbeitest.«

»Manuela! So kenn ich dich ja gar nicht.«

»Was soll ich sagen, ich kann nicht jeden Tag Goethe, manchmal ist auch Butterbrot statt Kaviar angesagt. Ach, Frieda, wie beneide ich dich, du hast alles, was du willst, und stehst deine Frau.«

»Findest du?«

»Ja, und jetzt lass uns was trinken. Für dich gesunden frischen O-Saft und für mich ein Weinchen zum Trost. Was hast du denn da für ein Buch mitgebracht?« Manuela drehte das Buch um, das Frieda zuvor auf den Tisch geschmissen hatte. »›Die Liebhaberin, wie sie ihn verwöhnen kann‹? Frieda, das ist jetzt nicht dein Ernst! Waren die drei Schwangerschaften nur zum Üben? Hihi.«

Nach zwei Gläsern hellte sich die Miene der Schauspielerin wieder auf. Was allerdings eher am Thema denn am Alkohol lag. Manuela lachte. »Meinst du? Ich weiß nicht. Urlaub ist schön und gut, aber ich wollte mich auf mein Theater konzentrieren. Vielleicht kann ich ja doch noch Geld akquirieren!«

»Warst du schon mal in Südamerika?«

»Ich? Wie kommst du denn jetzt da drauf, Frieda? Südamerika reizt mich nicht sehr. Ich bevorzuge Frankreich und die skandinavischen Länder, und wenn weiter weg, dann Neuseeland.«

»Mit Anton wolltest du also nicht in Urlaub fahren?«

»Mit Anton? Gerade waren wir noch beim Dekorationsgeschmack von uns Dauercampern, und jetzt kommst du von Urlaub auf Südamerika und auf Anton? C'est quoi? Frieda, was soll mir das bedeuten?«

»Dass ich zwar kein Testament, dafür aber zwei Flugtickets gefunden habe.« Und Frieda erzählte vom Räumeinsatz und wunderte sich gemeinsam mit Manuela darüber, mit wem Anton wohl in Urlaub fliegen wollte.

Frieda sagte: »Vielleicht sollte das eine Überraschung für dich sein?«

»Als Frau Schreiner? Chose étrange … Schade um die Tickets.«

Eine einschläfernde Geräuschkulisse aus Kinderlachen, Plätschern des Wassers und Musik aus einem der Nachbarcamper lullte die beiden ein und ließ ihre Augenlider schwer werden. Die Sonne gab ihr Bestes und sorgte für den Rest. Siesta-Reife, nannte es Manuela, stand auf und half Frieda, die Schwangerschaftskilos in die Hängematte zu hieven, als eine Stimme ertönte.

»Entschuldigung, dass ich so ungefragt komme, aber die Campingchefin meinte, dass ihr beide wahrscheinlich hier sein würdet, da dachte ich, ich komme einfach gleich mal persönlich vorbei, da spare ich mir das Anrufen und Treffen und Warten und irgendwas essen, worauf ich eigentlich gar keine Lust habe und … Ach, ich bin echt enttäuscht.« Eusebia-Elfrieda stand vor ihnen. Gebeugt und geknickt wie eine angedetschte Wiesenblume. Sie sank auf einen Stuhl, nahm dankbar das von Manuela angebotene Glas Sekt an und stillte ihren Durst. »Wisst ihr, ich war heute im Rathaus, um noch ein paar Unterlagen abzuarbeiten. Das ist die offizielle Version, eigentlich habe ich ja für Manuela nach verräterischen Spuren gesucht. Und ja, was soll ich sagen, ich konnte nichts finden.«

Frieda tauschte mit der Schauspielerin einen erstaunten Blick und sagte: »Ich dachte jetzt ja … Sagtest du nicht, du seist enttäuscht?«

»Ja, von Willi. Jetzt hat er –«

Manuela unterbrach sie. »Warte mal. Du hast dich im Büro des Bürgermeisters umgeschaut?«

Eusebia nickte.

»Und du hast nichts gefunden?«

Eusebia nickte erneut. »Selbstverständlich lagen überall Unterlagen zu der Ferienhausanlage herum. Baupläne der Häuser, Straßenführung, Energiemodelle, sogar einen Spielplatz soll es geben.«

Friedas Augenlider waren zwar am Flattern und wünschten sich etwas Ruhe, aber sie speicherte die Infos ab und ergänzte die Aufzählung. »Und einen Wellnessbereich.«

»Stimmt«, sagte Eusebia. »Da liegt ein Angebot vor. Woher weißt du davon?«

Frieda blinzelte. »Hat der Bürgermeister vor ein paar Tagen erwähnt.«

»So? Das wurde doch erst vor zwei Tagen beschlossen und ausgeschrieben, das ist ja seltsam. Was ist denn das für ein Schmuddelbuch?« Eusebia stupste das Liebhaberinnen-Buch wie einen ekligen Käfer an, dann erzählte sie, dass die Beziehung mit Willi gerade pausierte. Sie hatte ihn zur Rede gestellt, aber er log, dass sich die Seidenraupenkokons krümmten.

Die Flasche Wein war leer, Eusebia deprimiert, weil es keinen Alkohol mehr gab, und Frieda schnarchte. Eusebia verabschiedete sich, und Manuela schlug das Buch auf. »Recherche«, murmelte sie. Hatte Frieda das nicht als Lesegrund genannt? Für irgendeine Frauenzeitschrift?

Nun gut, Recherche konnte Manuela auch für ihr Theaterstück geltend machen.

»Nee«, sagte Frieda und rieb sich die Augen. Da hatte die Schwangerschaftsmüdigkeit sie für fast eine Stunde ausgeknockt. »Keine Lust.«

»Ach komm schon, noch dreimal Schlafen, dann sind deine Kinder wieder um dich rum. Nur heute Abend. Ist doch spaßig«, sagte Manuela.

»Spaßig? Da stinkt man hinterher wie eine geräucherte Forelle. Apropos, ich hab Hunger.«

»Und? Erwartest du, dass ich etwas koche?«

»Wäre schon nett, oder kannst du nicht kochen? Ich mein, immer auf der Bühne, keine Zeit für die Kochschürze?«

»Was? Kochen? Willst du mich narren? Das hab ich quasi mit der Muttermilch aufgesogen. Meine Mutter war Französin, und da gehört Kochen zum Savoir-vivre. Warte, ich mache dir ein Sößchen, da wirst du dir noch in einem Jahr die Finger nach lecken!«

»Top, die Wette gilt.« Frieda schmunzelte und lehnte sich zufrieden in der Hängematte zurück. Schön, wenn Menschen so berechenbar waren. Und schön, wenn dabei etwas für den Magen heraussprang!

Zwei Stunden später war die Sonne untergegangen. Frieda und Manuela wackelten mit vollem Magen zur Grube und konnten bereits etliche Meter vorher die Funken bewundern, die wie nervöse Glühwürmchen zum Himmel zuckten. Gitarrenklänge waren zu hören, und ein laues Sommerabendlüftchen wehte herbei, das den Duft von Stockbrot und warmem Babypuder mit sich trug.

»Hallo, Ladys«, begrüßten sie etliche Stimmen am Lagerfeuer. Campingnachbarn saßen, standen und tratschten hier um ein riesiges Feuer. Kinder hielten Stöcke über die Glut, große Schüsseln mit Stockbrotteig machten die Runde, und Flaschen klirrten, wenn die Mondsüchtigen anstießen.

Eine dunkle Männerstimme vermischte sich mit einer hellen Frauenstimme, während sie sangen: »Mr. Sandman, bring me a dream, bambambambambambambambambambambambambam.«

»Noch etwas früh zum Träumen«, raunte Frieda Manuela zu und setzte sich auf eine Holzbank, die aus groben Stämmen bestand.

Es war wirklich gemütlich. Fühlte sich an wie ein Eintauchen in die eigene Jugend. Vergangene Zeiten. Jugendherbergsromantik, verbotenes Ausrücken nach Ausgehsperre, erste Küsse. Iiiih, erste Küsse. Das musste sie echt nicht noch mal haben. Einer ihrer ersten Knutschpartner hatte wohl die falsche »Bravo« gelesen und verstand unter Zungenkuss einen feuchten Schlabber wie von einem Hund. Hätte ich gleich einen Waschlappen knutschen können, dachte Frieda damals und war zum ersten Mal froh, von einem Lehrer erwischt worden zu sein, der danach eine noch strengere Ausgehsperre verhängte. Brauchte sie wenigstens keine Ausrede mehr, um den Typen nicht wiederzusehen. Wie hieß der noch? Mauritz, Martin oder Udo?

»Einen schönen guten Abend, was treibt euch denn hierher? Ich dachte, Schwangere müssten viel schlafen. Inneres Zen und so.« Tom stand vor ihnen und strahlte ein bartloses Weihnachtsmannlächeln. Er hatte eine Gruppe Camper zum abendlichen Vogelbeobachten um den See geführt und war von ihnen auf Speis, Trank und Feuer eingeladen worden. »Wenn man die richtigen Stellen kennt, kann man schon die ein oder andere Nachteule treffen«, sagte er zwinkernd.

Frieda klopfte neben sich auf die Bank, und Tom setzte sich dazu. »Wie lange denn noch?«, fragte er.

Frieda schaute ihn erstaunt an. »Wie lange ich noch schwanger bin? So zwei –«

»Nein, wie lange du noch campst, ich hab nächste Woche eine tolle Führung für Kinder im Angebot.«

»Uh, ich weiß nicht.« Frieda fiel ein, dass sie ganz vergessen hatte, Manuela von dem vorzeitigen Ferienende zu erzählen. »Ach, Tom, was weißt du denn von der Kooperation zwischen den Rangern und dem Campingplatz?«

Tom lachte. »Deine Neugier kennt ja wohl keine Grenzen, was? Du bist ja wie die rasende Reporterin von Benjamin Blümchen. Meine Kleine hat sich darüber immer schrottgelacht. Wie hieß die noch mal? Paula Panther?«

»Karla Kolumna. Und, Tom: Ranger – Campingplatz?«

»Ah, stimmt. Mhm ... Viel weiß ich nicht. Es soll wohl regelmäßige Veranstaltungen nur für die Camper geben. Vor allem für die Kids. Ist ja 'ne tolle Werbung, ich kenn keinen Zeltplatz, wo du mit 'nem Ranger Holz schnitzen kannst und dabei was über den heimischen Waschbären lernst. Wie sagt man so schön: Die Konkurrenz bestimmt die Werbung. Wenn ich richtig informiert bin, dann wollte Jens sich morgen mit den Campingchefs treffen. Schau mich nicht so an. An dir ist echt 'ne Schleiereule verloren gegangen. Nein, ich weiß weder wo noch wann noch wer. Ja, doch, *wer* weiß ich ja. Hoho. Na ja, irgendwann ist halt mal Feierabend. Ach, und ich glaub, nachmittags. So ich muss dann mal, einen schönen Abend noch.« Tom grüßte in die Runde, bekam von einem bezopften Mädchen noch ein Stück verkohltes Stockbrot geschenkt und verschwand kauend und spuckend.

»Sagt man das so?«, murmelte Frieda.

»Was?«, fragte Manuela laut.

»Dass die Konkurrenz die Werbung bestimmt? Was glaubst du, wie weit würde jemand dafür gehen?«

»Ach, Frieda, genieß mal den Abend, okay? Relax! Morgen können wir uns immer noch um die goldene Weltherrschaft kümmern.«

»Okay!«

Als Frieda gegen zehn Uhr ins Bett fiel, war sie durchgeräuchert, beseelt von Liedern und Sternegucken und fühlte sich wie eine Mischung aus sechzehnjähriger Frieda und unsterblich.

Das Handy blinkte und zeigte fünf Anrufe und Mailboxsprüche an. Von Bernd und Georg. Allerdings hatte sie nicht die geringste Lust, sich ihre Stimmung durch ernste Themen trüben zu lassen, und ignorierte das Blinken.

Lieber die Augen schließen und vom ersten Kuss träumen, der nicht so schlabbrig gewesen war, nur belauscht vom Vollmond.

Mr. Sandman, bring me a dream, bambambambambambambambambambambambambam

Fremd

»Guten Morgen ... Ja, ich weiß, dass du mich gestern versucht hast anzurufen ... Nein, ich hatte keine Zeit für einen Rückruf. Schlechte Funkverbindung, kennst du doch ... In der Grube mit Manuela ... Ja, ich bin immer noch mit ihr befreundet, warum? ... Mir geht's gut, danke. ... Ich dich auch, ja. Glaub ich zumindest ... Was das heißen soll? Ich hab einfach keine Zeit, dich zu vermissen, aber dich interessiert ja nicht, was mit Anton passiert ist ... Was? Nein, hahaha. Anton ist der Tote, du Nase, haha ... In ein paar Tagen? Ja, die Kinder freuen sich, die kommen ja bald zurück ... Ja, ich freu mich auch. Und nein, es gibt noch keine wesentlichen Ermittlungsergebnisse, und ich hab mir nicht noch mal Ärger zugezogen. So. Ich muss. Kuss.«

Frieda legte auf und seufzte. Manchmal war eine Beziehung echt schwierig und kompliziert. Das hatte ihr vor der Hochzeit keiner gesagt. Na ja, da dachte sie, die schwierigsten Phasen bereits durchzuhaben. Ihr Herz klopfte schneller, und ein Grinsen verzierte ihr Gesicht. Sie musste zugeben, dass es ihr gefiel, wie sich Georg um sie sorgte. Die Fotos seiner Highlights blieben mittlerweile aus. Nun schickte er Bilder von einem Herz aus Teelichtern, und gestern hatte er einen Zettel fotografiert, auf dem »Du fehlst mir!« stand.

Sie spürte ein Prickeln, wenn sie an ihn dachte, und fing an, ihn tatsächlich auch zu vermissen. Allerdings hatte sie nicht vor, ihm das zu sagen. Er hätte ja durchaus hierbleiben können. Selber schuld.

»Guten Morgen, Frieda, alles in Ordnung?« Bernd stand neben dem Frühstückstisch und schaute sie prüfend an.

Friedas Herz beschleunigte den Beat, was diesmal allerdings daran lag, dass sie sauer war. »Mann, Bernd, hast du mich erschreckt! Warum rufst du nicht vorher an, statt einfach so hier aufzutauchen?«

»Hab ich doch, aber du meldest dich ja nicht, da wollte ich nach dir schauen. Ich hab mir Sorgen gemacht.«

»Bernd, lass uns mal eine Sache klarstellen. Ich kann dich gut leiden, und ich freue mich, dass du die Stelle bekommen hast. Es war auch nett, dass du mir mit dem Testament geholfen hast, aber ich bin keine sechzehnjährige Göre, die hilflos durchs Leben schlingert. Ich bekomme demnächst mein drittes Kind, bin verheiratet und will das auch bleiben. Verstanden?«

Bernd setzte sich neben Frieda an den Tisch und starrte auf eine Plastikblume, die in einer Vase stand. »Was soll ich machen, ich hab mich halt, ich hab mich in dich –«

»Stopp, ich will das gar nicht hören. Sollen wir wetten, dass du einfach durcheinander bist, wegen deiner Trennung von Jasmin und dem neuen Job und weil du endlich mal rauskommst aus diesem Kaff? Es gibt bestimmt noch andere Frauen, die in dir mehr sehen als den Lokalzeitungs-Heini.«

»Frieda, ich bin nicht das Landei, für das du mich hältst. Ich hab einige Jahre in Afrika gearbeitet und dort Reportagen fürs Fernsehen gedreht. Hunger, Kriegsverbrechen, Armut, Schmuggel. Alles dabei. Ich bin etwas verblüfft, wie du mich siehst. Aber gut, wenn es dein Wunsch ist, dann lasse ich dich in Ruhe.« Bernd stand auf, fasste in seine Hosentasche und legte einen zusammengefalteten Zettel auf den Tisch. »Der steckte in der Schublade zwischen den Damenhalstüchern. Wollte ich dir gestern noch zeigen, aber das hat sich ja nicht ergeben. Leider hat sich ja gar nichts ergeben. Aber wie sagt man so schön, man trifft sich immer zweimal im Leben. Frieda …« Bernd brach den Satz ab, küsste Frieda auf die Stirn und ging. Ohne sich noch einmal umzudrehen.

Und Frieda fragte sich, ob sie nicht einen Fehler gemacht hatte.

Vielleicht zwei Millisekunden lang.

Sie tätschelte die Zwergenkugel und faltete den Zettel auseinander.

Ihr Mann geht fremd.

Das stand darauf.

Nicht mehr und nicht weniger.

Die Schrift war entweder von einer unelegant schreibenden Frau oder einem Mann, der Wert auf Schwung legte.

Der Satz konnte ausreichen, um eine Beziehung in die Luft zu jagen.

Was hatte der Zettel in der Schublade von Frau Schreiner verloren?

Vor allem, von wem war der Zettel?

Angenommen, Frau Schreiner war die Mörderin, wie hätte sie ihren Mann wohl umgebracht? Was Frieda wieder auf die Frage zurückbrachte: An was war Anton gestorben? Schuss- und Stichverletzungen waren wahrscheinlich auszuschließen. Erwürgt? Schlag auf den Kopf? Doch Gift? Elektroschocks? Von der Brücke gestoßen worden war er nicht, das zumindest war klar.

»Entschuldige mein Zuspätkommen, aber ich musste mir erst einmal den Räucherfischduft aus den Haaren spülen.« Manuela legte eine Schachtel Pralinen und einen Stapel Blätter auf den Tisch. »Lesebegleitung, bist du bereit?«

»Für?«

»Die nächsten Seiten, das war doch gestern Abend dein Vorschlag gewesen, und untersteh dich, dein schlechtes Gedächtnis auf Alkohol zu schieben, denn ich weiß, dass du schwangerschaftsbedingt keinen Tropfen trinkst. Find ich ja auch gut!« Manuela sortierte die Blätter.

»Ich hab Neuigkeiten zu Frau Schreiner.«

»Später, ja? Sonst wird das nie was. Der Tote bleibt wahrscheinlich noch die nächste Zeit lang tot.«

Manuela hatte gerade ein paar Zeilen aus ihrem Stück vorgelesen, als Frieda anfing zu lachen. Es überkam sie einfach, später wusste sie nicht genau, was genau es ausgelöst hatte, aber es strömte aus ihr heraus, albern wie ein junges Ding, dabei gnadenlos wie Reich-Ranicki.

Manuela schaute zunächst irritiert, was in einen beleidigten Gesichtsausdruck überging. »Frieda, was ist denn jetzt los?«

»Haha, ich weiß nicht. Ahahaha. Das war einfach – hahaha –

so lustig. Entschuldige – hahaha. Später, ja? Ich schwöre beim Licht des Mondes, dass ich dein Stück demnächst beenden werde, okay? Oder auch bei den Blättern eines Gänseblümchens!« Frieda trank ein Glas Wasser auf ex leer und reichte Manuela den Zettel aus der Halstuchschublade von Frau Schreiner.

Diese las den Satz mehrere Male, bis sie mit einem »Ach« den Zettel abrupt losließ, als ob sie sich daran gestochen hätte. Der Zettel segelte auf den Tisch, und die Schauspielerin seufzte: »Merde, Frieda, Fingerabdrücke.«

»Ui, Mist. Das wird wohl nichts mit dem Nobelpreis für Detekterei. Ach, so langsam verlier ich auch die Lust.«

»Entschuldige bitte, aber hier geht es nicht um Lust, sondern um einen Mordfall, oder denkst du plötzlich doch, dass es ein natürlicher Tod war?«

»Nee, aber wir treten jetzt schon so lange auf der Stelle, es ist alles so halb warm, nichts ist richtig heiß. Es ist so … ätzend zäh.«

»Schätzelein, denkst du, der Mörder präsentiert sich uns auf einem Silbertablett mit einem Apfel im Mund und Petersilie im Allerwertesten? Da muss ich dich leider enttäuschen. Das Leben ist zwar bunt, aber die Pointen muss man sich doch selbst erarbeiten.«

»Ach, Manuela, je länger ich dich kenne, desto besser kann ich dich leiden.«

»So? Ich dachte, ich bin ein Hauptgewinn auf den ersten Blick.«

Frieda grinste und schwieg. Manchmal war das die weiseste Entscheidung.

Nachdem sie die gelben Post-its im Wohnwagen studiert hatten, waren sie zwar nicht schlauer als zuvor, aber sie hatten einen ordentlichen Appetit auf Kuchen entwickelt. Außerdem wollten sie sich strategisch aufteilen, was die Camper-Jens-Geschichte anging. Manuela behauptete, sich nur aus ermittlungstechnischen Gründen auf den Kuchen einzulassen, aber Frieda nahm ihr das nicht ab. Vor allem, da die Schauspielerin sich in der Räucherkate strategisch niederlassen wollte und nicht beim Kiosk. In der Räucherkate gab es mehrere Kuchen zur Auswahl, im Kiosk dagegen meist nur Apfel- oder Käsekuchen.

Frieda trat mit einer Tasse heißer Schokolade und einem Stück Streuselapfelkuchen vor den Kiosk und setzte sich an einen der hinteren Tische, versteckt hinter einem Holzpfeiler. Sie hielt sich ein neu erbeutetes Buch vors Gesicht und fühlte sich eins a getarnt. Jens sollte sie ja nicht gleich sehen.

Das Buch war eine lustige Geschichte über Frauen in der Politik und hieß »Perlen vor die Säue«, die Schoki war alle, der Teller leer, sogar die Krümel waren aufgepickt und immer noch kein Feindkontakt. Als die Campingplatzchefin an ihr vorbeilief, fragte Frieda unschuldig, ob sie mittags Zeit hätte. Sie würde gerne ein kleines Interview mit ihr machen für die Frauenzeitschrift. Starke Frauen in außergewöhnlichen Berufen sei das Thema. Die Chefin sagte Ja, allerdings erst nach dreizehn Uhr, da sie zuvor ein Geschäftstreffen hätte. In der Räucherkate.

»Ah, okay«, sagte Frieda und dachte: Bingo!

Frieda rief gleich Manuela an. »Doch, ja, wirklich, jetzt gleich, aber wie tarnst du dich denn? Der kennt dich ja auch. Ah, klassisch ... na ja.«

Die Schauspielerin wollte sich mit Sonnenhut und Sonnenbrille und Zeitung vorm Gesicht an den Nebentisch setzen. Aber Frieda hatte eine bessere Idee.

Kurz darauf saßen beide an einem winzigen Tisch in der Ecke, der durch einen blickdichten Paravent vom restlichen Raum abgetrennt war. Eigentlich war das der Vorbereitungstisch für das Personal mit Besteck, Tellern, Speisekarten und anderem Kram. Eigentlich. Aber gute Beziehungen zum Personal konnten aus Elefanten Mücken machen. So ungefähr zumindest.

Gegen elf Uhr dreißig geleitete Frau Pfifferling die erwarteten Gäste an den Tisch, der auf der anderen Seite des Paravents stand. Es kam auch gar keine andere Sitzgelegenheit in Frage, da Frau Pfifferling netterweise auf die anderen Tische ein

»Reserviert«-Schild gestellt und was von einem Fahrrad-Treffen erzählt hatte. So machten es sich Oberranger Jens und das Campingplatz-Ehepaar auf den Stühlen bequem und ahnten nicht, dass Frieda und Manuela nur ein paar Schritte entfernt die Lauscher aufspannten.

Die Campingchefin bestellte sich einen Kaffee, worauf Jens lästerte: »Lisa, so viel Kaffee, wie du den lieben langen Tag trinkst, da ist deine Seele bestimmt auch schon schwarz.«

»Keine Angst, Jens, den Platz direkt neben dem Teufel, den nimmt dir keiner weg«, erwiderte Lisa.

»Haha, ihr wieder, deshalb mach ich gerne Geschäfte mit euch. Egon und du, ihr versteht mich.«

Der Campingchef murrte: »Jens, jetzt lass uns mal Tacheles reden. Was sind die Punkte, die den Rest des Gemeinderats umstimmen könnten? Bis jetzt hast du ja nur vage Andeutungen gemacht.«

»Ich denke, das wird leicht. Wir knöpfen uns die Gemeinderatsmitglieder einzeln vor und schauen, wo deren Sollbruchstellen sind.«

»Sollbruchstellen?«, wiederholte Lisa. »Ich hoffe, dass du nicht das meinst, was ich darunter verstehe.«

»Ach, Lisa, zu Schulzeiten warst du aber geschmeidiger. Eine tibetanische Kampfkatze. Und ich weiß ja nicht, was du darunter verstehst, aber ich denke an Enkelkinder, die man zu Junior-Rangern ausbilden kann, oder Tierfreunde, die namentlich als Paten an unseren Gehegen stehen wollen …«

Die Bedienung stellte die gewünschten Getränke und Gerichte auf den Tisch und unterbrach damit die Unterhaltung, die erst unter Schmatzen und Besteckklirren weitergeführt wurde.

Jens sagte: »So, dann würde ich sagen, wir teilen uns die Liste auf und schauen, an welchen Stellschrauben wir da drehen können, ja?«

Egon meinte: »Mhm, ich will ja nicht unken, aber der Bürgermeister scheint bereits einige Unterstützer und Investoren gefunden zu haben.«

Lisa schlug mit einem Besteckteil gegen ein Glas. »Somit ist die erste Runde eröffnet. Mögen die Spiele beginnen.«

Als Frieda um dreizehn Uhr wieder am Kiosk aufschlug, um die Chefin zum Interview zu treffen, musste sie sich zusammenreißen, die richtigen Fragen zu stellen. Solche, die sich nur um den Campingplatz drehten. Sie lernte eine Menge über Organisation, über Warenwirtschaft, über das Recht, sich seine Gäste auszusuchen, wie man im Laufe der Jahre den Menschen an der Nase gewisse Charakterzüge ansehen konnte, wie man eine brenzlige Situation mit Besoffenen deeskalierte, was es bedeutete, mitten in der Nacht mit einem Messer bedroht zu werden, und was man am besten machen konnte, wenn in die Grube zum Lagerfeuer eine Gruppe uneingeladener Türsteher kam, die in dieser idyllischen, aber toten Gegend etwas Action suchte.

Nach dem Interview war Frieda zufrieden und beschloss, diese Artikelserie tatsächlich zu schreiben, es gab zwischen Putzfrau und Bundeskanzlerin doch so vieles mehr, als wir uns vorstellen konnten.

***

»Wie, Idiot?« Bevor Frieda an Manuelas Campertür klopfen konnte, kam diese mit einem erneuten »Idiot« heraus.

»Nicht du, Schätzelein«, sagte Manuela. »Es gibt Momente, da zweifel sogar ich an meiner Menschenkenntnis.«

»Und ich dachte, dass Theaterleute, die selber Stücke schreiben, beim Fluchen etwas … ähm, kreativer sind.«

»›Grau, teurer Freund, ist alle Theorie und grün des Lebens goldner Baum.‹ Madame, das hängt von der Ursache ab. Und wenn ursächlich ein Idiot an meiner Verstimmung Schuld hat, dann kann ich nicht kreativ sein, denn Kreativität setzt wiederum gute Laune voraus, zumindest bei mir.«

»Aha. Mhm, dann hat Robert dich versetzt?«

»Nein, er hat mir am Handy ein Liebeslied vorgesungen.«

»Selber?«

»Ja, selbst gedichtet, und es war … atemberaubend.«

»Und?«

»Wie soll ich ihn hassen, wenn mein ganzer Körper ›Ich will ihn‹ schreit?«

»An welchem Menschen zweifelst du denn dann?«

»An meiner eigenen Person.«

»Manuela, geh das doch mal pragmatisch an, also analytisch. Was willst du eigentlich? Wo sind deine Prioritäten?«

»Ach, Frieda, das Leben ist kein Wunschkonzert.«

»Ich bin mit dem dritten Kind schwanger und sitz in der Redaktion einer Frauenzeitschrift, die sich mit den Kleidergrößen der Stars und Sternchen beschäftigt, anstatt Skandale in der Politik aufzudecken. Also erklär mir nix von Wunschkonzert. Ich weiß nur, wenn du das mit dem Theater nicht ausprobierst, dann wirst du es irgendwann bereuen.«

Manuela sah Frieda in die Augen und sagte: »Ich weiß. Ich weiß, Kleines.«

»Zurück zum Geschäft, ich kann mir nicht vorstellen, dass Lisa ihre Finger da drinne hat. Wenn sie versuchen, irgendwelche Gemeinderatsmitglieder zu bezirzen, dann ist das eine ganze Ecke harmloser, als gleich einen um die Ecke zu bringen. Selbst wenn der einen bis aufs Blut gereizt hat.«

»Anton war harmlos, harmlos wie eine Maus. Ich kann mir nicht vorstellen, dass er sich mit irgendwelchen Leuten angelegt hat.«

»Offen angelegt vielleicht nicht, aber zumindest hat er seine Frau betrogen.«

Die Schauspielerin sah betreten zur Seite. »Die Ehe stimmte schon seit Jahren nicht mehr. Er hatte abgewartet, bis die Tochter aus dem Haus war, und dann hat er angefangen, an sich zu denken. Frieda, ich wollte bestimmt keine Ehe zerstören.«

Frieda schluckte eine bissige Bemerkung hinunter und sagte stattdessen: »Was immer er nun auch getan hat, es hat ihn den Kopf gekostet. Und was du getan hast, das musst du mit dir selber ausmachen. Warte mal, das wollte ich schon die ganze

Zeit erledigt haben.« Frieda zog ihr Handy heraus, drückte auf ein paar Tasten, hielt sich das Gerät ans Ohr, wartete und sprach kurz darauf: »Hallo, Josefine, wie geht's dir? Schade, dass ich dich nicht direkt erwische, ich wollte dich was fragen. Das ist dann Wiedergutmachung Nummer sechs. Also, wenn du eine Leiche findest, der auf den ersten Blick keinerlei Gewalteinwirkung anzusehen ist, was kann dann die Todesursache sein? Der Hausarzt sagte Herzinfarkt, aber ich glaub nicht dran. Der Tote lag in unserer Hängematte. Ich hab mich die letzten Abende gefragt, *warum* er dort lag, und ich denke, dass er sich schwach gefühlt hat und sich ausruhen wollte. Nachdem man ihm vielleicht irgendwas gegeben hatte. Eine andere Möglichkeit wäre, dass er von irgendjemandem dorthin gelegt wurde. Was für mich aber keinen Sinn macht. Wenn man ihn erstickt hätte, dann …«

TUUUT, die Mailbox beendete die Aufnahme.

Frieda steckte das Handy wieder weg. »Jetzt erzähl mir noch mal genau, wie sich Anton bei eurem letzten Treffen verhalten hat.«

Manuela sah aus, als würde man ihr in den Zahnhals bohren. »Muss das sein? Ich hab es dir doch schon gesagt. Das macht mir Kopfschmerzen, dieses Herumwühlen in der Vergangenheit.«

»Wir haben irgendwas übersehen, irgendeinen Hinweis.«

»Und das soll ausgerechnet jetzt herauskommen? Also, ich weiß nicht. Das Ganze nervt mich kolossal. Können wir nicht einfach über das Theaterstück weiterreden?«

»Manuela, jetzt zier dich nicht so. Du willst doch auch, dass die ganze Sache aufgeklärt wird, oder?«

»Schon … wenn du denkst, das bringt was. Also, Anton kam zu mir, die Uhrzeit hab ich vergessen –«

»Manuela!«

»Is ja schon gut. Lass mich mal schauen.« Sie zückte ihr Handy, tippte und scrollte darauf herum, dann sagte sie: »Es muss zwischen neunzehn und neunzehn Uhr dreißig gewesen sein, wir hatten uns kurz zuvor per SMS verständigt. Er war an diesem Abend irgendwie abwesend und sehr wortkarg. Wie ein Doppelgänger seiner selbst. Die ganzen liebevollen Gesten und Blicke … Nichts davon, und als er mich zum Abschied küsste, da hauchte er neben meiner Wange einen Luftkuss hin. Als ob die Leidenschaft, die uns einmal verband, nur ein Traum gewesen war.«

»Aha. War Anton erst an diesem Abend anders gewesen?«

Manuela schüttelte den Kopf. »Nein, schon seit einigen Wochen … eigentlich sogar sehr vielen Wochen. Wir haben uns das erste Mal vor zwei Jahren getroffen, da war noch Feuer unter der Haube unserer Luxus-Liebe. Und nicht nur da.«

Frieda verzog das Gesicht, als hätte sie in eine Zitrone gebissen, fasste sich aber schnell wieder. »Warum ist er an diesem Abend gegangen und nicht über Nacht geblieben?«

»Er bekam eine SMS. Er las sie, und dann verabschiedete er sich. Nicht zu einem Date, das hätte ich wohl gemerkt. Das war was anderes, er war ein bisschen aufgeregt. Und auch ängstlich, so schien es mir.«

»Und er wollte dir mit dem Theater helfen?«

»Du springst in deinen Gedanken. Ja, das hatte er mir hoch und heilig versprochen. Auch wenn unsere Beziehung den Bach runtergehen würde, würde er mich trotzdem finanziell unterstützen. Er glaubte an mich und meinen Traum. Da war er ganz anders als Robert. Der will mich ja immer noch nach seinem Gutdünken formen. Als ob wir erst zwanzig Jahre jung wären, den Kopf in den Wolken und das Leben erst angekratzt.«

»Hat Anton eigentlich bei dir etwas gegessen und getrunken?«

»Normal, würde ich sagen.«

»Und was heißt das?«

»Normal eben. Eine Stulle auf die Hand und ein Glas Wasser.«

»Trank er gerne Wein oder Bier?«

»Beides, auch Schnaps.«

»Und an dem Abend bei dir?«

»Wie ich schon sagte, Wasser.«

»Über was habt ihr denn geredet?«

»Schätzelein, weißt du noch, über was du mit Georg an diesem besagten Abend gesprochen hast?«

»Das spielt doch im Moment gar keine Rolle. Versuch dich zu erinnern.«

Manuela starrte auf den prächtigen Blumenstrauß, der auf dem Holztisch die Bienen herbeilockte. Ein Geschenk von Robert. Natürlich. »Wir haben uns gestritten.«

»Was?«

»Ja. Über uns. Er war überhaupt nicht mehr aufmerksam, hörte mir kaum noch zu, brachte nichts mehr mit, nicht einmal mehr einen Lidl-Sekt. Er redete von seinem Job statt von unseren Träumen. Es fühlte sich mehr tot denn lebendig an, was wir da hatten.«

»Warum hast du das nicht –«

»Liebes, wenn ich dir das gleich bei unserem Kennenlernen erzählt hätte, wo würde jetzt der Zettel mit meinem Namen kleben?«

»Warum bist du dir so sicher, dass er keinen Herzinfarkt hatte?«

»Das hab ich doch gesagt, weil er so komisch war.«

Und Frieda merkte, dass da irgendwo eine Glocke der Aufmerksamkeit schrillte, nur bekam sie nicht heraus, was sie ihr sagen wollte.

***

Manuela und Frieda fuhren nach Neustrelitz, um etwas zu essen. Frieda gelüstete es nach einem riesigen Salat mit gerösteten Walnüssen. Auch dieses Verlangen konnte die Schwangerschaft auslösen. Leider seltener als das nach Schokolade.

Nach dem Essen eilte die Schauspielerin in ein Buchgeschäft, um nach einer Bestellung zu fragen. Während Frieda draußen wartete, klingelte ihr Handy. Es war Bernd. »Hi, Frieda, ich will nicht stören, aber ich denke, dass ich dir folgende Information noch schulde: Die Tickets nach Südamerika sind One-Way-

Tickets, hab ich gerade erst gesehen. Entschuldige mich, aber mein Bier wird warm.«

Bier, dachte Frieda, das war's, was ihr durch den Kopf gegangen war, als Manuela von Anton erzählt hatte.

Frieda wählte die Nummer von Georg. »Hi, Schatz, ja … Okay … Was? Wer? Aber … Georg, ich habe dich angerufen. Ich wollte mir jetzt nicht den neuesten Nachbarschaftsklatsch anhören. Sag mal, welche Biermarken hast du eigentlich beim Zelten getrunken? … Doch, es ist wichtig. … Ja? Okay und entschuldige mich, ich … Mein Essen wird warm … ähm, kalt.«

Diese Begründung würde er wohl akzeptieren. Sie hatte wirklich keine Lust, sich über das neueste Auto der Nachbarn und den letzten Einbruch eine Straße weiter auszutauschen.

Frieda schrieb eine SMS an ihren Sohn, klickte auf »Senden« und sah eine grinsende Manuela auf sich zutänzeln, die ihr ein flaches, kleines, eingepacktes Etwas entgegenstreckte. »Voilà.«

»Danke.« Und kurz darauf hielt Frieda eine Reclam-Ausgabe von »Faust« in Händen.

»Man muss jedem und allem eine zweite Chance geben!« Manuela strahlte und beeilte sich, zum Auto zu kommen. Die Parkuhren liefen auch hier schnell ab.

Eine Stunde später saß Frieda brav auf dem Campingstuhl, hatte die Beine hochgelegt, damit sich bei der Hitze nicht so viel Wasser in ihnen sammeln konnte, und las das Theaterstück. Eine gute Ablenkung, während sie auf eine SMS wartete. Außerdem fühlte sie sich verpflichtet, Manuela diesen Freundschaftsdienst zu leisten.

Frieda schaffte es, weiterzukommen. Ein paar Seiten zumindest. Dann legte sie das Heft auf den Tisch, trank eine halbe Flasche Wasser, nahm es erneut in die Hand und las die bereits gelesenen Seiten noch einmal.

Das ist gut, dachte sie. Richtig gut. Wenn man sich erst einmal darauf einließ, war es viel besser als nur die gesammelten Faust-Zitate. Ohne dem großen Goethe zu nahe treten zu wollen, selbstverständlich war seine Sprache unerreichbar, aber Frieda mochte das Absurde Theater. Sie mochte es, wenn der Mensch sich der Absurdität der Welt bewusst war und auf dieser Bühne eine Rolle einnahm, die trotzdem Sinn machte. Manuela hatte mit dem Atomphilosophen und seinen Mitspielern lustige, ernste und nachdenkliche Momente erschaffen. Alles verstanden hatte sie dennoch nicht, wer weiß, ob man das überhaupt konnte.

Friedas Handy *büngte*. Jonni hatte auf ihre Bitte hin fünf Bilder geschickt. Fünf Bilder vom Tatort. Friedas Zeigefinger zitterte leicht beim Durchscrollen. Die Hängematte war von zwei Seiten fotografiert. Anton war nicht genau zu erkennen, man sah nur, dass da einer lag. Und Frieda wurde bewusst, dass es sich um einen Menschen handelte, der genauso geträumt und gelebt hatte wie jeder andere. Wenn es wirklich Mord gewesen war, hatte jemand in den Lauf der Dinge gewaltsam eingegriffen und etwas beendet, was noch nicht bereit gewesen war, zu Ende zu gehen. Wie schnell ein Leben vorbei sein konnte, wie schnell man dem Gestern angehörte.

Die drei anderen Bilder zeigten den Tisch, den Zelteingang, und auf dem letzten stand der Polizist am Tatort und diskutierte mit ihr. Aufgebracht seh ich aus, dachte Frieda. Und: Ist die Kugel wirklich schon so groß? Unglaublich!

Mit Daumen und Zeigefinger vergrößerte sie das erste Bild und betrachtete die Bierflasche, die unter der Hängematte stand. Es war ein »Müritzer Gold«, ein regionales Pils, auf dessen Etikett ein Kanal nebst Kranich prangte.

Frieda ging zum Kiosk, durchstöberte die Bierkästen und fragte einen der Angestellten, der hinter den Tresen stand: »Entschuldige, habt ihr auch Müritzer Gold?«

»Alkoholfrei?«

»Nein, Pils.«

»Aber Sie sind doch schwanger, oder?« Der Angestellte zeigte auf ihren dicken Bauch.

»Ein verschluckter Ball wird's wohl nicht sein. Und, habt ihr nun Müritzer Gold oder nicht?«

»Nee, hatten wir noch nie, aber ein alkfreies Radler hätten wir.«

Frieda machte den Angestellten sehr glücklich, indem sie gleich zwei davon kaufte.

Kurz darauf rief sie erneut Georg an. »Hi, wie geht's dir? … Ja, schon ein bisschen. Du, hör mal, bist du dir sicher, dass du nur auf dem Campingplatz Bier gekauft hast? … Ja? … Ach so, drei Flaschen Wein hattest du dir mitgebracht. Hast du eigentlich Müritzer Gold getrunken? … Nein, zu herb? Mhm … Ja, danke der Nachfrage, ich komm vorwärts. So, ich muss. Ciao, Schatz.«

Ungefähr einhundert Bärentapser später setzte sich Frieda auf einen der Stühle vor Manuelas Camper.

Die Schauspielerin sagte: »Vom alkoholfreien Sekt zum alkoholfreien Bier, ist das nun eine Verbesserung oder ein Zugeständnis an die fortschreitende Inflation?«

»Na komm, so schlecht schmeckt es doch gar nicht.«

Manuela nahm einen Schluck und meinte: »Zum Fahrradputzen wäre es zu schade, wie meine selige Mutter immer zu sagen pflegte.«

»Ah, gibt's dazu kein Faust-Zitat?«

»Haha, liebste Frieda, nun erklär mir doch bitte einmal, was an dem Müritzer Pils unter der Hängematte so verwunderlich ist.«

»Georg trinkt diese Marke nicht. Nur Anton kann diese Flasche dorthin gestellt haben. Und da er bei dir nur Wasser getrunken hat, wird er die wohl irgendwoher haben müssen. Wo könnte Anton zwischen dem Treffen mit dir und dem Zeitpunkt, als ich ihn gefunden habe, gewesen sein?«

»Wenn wir das wüssten. Schätzelein, wir drehen uns nicht nur im Kreise, wir stecken sogar mit den Beinen im Morast fest.«

»Siehst du das wirklich so? Ich finde, dass wir gerade einen wesentlichen Schritt weitergekommen sind.«

Manuela betrachtete die Flasche Radler. »Na ja, gustatorisch eher nicht. Übrigens, weißt du, wer mich vorhin angerufen hat? Elfrieda. Es besteht Hoffnung für die junge Liebe.«

»Waren die nicht schon länger zusammen? So von wegen junger Liebe.«

»Da mussten die Fakten dem Wohlklang der Geschichte weichen.«

»Machst du das in deinem Theaterstück eigentlich auch?«

»Bitte?«

»Dass du eingeschlagene Gedankengänge einem Wohlklang beugst?«

»Hä? Entschuldige meine Verwunderung, aber waren wir nicht gerade bei Eusebia?«

»Na ja, deren Liebesleben interessiert mich nicht gerade übermäßig.«

»Frieda, wo ist dein detektivischer Spürsinn geblieben? Wir können Willi wohl von der Liste streichen. Und dann weiterschauen …«

»Mal ganz ehrlich, hast du das Gefühl, dass wir einen Hauptverdächtigen haben?«

Manuela schüttelte den Kopf. »Wir arbeiten uns einfach mit Hilfe des Ausschlussverfahrens vor, d'accord? Hör dir doch mal die Geschichte von Elfrieda an, komm, trink noch einen Schluck … Aus einer Flasche trinken, wie sich die Zeiten wandeln. Schau mal, wer da kommt, gerade haben wir noch über sie gesprochen.«

Elfrieda kam die letzten Meter den Weg entlang und trat an den Tisch.

Frieda dachte, da strahlt aber eine nicht nur wie ein Honigkuchenpferd, sondern wie eine ganze Herde Honigkuchenpferde.

Elfrieda zauberte hinter ihrem Rücken zwei Sonnenblumen hervor. »Vielen Dank, ihr habt mir … wie soll ich sagen, ihr habt so einiges in Bewegung gebracht. Willi hat gesagt, dass ihm erst jetzt klar geworden ist, wie viel ich ihm bedeute. Und dabei war ich kurz davor, ihn zu verlassen, stellt euch das mal vor.«

In Ermangelung von alkoholfreiem Sekt teilten sich die drei die zweite Flasche Radler und stießen damit an.

»Wir wollen heiraten, im Urlaub«, erzählte Elfrieda. »Ich kann es noch gar nicht fassen … Vor ein paar Tagen war ich noch ein Häufchen Elend, das weder ein noch aus wusste, und jetzt das.«

Frieda holte eine Tüte Chips aus dem Camper und legte sie geöffnet auf den Tisch. »Was ist denn jetzt mit den Maulbeerbäumen? Was hat Willi vor?«

»Er hat gesagt, dass das eine Schnapsidee war und er sich auf die eigentliche Sache besinnen will. Also was wir im Heimatverein auch abgemacht hatten. Der brandenburgischen Seidenproduktion steht somit nichts mehr im Wege.«

»Und die Bäume?«

»Er konnte die Bestellung ändern, wir bekommen also die Weißblühenden zugeschickt. Im Netz hat er einen Verein gefunden, der sich starkmacht für den Erhalt der Seidenraupen, von denen kann man auch welche beziehen. Wusstet ihr, dass ein paar Bauern, die damals zur Seidenraupenzucht genötigt wurden, das Laub der Maulbeerbäume ihren Schafen zum Fressen gaben? Sie wollten damit erreichen, dass deren Wolle so weich wie Seide wird.«

»Und?«, fragte Manuela.

»Und? Hat natürlich nicht geklappt, aber es ist eine lustige Geschichte, oder? Müsste zu Zeiten des Alten Fritz gewesen sein.«

»Jetzt müsst ihr nur noch das Grundstück bekommen«, meinte Frieda.

»Ja, klar, falls das klappt, natürlich«, sagte Elfrieda, und ihre Augen funkelten. »Ich kenn das Gefühl überhaupt nicht. Ich könnte platzen vor Glück, fast hätten wir uns getrennt, und jetzt das!« Sie umarmte die beiden stürmisch, stand auf, ging zwei Schritte und kehrte wieder um.

»Jetzt hätte ich fast vergessen, euch die Neuigkeit zu erzählen. Der Bürgermeister scheint tatsächlich privates Interesse an der Ferienpark-Sache zu haben. Es hat mich stutzig gemacht, dass er über die Wellness-Pläne schon Bescheid wusste, obwohl der Antrag noch gar nicht eingegangen war – also zu dem Zeitpunkt, als er Frieda davon berichtete. Das konnte er also doch eigentlich noch gar nicht wissen, aber ich habe keine Verbindung zu dem Mann feststellen können, der das Grundstück besitzt, auf dem die Wellness-Oase gebaut werden soll.«

Manuela gab einen Laut der Verwunderung von sich und scrollte auf ihrem Handy.

Elfrieda erzählte weiter: »Es ist kein Verwandter von ihm, nicht einmal ein Cousin dritten Grades, auch nicht aus einem seiner Vereine, die hab ich durchforstet, es gibt ja nicht umsonst die ganzen Vereinsmeiereien mit den Namensauflistungen, auch von den passiven Mitgliedern. Vor zwei Tagen war der Grundstücksbesitzer hier, der das betreffende Stück Land übrigens erst vor einem Jahr gekauft hat, was noch ein Punkt ist, der –«

Die Schauspielerin sog die Luft hörbar ein und hielt Elfrieda ihr Handy hin. »Ist es der?«

»Ja, woher …«

***

Später fuhren Frieda und Manuela wieder nach Neustrelitz, diesmal zum Einkaufen. Wenn das Wasser knapp wurde, blieb einem nichts anderes übrig, als sich aufzuraffen. Und die Schokoladenkekse waren auch schon alle weg. Abgesehen von sonstigen Lebensmitteln, die der Körper so zum täglichen Funktionieren und zum Schwangersein brauchte. Und der alkoholfreie Sekt natürlich.

Elfrieda hatte sich gewundert, warum noch kein anderer dem Bürgermeister auf die Spur gekommen war, und sich dann verabschiedet. Sie wollte noch packen. Es ging schon morgen los in den Urlaub. Mallorca, in die touristisch weniger bekannten Ecken. Da, wo die mallorquinische Küche ursprünglich, das Meer ruhig und der Wein gut sei. Urlaub und Hochzeit in einem Aufwasch.

»Wie viel ist da wohl drin?«, hatte Frieda gerade Manuela gefragt und einen eingeschweißten Fertigkuchen so gedreht, dass sie die Inhaltsstoffe ablesen konnte.

»An was? Zucker, Fett oder Kohlenhydrate?«

»Hier? Ich guck eigentlich nach Zusatzstoffen, aber das meinte ich nicht. Ich dachte an die Wellness-Oase. Was verdient man wohl mit so was?«

»Schätzelein, hab ich Pluderhosen an oder BWL studiert? Auch das Bankwesen ist mir fern. Frag mich nach Deklination und Jamben, das ist mein Metier.«

»Glaubst du, das ist einen Mord wert?«, flüsterte Frieda.

Manuela zuckte mit den Schultern. »Kann man das an den Stellen vor dem Komma festmachen? Aber was fangen wir nun eigentlich mit der Bierflasche an, und was mich am allermeisten interessiert …«

»Die One-Way-Tickets, oder?«, ergänzte Frieda. »Die lassen mir auch keine Ruhe, das hätte er dir doch erzählt. Ich sehe da zwei Möglichkeiten, entweder hat seine Frau gelogen, oder –«

»Er hatte noch eine Geliebte. Dann ist seine Frau die Mörderin.«

Neben ihnen ließ eine weißhaarige Kundin mit Rollator eine Konservenbüchse Erbsen fallen.

Manuela hob sie auf und reichte sie der alten Dame. »Undankbare Sache«, murmelte diese. »Geliebte stehen immer in zweiter Reihe. Das können Sie mir glauben.«

Schwer beladen fuhren sie zurück zum Campingplatz. Manuela seufzte. »Ich sollte mich noch bei Robert melden. Allerdings entbehrt es mir an Lust dazu. Was würde ich dafür geben, wenn alles klar strukturiert wie ein Walzer verlaufen würde.«

Frieda sagte nichts und trug schnaufend die Einkaufstaschen zu ihrem Wohnwagen. Was sollte sie auch schon sagen? Dass Robert nicht nur den Finger, sondern gleich die ganze Hand wollte? Oder sollte sie erzählen, dass Georg manchmal auch ganz schön anstrengend sein konnte, wie ein weiteres Kind, das einfach nur maulend den Kopf hinhielt, um gekrault zu werden. Oder dass ihr gerade so richtig übel war und sie nicht wusste, ob sie zum Klo rennen sollte, um zu kotzen. Die Sonne, das Autofahren und das Herumlaufen waren schon ziemlich anstrengend. Ihr Handy *biingte*, was ihr gerade sehr recht war. Sie schaute auf die neuesten Schwangerschafts-Wasserstandsmeldung.

Heisan Frieda – gratuliere zum siebten Schwangerschaftsmonat plus sechzehn Tage. Wann hattest du eigentlich das letzte Mal Sex? Die letzten drei Monate sind zwar wieder vom Müdesein überschattet, aber wenn das Baby erst einmal da ist, ist eh erst einmal Schicht im Schacht. Außerdem müsst ihr ja nicht verhüten, und da beim Orgasmus Glückshormone ausgeschüttet werden, hat auch das Kind was davon. Haha. Endspurt heißt auf Norwegisch: oppløp. Ha det bra!

***

Frieda lag mit ihrem Notizbuch auf dem Schoß in der Hängematte. Manuela traf sich mit Robert, wollte vielleicht sogar für ein oder zwei Tage in Hamburg bleiben, um einige Dinge zu klären.

Klären ist immer gut, dachte Frieda und hatte Georg angerufen, der sich allerdings etwas verscheißert vorkam, als Frieda lediglich wissen wollte, wo das Leergut vom Zeltplatz hingekommen sei. Dann ging sie die Seiten des Buches durch, hakte ab, strich durch, schrieb etwas hinein und blieb schließlich beim Wort »Testament« hängen.

Angenommen, die Schreiner hatte wirklich das Schriftstück vernichtet, dann war sie auf der sicheren Seite, da ja angeblich nichts beim Notar lag. Nur, wer wäre wohl der Hauptbegünstigte gewesen? Was Frieda zum nächsten Eintrag brachte: die Flugtickets und der Verdacht, dass es eine dritte Frau in Antons Leben gegeben hatte. Sie notierte:

Dauercamper abchecken, wer noch in Frage kommt
Spontane Vermutung: die Blonde am See
Die Camperecke bei der Kanuausleihe durchleuchten

Letztere hatte Frieda bis jetzt noch nicht näher in Augenschein genommen. Das war bis jetzt nicht ihr Barrio gewesen. Aber das konnte man ja ändern.

Frieda wollte ein Bein aus der Hängematte schwingen, um aufzustehen, aber sie versetzte die Liegefläche in solch Aufruhr, dass sie sich nicht traute. Aufrichten klappte auch nicht, also blieb ihr nur das hilflose Zappeln eines auf den Rücken gefallenen Käfers.

Eine Frauenstimme fragte: »Kann ich helfen?« Eine der Dauercamperinnen, die in Richtung See wohnte, stand am Weg vor ihrem Wohnwagen.

Frieda nickte, und die andere Frau wuchtete sie hinaus. »Übrigens, ich bin Uta, ebenfalls Camperin und Schwangeren-Helferin im Nebenberuf.«

In Friedas Kopf klickerten einige Synapsen-Murmeln um die Wette. »Schön, dich … Also, danke erst mal für die Hilfe. Zeit für 'nen Sekt? Alkoholfrei – aber schmeckt trotzdem, und man kann noch Kanu fahren danach.«

Uta kam seit nunmehr elf Jahren regelmäßig hierher und brachte neben ihrem Jupp auch immer wieder verschiedene Mitglieder der Großfamilie mit. »Sonst sieht man sich ja nicht so oft, also bis auf Weihnachten und Ostern und natürlich auch an den Geburtstagsfeiern, und jetzt sind wir ja auch schon in dem Alter, wo die Beerdigungen dazukommen, aber sonst macht ja jeder so sein Ding, da ist es echt schön, hier mal ein bisschen Zeit für uns zu haben.«

Uta hatte kinnlange dunkelbraune Haare, eine große goldgerahmte Brille und war so Ende fünfzig, gemütliche Figur, aß gerne Erdbeeren und schenkte ihrem Mann jedes Jahr mindestens einen Gartenzwerg. Allein aus dem Grund, dass er diese abgöttisch hasste. »Aber ein Camper ohne Gartenzwerg ist wie eine Schnecke ohne Haus, nämlich nackt.«

Frieda bekam nicht nur eine Menge Camperweisheiten zu hören, sondern erfuhr auch einiges über Überlebensstrategien in beengten Wohnverhältnissen. Denn Uta kam nicht nur seit elf Jahren auf diesen Campingplatz, sondern hatte die dreißig

Jahre davor ebenfalls die Ferien ausschließlich in Zelten und Wohnmobilen verbracht. Das prägt, meinte sie, woran angesichts ihrer Gesprächsthemen kein Zweifel bestehen konnte.

»Und hier so?«, warf Frieda ein.

»Meine Güte«, sagte Uta nun zum dritten Mal, »das waren Zustände in Spanien, diese Hitze, und dann stand die Luft und –«

»Ah, Spanien«, unterbrach Frieda sie. »Aber wie ist es hier so?«

»Hier ist ja nicht Spanien, auch wenn manche Camper denken, genauso eingeölt in der Sonne liegen zu müssen. Als ob mehr Bratfett zu einem brauneren Ergebnis führen würde.«

»Aber die Nachbarn sind doch nett hier, oder?«

»Bei mir in der Ecke schon, warum fragst du denn?« Uta trank einen Schluck Sekt und schaute Frieda über den Rand des Glases neugierig an.

»Ach, ich ... ich recherchier für meine Frauenzeitschrift, also eine Zeitschrift, für die ich schreibe.«

»Über schwangeres Campen?«

»Haha, nein, aber über Campen, also, wer das so macht. Da sammle ich Geschichten.«

»Aha, da kannste hier bestimmt 'ne Menge sammeln, also vor zwei Wochen zum Beispiel, da kam meine Nichte mit ihrem Freund zu Besuch. Ich kenn die Nina ja schon, seitdem die meinen Mann als Baby vollge... oder war das Luka, mein Neffe, ach, auch egal, auf jeden Fall sitze ich mit Nina beim Frühstück, da klingelt ...«

Und während Frieda die nächsten zwanzig Minuten lang irgendwelchen Familiengeschichten lauschen durfte, fragte sie sich, ob der Spontaneinfall wirklich so gut gewesen war.

Uta wunderte sich gerade. »Wo ist denn eigentlich dein Mann, den habe ich seit ein paar Tagen nicht mehr gesehen?«

»Er musste beruflich kurz weg, ist aber bald wieder da«, antwortete sie knapp. Kurze Aussagen, die fast keine Möglichkeiten zu Geschichtsbildungen zuließen. Sie wollte ja nicht selbst im Mittelpunkt irgendwelchen Klatsches stehen. »Aber Uta, wie ist das denn? Kann man alle leiden, die um einen herum wohnen? Tauscht man sich da so richtig aus? Wenn man schon so dicht aufeinander lebt, dann bekommt man doch eigentlich alles mit. Streit, Versöhnung, vielleicht sogar Sex?«

Uta schaute empört. »Vielleicht sind die Zelte hier so hellhörig, aber bei den Campern kann man auch die Tür schließen.«

Frieda spürte, dass sie noch nicht die richtige Taste bei der Dunkelhaarigen gefunden hatte. »Ach so, das beruhigt mich ja. Haha. Kennst du die Blonde denn gut, die hier allein rumschlendert? So vierzig circa, Tattoo auf dem Oberarm. Und –«

»Ach, du meinst bestimmt Beatrix? Klar kenn ich die, wir haben schon zusammen Karten gespielt, aber dann hat die angefangen, einen Zaun um ihr Grundstück runterzudrücken, nur um einen Privatweg zum See zu haben, also, hier kann doch nicht jeder machen, was er …«

Und Frieda bedauerte die nächste Viertelstunde, dass sie danach gefragt hatte. Zwar wusste sie nun, dass Beatrix einen Mann hatte, der aber nur jedes dritte oder vierte Mal dabei war, er war Handelsreisender, und viel Besuch bekam sie nicht. War aber öfters unterwegs, also weg, dick mit Parfüm eingenebelt. Uta bezeichnete es als Fliegentöter-Parfüm, was zweifelsohne Aufschluss über ihre Beziehung zu Beatrix gab.

»Aha, und die anderen? Freundet man sich schnell an, sind da auch Pärchen dabei oder doch eher Allein… ähm, Alleinreisende?«

»Du meinst, ob es noch mehr solcher Schlampen gibt?«

»Äh, nee, eigentlich –«

»Eigentlich nicht. Lisa und Egon überlegen sich ziemlich gut, wen sie für eine lange Zeit, über Jahre, hier beherbergen wollen. Das kannst du mir glauben! Und ein faules Ei, das hast du immer drunter. Wobei Beatrix einen auf kinderfreundlich macht und hier ein paar der Veranstaltungen schmeißt. Ich glaub, dass sie dann einfach die Männer abchecken will. Als ich damals mit der Nina, da war die noch kleiner und hat –«

»Uta, entschuldige, aber ich muss noch, weißt du –«

»Alles klar, wir sehen uns, und nimm das nächste Mal dein

Handy in die Hängematte mit, nicht dass du da noch übernachten musst.« Und weg war Uta.

Frieda klappte das Notizbuch auf und schrieb:

Beatrix, blonde, parfümgetränkte »Schlampe«, sehr verdächtig

Uta (aargh) würde ihr Opfer eher totlabern

Die Luft war noch erwärmt von den mittäglichen Sonnenstunden und schmeckte nach Sonnencreme und Eis. Lachen wurde vom Strand herbeigeweht und lockte auf eine Runde gute Laune nach draußen. Nach dem Essen sollst du ruhen oder tausend Schritte tun, dachte Frieda und entschied sich für Letzteres. Vor allem, nachdem sie eine Riesenportion Nudeln mit Tomaten-Zucchini-Soße gegessen hatte. Doch sie kam nur bis zum Kiosk. Dort saß eine Traube großer und kleiner Menschen und designte Shirts mit Farbsprays und Stiften. Und mitten unter ihnen: Beatrix.

Beatrix trug einen Stapel frischer weißer Shirts über dem Arm. »Wo ist denn Ihr Kind?«

Frieda tätschelte ihren Bauch und sagte: »Noch eingepackt, ich nehme XL, wenn Sie das haben«, und sprayte kurz darauf eine Wasserlandschaft mit untergehender Sonne und Kranichen auf die Rückseite, was für Kunstbanausen aussah wie blaue und gelbe Flecken mit schwarzen Tupfern.

Sie suchte zuerst Augenkontakt, gegenseitiges Lächeln und dann das Gespräch mit der blonden Beatrix. »Sie campen hier öfters?«

»Ja, seit vielen Jahren, wenn man mal etwas Nettes gefunden hat, dann braucht man nicht ständig etwas Neues. Sie sind zum ersten Mal hier?«

»Ja. Es gefällt uns auch ziemlich gut hier. Tolle Sache, so ein Familiencampingplatz. Endlich mal campen und nachts trotzdem schlafen. Nette Ecke hier, auch das Dorf. Kommt man denn leicht mit den Einheimischen in Kontakt?«, fragte Frieda in beiläufigem Ton.

»Mit den Einheimischen? Sie stellen ja lustige Fragen. Nein, eigentlich nicht. Höchstens wenn man sich etwas zu essen bestellt. Oder, Lars, was meinst du?«, fragte Blondi einen etwa vierzigjährigen Mann, der ein kleines Mädchen auf dem Schoß hatte, das munter sein Shirt vollkleckerte.

Lars schüttelte den Kopf. »Nee, aber ganz ehrlich, dazu hat ja auch keiner Lust, weder die Einwohner auf uns noch wir auf sie. Camper sollten unter ihresgleichen bleiben, oder?«

Frieda knabberte am Fingernagel. »Dafür war vor einigen Tagen aber eine Menge los hier.«

»Vor einigen Tagen? Meinst du das Dorffest? Da war ich nicht«, sagte Lars, der dem Mädchen einen Knutscher auf den Kopf drückte, es auf die Beine stellte, in Richtung Spielplatz drehte und anschubste. Vorsichtig. So, dass es selbst weiterlief. Der Anblick des kinderlosen Lars ließ sich sehen. Muskeln zeichneten sich auf dem Shirt ab, und eine interessante Tätowierung rankte aus dem Ärmel hervor und fachte die Neugierde an, wie es wohl darunter weitergehen würde. Beatrix zwinkerte ihm zu, und Friedas Nacken prickelte. Aha, dachte sie.

Egon, der Campingplatzchef, trat aus dem Kiosk, ließ ein paar trockene Sprüche über die Shirts los, betitelte Friedas Kunstwerk als begnadete Vorlage für eine Kindergartenmappe und tätschelte Beatrix den Rücken. Eher so Richtung Hüfte, es sah auf jeden Fall sehr vertraut aus. Und Frieda dachte: Oha. Das ist ja besser als das tapfere Schneiderlein mit sieben auf einen Streich.

Ein Paar mit zwei Kindern kam durch die Schranke zur Bastelrunde. Sie schienen zwei der Anwesenden zu kennen und redeten darüber, wie sich das Wetter in den nächsten Tagen entwickeln sollte. Frieda wurde hellhörig, als die Frau meinte: »Der Polizist, der in der Räucherkate saß, hat auf seine Dienstuniform geklopft und gemeint, dass er das Wetter leider nicht amtlich belangen kann, wenn es sich nicht an die Jahreszeiten hält.«

Eine andere Frau, die mit einem lilafarbenen Stift das Wort »Hexenwäldchen« auf ein Shirt malte, sagte: »Mhm, wusstest du, dass dem seine Frau dort arbeitet?«

»Ist das eine ganz adrette mit dunklen Haaren? Die hat ihm ein Bier hingestellt und gesagt: ›Die Regeln hier bestimme aber immer noch ich.‹ Das war sie dann wohl. Wusste ich ja gar nicht, dass die Frau von …«

Frieda stieg aus der Unterhaltung aus. War ihr doch siedend heiß eingefallen, dass sie mit dem Pfifferling noch reden musste wegen des Wohnwagens. War es von Vorteil, wenn seine Frau dabei war? Oder war das eher kontraproduktiv? Bevor Frieda sich darüber klar werden konnte, hatten ihre Finger bereits den Geldbeutel aus der Tasche gezogen, Beatrix zehn Euro Arbeitsmaterialgeld in die Hand gedrückt und marschierten ihre Füße gen Restaurant.

Als Frieda die Räucherkate betrat, war nicht viel los. Zum Abendessen war es wohl noch zu früh. Der Polizist Pfifferling saß Bier trinkend an einem Tisch im Freien und las Zeitung. Seine Frau trat gerade mit einem Tablett voller Pilsgläser heraus und kam ins Straucheln, als sie Frieda sah. Das Tablett geriet in Schräglage, die Gläser neigten sich zur Seite, und erst im letzten Moment konnte sie wieder die Waagerechte herstellen.

Frieda ignorierte sie und trat gleich an den Tisch zum Pfifferling. »Ah, gut, Sie zu treffen, ich wollte kurz mit Ihnen über den Wohnwagen vom Campingplatz reden. Wie ich hörte, haben sich da zwei Termine überschnitten, und Sie brauchen diese Unterkunft?«

Der Polizist biss in ein Brötchen mit Ei und Salat und nickte. Schaute sie kauend an und schien darauf zu warten, wie Frieda nun reagieren würde.

Frau Pfifferling trat dazu. »Einen schönen guten Tag, was darf ich Ihnen bringen?«

»Gerne eine große Apfelsaftschorle«, sagte Frieda. »Und was schlagen Sie vor? Wie dringend brauchen Sie denn den Wohnwagen? Ich würde gerne noch bis Mitte der Woche bleiben.«

Frau Pfifferling rümpfte die Nase. »Wohnwagen? Gerd, für wen brauchst du denn bitte den Wohnwagen?«

»Nu«, sprach dieser und tupfte sich mit einer Serviette den

Mund ab. »Nu, für den einen Kollegen, der für drei Wochen zu uns kommt.«

»Aber ihr habt doch Dienstwohnungen.«

»Ist aber keine frei. Kannst du dich da bitte –«

»Du willst doch wohl nicht einen Kollegen auf dem Campingplatz unterbringen? Was ist denn mit den Ferienwohnungen hier im Dorf? Ich frag nachher gleich mal. Ich bitt dich – du würdest die Wand hochgehen, wenn dich da einer unterbringen würde. Kein Problem, ich frag die Isa, die kümmert sich darum.« Sie drehte sich zu Frieda. »Dann können Sie dort wohnen bleiben. Ihr Getränk kommt sofort.« Und weg war sie.

Und Herr Pfifferling sah etwas gerötet aus, was allerdings auch daran liegen konnte, dass er sich gerade an einem Schluck Bier verschluckt hatte.

Frieda murmelte was von schönem Wetter, trank an dem Tresen schnell die Schorle aus und verzog sich. Es schien eine neue Eiszeit Einzug gehalten zu haben, zumindest in der Zeitungsleseecke.

***

Frieda saß vor einem weißen Blatt und ärgerte sich. Das weiße Blatt war bereits vor dreißig Minuten weiß gewesen, und es hatte auch nicht den Anschein, als ob sich daran etwas ändern würde. Auf jeden Fall nicht am heutigen Tag. Ihr Kopf schien in Streik getreten zu sein, und sie fing an, Panik zu schieben.

Das Gehirn erinnerte sich zwar in alter Manier und baute lustige Assoziationsketten auf, aber es gelang ihr ums Verrecken nicht, eine gescheite Geschichte zum Thema »Starke Frauen« zu schreiben. Sie wollte weder im Bodybuilding-Sport recherchieren noch das alte Klischee »Hinter jedem starken Mann steht eine starke Frau« wiederbeleben. Aber ihr fiel nichts Brauchbares ein. Auch zur Campingplatzchefin fiel ihr nix ein. Entnervt knüllte sie das Blatt zusammen und schmiss es gegen die Wand. Sie öffnete eine Flasche alkoholfreies Radler und langweilte sich. Sie langweilte sich sogar so sehr, dass sie

Manuela vermisste und nach einer Weile sogar Georg und die Kinder.

Was, wenn sie sich das wirklich alles nur eingebildet hatte? Wenn dem Tod keine mörderische Tat, sondern lediglich eine Verkettung merkwürdiger Umstände vorausgegangen war, die dazu geführt hatte, dass Anton in ihrer Hängematte gelandet war?

Der Bauchzwerg trat zu und erinnerte Frieda daran, dass Bauchgefühle dazu da waren, um auf sie zu hören. Intuitiv. Stellten sie doch die Sammlung aller Erfahrungen dar, auf die das Gehirn in Nanosekunden zugreifen konnte, ohne erst das Blumenkohlgebrösel starten zu müssen. Sah das Gehirn nicht aus wie ein Blumenkohl? Doch! Ob wohl Blumenkohl Gehirnnahrung war? So wie manche Kräuter den Organen und Körperteilen ähnelten, auf die sie heilsam wirkten? Frieda seufzte. An manchen Tagen konnte sie ihre eigene Gesellschaft nicht leiden.

Manchmal wohnt man Tür an Tür und sieht sich ein halbes Jahr nicht, und manchmal rennt man sich jede Stunde über den Weg. Gefühlt zumindest.

Frieda trat in den Kiosk, um Käse zu kaufen, da sie letzte Nacht tatsächlich zwei Packungen auf einmal gemampft hatte, als sie Beatrix sah und vor allem hörte. Diese lachte laut auf und wand sich aus Egons Umarmung. Als sie an Frieda vorbeilief, sagte sie: »Am Mittag kannst du dir dein Shirt abholen. Dann ist es fertig behandelt, ja? Ein schönes Frühstück noch.«

Frieda bedankte sich und nutzte die Chance. Sie ließ Käse Käse sein, schnappte sich draußen ihre Brötchentüte und nahm die Verfolgung auf. Ein schlanker, unschwangerer Detektiv in Tarnklamotten hätte es nicht besser machen können.

Beatrix lief geradeaus an den Kanus vorbei und steuerte die Dauercamperecke an, die Frieda bis jetzt noch nicht betreten hatte. Terra incognita, quasi. Das Gras überragte die Reifen. Moos saß auf den Dächern wie unförmige norwegische Trolle, die auf der Lauer lagen und die Rolle von Wachhunden übernommen hatten. Frieda schossen sofort die steinernen Ghuls aus »Harry Potter« in den Kopf, die sehr lebendig auf Eindringlinge herabstürzten, und sie seufzte über ihre Phantasie. Schon als Kind war sie oft auf Unverständnis gestoßen, wenn sie nicht nur vom Hölzchen aufs Stöckchen, sondern einmal um die Milchstraße und zurück gesponnen hatte. Wenn alle anderen Kinder mit Banane gerade mal gelb oder Affe verknüpften, sah sie einen gelben Bumerang um die Sterne fliegen, mit einer Untertasse kollidieren und winzige Marsmenschen schimpfend die Fäuste schwingen. Und das war nur eins von etlichen Bildern, die durch ihren Kopf schossen. Ihre Oma hatte immer zu ihr gesagt: »Rikchen, selbst wenn die Welt mausgrau werden würde, du hast deine Phantasie und kannst damit neue bunte Blumen pflanzen. Es ist ein wertvoller Schatz, hüte ihn gut.«

Und das hatte sie getan. Allerdings nicht bewusst, die Phantasie war einfach immer geblieben.

»Suchen Sie wen?«, fragte eine ältere Frau mit einem Kopf voller Lockenwickler, die an einer Leine einen Mops spazieren führte.

»Äh …«, begann Frieda und sprang zum Erschrecken des Mopses hinter einen Paravent mit Hawaii-Motiv in Deckung. Es war eigentlich mehr ein langsames Zur-Seite-Kippen denn Springen, und das Hawaii-Motiv war von der Sonne schon so ausgebleicht, dass es eher wie die Ostsee ausschaute, aber Beatrix war direkt am Wagen vor ihr stehen geblieben, und das hieß schnell handeln.

»Frräulein, was machen Sie denn da?«, schwätzte die Mopshalterin und missdeutete Friedas Winken. »Geht es Ihnen nicht gut, soll ich … HILFE!« Das letzte Wort schrie sie regelrecht und lenkte damit die Aufmerksamkeit der anderen Mitcamper auf sich. Der Mops missdeutete die Situation ebenfalls und pinkelte direkt an den Paravent, was die Frau erst recht ein Gezeter anstimmen ließ.

»Nein, danke, leise«, zischte Frieda und bückte sich tief. Na ja, so weit es eben ging, dabei kam sie gehörig in Schräglage. Unauffälligkeit ist das erste Gebot eines jeden Detektivs, das stand schon in der Bibel. Beatrix schaute in ihre Richtung.

Frieda hielt die Luft an, verlor den Halt und plumpste auf den Allerwertesten.

»Alles okay?«, rief Beatrix. »Lars, komm mal schnell und bring ein Glas Wasser mit.«

Lars erschien in der Campertür und kam mit dem Wasser federnd herangeschritten.

Hatte Frieda da ein Stelldichein gestört? Mitten am helllichten Tag? Nee, oder?

Aber ist nicht oft das Auffällige, was am unauffälligsten erscheint?, schoss es ihr durch den Kopf. Sie zog sich zum Missfallen der älteren Dame am Paravent hoch, achtete dabei darauf, nicht in die Nähe des Hundepipis zu kommen, und sagte: »Nein, danke, das ist nett, aber alles gut, bin wohl …

falsch abgebogen.« Dabei zeigte sie auf die Brötchentüte. Zack, war sie wieder zurück auf dem Weg bei den Kanus und blickte sich um. Kein Mops und keine Beatrix hinter ihr. Uff, ob die ihr wohl geglaubt hatten? Wusste Beatrix von Manuela, und hatte Anton womöglich tatsächlich zwei Geliebte auf einem Campingplatz gehabt? Was für ein Stress, dachte Frieda.

»Frieda, hast du was vergessen, oder brauchst du noch was?« Egon stand vor ihr. Völlig in Gedanken versunken, war Frieda den Weg zurück zum Kiosk gelaufen. Bevor sie auch nur nachdenken konnte, hörte sie sich selbst schon eine heiße Schokolade bestellen.

Kurz darauf erschien Lisa mit zwei dampfenden Tassen am Tisch. Eine bekam Frieda, und aus der zweiten, die nach Kaffee duftete, trank die Campingplatzchefin selbst. »Na, alles gut? Langweilst du dich ohne Kinder?«

Frieda schüttelte den Kopf und tunkte einen Löffel in die braune Brühe. War Lisa auch ein Betrugsopfer, oder wusste sie von Egon und …

»Heute bieten die Ranger am Abend eine Vogelbeobachtungstour rund um den See an. Wenn du Interesse … Hallo, Irmgott, hallo, Edeltraut«, begrüßte sie weitere Campinggäste.

Frieda schaute sich Lisas Profil an. Hübsch sah sie aus, echt süß, warum sollte Egon …

Beatrix kam auf sie zu, mit geschminkten Augen und Lippenstift, und winkte Egon zu, der gerade aus dem Kiosk trat.

Ui, gleich gibt's Ärger, dachte Frieda und schielte zu Lisa, die mit Irmgott übers Angeln palaverte. Seelenruhig ging Beatrix mit wackelndem Hintern zu Egon, hakte sich bei ihm ein und zog ihn in Richtung Ausgang.

Lisa blickte auf, und Frieda rieb sich gedanklich bereits die Hände, als Lisa den Mund öffnete und den beiden hinterherrief: »Ihr habt doch noch gar keine Zeit für Frühstück gehabt, oder? Soll ich euch nicht …?«

Egon drehte sich um. »Nein, Spatz, danke. Bis heute Abend.« Und Beatrix winkte fröhlich.

Friedas Augen wurden kugelrund, aha, so eine Art offene

Beziehung, wie konnte ich mich so verschätzen, ich mit meiner tollen Menschenkenntnis.

Lisa lächelte Frieda an. »Praktisch, so was.«

»Ja? Ist es das?«

»Na klar. Wer hat schon eine Schwester, die bei Veranstaltungen in der Räucherkate im Service mithilft!«

»Schwester? Beatrix ist Egons Schwester?«

»Für seine Mutter wäre sie zu jung, oder?« Lisa kicherte und nahm einen Schluck Kaffee.

»Und Lars?«

»Lars? Was soll mit ihm sein?«

»Ähm ... Das ist ...«

»Das ist ihr Mann. Frieda, so langsam mach ich mir echt Sorgen. Warte mal, ich hol dir ein paar Vitamine! Folsäure nimmst du schon, oder? Ich hab da doch noch ...« Lisa verschwand im Nebenraum und kam freudestrahlend mit einer länglichen Plastikdose zurück. »Vitamin C« prangte darauf, wobei das C eine knallgelbe Zitrone umschloss. »B-Vitamine sind ja bei der Folsäure dabei, aber Vitamin C wird oft unterschätzt – hat mir auch geholfen! So, ich muss noch Bürokram erledigen. Und heute Abend kannste gerne mitkommen, ich schreib deinen Namen schon mal auf die Liste, ja? Tschüss, Frieda, leg dich doch noch mal hin, hast ja gerade keine Kinder um die Ohren. Hihi.«

Frieda lief zurück zum Wohnwagen und bestrich sich die Brötchen dick mit einer selbst gemachten Schokopaste. Ganz ohne Zucker. Heute Morgen in den Waschräumen hatte sie den Fehler gemacht, sich im Spiegel zu betrachten. Nicht so im Vorbeigehen oder beim Zähneputzen, sondern eher mit dem kritischen Ich-seh-auch-die-Mitesser-Blick. Seitdem stand Joggen auf ihrer To-do-Liste. Nicht wegen Mitessern, sondern wegen der Pausbacken. Die Laufschuhe hatte sie eh dabei, weil sie so bequem zum Reinschlüpfen waren. Aber vorher eine kleine Stärkung, das musste rein sportlich quasi sein.

Eine halbe Stunde später war Frieda im Wald. Unter den anerkennenden Blicken der Mitcamper war sie in Shorts und

Schlabbershirt am Kiosk vorbei, um die Schranke rum und den Waldweg entlanggelaufen, der einmal um den See führte und am Drehgitter endete. Zwanzig Schritte später krachte Frieda mitten auf dem Weg zusammen. Ihr war schwarz vor Augen geworden, dabei hatte sie die ganze Zeit darauf geachtet, im Sauerstoff-Plus zu sein, auch wegen des Babys. Sauerstoff-Plus für'n Arsch, dachte sie und schnaufte wie ein Walross beim Landgang. Sobald ich wieder kriechen kann, robb ich ins Bett.

Schuldbewusst tastete ihre Hand zum Bauch und legte sich schützend auf die Rundung. Zack, stieß etwas von innen dagegen, und Frieda seufzte. Warum gab sie sich diesen ganzen Blödsinn eigentlich? Georg behauptete, dass sie sich etwas beweisen wollte, war das so? Warum genoss sie nicht einfach die letzten Tage, bevor das Baby bald den Alltag ausfüllen würde? Ächzend erhob sie sich vom Schotterweg, schleppte sich zu einem Baumstamm, der umgekippt am Wegesrand vor sich hin moderte, und stützte sich daran ab. Es gab da etwas an der Leiche, das ihr keine Ruhe ließ. Nur eine Kleinigkeit im Gesamtgefüge der Geschichte, was sie in Alarmbereitschaft versetzt hatte, und sie wusste, dass es richtig war weiterzumachen.

»Frau Rudi«, ertönte eine dumpfe Stimme vom Weg, begleitet von fröhlichem Hundegekläffe. »Ist mit Ihnen alles in Ordnung?« Herr Pfifferling marschierte am See entlang und hatte ein kleines hellbraunes Fellknäuel an der Leine dabei.

»Danke«, hechelte Frieda und war sich vollkommen klar darüber, dass sie eine knallrote Birne haben musste. »Ich pausiere nur. Netten Hund haben Sie da.« Und sie dachte: Hätte ich ihm gar nicht zugetraut.

Der Polizist antwortete: »Danke. Das ist Remus, hab ich meiner Frau geschenkt, er ist zwei Monate alt.«

Frieda wackelte neben den beiden den Weg entlang in Richtung Schranke und hörte sich eine Litanei über des Menschen treuesten Freund an.

Pfifferling nahm das kleine, zappelige Ding auf den Arm und schaute Friedas Kugel an. »Wie lange dauert das denn?«

»Ein bisschen schon noch.«

»Sie reisen in den nächsten Tagen ab?«

»Jep, aber warum interessiert Sie das so?«

»Ich bin nur um Ihr Wohlergehen besorgt ...« Er nickte zum Gruß und lief weiter. »Und um das der anderen.«

Frieda sank am Kiosk auf eine Holzbank und trank in einem Zug eine kalte Apfelsaftschorle aus. Ungeachtet der Fliegen, die schon tief über ihr kreisten und sie darauf hinwiesen, dass es wohl Zeit für eine Dusche sei, zückte sie ihr Handy.

Biiing *biiingte* es in diesem Moment: *Heisan Frieda – gratuliere zum siebten Schwangerschaftsmonat plus siebzehn Tage. Unter dem Bauchnabel kann sich eine dunkle Linie bis zum Schambereich ziehen. Es ist die Linea nigra, bloß eine Pigmentstörung, die nach der Geburt von ganz allein verschwindet. Anders als die überzähligen Kilos oder Besenreiser. Haha. Glücklich heißt auf Norwegisch: lykkelig. Ha det bra!*

Frieda schrieb Manuela eine SMS: *Hi, wie geht es dir? Mir ist langweilig, und es geht null vorwärts. Komm bald wieder.*

Dann schrieb sie an Georg: *Hi, Schatz, wie geht es dir? Mir geht es gut, so langsam wird das Camperbett etwas unbequem, fehl ich dir?*

Kaum hatte sie die Nachricht abgeschickt, fühlte sie sich wie in der fünften Klasse. Wie geht es dir – mir geht es gut, boah – so schlecht hatte sie schon lange nicht mehr getextet. So langsam wurde es Zeit, dass das Baby auf die Welt kam. Es drückte ja schon aufs Hirn.

Mit einem Eis in der Hand trottete sie zurück und studierte die Post-it-Wand. Um den Täter zu bestimmen, könnte sie auch gleich einen Würfel werfen. Was für ein ausgemachter Mist.

Die Witwe. Alles andere wäre unwahrscheinlich. Die Witwe war die Täterin.

Oder?

***

Selbstverständlich überzeugte sich Frieda höchstpersönlich davon, dass die blonde Beatrix und Egon in der Räucherkate am Arbeiten waren. Nachdem sie geduscht hatte. Ein Geburtstagsfest stand an, für das das komplette Team strammstand und lustige Dekorationselemente bunt verteilte. Luftballons, Luftschlangen und Knallbonbons zierten den Raum und erinnerten Frieda an Fasching. Mit einer Alibi-Apfelsaftschorle stand sie mit Helene am Tresen und zapfte Insiderwissen ab. Eine Frau Wolff, die im Heimatverein aktiv mitwirkte, sollte angefangen haben, für Willi Wahlwerbung zu machen, der meinte das mit dem Bürgermeisteramt wohl ernst, und Frau Schreiner hatte als Aushilfe in der Rangerzentrale angefangen, kümmerte sich um die Prospekte und die Schautafeln oder ums Unkraut auszupfen oder strich die Räume neu, so ganz klar waren die Aussagen über ihre Tätigkeiten dort nicht. Helene polierte Sektgläser und stellte diese auf ein großes Holztablett. Dann schaute sie sich kurz um, beugte den Kopf zu Frieda und flüsterte: »Gibt es schon was Neues?«

»Ähm … Wozu? Dem Baby geht es –«

»Nein, ich mein das Testament.«

»Ähm … nein.« Und als Frieda das enttäuschte Gesicht von Helene sah, fügte sie ein »Sorry« hinzu. Diese Neugier ging ihr ziemlich auf den Keks, aber so waren sie halt, die Dorfklatschnasen.

Frieda verabschiedete sich und nutzte die neue Information, um Recherche mit sportlicher Aktivität zu kombinieren. Sie lief an der Straße entlang und genoss die Sonne im Gesicht. Das konnte sie auch eine ganze Weile lang genießen. Da dieser Ort Blankenförde-Kakeldütt aus zwei Dörfern zusammengewachsen war, zogen sich die Häuser mehrere Kilometer die Straße entlang. Und das Wohnhaus der Schreiner kannte sie ja bereits, es lag am anderen Ende der Ortschaft, zufälligerweise vis-à-vis vom Gemeindehaus mit der Rangerzentrale, das schräg hinter der Kirche lag.

Frieda schwitzte. Dabei glich ihr Laufen eher einem gemütlichen Schlendern, aber der Schweiß floss in Strömen. Der integrierte Geruch erinnerte an verweste Kleintiere und zog Bremsen an wie Licht die Motten. Schon scheiße, wenn man sich vor sich selbst ekelte, das gab's zu den anderen Schwangerschafts-Unannehmlichkeiten noch gratis obendrauf. Und nach der Geburt würde das mit dem Schwitzen noch heftiger werden, das kannte sie ja bereits. Auch wenn Frieda das bis just zu diesem Zeitpunkt erfolgreich verdrängt hatte.

Diese Momente mit »Stimmt ja, das war ja so« häuften sich und bewiesen, wie erfolgreich die Evolution die Verdrängung gerade zur Fortpflanzung einsetzte. Sie schleppte sich die letzten Meter bis zur Rangerzentrale und sah bei einem über zwei Meter hohen Holzgestell Frau Schreiner stehen, die pfeifend, mit Lappen und Glasspray bewaffnet, die Scheiben der Info-Glaskästen putzte. Auf dem Boden lagen einige Landkarten, Prospekte und gepresste Blumen, die darauf warteten, wieder zurück an ihren Platz zu kommen.

Frieda sagte »Hallo« und stellte sich neben sie. Vor lauter Hitze und Schwitzen hatte sie ganz vergessen, sich einen Plan zu überlegen. Sollte sie einen auf interessierte Touristin machen? Hatte Frau Schreiner sie schon mal irgendwo getroffen? Bei der Beerdigung wird sie ihr doch nicht aufgefallen sein, und beim Ausräumen von Antons Sachen hatte sie sich ja versteckt.

»Hallo«, erwiderte Frau Schreiner und musterte Frieda neugierig. »Kann ich Ihnen helfen?«

»Jaaa«, sagte Frieda und dehnte das »a«, um Zeit zum Überlegen zu gewinnen. Was, wenn Jens oder Tom hier auftauchen würden, was, wenn …

»Ich hab Sie doch schon einmal gesehen«, bemerkte Frau Schreiner und zielte dabei mit dem Glasreinigerspray in ihre Richtung.

»Jaaa?«, sagte Frieda erneut und entschloss sich, einfach die verbliebenen Touri-Aushänge im Glaskasten zu lesen und auf taub zu machen.

»Mhm … Auf dem Dorffest? Waren Sie nicht …«

Frieda hielt die Luft an und starrte geradeaus auf eine Ansammlung schwarzer Buchstaben auf weißem Hintergrund.

»… Sie haben doch … Klarinette? Sie haben doch Klarinette gespielt im Trachtenverein der Blasmusikkapelle.«

Frieda stieß mit einem Lachen die Luft wieder aus und schüttelte den Kopf.

Im Türrahmen der Zentrale tauchte Jens auf, was Frieda weiteres Überlegen abnahm. »Kreisverwaltung«, erklärte sie knapp. Dann zeigte sie auf ihren Bauch und sagte: »Aber jetzt bin ich im Mutterschutz.« Eigentlich hasste sie Lügen, aber im Hinblick auf die verdeckten Ermittlungen, wie sie es selbst liebevoll nannte, war es leider unerlässlich. Allerdings zeigte sich nun, dass sie aufgrund der Unerfahrenheit im Lügen und der hormonell bedingten Vergesslichkeit das Koordinieren erst noch üben musste. Vielleicht sollte sie anfangen, auf Post-its festzuhalten, wem sie was erzählt hatte.

Jens trat hinzu. »Na, Frau baldige Mutter, sind noch ein paar Fragen offen?«

»Nein, danke, aber ich mag diese Ecke und wollte eine Runde wandern … also spazieren gehen.«

»Mit der Wampe?«, sagte Jens und schaute erstaunt auf die Kugel und Friedas Schweißflecken.

Frau Schreiner warf Jens einen Putzlappen an den Kopf. »Na, ein bisschen mehr Respekt vor werdenden Müttern. Wenn Männer die Kinder zur Welt bringen müssten, dann …«

Jens grinste. »Gott hat den Frauen die Geburt geschenkt, damit sie wissen, wie sich ein Männerschnupfen anfühlt. Also, wir haben genug zu leiden …«

Frau Schreiner lachte laut auf, und Frieda bemerkte erst jetzt, dass diese ganz in Schwarz gekleidet war. Sie trug ein knielanges schwarzes Kleid und halbhohe schwarze Schuhe. Bei der Hitze eine undankbare Sache.

Jens zeigte in Richtung Straße. »Da entlang, dann rechts und zwischen den Häusern ein Stück entlang, dann teilt sich die Straße und –«

»Aber bei der Hitze«, unterbrach ihn Frau Schreiner, »da wollen Sie doch nicht allein hier spazieren gehen, nicht dass Ihnen unterwegs schlecht wird oder –«

»Sie Hunger bekommen«, mischte sich Jens ein. »Ein Walfisch geht auch nicht ohne Heringe an Land.«

Aber Frieda war gerade gar nicht nach Spaßen zumute, beim Wort »allein« war ein Kloß in ihren Hals gerutscht, der seinen Platz nicht mehr verlassen wollte. Im Gegenteil, er rutschte auf den Schalter, der die Tränenkanäle öffnete, und schon begann Frieda zu heulen.

Jens erstarrte. »Was ist denn … Hab ich was falsch –«

Frau Schreiner schob ihn beiseite und hakte Frieda unter. »Ich wollte gerade einen Tee machen, haben Sie nicht auch Lust? Ach, was frag ich, kommen Sie doch einfach mit.«

Frieda nickte und wischte sich hastig die Tränen fort. Ihr Magen schien verklumpt zu sein und die Kehle trocken wie die Wüste Gobi. Dabei wusste sie selbst nicht, was gerade los war. Der Bauchzwerg schien die Schaltzentrale zu bedienen und wahllos auf Knöpfe zu drücken. Gut, dass er noch nicht in der Verdauungszentrale gelandet war.

Frieda ließ sich von Frau Schreiner über die Straße in ihr Haus ziehen. Dort ging sie erst einmal auf die Toilette. Als sie danach in der Küche auftauchte, musterte sie die Witwe neugierig.

»Sind Sie im Nebenberuf Architektin?«

»Nein, warum?«

»Weil Sie gleich die Toilette gefunden haben.«

»Ach … ähm, unser Haus ist ähnlich geschnitten, das war wohl Intuition«, sagte Frieda und merkte, wie eine bekannte Röte ins Gesicht schlich. »Echt heiß heute«, fügte sie hinzu und fächerte sich Luft zu. Boah shit!

Frau Schreiner stellte sich als Alissa vor, winkte mit der Hand in Richtung Wohnzimmer, und Frieda setzte sich auf die gemütliche Ledercouch. Cremeweiß und so breit, dass man sie auch als Einzelbett hätte nutzen können. Sie sah sich im Raum um: Gegenüber stand der Riesenfernseher auf einer Konsole, daneben war ein Fenster, durch das man in den Garten schaute. Ein Kamin sorgte für gemütliches Flair, und zwei Regale waren gefüllt mit Kitschfiguren, hauptsächlich kleine Hummelfiguren in Gestalt von Mädchen, die an Blumen rochen oder eine Tulpe als Hut trugen. Daneben standen Bücher, von Krimis über

Gedichtausgaben bis zu Fotobänden, außerdem Teegeschirr, geblümt und gepunktet. Bernd hatte alles sorgfältig durchgeschaut, auch die Schubladen der kleinen Kommode in der Ecke, auf der eine Vase getrockneten Blumen Halt schenkte, und die Bücher hatte er rausgeholt und ausgeschüttelt.

Alissa kam mit einer kräuterig duftenden Teekanne herein und hielt in der anderen Hand eine Drückflasche Honig. »Mögen Sie lieber Zucker?«, fragte sie und holte zwei Teetassen aus dem einen Regal.

Frieda schüttelte den Kopf, sie kam sich vor wie eine Diebin, die gerade an den Ort ihres letzten Einbruchs zurückgekehrt war.

»So, Frieda, jetzt erzählen Sie mal, was ist denn los?«

Frieda schluckte. »Ach, nicht viel, Sie wissen ja.« Und sie tätschelte die Kugel.

»Hormone?« Alissa lachte. »Ja, daran erinnere ich mich gut. Wir haben eine Tochter. Die wohnt allerdings in Rostock. Fühlt sich an, als wären mittlerweile Jahrhunderte vergangen. Wo ist denn Ihr Mann? Hatte der keine Lust auf einen Spaziergang?«

Frieda merkte, wie ihr erneut Tränen in die Augen stiegen, und sie fluchte innerlich. »Der ist nicht da, ich … ich bin allein.«

»Oh.«

»Ja, wie soll ich sagen, das ist …« Tränen liefen Friedas Nase entlang, und mit einem herausgepressten »Entschuldigung« flüchtete sie aufs Klo. Boah, was war das denn?

Als sie ins Wohnzimmer zurückkam, tätschelte Alissa ihr die Hand. »Das tut mir leid. Aber eins kann ich Ihnen sagen: Wir Frauen sind das eigentliche starke Geschlecht. Im Aushalten und Durchhalten. Meine Oma hat den Krieg miterlebt und als Trümmerfrau für den Neuaufbau in Berlin gesorgt. Da hatten sie auch keine Männer. Ich bin auch allein.« Alissa trank einen großen Schluck Tee. »Das tut gut. Wenn es heiß ist, soll man was Warmes trinken!«

Frieda verrührte den zähflüssigen Honig in ihrer Tasse. »Allein? War das drüben nicht … nicht Ihr Mann?«

»Jens?« Alissa lachte, was melodiös klang, auch wenn sich ein bitterer Unterton einschlich. »Nein, er ist ein alter Klassenkamerad, eher so etwas wie ein Bruder.« Sie beugte sich vor und legte mit einem »Darf ich?« die Hand auf Friedas Bauch.

Frieda unterdrückte den Impuls, zurückzuweichen. Sie hasste es, wenn fremde Leute diese Grenze überschritten.

Alissa fuhr fort: »Manchmal, da muss man seine Erinnerungen in Flammen aufgehen lassen, um wie Phönix aus der Asche wieder neu geboren werden zu können. Also man selbst. Seine Gefühle und Gedanken wieder erden. Verstehen Sie, was ich meine?«

Frieda nickte, auch wenn sie nichts verstanden hatte. Ihr Blick fiel auf den Kamin. In Feuer aufgehen lassen. Hatte Bernd eigentlich im Kamin nachgeschaut?

Frieda merkte, wie sich ihr Körper anspannte und ihre Gedanken rotierten. »Alissa, haben Sie was zum Knabbern hier? Ich will nicht aufdringlich sein, aber ... Wissen Sie, ich muss tagsüber öfter was essen wegen meinem Kreislauf. Apfel wäre toll, aber geschält, wegen den Spritzmitteln ...«, verhaspelte sich Frieda und setzte ein unschuldiges Mädchenlächeln auf.

Alissa stand auf und verschwand mit einem mütterlichen »Natürlich« in der Küche.

Frieda hechtete in Walfischmanier zum Kamin, öffnete die Klappe, während sie innerlich betete, dass diese nicht quietschen möge, und schaute rein. Nichts.

»Ich muss in den Keller, ich komm gleich wieder«, ertönte Alissas Stimme und ließ Frieda zusammenzucken. Eine Tür wurde aufgeschlossen, und Schuhe klapperten auf Stufen abwärts.

Vorsichtig schob Frieda die rechte Hand in den Kaminhals, Ruß rieselte auf ihren Arm. Frieda zögerte, wie sollte sie Alissa das ... Mit einem Ruck steckte sie den Arm bis zum Anschlag rein und ertastete etwas, das sich wie Papier anfühlte. Sie presste ihre Kugel eine Entschuldigung murmelnd ganz an den Kamin ran, sorgte damit für die fehlenden Millimeter und zog zwei schwärzliche Blätter ans Tageslicht. Schwarze

Rußkrümel purzelten auf den weiß-rot gemusterten Teppich. Frieda fluchte.

Eine Tür rumpelte zu, und Alissa rief: »Soll ich gleich zwei Äpfelchen schneiden?«

»Ja, gerne auch drei«, antwortete Frieda mit hoher Stimme.

Mist, Mist, Mist, dachte sie und sah sich die Blätter an. Auf einem stand: »Testament«.

Handschriftlich, dachte Frieda, warum denn handschriftlich? Hatte Anton keinen Computer? Mist! Fokussieren!

Frieda faltete die Blätter zusammen, stopfte sie unter ihr weites Hemd in den Hosenbund, beugte sich ächzend, fegte die Rußpartikel unter den Teppich und eilte an der erstaunten Alissa, die gerade einen Teller voller liebevoll geschälter Apfelstückchen und Kekse balancierte, vorbei aufs Klo. »Die Blase«, raunte sie. »Der Tee.«

Mit viel Seife und Klopapier rubbelte sie die Rußschwärze vom Arm, und als sie die Reste unter Wasser abwusch, war sie seit Langem mal wieder dankbar, in einen Spiegel blicken zu können. Sonst hätte sie wohl die schwarzen Spuren an der linken Wange übersehen. Sie testete, ob das Papier raschelte, wenn sie sich bewegte, und wackelte zurück zum Sofa.

»Danke«, sagte Frieda und griff zu den Apfelvierteln, die sie mit großen Schlucken Tee hinunterwürgte. Alissa blickte sie verwundert an, als sie bereits das vierte Stück in sich reinstopfte, als gäbe es einen Wettbewerb für Schnell-Essen zu gewinnen, und Frieda überlegte krampfhaft, was sie sagen könnte. »Schön haben Sie es hier.«

»Danke, aber Frieda, erzählen Sie mal, was hat Sie heute in unsere Ecke geführt? Glauben Sie an Zufall?«

»An den Klapperstorch glaub ich zumindest nicht mehr, haha. Aber was meinen Sie denn?«

»Wollen wir uns nicht duzen? Ich glaube, dass ich dir helfen kann. Weißt du, ich habe erst vor Kurzem meinen Mann verloren, da musste ich all meine Kräfte mobilisieren, aber es gibt Licht, egal, in welchem Tunnel man steckt.«

»Oh … ähm. Das tut mir sehr leid zu hören, mein Beileid«,

beeilte sich Frieda zu sagen. Ihr Handy *biiingte*. Zweimal. Frieda zog es aus der Hosentasche und schaute darauf. Eusebia hatte geschrieben. Und die vermaledeite Schwangerschafts-App. Frieda verhaspelte sich. »Vielen Dank für Ihre, ähm, deine Gastfreundschaft. Mir geht es schon wieder viel besser, ich muss auch wieder zurück, meine … ähm, meine Tabletten nehmen und so.« Sie zeigte entschuldigend auf das Handy. Um etwaige Raschelgeräusche beim Aufstehen zu übertönen, lachte sie, was allerdings eher wie ein hysterisches Gekicher klang, und marschierte zur Haustür.

»Warte«, sagte Alissa. »Du hast da was an deiner Hose hängen, was Schwarzes, bist du irgendwo …«

Als Frieda sich umdrehte, sah sie, wie Alissas Blick zum Kamin schweifte. Mit dem Handy, das sie immer noch in der Hand hielt, wischte Frieda den Dreck an ihrem Hosenbein ab. »Das wird vom Wald sein, ich war vorhin doch im Wald. Solange es keine zu groß geratene Zecke ist. Haha. Mach's gut. Bestimmt sehen wir uns mal wieder. Vielen Dank.«

***

Es war immer noch heiß. Die Sonne schien alle Rekorde der Vorjahre brechen zu wollen. Frieda eilte die Straße entlang, so schnell es das Wasser in den Beinen zuließ. Was hat es für einen evolutionären Vorteil, zu watscheln wie ein Pinguin?, dachte Frieda und fluchte, als ein vorbeifahrendes Auto sie zusammenzucken ließ. Bis jetzt hatte sie sich nicht getraut, das Testament unter ihrem Shirt hervorzuholen, auch wenn es brannte wie Feuer. Sie war noch Jungfrau, jedenfalls was Diebstahl anging. Nicht einmal als Jugendliche hatte sie sich getraut, den typischen Ladendiebstahl zu begehen. Was du dir nicht leisten kannst, brauchst du auch nicht. Das hatten ihre Eltern immer gesagt, und das betete sie auch den eigenen beiden Kindern vor und hoffte, dass der Gedankenkeimling Früchte tragen würde. Sie schaute auf ihr Handy:

Heisan Frieda – gratuliere zum siebten Schwangerschaftsmo-

nat plus achtzehn Tage. Lust auf eine Babyparty? In Amerika feiern die Schwangeren sogenannte Babyshower, bei denen die Freundinnen Essen und kleine Geschenke mitbringen und sich über Kinder & Co austauschen. So etwas wie eine Tupperwareparty ohne Tupperware. Haha. Schmetterling heißt auf Norwegisch: sommerfugl. Ha det bra!

Eusebia hatte eine kryptische SMS gesendet: *Die Wellness-Oase liegt auf Eis. Eine anonyme Nachricht hat den Bürgermeister wohl davon abgebracht. Wer das wohl gewesen ist? ☺ Uns geht's blendend, vive la Maulbeerbaum. Frisch verheiratete Grüße aus der Sonne. E.*

Das nächste Auto ließ Frieda wieder zusammenzucken. Mist, hoffentlich hatte Alissa nichts gemerkt. Was aber, wenn doch? Sie hätte sich zu gerne seitlich in die Büsche geschlagen und einen Blick aufs Testament geworfen, es reihte sich aber nur Hauseinfahrt an Hauseinfahrt.

Stunden später, so fühlte es sich zumindest für Frieda an, kam sie am Wohnwagen an, transpirierend wie ein Eisbär in Afrika. Fische auf dem Trockenen hatten ihr vollstes Mitleid.

Testament.

Darunter stand ein fein säuberlich geschriebener Text, beginnend mit dem Großbuchstaben I. Frieda wischte vorsichtig über das Blatt, um die Kaminspuren zu entfernen. Ihr ganzer Bauch war schwarz vom Ruß, und sie schickte ein Dankesgebet an das Spaghettimonster, dass sie kein weißes Shirt anhatte.

Sie las:

Ich, Anton Schreiner, bestimme, dass meine Ehefrau Alissa Schreiner sowie meine Tochter Antonia folgenden Nachlass erhalten werden …

Frieda saß im Wohnwagen und exte einen Tetrapak Orangensaft. Mit den Augen scannte sie den Text entlang und saugte stichwortartig die Informationen ein. Es gab ein Ferienhaus an der Nordsee, zwei Autos, ein weiteres Grundstück außerhalb der Ortschaft. Die Tochter erbte das Haus mit dem Grundstück, wobei die Ehefrau ein lebenslanges Wohnrecht plus einen Pflichtteil erhielt. Und dann kam tatsächlich Manuela an die Reihe. Betitelt als Muse und Auslöserin einer Initialzündung, die Antons Leben in eine neue Bahn gelenkt hatte. Ihr wurden aus der Erbmasse zweihundertfünfzigtausend Euro zugesprochen. Das Datum lag acht Monate zurück, und Anton hatte allein unterschrieben, ohne Notar, ohne Zeugen. Unter dem Datum stand ein weiterer Satz. Blöderweise war das Papier an dieser Stelle eingerissen, und der Ruß tat sein Übriges. Mit einem angefeuchteten Lappen wischte Frieda darüber.

»Scheiße!«, schrie sie auf. Buchstaben zerflossen unter ihren Händen und hinterließen eine traurige Pfütze. Mit dem Zipfel ihres Shirts tupfte sie das Testament wieder trocken. Waren da nicht einige Worte zu erkennen?

Sie trat hinaus ins Freie und hielt das Blatt ins helle Tageslicht, kniff die Augen zusammen und las: »Nachtr... ergä... Haupter...«

»Fuck, fuck, fuck!«, wütete Frieda und stampfte mit dem Fuß auf wie Rumpelstilzchen.

»Kann ich dir helfen?«, klang eine Stimme hinter ihr. »Wie siehst du denn aus?«

Bernd stand da, mit großen staunenden Augen und einer Sonnenblume in der Hand. »Geht es dir gut?«

Frieda versteckte das Testament hinter dem Rücken, wischte sich mit der anderen Hand den Schweiß von der Stirn, bemerkte die schwarzen Flecken auf ihr und folgerte daraus, dass sie jetzt wohl auch schwarze Streifen im Gesicht hatte, nickte, winkte zum Tisch und sagte: »Bernd, was ... Also nett, dass du reinschaust. Setz dich doch. Willst du ein Bier? Danke.«

Sie nahm die Sonnenblume, knickste wie ein Schulmädchen, drehte sich um, eilte in den Wohnwagen, legte das Testament zusammen mit der Sonnenblume in den Geschirrschrank, schnappte sich ein Bier aus dem Kühlschrank und beeilte sich, wieder rauszukommen.

»Danke für das Bier, und nein, ich brauch keinen Öffner, ich hab ein Feuerzeug, danke. Was ist denn los? Du wirkst so ... so verschwitzt.«

»Ha, ganz Gentleman, der Herr, aber ja, ich war schon Sport machen heute und bei der Hitze.« Frieda ließ sich auf einen Stuhl sinken und legte die Beine hoch. Sie hatte noch gar nicht gemerkt, wie erschöpft sie war und wie sehr die Beine schmerzten und der Bauch zog und ziepte.

Bernd fragte: »Was ist mit dir? Möchtest du gar nichts trinken? Soll ich dir was holen? Magst du ein Glas Wasser?«

»Ja, gerne.«

Er stand auf und ging rein.

Frieda schrie ihm hinterher: »Kein Glas, ich brauch kein Glas, bring mir doch bitte nur die Flasche.«

»Bitte schön.« Bernd kam raus und stellte die Flasche auf den Tisch. »Bist du dir sicher, dass du hier Urlaub machst?«

»Haha, was verschafft mir denn die Ehre deines Besuchs?«

»Ich trinke jetzt aber nicht das Bier von deinem Mann weg? Hoho. Ich … ich wollte dich sehen und mich entschuldigen, dafür, wie ich mich letzthin verhalten habe. Es passiert gerade so viel in meinem Leben, da … da kann man schon mal was verwechseln. Versteh mich nicht falsch, ich kann dich gut leiden, ziemlich gut sogar.« Frieda hielt die Luft an, und Bernd fuhr fort: »Aber zur Familiengründung brauche ich wohl eine Frau, die etwas jünger ist, so in meinem Alter.«

Frieda schluckte, lächelte aber tapfer. Charme hatte nicht jeder mit der Muttermilch aufgesogen, auch nicht die Fähigkeit, zu reflektieren oder zu merken, wenn man störte oder nur geistigen Dünnschiss aus dem Munde strömen ließ.

»Kannst du mir einen Gefallen tun? Ich brauch einen Kontakt zur Pharmabranche, und ein Kollege meinte, ich soll dich fragen.«

Frieda lächelte. »War das Ottokar? Ottokar König?«

Bernd nickte.

»Der alte Sack, haha, oh, entschuldige, aber Otto wollte mir damit nur eins auswischen, weißt du, ich hatte da eine Reportage auf dem Tisch, bei der es heiß herging und ich in der stinkenden Drecksbrühe der Pillencocktails fischen musste, die die Pharma-Heinis zusammenmixen, diese geldgeilen Drecksäcke, ach, Bernd, entschuldige, aber so viel Scheinheiligkeit à la ›Wir retten die Menschheit‹ war mir bis dato noch nicht untergekommen. Und Otto war damals mein König, will meinen, ich hatte mit ihm zusammen …«

Friedas Handy klingelte. Mit einem entschuldigenden Kopfnicken zu Bernd nahm sie ab. Es war Manuela. Ihre Stimme klang verzerrt und gedämpft, als spreche sie aus einem vergangenen Jahrhundert von einem anderen Planeten zu ihr. »Frieda-ha-ha, hörst du mich-ich?«

»Hallo, Manuela, schön dich zu –«

Manuelas Stimme, vermischt mit einem Knacken, unterbrach sie. »Merde, was ist das für eine KNACKSKNACKZANG …bindung. Frieda? Ich kann nichts hören, aber vielleicht KNACKSKNACKZERACK mich?«

»Manuela? MANUELA? Hörst du mich? Ich brauch dich gerade …«

»Mein Handy ist ka… KNACKSKNACKADUM …netz geht, ich meld… KNACKSKAZANG.« Und weg war die Verbindung.

Frieda zuckte mit den Schultern. Wieder einmal fragte sie sich, warum man ausgerechnet dann keinen Alkohol trinken durfte, wenn man es am dringendsten nötig hätte. Apropos Alkohol, was war eigentlich aus der Bierflasche geworden? Aus dem Müritzer Gold?

Bernd entfernte sich in Richtung Toiletten, und Frieda scrollte die SMS von Jonni nach oben, bis sie die Fotos vom Tatort hatte. Anton tot in Hängematte an Bierflasche. Aber die Flasche war futsch, die Leiche war futsch – und das Testament führte auch nicht auf eine heiße Spur.

»Störe ich?« Wie aus dem Nichts stand Jens plötzlich vor ihr.

»Ähm …« Eine Eiseskälte kroch Frieda den Rücken entlang. Ihr Kopf zuckte zum Wohnwagen, in dem das Testament lag. Hatte Alissa ihn geschickt?

»Die Campingchefin hat dich zur Vogelwanderung angemeldet, da dachte ich: Hoppala, seit wann wohnen die Mitarbeiterinnen der Kreisverwaltung auf dem Campingplatz?«

»Haha, da verdient man halt nicht viel«, sagte Frieda und blickte in Richtung Toiletten.

»Du kommst aus Berlin und hast zwei Kinder und einen Mann.« Jens hatte sich an den Tisch gesetzt und trommelte mit den Fingernägeln auf den Tisch. Friedas Blick blieb an den Nägeln hängen. Sie sahen gepflegt aus, weiß und gefeilt, ganz unerwartet. Hätte er nicht schwarze Trauerränder und eingerissene Nagelbetten haben müssen, so als Chef der Ranger?

Sie zuckte mit den Schultern und wollte aufstehen, aber Jens legte die Hand auf ihre Schulter und drückte sie auf den Stuhl.

»Heißt du überhaupt Frieda, oder stimmt das auch nicht?«

Frieda lächelte. »Ein Bier gefällig?«

»Nein, danke, ich bin im Dienst. Jetzt bist du dran, und lass dir nicht alles aus der Nase ziehen.«

»Ich?«

Bernd kam auf dem Weg zurück, und Frieda lächelte erleichtert in seine Richtung.

Jens reagierte überrascht. »Aha, so läuft der Hase. Kaum ist der Ehegatte nicht da!« Er senkte die Stimme auf Flüsterniveau, sodass nur Frieda ihn verstehen konnte. »Diese Manuela kenn ich nicht persönlich, aber warum soll Alissa ihr Hab und Gut, was sie sich über die Jahre mit diesem Ehebrecher aufgebaut hat, mit seiner Mätresse teilen? Solltest du vorhaben, sie zu erpressen, dann steh ich hier wieder auf der Matte.« Er spuckte auf den Boden neben Friedas Stuhl. »Verbrenn es am besten. Es ist das einzige Exemplar. Der einzige Grund, warum es noch existiert, ist, dass darin steht, dass Antonia die leibliche Tochter ist. Aber das tut jetzt auch nichts mehr zu Sache. Alissa und ihre rührseligen Momente. Sie war total überrascht, als sie es vor ein paar Tagen gefunden hat. Verbrenn es. Sonst tu ich es. Du verstehst, was ich mein?«

Frieda hatte ihre Hand auf die Babykugel gelegt und spürte einen galoppierenden Pulsschlag durch den Körper treiben. Was hatte sie da bloß losgetreten?

»Hallo, Jens«, grüßte Bernd den Ranger, als dieser an ihm vorbeistürmte.

»Was wollte der denn von dir? Hat er gedroht, die toten Tiere aus dem Revier zum Grillen abzuliefern?«

Frieda versuchte den Mund zu einem Grinsen zu verziehen, blieb aber im Ansatz stecken.

»Frieda, was ist los? Hat das was mit deinen Ermittlungen zu tun?«

»Nee«, antwortete sie schwach. »Er hat mich zur Vogelwanderung eingeladen.«

Wenn sie Bernd ins Vertrauen ziehen würde, hätte er die Story bereits verkauft, bevor der Täter überführt wäre. Oder nicht?

»Ja?«, sagte er. »Das ist ja nett, aber ich glaub, du solltest dich mal ein bisschen ausruhen. Schickst du mir bitte noch die Kontaktdaten zu? Ich muss jetzt los, meine Mutter hat heute Geburtstag.« Bernd strich unbeholfen an Friedas Arm entlang, was so ein Zwischending zwischen Händeschütteln und Umarmen darstellte, und ging.

Frieda öffnete den Mund, um Bernd zurückzurufen, schloss ihn aber wieder, bevor ein Laut herausgedrungen war.

So allein hatte sie sich schon lange nicht mehr gefühlt.

***

»Das ist jetzt doch nicht dein Ernst?« Georgs Stimme überschlug sich am Telefon. »Du lässt mich links liegen wie ein altes Auslaufmodell, und jetzt willst du auf einmal, dass ich dir helfe? In den Mülltüten vom Campingplatz nach Altglas wühlen … Liegt das an der Schwangerschaft? Bei den beiden anderen warst du zwar auch etwas seltsam –«

»Wie bitte?«, unterbrach ihn Frieda. »Jetzt reicht's aber! Bleib du bloß in Berlin und gammel auf der Couch rum. Ich brauch deine Hilfe nicht. Deine nicht und auch nicht die von Bernd.«

KLICK. Frieda hatte das Gespräch beendet. Wie war der denn drauf? Sie hatte ihn doch um nicht mehr gebeten, als nach der Müritzer-Gold-Flasche zu schauen!

Sie brauchte gar keine Hilfe, nur einen zündenden Einfall, was sie jetzt machen sollte.

Was für ein Glück, dass Alissa das Testament aufgehoben hatte. Das einzige Exemplar.

Das einzige, von dessen Existenz sie bis vor Kurzem noch gar nichts gewusst hatte. Hatte Helene nicht behauptet, dass die Nachbarn Streitereien über das Testament gehört hatten? Und dass kein weiteres Exemplar beim Notar lag? Helene war weder mit den Schreiners befreundet, noch wird sie wohl ein Stammtisch-Mitsäufer des Verstorbenen gewesen sein. Woher wusste sie das mit dem Notar? Und während Frieda sich ein Brot mit Marmelade und Frischkäse schmierte, schossen ihr ein paar Unterhaltungsfetzen in den Kopf, die einen bitteren Nachgeschmack hinterließen. Und das hatte nichts mit dem Brot zu tun.

Ente gut

Jetzt hätte sie Manuela gebrauchen können oder Georg, aber nie war Verlass auf andere. Nie!

Frieda seufzte, hatte eine Idee und drückte auf einen Namen in der Kontaktliste des Smartphones. »Josefine, hi, ja, ich bin's, Frieda. Weißt du, ich hab ... Was? Ach so, na gut, aber kurz? ... Ich beeil mich auch. Hör zu, wenn du einen Krimi schreibst und ein Toter kommt vor, der zwei Geliebte hat, wer ist dann die Täterin? Die eine ist Schauspielerin, die andere hat einen Polizisten als Mann ... Und die eigene Frau hat auch ein Motiv, sie will nicht, dass der Gatte das Testament beim Notar ändern lässt ... Ja? Na, normal ... Nein? Eine pauschale Antwort würde mir genügen. Nein, es gibt keinen Gärtner, haha. Und ja ... Tschüss. Viel Erfolg bei der Lesung.«

Mist, Mist, Mist, nicht einmal der Trumpf im Ärmel hatte heute Zeit für sie.

Frieda schleppte sich zur Räucherkate, überholte dabei sogar eine Schnecke und setzte sich draußen an einen freien Tisch. Es dauerte nicht lange, da trat Helene an ihren Tisch, um die Bestellung aufzunehmen. »Hallo, Frieda, schön, dich zu sehen. Bist du schon wieder unterwegs? Ich dachte, während der Schwangerschaft sollte man sich eher schonen!«

Frieda schaute sich um. An den anderen Tischen saßen etliche Gäste, Dorfmenschen und Campingmenschen, auf jeden Fall waren es zu viele Ohren, die sich hier versammelt hatten. »Kann ich mal bitte deinen Block und Stift haben?«

Helene schaute verwundert, reichte ihr aber das Gewünschte.

Frieda schrieb rasch etwas auf und schob es über den Tisch auf Helene zu. Diese las, quiekte wie ein kleines Ferkel und ließ sich leichenblass auf einen Stuhl sinken. Mit zittrigen Fingern rupfte sie das Blatt ab und zerriss es in kleinste Fetzen.

Helenes Augen waren so weit aufgerissen, dass man mehr

Weiß als Iris sehen konnte. Leise flüsterte sie: »Woher … woher weißt du …? Wer weiß das noch?«

Frieda musterte Helene. Ihre Grübchen an beiden Seiten des Mundes, die zarten Falten um die dunklen Augen, die fein geschnittene Nase mit den Sommersprossen, die akkurat gezupften Augenbrauen, das dezente Make-up. Frieda schoss ein Gedanke in den Kopf, den sie schon einmal gehabt hatte: Diese Frau war viel zu hübsch für den Pfifferling. Sie wisperte zurück: »Ich weiß es nicht. Ich hab's keinem verraten, aber ich gehe davon aus, dass es seine Frau gewusst hat.«

Flüstern im öffentlichen Raum erregte immer Interesse. So sank schlagartig der Geräuschpegel um sie herum, und Köpfe drehten sich in ihre Richtung, wie Radioantennen, die gerade ausgerichtet wurden.

Helene erhob sich und sagte auf dem Weg ins Lokal in normaler Lautstärke: »Gerne, dann bringe ich Ihnen das. Einen Augenblick, bitte.«

»Danke«, sagte Frieda, als Helene erneut quiekte. Block und Stift fielen auf den Boden, und sie sah aus, als hätte sie gerade eine Geistererscheinung gehabt.

Ihr Mann, der Polizist, stand am Eingang und starrte zu ihnen herüber. Mit zusammengekniffenen Augen und einer steilen Falte zwischen den Augenbrauen. Friedas Nackenhaare stellten sich auf. Helene musste diejenige sein, mit der Anton nach Südamerika wollte. One-Way-Tickets! Hatte ihr Mann vielleicht? Aber wie …?

Pfifferling schaute kurz durch die Tür ins Innere, nickte einigen Leuten zu, ließ draußen den Blick über die Anwesenden schweifen und setzte sich zu Frieda an den Tisch.

»Ja, bitte, ist noch frei«, sagte Frieda, was der Polizist mit einem brummigen Lachen quittierte.

»Morgen kommen die Blagen wieder?«

»Ja, morgen kommen meine Kinder wieder, und wir reisen den Tag drauf ab, dann können Sie den Wohnwagen haben. Für Ihren Kollegen, der bestimmt schon darauf brennt, im Hexenwäldchen zu nächtigen. Hotel kann ja jeder.«

Frieda wunderte sich über ihre eigene Courage. Der Polizist knurrte: »Kümmern Sie sich um Ihren eigenen Dreck ...«

Helene tauchte mit einem Tablett voller Gläser und Flaschen auf. »Die Pizza kommt sofort«, sagte sie und stellte eine Apfelsaftschorle und eine Flasche Müritzer Gold auf den Tisch.

Frieda schnippte mit dem Finger gegen die Flasche. »Das ist wohl Ihre Stammmarke?« Und bevor das Bewusstsein die Gedankensteuerung übernehmen konnte, plapperte der Mund schon weiter. »Ich habe so eine Müritzer-Gold-Flasche doch beim Toten gefunden. Die nehme ich mit nach Berlin. Ich hab da einen Freund bei der Polizei, der kann mir helfen. Wissen Sie, in Berlin nimmt man Spurensicherung nicht so auf die leichte Schulter.«

Pfifferling hatte die Flasche zum Trinken erhoben, zögerte und stellte sie wieder auf den Tisch. »Jetzt hören Sie mal gut zu, ich weiß nicht, was das soll, aber bleiben Sie am besten gleich in Berlin und stecken Sie Ihre Nase dort in die Biotonnen der Nachbarn, nu? Nicht dass Ihre Neugierde noch auf Ihren Bauch schlägt.« Er griff zur Flasche und trank sie in langen Zügen leer.

»Wissen Sie, Herr Pfifferling, was vor dem Fall kommt? Das zu große Ego.«

Der Polizist schnaubte abfällig, schob den Stuhl quietschend nach hinten und stand auf.

Helene kam wieder heraus, sah ihrem Mann mit großen Augen hinterher, dann stellte sie eine Pizza Vegetaria vor Frieda auf den Tisch und wünschte ihr Guten Appetit.

Wäre Frieda nicht schwanger gewesen, wäre ihr der Appetit nach diesem schrägen Auftritt wohl vergangen. So aber passte locker noch ein Stück Apfelkuchen mit Sahne als Nachtisch hinein. Und eine heiße Schokolade. Auf den Schock.

Als Helene Frieda die Rechnung hinlegte, lugte darunter ein Zettel hervor. Frieda bezahlte, steckte beide Papiere ein und ging im beginnenden Dämmerlicht zum Campingplatz zurück. Auf dem Weg holte sie den Zettel heraus. Darauf stand geschrieben:

Ich war's nicht. Ich hatte ihn geliebt. Und mein Mann weiß nichts davon.

Das war alles.

»Er weiß nichts davon?«, dachte Frieda laut. Echt jetzt?

Frieda räumte im Wohnwagen auf, fegte, stand bei der Waschmaschine an, stöhnte zusammen mit anderen Campern über das Wetter, das in den nächsten Tagen wieder schlechter werden sollte, lachte über ein paar Kinder, die gerade erst dem Pampers-Alter entwachsen waren und wackelig durch die Gegend eierten, aber von oben bis unten vor Matsch trieften. Dann machte sie sich eine Restepfanne aus allem, was im Kühlschrank lag, aber noch nicht gammelte. Da klingelte das Handy.

»Frieda, Schahatz, wie geht es dir und unserem Ungeborenen?«

»Gut, danke.«

»Soll ich schauen, ob eine Pension in dem Örtchen noch was frei hat, und wir hängen ein paar Tage dran?«

»Nee, lass mal.«

»Alles gut? Du hast heute Morgen so –«

»Ja, alles okay. Du, ich bin gerade am Putzen und will noch was essen. Ich hab übrigens dem Polizisten gesagt, dass wir die Bierflasche als Beweismaterial haben, also ich, du interessierst dich ja immer noch nicht dafür. Also, sei mir nicht böse, ich leg jetzt auf, bevor mein Essen ankokelt.«

Frieda musste an Manuelas Theaterstück denken, in dem beschrieben wurde, dass das bloße Sehen von Dingen bereits ein Erschaffen der Umstände darstellte, da unsere Gedanken bestimmte Erwartungshaltungen einnahmen – wie wollte sie ihre Zukunft gestalten?

Spielte Georg da noch eine Rolle, und wenn ja, welche?

Oder lag das Übel ihrer Unzufriedenheit in ihrem eigenen Tun? Was könnte sie verändern? Es gab ein Beispiel im Stück, von Menschen, die in einem geschlossenen Kulturkreis mit alten Traditionen lebten und dadurch für Veränderungen nicht offen waren. Würden Veränderungen der Traditionen den Kulturkreis verändern? Nein, schrieb Sartre, bei dem Manuela geklaut hatte, die Traditionen mussten geändert werden für eine Veränderung.

Musste sie erst lernen, Georg anders zu sehen, sodass er sich auch veränderte? Sie wusste es nicht. Und so langsam wurde ihr schon schlecht vor lauter Gedankenkarussell.

Es klopfte an der Wohnwagentür. »Frieda, kann ich reinkommen?« Es war Lisa, die Campingplatzchefin.

»Klar.«

»Mhm, das duftet ja nach … Ah, ich seh – Restepfanne.«

»Jep.«

»Ich bin gerade vorbeigelaufen und dachte, ich frag noch mal wegen heute Abend, ob du –«

»Nein, danke schön, aber ich komme heute nicht mit.« Frieda zeigte auf die Babywampe, als sei damit alles erklärt, und Lisa nickte. Klar, wer wackelte schon gerne todmüde im Dämmerlicht über Wurzeln, nur um den ein oder anderen Kauz husten zu hören. Musste ja nicht sein.

Die Restepfanne schmeckte außerordentlich gut, was vor allem an dem Berg Käse lag, den Frieda drübergebröselt hatte. Mit Käse schmeckte alles. Selbst alte Schuhsohlen könnte man damit überbacken genießbar machen.

Frieda setzte sich vor den Wohnwagen und beschloss, kurz die Beine hochzulegen und den Augen ein bisschen Ruhe zu gönnen. Als sie wieder aufwachte, hatten die Campingnachbarn bereits Kerzen angezündet, und die ersten Kleinkinder schrien sich heiser in den Schlaf.

Müde schleppte sich Frieda in den Waschraum und putzte sich die Zähne. Müde schleppte sie sich den Weg wieder hoch, las zwei Nachrichten von Jonni, der sich schon sehr aufs Nachhausekommen und ordentliches Essen freute, als der Schlaf schon wieder seine Finger nach ihr ausstreckte, sie auf die weiche Matratze schickte und ihre Augenlider hinunterdrückte.

KLIRR. Etwas rollte über den Boden, und Frieda krümmte sich im Bett. Es war dunkel, nur spärlich drang Licht durch die zugezogenen Fenster. Frieda hielt den Atem an, war da wer?

Da schnaufte doch jemand.

Aber sie hatte die Tür doch abgeschlossen, oder nicht?

Es klirrte wieder, draußen, vor dem Wohnwagen.

War das ein wildes Tier oder wieder Bernd? Ein Lächeln huschte über Friedas Gesicht. Ein treuer Fan, dieser Bernd, wäre sie ein paar Jahre jünger und er etwas reifer, wäre sie also noch kinderlos und er reif geworden, dann …

Eine Männerstimme fluchte leise. Frieda krabbelte aus dem Bett und stellte sich lauschend an die Tür. Bevor sie auch nur Hallo sagen konnte, klickte etwas in der Tür, und sie schwang auf.

Ein dunkler Schemen stürmte in den Camper und stieß Frieda nach hinten. Sie prallte gegen eine Schrankecke, was ihr die Luft aus den Lungen presste und ihren Schrei erstickte. Der Eindringling hielt ihr den Mund zu und flüsterte heiser: »Ruhe, dann passiert dir nichts.«

Frieda wimmerte und umschlang den Babybauch, der durch den Aufprall schmerzte.

In dem schwachen Licht, das durch die Türöffnung fiel, sah Frieda die schwarze Skimaske, die der Eindringling über sein Gesicht gezogen hatte. Der Unbekannte schloss die Tür und zückte eine Taschenlampe. Leuchtete Frieda direkt ins Gesicht, drängte sie nach hinten, schubste sie aufs Bett und stieß hervor: »Wenn dir dein Leben lieb ist, dann halt die Schnauze.«

Frieda hatte die Stimme schon einmal gehört, nur wann, und wo war ihr Handy, hatte noch keiner der Nachbarn den Lärm gehört?

Während sie wie erstarrt liegen blieb, rumpelte der Einbrecher umher. Schubladen wurden aufgezogen und rumsten wieder zu. Es klirrte, gezischte Flüche schwirrten umher, und etwas Schweres polterte zu Boden.

Frieda setzte sich auf und tastete mit der Hand unters Kopfkissen. Handy, wo war das Scheißhandy?

Mit einem Satz stand der Mann wieder vor ihr. Er zerrte Friedas Koffer aus der Ecke, kippte den Inhalt auf den Boden und zerwühlte alles. Er suchte wie ein Irrer, zog alles auf, was nicht zugenagelt war, zerrte Frieda vom Bett, drückte sie auf den Boden, durchwühlte die Kissen, er zerrte sogar die Matratzen hoch, um darunterzuschauen.

Als Frieda nach einem Kerzenhalter greifen wollte, um etwas zum Zuschlagen zu haben, zückte er eine Pistole und murrte: »Halt die Füße still, sonst war's das mit deinem Drittgeborenen.« Dann verschwand er in dem kleinen Kloraum, und Frieda hörte, wie er den Deckel der Toilette hochriss.

Ihr Handy, da lag es, auf dem Boden, vier Schritte von ihr entfernt. Sie versuchte millimeterweise auf dem Po dahin zu rutschen. Au, das Baby trat in ihre Gedärme, au, schon wieder. Frieda krümmte sich, bunte Farbpartikel tanzten vor ihren Augen. Was suchte dieser Irre nur? Ging es um das Testament? War das Jens? Von der Größe her konnte es hinkommen.

»Wo ist es, verdammt, wo?« Der Eindringling stand vor ihr und zielte mit der Knarre auf ihren Kopf. »Wo?«

»Da drüben.« Sie zeigte auf eine Schreibmappe. »Da ist es.«

Der Maskierte hielt die Mappe in die Luft, sodass alles herausfiel: Schreibblock, das Testament, Stifte, ein Notizbuch, ein zweites Notizbuch, Prospekte und eine Packung Taschentücher.

»Willst du mich verarschen?« Er erhob sich über Frieda wie ein Riese vor einer Ameise und hielt die Pistole so, als ob er ihr damit auf den Kopf schlagen wollte. Frieda wimmerte erneut und schlang die Arme um den Bauch. Ein heiseres Flüstern drang aus ihrer Kehle: »Hilfe!«

Es polterte, und die Wohnwagentür wurde aufgerissen. Der Maskierte fuhr herum, Frieda schaute hoch, es war Georg. Ihr Georg. Wie Superman stand er im Eingang und versuchte, mit einem Blick die Situation zu erfassen. Wenn da nicht die Waffe gewesen wäre, in deren Mündung er blickte.

»Halt's Maul, rein mit dir, du kommst gerade rechtzeitig, um Abschied zu nehmen.«

Friedas Augen weiteten sich. Abschied? Was war das für ein blödes Arschloch? Sie war eine Mutter, eine Schwangere, in anderen Kulturen galten sie als heilige Personen, da sie ein neues Leben in sich bargen. In anderen Kulturen wurden sie verehrt und auf Händen getragen, alle Wünsche wurden ihnen von den Augen abgelesen. Abschied?

Geschmeidig wie ein Elefant rollte sich Frieda auf die Seite, warf die Arme nach vorne, umfasste die Knöchel des Eindringlings und schrie: »Jetzt! Jetzt!«

Im gleichen Moment löste sich ein Schuss, und ihr wurde schwarz vor Augen.

Auch gut

Als Frieda die Augen aufschlug, zuckte ein Schmerz durch ihren Körper und endete pochend in ihrem Kopf. Das Baby, dachte sie, das Baby!

Ihre Hände wanderten zum Bauch. Spürte sie noch was? Bewegte es sich überhaupt noch oder …? Blut rauschte in ihren Ohren. Ihr Atem hechelte flach, und Schwärze breitete sich aus. Nur kurz. Dann hatte sie die Kontrolle wieder.

Ihr Kopf ruckte von rechts nach links, ihre Augen suchten nach Hilfe. Sie lag in einem weichen weiß bezogenen Bett in einem Krankenhaus. Ein Fernseher hing oben an der Wand, und an einem Fenster stand ein Tisch mit zwei Stühlen. Auf einem von ihnen saß Georg. Sein Kopf war auf die Brust gesunken. Er döste.

»Georg«, rief Frieda, »was …« Ihre Stimme versagte. Ein Schwall Tränen ergoss sich über das weiße Krankenhaushemd, in das sie jemand gekleidet hatte.

Georg wachte auf, trat ans Bett, nahm ihre Hand und küsste sie.

»Was ist mit dem Baby? Ist es …?«

»Alles gut. Du brauchst jetzt nur Ruhe. Das war ein bisschen viel, sind wohl haarscharf an einer Frühgeburt vorbeigeschlittert. Jetzt solltest du vor allem liegen. Frieda, Frieda, du machst Sachen.«

»Da war doch ein … Schuss?«

»Ja, der ging haarscharf an mir vorbei. Ich glaub, ich kann jetzt zweimal im Jahr Geburtstag feiern.«

Georgs Gesicht war von Kratzern durchzogen, sein rechtes Auge zierte ein Veilchen der Extraklasse, aber er hatte ein Grinsen im Gesicht. »Frieda, du hattest recht.«

Frieda liefen immer noch die Tränen, ein Fluss, den sie nicht steuern konnte. Der Schrecken bahnte sich seinen Weg. »Womit hatte ich recht?«

»Campen ist vielleicht doch nicht so das Wahre für Schwangere.«

***

Drei Tage später fuhr das Rudi-Auto gen Berlin. Nach Hause. Vollbepackt und vollbesetzt.

Die Kinder saßen hinten und konnten sich gar nicht beruhigen, dass sie die Aufklärung des Mordfalls verpasst hatten, sie stellten Fragen über Fragen und spekulierten ins Blaue hinein, da Frieda auf dem Beifahrersitz saß und nur eins wollte: ihre Ruhe.

Nach dem Urlaub ist vor dem Urlaub, dachte sie und gähnte. Der behandelnde Arzt hatte empfohlen, dass Frieda noch ein paar Tage länger zur Beobachtung im Krankenhaus bleiben sollte, aber sie hatte keine Lust mehr. Es lag weniger am Essen, das zwar essbar war, aber nicht so ganz ihren Schwangerschaftsgelüsten entsprach, sondern vor allem daran, dass sie sich in einem Krankenhaus immer nur so lange aufhielt, wie unbedingt nötig war. Flogen doch gerade hier die Krankheitserreger besonders tief. Außerdem wollte sie endlich nach Hause. In ihr Bett. In ihr Barrio.

Manuelas tägliche Besuche am Krankenbett waren zwar nett, aber anstrengend, genauso wie die polizeilichen und die der anderen Campingbekanntschaften. Manchmal war sie gerade eingeschlafen, da kam der Nächste zur Tür herein. Dabei war der Schlaf für Schwangere eine heilige Sache. Beziehungsweise notwendige, wenn man schon nachts vor lauter Baby-Breakdance und Beinziepen kaum zum Dösen kam.

Frieda ignorierte das Geplapper auf der Rückbank, vertiefte sich in ihre Lektüre und schlug die nächste Seite auf, auf der unten das schöne Wörtchen »Ende« prangte.

»Schahatz«, schatzte Georg und tippte sie zum zweiten Mal in die Seite. »Alles gut? Liest du Manuelas Stück doch bis zum Ende?«

»Ich hab's ihr versprochen.«

»Ja, und?«

»Normalerweise halte ich mein Versprechen, nicht so wie andere Leute.«

»Was soll das denn jetzt schon wieder?«

»Ach, vergiss es … Kinder, jetzt is mal gut, ja? Ich will in Ruhe lesen.«

Während Jonni und Lea zur Abwechslung in belegte Brötchen bissen und Georg schmollte, las Frieda weiter. Bis jetzt hatte sie nicht alles verstanden, was sie nicht auf ihre Intelligenz schob, sondern auf ihr anfängliches Desinteresse. Einige Bilder aus dem Stück hatten sie dennoch beeindruckt, und einige Gedankengänge regten sie durchaus zum Weiterdenken an. Das hatte sie überrascht, und es tat ihr im Nachhinein leid, dass sie Manuela das nicht zugetraut hatte. Um Natur genießen zu können, musste man sich erst von ihr entfernen, sodass man sich selbst nicht mehr als einen Teil der Natur verstand. Sag dem Steinzeitmenschen: Halt mal inne und bewunder den Wald, in dem du lebst, dann würde er dir sehr wahrscheinlich eins mit der Keule überziehen. Lebt der Mensch allerdings nicht mehr direkt am grünen Nabel der Natur, besitzt er die Möglichkeit, einen Schritt zurückzutreten und die ihn umgebende Landschaft mit anderen Augen zu betrachten und dann auch tatsächlich zu genießen.

Wahrheit war so ein abgedroschener Begriff. Wer konnte schon behaupten, die Wahrheit zu kennen, wenn der Blick auf die Wahrheit stets subjektiv war? Die Wahrheit eines anderen musste nichts mit einem selbst zu tun haben, vorausgesetzt, Toleranz und Respekt standen auf festen Füßen. Wenn sich etwas nicht gut anfühlte, sollte man es überprüfen. Das Leben war zu schade, um es mit Bauchschmerzen auszuhalten, wenn man es auch anders haben konnte.

»Ich will nicht mehr«, sagte Frieda und klappte das Stück zu.

»Bitte?«, fragte Georg.

»Ich such mir was anderes.«

»Auto, Haus, Familie?«

»Job.«

»Was?«

»Weißt du, warum sollte ich das für den Rest meines Lebens machen, wenn ich jeden Tag mit Bauchschmerzen dorthin gehe?«

»Zum Geldverdienen?«

»Es gibt immer Alternativen. Immer. Nur ist man doch meistens zu bequem, aus dem alten Fahrwasser rauszuhüpfen. Oder zu ängstlich.«

»Aha, was willst du mir denn damit sagen?«

»Ich kündige nach der Mutterschaft. Schaue, was zu mir passt und trotzdem Geld abwirft. Das wird schon.«

»Dein Wort in Gottes Ohr.«

»Ist das so bedrohlich, dass du sogar gläubig wirst?«

»Mhm. Schahatz, haben die Ärzte eigentlich gesagt, dass du in Berlin noch mal zum Arzt gehen sollst?«

»Normal.«

»Was?«

»Ja, zu den normalen Schwangerschaftsvorsorgedingens, kennst du doch. Aber hör mal, Georg.«

»Mmh?«

»Glaubst du mir das nächste Mal gleich?«

»Ich sag nicht Ja, und ich sag nicht Nein, da bin ich ehrlich und lass das sein.«

»Haha. Ich liebe dich.«

»Ich dich auch.«

Frieda blinzelte ein paar Tränen weg. »Und back to nature gibt's bald wieder beim Windelwechseln!«

»Mam, wie war das mit der Bierflasche?«, fragte Jonni von hinten.

»Ach, Jonni, der Pfifferling hat doch gestanden. Er hat Anton vergiftet. Mit einem Gemisch aus Tollkirsche und Blauer Eisenhut, glaub ich. Das hatte er ins Bier getan. Deshalb auch der Überfall. Ich dachte zuerst, es ist Jens, der das Testament sucht, aber das war der Pfifferling, der das angebliche Beweisstück, die Flasche, gesucht hatte. Der muss voll durchgedreht sein, als er dahinterkam, dass seine Frau mit Anton abhauen wollte. Die wollten doch tatsächlich alles hinter sich lassen. Noch einmal ganz neu anfangen. Ich weiß jetzt nicht, ob er Mails oder SMS gelesen hat. Aber er hat unter einem Vorwand Anton getroffen und ihm das Bier gegeben. Wollte den Mord unter den Teppich kehren. Es wussten ja einige, dass Anton hier auf dem Campingplatz eine Geliebte hatte. Aber können wir mal über erfreulichere Dinge reden, was wollen wir heute essen? Beim Asiaten, Ente kross?«

»Gibt's die auch in vegetarisch?«, tönte es von hinten, und Frieda nickte.

»Schahatz, was meinte Manuela beim Abschied eigentlich mit *bis bald*?«

»Die wohnt doch auch in Berlin.«

»Wollte sie nicht nach Hamburg zu Robert ziehen?«

»Ich glaube, sie versucht das mit ihrem Theater in Berlin, hat wohl eine großzügige anonyme Spende bekommen, aber das erzähl ich dir später. Wie sagte sie: Fernbeziehungen erhalten das Lodern in der Liebe. Mist, was war das denn?« Frieda hatte sich mit der flachen Hand auf die Nase gehauen und sah, dass zwischen ihren Fingern eine tote Stechmücke hing. Ein dicker roter Fleck zeugte davon, dass diese bereits von ihrem Blut genascht hatte. Frieda klappte die Blende hinunter und besah sich im Spiegel ihr Gesicht. »Boah, nicht schon wieder.«

»Da fällt den Plagegeistern aber der Abschied schwer von dir. Haha. Aber was nun? Gibt es also kein Hochzeitsfest?«

»Nee, aber dafür gibt's gleich Ente. Auch gut. Haben wir eigentlich noch Zwiebeln zu Hause?«

Campingplatz-Rezepte

Für Campingplatz-Gourmets und solche, die auch mal über den Grillwursttellerrand schauen wollen.

»Ein leerer Magen campt nicht gerne« – frei nach Friedas Camping-Auffassung habe ich einige Rezepte zusammengetragen und als Unterstützung eine fußballmannschaftsstarke Foodblogger-Truppe mit ins Zelt geholt, lauter kreative Leute mit tollen Ideen, die dann doch etwas außergewöhnlicher sind als mein fünfter Nudelsalat. Übrigens sind etliche Food-Buchautoren darunter! Ich fühle mich geehrt, dass alle elf mir großzügig Rezepte zur Verfügung gestellt haben – danke dafür!
Ich wünsche euch viel Spaß beim Nachkochen und lasst's euch schmecken – Fotos dazu gibt es auf meiner Homepage www.vonfeyerabend.de, sucht diesen Buchtitel und dort auf Rezepte klicken!

Fangen wir mit der am meisten ignorierten, von mir persönlich heiß und innig geliebten Mahlzeit an, dem **Frühstück**.

Süßer Couscous mit Aprikosen und Pistazien

von Denise, die als outdoorbegeisterte VW-Bus-Reisende ihre bunten Eindrücke auf https://vegane-campingkueche.de teilt.

Süßer Couscous ist ein tolles deftig-süßes Frühstück und auch ein nahrhafter Snack, der schnell und einfach zubereitet ist und wirklich mal für Abwechslung in der Frühstücksschüssel sorgt. Man kann den süßen Couscous mit allerlei Früchten, Nüssen oder Zimt veredeln.

Zutaten für 2 Personen
3 kleine Tassen Mandelmilch (oder jede andere Milch)
½ kleine Tasse Couscous
30 g Pistazien (ungesalzen)
1 Handvoll Mandeln (ungesalzen)
4 Aprikosen
100 g Heidelbeeren
ca. 3 EL Quark
gemahlener Zimt
Agavendicksaft oder Honig
Nach Belieben
Minze zum Garnieren
Rosenwasser

Zubereitung
Milch aufkochen und 2 Tassen davon über den Couscous gießen. Circa 10 Minuten quellen lassen. Pistazien und Mandeln hacken und in der Pfanne anrösten. Aprikosen und Heidelbeeren waschen, Aprikosen in mundgerechte Stücke schneiden. Couscous auflockern und in zwei Schüsseln geben. Quark, geröstete Nüsse und Früchte dazugeben und mit Zimt und Agavendicksaft oder Honig abschmecken. Die restliche Milch dazugießen und evtl. mit Minzblättchen garnieren. Fertig!
Wer den Liebsten überraschen will, fügt noch einen Tropfen Rosenwasser hinzu, um die orientalische Note zu betonen.

Arme Camper (frei nach Arme Ritter)

Beim Campen bleiben öfter mal Brot oder Brötchen übrig, die bereits etwas hart sind – solange der Schimmel noch keine Sporen ausgeworfen hat, sind sie perfekt für dieses wohlduftende Frühstück.

Zutaten für 2 Personen
1–2 Eier
¼ l Milch (Pflanzen- oder Kuhmilch)
2 Brötchen oder 4 Scheiben Brot
Butter zum Braten
Zimt und Zucker
evtl. Obst

Zubereitung
In einer Schüssel Ei mit Milch verquirlen und die in Scheiben geschnittenen Brötchen bzw. Brotscheiben einige Minuten darin einweichen. Butter in einer Pfanne schmelzen und die Scheiben darin von beiden Seiten anbraten, bis sie goldbraun sind. Mit Zimt und Zucker bestreuen und nach Wunsch mit Obst genießen.

Porridge mit Apfelmus & Himbeeren

von Dominique, die auf www.ohnezucker.ch interessante Fakten zum Thema Zucker zusammenträgt und neben ihrem Job, der sich um Web Analytics dreht, gerne neue Städte entdeckt.

Zutaten für 2 Personen
Für das Apfelmus
3–4 Äpfel
1 Vanilleschote oder Vanillepulver
Zimt
Für das Porridge
120 g Haferflocken
400 ml Milch
1 Prise Salz
Außerdem
2 Handvoll Himbeeren

Zubereitung
Für das Apfelmus die geschälten, entkernten und in Scheiben geschnittenen Äpfel in einen Topf geben und mit Wasser bedecken. Bei mittlerer Hitze so lange dünsten, bis sie mit einer Gabel zerdrückt werden können. Dabei ruhig einige gröbere Stücke lassen. Mit dem Mark einer Vanilleschote und etwas Zimt würzen. Ihr könnt das Apfelmus auch zu Hause vorbereiten und zum Campen in einer Tupperdose mitnehmen – nur sollte es gekühlt werden!
Für das Porridge die Haferflocken mit Milch und Salz aufkochen und etwa 10 Minuten bei niedriger Hitze leicht köcheln lassen. Gelegentlich gut durchrühren, damit nichts anbrennt. Gegen Ende das Apfelmus dazugeben und gut verrühren. Wenn die Milch eingezogen ist, die Himbeeren unterrühren und das Porridge in einer Schüssel anrichten.

Je nach Hitze isst man mit fortschreitender Zeigerumdrehung mal gerne eine Kleinigkeit, die erfrischt und einen im Wasser nicht bis auf den Grund zieht, das **Mittagessen**, das hier nahtlos in Grillen und Abendessen übergeht.

Avocado-Kichererbsen-Salat mit Joghurtdressing

und den nächsten Salat schenkt uns Ulli, eine Fitness- und Ernährungstrainerin, die auf ihrem Blog https://fitundgluecklich.net alles über happy Mum und happy Food erzählt! Kichererbsen sind eine natürliche Proteinquelle, das Fett in Avocados zählt zu den gesunden Fetten, und diese Kombination aus Protein und Fett ist besonders sättigend! Der Salat ist schnell gemacht und schmeckt lecker erfrischend an heißen Tagen!

Zutaten für 2 Personen mit großem Hunger
oder für 4 als Beilagensalat
400 g Kichererbsen (aus der Dose)
200 g Radieschen
1 Salatkopf
1 rote Zwiebel
2 Avocados
100 g Joghurt
1 TL Honig
2–3 EL Limetten- oder Zitronensaft
Salz
Basilikumblätter

Zubereitung
Kichererbsen waschen und gut abtropfen lassen. Radieschen waschen und klein würfeln. Salat waschen und nach Belieben klein zupfen. Zwiebel schälen und in Ringe schneiden. Das Fruchtfleisch der Avocados in dünne Spalten schneiden. Joghurt mit Honig, Limettensaft und 3 EL Wasser verrühren und mit Salz abschmecken. Alle Salatzutaten dekorativ anrichten und mit Basilikum garnieren.

Ein zweiter Salat von Ulli von https://fitundgluecklich.net, die auf ihrer Homepage auch super Fitnesstipps für Mütter gibt!

Sommerlicher Mango-Bohnen-Salat

Die Kombination aus Mango und Bohnen schmeckt herrlich frisch und sommerlich, die Minze und der Limettensaft geben dem Salat dabei den letzten Schliff. Einfach und schnell zubereitet, perfekt, um mehr Zeit in der Sonne zu verbringen.

Zutaten für 2 Portionen
1 reife Mango
1 rote Chilischote
2 Frühlingszwiebeln
4 Stängel Minze
1 Dose Kidneybohnen
2 EL Limetten- oder Zitronensaft
1 EL Olivenöl
Salz, Pfeffer

Zubereitung
Mango schälen und würfeln. Chilischote fein würfeln. Frühlingszwiebeln in feine Ringe schneiden. Minze hacken, dabei kleine Blätter zur Seite legen. Bohnen abgießen. Limettensaft mit Öl, Salz und Pfeffer zu einem Dressing verrühren und mit ⅓ der Mangowürfel pürieren (mit der Gabel zerdrücken). Bohnen mit restlicher Mango, Zwiebeln, Chili und gehackter Minze mischen. Dressing darübergießen, alles vermischen. Salat 1 Stunde ziehen lassen und mit kleinen Minzblättern bestreut servieren.

»Um den Finger gewickelt«

ist von Karin, die auf www.geschmacksmomente.com in Texten und Fotos Momente im Leben festhält, die einen bis ins Innerste treffen und glücklich machen. Dazu gehört natürlich auch gutes Essen!
Für dieses Gericht nimmt Karin statt Reispapier, wie es bei Frühlingsrollen verwendet wird, knackige Kohlblätter. Regionales Fingerfood der Extraklasse.

Zutaten für 4 Personen
Salz
1 EL Olivenöl
50 g Couscous
ca. 200 g Schafs- oder Ziegenkäse
2 Marillen (Aprikosen oder anderes Obst)
8 Erdbeeren
2 Blätter Rotkraut
1 Handvoll Basilikumblätter
4 Blätter Rotkraut oder Spitzkohl
Für das Dressing
4 EL Maletti Bianco oder anderen Essig
2 EL Olivenöl
Salz
1 TL Dijon-Senf Honig

Zubereitung
Für den Couscous 150 ml Wasser mit einer guten Prise Salz und Olivenöl zum Kochen bringen. Den Couscous einrühren und 10 Minuten quellen lassen, danach auskühlen lassen. Den Schafskäse würfeln, Marillen und Erdbeeren klein schneiden, 2 Blätter Rotkraut und die Basilikumblätter fein schneiden. Mit dem Couscous vermischen und in die gewaschenen Kohlblätter füllen, die hier die Rolle der Salatschüssel übernehmen.
Für das Dressing alle Zutaten vermischen und gut verrühren, bis eine cremige Konsistenz entsteht. Den Salat damit mischen.

Wassermelonensalat mit Oliventofu & Minze

gibt es von Lea, die auf ihrem Blog https://www.veggi.es nicht nur unzählige Jobs von Filmmachende bis Social-Media-Expertin unter einen Kochtopf bringt, sondern auch genau das macht, was sie ebenso liebt: Kochen.

Zutaten für 2 Personen
500 g Wassermelonenfleisch
100 g Oliventofu (oder Schafskäse)
1 EL geröstete Zedern- oder Pinienkerne
50 g entsteinte schwarze Oliven
½ rote Zwiebel
3–4 Stängel Minze
2 EL Zitronensaft
grober schwarzer Pfeffer aus der Mühle
hochwertiges Olivenöl

Zubereitung
Wassermelone in mundgerechte Stücke schneiden. Oliventofu in kleine Würfel schneiden. Pinien- oder Zedernkerne in einer Pfanne ohne Fett anrösten. Oliventofu unter die Melonenstücke heben. Oliven und Kerne über den Salat verteilen. Zwiebel abziehen, in hauchfeine Ringe schneiden und über den Salat geben. Minzblätter von den Stängeln zupfen und ebenfalls ganz fein schneiden. Wassermelonensalat mit 2 EL Zitronensaft und etwas schwarzem Pfeffer würzen. Mit der Minze bestreuen. Abschließend Olivenöl über den Salat träufeln. Besonders erfrischend ist der Salat, wenn ihr die Melone vorher für ½ Stunde in den Kühlschrank legt.

Bunter Bohnensalat

von Eva und Philipp, die auf ihrem Blog https://yeoldekitchen.com/ unter dem Stichwort Nachhaltigkeit Rezepte, Garteneinblicke, Selbstgemachtes und Reiseeindrücke veröffentlichen. Was die Bohnen betrifft, darf man sich bei diesem Salat austoben: Buschbohnen, Stangenbohnen, dicke Bohnen, Borlottibohnen, Mungobohnen, Sojabohnen – alles, was das Herz begehrt oder der Garten/Vorratsschrank hergibt.

Zutaten für 4 Personen als Beilage
1 Zwiebel
Olivenöl
1–2 Handvoll frische Stangenbohnen
3 Tomaten
1 Handvoll frische Kräuter (z. B. Bohnenkraut, Petersilie, Basilikum)
700 g weiße oder Kidneybohnen (Dose)
1 Schuss Weißweinessig
Salz und Pfeffer

Zubereitung
Die Zwiebel abziehen, würfeln und in einer Pfanne in Olivenöl anbraten. Die Stangenbohnen putzen, halbieren oder dritteln und in der Pfanne mit anschwitzen. Etwas Wasser dazugeben und die Bohnen auf kleiner Flamme köcheln, bis sie gar sind. Währenddessen die Tomaten in Würfel schneiden und die Kräuter grob hacken. Die Bohnen aus der Dose in ein Sieb schütten und kurz mit Wasser abspülen. Wenn die Stangenbohnen gar sind, die Hitze wieder hochdrehen und die Tomaten dazugeben. Wenn die Tomaten »geschmolzen« sind, die restlichen Bohnen und Kräuter kurz mitschwenken und das Ganze mit einem Schuss Essig ablöschen. Mit Salz und Pfeffer abschmecken.

Taboulé

von Doreen und Carsten, die die Welt seit über acht Jahren mit ihrem Wohnmobil bereisen und über ihre Jobs, die sich u. a. um Mode, Marketing und Kochen drehen, von unterwegs aus berichten. Beneidenswert! Und lesenswert auf https://www.sheisontheroadagain.com.

Zutaten für 2 Personen
400 g Couscous
Gemüsebrühe
6–8 EL gutes Olivenöl
Saft von 2 Limetten oder Zitronen
1 Handvoll klein geschnittene Minzblätter
1 Handvoll geröstete Walnüsse
3 EL geröstete Pinienkerne
2 Knoblauchzehen, in Würfel geschnitten
2 Handvoll Sultaninen
20 Kirschtomaten, geviertelt
1 kleine Schlangengurke, entkernt & geviertelt
Petersilie
Salz und Pfeffer

Zubereitung
Den Couscous laut Packungsangabe in kochender Gemüsebrühe quellen und in einer Schüssel abgedeckt abkühlen lassen. Mit den übrigen Zutaten vermengen, durchziehen lassen und lauwarm genießen!

Geschmorter Tomaten-Schalotten-Salat à la Provence

für Camper, die den Duft des Essens lieben! Ebenfalls ein Gaumenschmaus von Doreen und Carsten von https://www.sheisontheroadagain.com. Dieses Gericht eignet sich als Beilage für Thunfisch und Fleisch und ist vegan sowie low carb.

Zutaten für 6 Personen
6 Tomaten, groß und reif
Salz
6 EL Olivenöl zum Dünsten
750 g Schalotten
500 ml Weißwein
2 Gewürznelken
15 schwarze Pfefferkörner
2 Lorbeerblätter
4 EL Zucker
1 Thymianzweig
gemahlener Pfeffer
2 Zitronen (unbehandelt)
3 Knoblauchzehen
1 EL Tomatenmark
6 Stängel glatte Petersilie
6 Stängel Basilikum
4 EL Olivenöl extra vergine

Zubereitung
Tomaten in kochendem Wasser circa 1 Minute blanchieren, dann häuten, vierteln und salzen.
Das Olivenöl in einem Schmortopf heiß werden lassen. Die geschälten Schalotten 15 Minuten bei mäßiger Temperatur dünsten. Die Tomaten hinzugeben und 5 Minuten mitschmoren. Wein dazugeben und 10 Minuten köcheln lassen. Nelken, Pfefferkörner, Lorbeerblätter, Zucker und Thymian hinzufügen. Leicht salzen und pfeffern. 200 ml Wasser hinzugeben und wieder köcheln lassen. 1 unbehandelte Zitrone in Scheiben schneiden und vierteln, die andere Zitrone auspressen. Knob-

lauchzehen abziehen und zerdrücken. Zitronenstücke und -saft mit dem Knoblauch und Tomatenmark in den Topf geben und unterrühren. Bei mäßiger Hitze köcheln, bis die Masse auf die Hälfte reduziert ist. Mit Pfeffer und Salz abschmecken und abgekühlt ein paar Stunden ziehen lassen. Petersilien- und Basilikumblätter fein hacken und vor dem Servieren mit dem Olivenöl extra vergine unter die Tomaten rühren.

Älplermagronen – Mutter der One-Pot-Pasta!

Eine Foodbloggerin der ersten Stunden ist zorra von https://www.kochtopf.me, die den Schwerpunkt auf saisonale Gerichte legt und den Duft von frisch gebackenem Brot liebt, selbst gemacht, versteht sich. Älplermagrone ist ein deftiges Pastagericht, das typischerweise in einem Topf gekocht wird und das es schon vor dem Hype um die One-Pot-Pastas gab. Das Gericht stammt von den Alphütten, die meist spartanisch eingerichtet sind, da hat man keine große Auswahl an Töpfen, und früher gab es auch nur Feuer zum Kochen. Die Zubereitungsart in nur einem Topf hat also auch einen praktischen Hintergrund.

Zutaten für 2 Personen
2 Äpfel
etwas Zitronensaft
2 EL Zucker
1 Zwiebel
2 Scheiben Speck
2 kleine Kartoffeln
100 ml Rahm
300 ml Brühe
150 g Makkaroni (das sind die Magronen)
10 EL geriebener Käse
Pfeffer aus der Mühle

Zubereitung
Äpfel schälen, entkernen, in Schnitze schneiden und sofort mit Zitronensaft beträufeln. Mit dem Zucker und etwas Wasser in einen kleinen Topf geben und zugedeckt weich dünsten. Dauert circa 15 Minuten. Wer lieber Apfelmus möchte, kann die Schnitze nun pürieren oder mit einer Gabel zerdrücken. Schnitze oder Mus in ein Schälchen geben.
Zwiebel in feine Ringe schneiden, Speck klein schneiden und in einer Bratpfanne goldbraun braten. Dann beiseitestellen. Kartoffeln schälen und in 1 cm große Würfel schneiden. Mit Rahm, Brühe und den Makkaroni in einem Topf aufkochen und circa

10 Minuten köcheln lassen, bis die Nudeln al dente sind und alle Flüssigkeit aufgesogen ist. Dabei ab und zu umrühren und, falls nötig, etwas Wasser zugeben. Am Schluss Käse untermischen und mit etwas Pfeffer würzen. Magronen auf einen Teller geben, Zwiebelschmelze darübergeben. Die Apfelschnitze separat dazu servieren.

Black Bean Burger

nochmals von Denise, die auf https://vegane-campingkueche.de eine Vielzahl von Leckereien für uns Camper parat hält. Black Bean Burger ist ein superleckerer Protein-Lieferant und turboschnell zubereitet. Ihr könnt ihn auf dem Grill oder in der Pfanne brutzeln. Belegen könnt ihr die Burger dann nach Herzenslust, ich stelle beim Camping oft einfach alle Zutaten auf den Tisch, und jeder sucht sich aus, welcher Belag und welche Soße auf seinen Burger kommt.

Zutaten für 4 Personen
1 Dose schwarze Bohnen (alternativ Kidneybohnen)
1–2 Schalotten (oder Zwiebeln)
1 Möhre
½ Bund Petersilie
2 TL Leinsamen
2 Handvoll Cashewkerne
ca. 2 EL Semmelbrösel
2 TL Haferflocken
Rauchsalz
Pfeffer
Paprikapulver
Knoblauchpulver
Senf
Ketchup
4 Burger-Brötchen
Zum Belegen
Salatblätter, Tomatenscheiben, Gewürzgurkenscheiben, Zwiebelringe, Senf, Ketchup, Röstzwiebeln, je nach Gusto verschiedene Soßen

Zubereitung
Bohnen in einem Sieb abtropfen lassen, abspülen und mit der Gabel zerdrücken (kleine Stücke stören nicht). Schalotten schälen und in feine Stückchen schneiden, Möhre schälen und fein raspeln, Petersilie waschen und Blätter fein hacken. Leinsamen

mit 3 EL Wasser kurz einweichen. Cashewkerne in der Pfanne goldbraun rösten, kurz abkühlen lassen und in grobe Stücke hacken.
Schalotten mit ein wenig Öl kurz in der Pfanne anbraten und mit Semmelbröseln und Haferflocken zu den zerdrückten Bohnen geben. Anschließend Möhrenraspel, Leinsamen, Rauchsalz, Pfeffer, Paprikapulver, Knoblauchpulver, je einen Tupfer Senf und Ketchup, Petersilie und Cashewkerne hinzufügen und alles gut miteinander vermengen.
Aus der Bohnenmasse mit den Händen Patties formen, die man entweder in der Pfanne in etwas Öl von beiden Seiten in wenigen Minuten goldbraun ausbackt oder auf dem Grill brutzelt.
Die Burger-Brötchen im Ofen oder auf dem Grill kurz erhitzen, rausnehmen und halbieren. Nun kann man die Burger nach Herzenslust belegen und genießen.

Tour-Nudeln im Glas

von Isa, die auf https://isaswomo.de über Alleinreisende, Hundemenschen und Erfahrungen bei Wohnmobiltouren durch Deutschland und Europa bloggt. Zum Campen oder einem Trip gehören auch immer einige Stunden on the road. Wie schön, wenn es dann mehr als Stullen oder viel zu teures Rasthofessen gibt.

Zutaten für 2 mindestens 500 ml fassende Weckgläser (besser die 1-l-Gläser)
200 g gekochte Penne
evtl. vorhandene Reste (Gemüse, Fisch, Fleisch)
8 Cocktailtomaten
2 Frühlingszwiebeln
1 Paprika
1 Mozzarella oder 1 kleines Stück Parmesan
4 EL Pesto
1 TL gekörnte Brühe
Salz, Pfeffer
1 TL Zucker
2 TL gutes Olivenöl

Zubereitung
Die Nudeln kochen, abtropfen und auskühlen lassen. Falls vorhanden, Gemüse, Fisch oder Fleisch in kleinste Stücke schneiden. Jedes Glas wird nun mit jeweils einer Hälfte der Nudeln, Tomaten, Frühlingszwiebeln, Paprika und Käse sowie evtl. den Resten gefüllt. Dann je 2 EL Pesto, ½ TL gekörnte Brühe, Salz, Pfeffer, ½ TL Zucker und 1 TL Olivenöl auf die Zutaten geben. Die Zutaten im Glas dürfen ruhig ordentlich gequetscht werden. Die Gläser fest verschließen. So können sie ohne Probleme 2 Tage im Kühlschrank stehen, schön wäre es allerdings, wenn man die Gläser einige Stunden vor dem Verzehr aus dem Kühlschrank nimmt.
Direkt vor dem Verzehr der Nudeln jeweils 150 ml heißes Wasser in die Gläser füllen, den Deckel wieder schließen und die

Gläser ordentlich durchschütteln, bis sich das Pesto überall gut verteilt hat. Gläser öffnen und genießen! Die Nudeln im Glas sind übrigens auch ein schönes Mitbringsel für kleine Grillabende mit Freunden oder Campingplatznachbarn.

Nudelauflauf im Topf

von Sandra und Armin, die auf https://www.camping-checker.de nicht nur campingplatztaugliche Rezepte, sondern auch Produkte aus dem Campingzubehör testen und vorstellen. Nudeln eignen sich wunderbar für die Camping-Vorratskammer, denn sie nehmen nicht viel Platz weg und sind ohne Kühlung haltbar.

Zutaten für 4 Personen
250 g Nudeln
1 Paprika
2 Möhren
4 Tomaten
1 mittelgroße Zucchini
2 Zwiebeln
1 Stange Porree (Lauch)
2 TL Gemüsebrühe
getrocknete Kräuter (z. B. Rosmarin, Thymian, Basilikum, Oregano)
½ Tube Tomatenmark
4 Scheiben gekochter Schinken (für vegetarische Variante einfach weglassen)
1 EL Schmand oder saure Sahne
Salz, Pfeffer und Knoblauch
geriebener Käse

Zubereitung
Nudeln in einen großen Topf geben und so viel Wasser hineingeben, dass sie gerade so bedeckt sind. Das Gemüse waschen, schälen, klein schneiden und mit in den Topf geben. Die Gemüsebrühe und die getrockneten Kräuter darüberstreuen und das Tomatenmark zugeben. Deckel aufsetzen und das Ganze bei kleiner Hitze kochen lassen. Zwischendurch umrühren. Wenn die Nudeln bissfest sind, ist auch das Gemüse gar. Erst jetzt den Kochschinken (in kleinen Stücken) sowie den Schmand zugeben, noch einmal umrühren und abschmecken. Eventuell mit Salz, Pfeffer oder auch Knoblauch nachwürzen.

Den geriebenen Käse auf dem Auflauf im Topf (!) verteilen, Deckel aufsetzen und noch etwa 5 Minuten stehen lassen. Durch die Hitze im Topf schmilzt der Käse. Wer einen Gasgrill als Kochstelle hat, kann den Topf auch ohne Deckel auf den Grillrost stellen und knusprig überbacken.

Scharfes Spinat-Kichererbsen-Curry mit Kapern

von Nadine und Jörg, die auf https://www.eat-this.org die Leser in die abwechslungsreiche Welt des veganen Essens führen und Einblicke in ihr zweites Zuhause, die Online-Küche, geben. Dieses Curry ist bestes Schlechtes-Wetter-Essen!

Zutaten für 2 Personen
1 ½ EL Olivenöl
1 EL Kreuzkümmelsamen
250 g gekochte Kichererbsen
2 Frühlingszwiebeln
1 Chilischote
300 g Spinat
6 Kapernäpfel
1 TL Erdnussbutter
½ TL Ahornsirup oder Honig
150 g Reis (z. B. Basmati)

Zubereitung
Olivenöl in eine heiße Pfanne geben, Kreuzkümmelsamen darin 30 Sekunden anrösten. Kichererbsen dazugeben, Herd auf mittlere bis hohe Hitze schalten. Frühlingszwiebeln und Chilischote fein hacken, zu den Kichererbsen geben und 7 Minuten schmoren. Spinat waschen, gut abtropfen lassen und zusammen mit den vorher grob gehackten Kapern unterheben. Den Herd auf niedrige bis mittlere Hitze schalten. Erdnussbutter und Ahornsirup unterrühren und das Gemüse 5 Minuten schmoren lassen, dabei ab und zu umrühren. Den Reis nach Anleitung kochen und dazu servieren.

Kartoffel-Zwiebel Rösti mit Kräuterjoghurt

nochmals von Nadine und Jörg, die auf https://www.eat-this.org auch von ihren Hobbys, u. a. dem Töpfern und einer umfassenden Gitarrensammlung, berichten. Allerdings stehen diese Leidenschaften doch an zweiter Stelle. ☺

Zutaten für 4 Personen
Für das Rösti
5 große Kartoffeln (ca. 700 g)
1 große Zwiebel
frisch gemahlenes Meersalz
etwas Muskat
1 EL Mehl
2 EL vegane »Butter« (z. B. Alsan oder Pflanzenöl)
Für den Kräuterjoghurt
250 g Sojajoghurt
½ TL Kräutersalz
1 gepresste Knoblauchzehe
1 EL frisch gehackter Schnittlauch
1 EL frisch gehackter Dill oder 1 TL getrockneter Dill
1 TL Schabzigerklee

Zubereitung
Kartoffeln schälen, fein raspeln und in einem Sieb gut auspressen. Zwiebel schälen und ebenfalls raspeln oder in feine Streifen schneiden. Kartoffeln, Zwiebeln, Salz, Muskat und Mehl vermengen. 1 EL Fett in eine große, heiße Pfanne geben. Herd auf mittlere Flamme stellen und die Kartoffelmischung in die Pfanne geben. Das Rösti mit einem Löffel oder einem Spatel rund und flach drücken. 10 Minuten braten. Zum Wenden des Röstis einfach einen großen Teller auf die Pfanne legen und beides mit etwas Schwung umdrehen. Erneut 1 EL Fett in die Pfanne geben und das Rösti auf der anderen Seite 8 Minuten goldbraun braten. Für den Kräuterjoghurt Joghurt, Salz, Knoblauch und die Kräuter verrühren und abschmecken. Rösti mit Kräuterjoghurt und verschiedenen Rohkostsalaten servieren.

Wir kommen zum **Grillen**, ich gehe davon aus, dass ihr wisst, wie man Fleisch mariniert und zusammen mit Würstchen auf dem Rost brutzeln lässt. Wenden wir uns dem genauso leckeren Grillgemüse zu. Habt ihr schon einmal Spargel, Ananas, Zwiebeln, Lauch oder gekochte Kartoffeln in Alufolie auf den Grill gepackt? Ein paar Tropfen Öl und Kräuter oder abgeriebene Zitronenschale dazu und fertig.

Gemüsepäckchen

sind auch verdammt lecker.

Zutaten und Zubereitung
Zucchini, Pilze, Cocktailtomaten, Mais, Schafskäse – klein schneiden, mit Öl und Kräutern in Alufolie einpacken und ab auf den Rost. Eigentlich geht alles an Gemüse, was gerade griffbereit ist.

Gegrillte Cantaloupe-Melone mit Zitronen-Thymian-Soße und Chili

von Lea, https://www.veggi.es, die grüne Smoothies genauso schätzt wie ein gutes Glas Wein und Currys grundsätzlich viel zu scharf isst.

Zutaten für 2 Personen
1–2 unbehandelte Zitronen
120 g (Soja-)Joghurt
1 gestr. TL gemahlene Vanille
5 EL Reissirup (oder Agavendicksaft oder Honig)
1 Bund Zitronenthymian (möglichst mit Blüten)
1 Cantaloupe-Melone
½ TL Chiliflocken

Zubereitung
Die Schale der Zitronen abreiben und beiseitestellen. Für die Zitronensoße Joghurt mit der gemahlenen Vanille, 3 EL Zitronensaft und 2–3 EL Reissirup (oder Agavendicksaft/Honig) gut verrühren. Die Blättchen von vier Stängeln Zitronenthymian abzupfen und untermengen. Zitronensoße kalt stellen.
Melone halbieren und die Kerne mit einem Löffel entfernen. Die Melone in Stücke schneiden und das Fruchtfleisch vorsichtig vom Rand lösen. Die Melonenscheiben in einer Grillschale oder auf Alufolie auf dem Grill von beiden Seiten kurz anbraten. Zum Schluss die Blättchen von zwei Zweigen Zitronenthymian abstreifen und darüberstreuen. Ein paar Spritzer Reissirup (oder Agavendicksaft/Honig) daraufgeben und karamellisieren lassen. Gegrillte Melonenscheiben auf Tellern anrichten und mit Zitronensaft beträufeln. Zitronen-Thymian-Soße sowie etwas Zitronenabrieb, Blättchen von Zitronenthymian und ein paar Chiliflocken darübergeben. So schmeckt der Sommer.

Gebackene Gorgonzola-Birne

nochmals von Eva und Philipp, die auf ihrem Blog https://yeoldekitchen.com auch Tipps für Nachhaltigkeit im Badezimmer haben oder dafür, wie man eine Wildblumenwiese anlegt.

Zutaten für 4 Personen
4 Birnen
200 g Gorgonzola
2 Handvoll Walnusskerne
1 EL Honig
Alufolie
evtl. Blattsalat

Zubereitung
Die Birnen halbieren und mit einem Löffel das Kerngehäuse entfernen. In Stücke geschnittenen Gorgonzola und gehackte Walnüsse in die Mulden füllen und mit etwas Honig beträufeln. Die gefüllten Birnen in Alufolie einschlagen und für circa 30 Minuten auf den Grill legen, dabei das Wenden nicht vergessen. Die goldbraunen Birnen zum Beispiel auf einem Blattsalat anrichten.

Nach einem deftigen Genuss vom Grill brauche ich meist etwas Süßes – am besten auch gleich vom Grill oder aus der Pfanne! Wir kommen zu den **Desserts**! Der zum Glück nicht unterschätzte Speisegang. Damit könnte ich glatt noch ein paar Seiten mehr füllen!

Topfenknödel mit Himbeersoße

nochmals von Karin, die auf https://www.geschmacksmomente.com Einblicke in exotisch duftende Reisen und außergewöhnliche Kocherlebnisse gewährt. Und wöchentlich grüßt das Knödeltier. Jeder von uns hat sie, seine Standardgerichte, die im Wochenintervall auf den Tisch kommen. Bei uns stehen die Topfenknödel ganz hoch im Kurs, weil sie 1.) superschnell zubereitet sind und 2.) superlecker schmecken.

Zutaten für 6 Stück
Für die Topfenknödel
250 g Quark
1 Ei
4 EL Mehl
4 EL Semmelbrösel
Salz
30 g Butter
20 g brauner Zucker
50 g Semmelbrösel
Puderzucker
evtl. 6 Stückchen Schokolade
Für die Himbeersoße
250–300 g frische Früchte (z. B. Erdbeeren, Himbeeren oder Beerenmix)
15 g brauner Zucker

Zubereitung
Für die Topfenknödel Quark, Ei, Mehl und 4 EL Semmelbrösel in einer Schüssel vermengen, bis eine homogene Masse ent-

steht. 10 Minuten ruhen lassen. Währenddessen einen großen Topf mit ausreichend Wasser und einer Prise Salz zum Kochen bringen. Aus der Topfenteigmasse mit einem Eisportionierer oder zwei Löffeln Kugeln formen. In das kochende Wasser gleiten lassen, wo sie circa 10 Minuten simmern, bis sie oben schwimmen.
In der Zwischenzeit eine Pfanne erhitzen, Butter schmelzen und den Zucker kurz karamellisieren. Nun Semmelbrösel untermischen und bei schwacher Hitze goldbraun anrösten. Die abgetropften Topfenknödel vorsichtig in die Pfanne legen und in den Bröseln rollen. Mit Puderzucker bestreuen.
Für die Soße die Beeren in einen Topf füllen, mit Zucker und etwas Wasser weich kochen.
Besonders lecker schmecken die Knödel, wenn man ein Stückchen Schokolade in die Mitte steckt.

Apfelkuchen in der Pfanne gebacken

wiederum von Sandra und Armin, die auf ihrem Blog https://www.camping-checker.de/ alles Notwendige und Luxuriöse rund ums Campen, wie den Omnia Backofen, testen. Kuchen im Campingurlaub? Geht auch selbst gemacht, gebacken in einer ganz normalen Pfanne!

Zutaten für 1 Kuchen (8 Stücke)
1 großer Apfel
Öl zum Dünsten
10 gehäufte EL Zucker (ca. 150 g)
12 gehäufte EL Mehl (ca. 250 g)
1 Kaffeetasse Öl
3 Eier
½ Päckchen Backpulver
1 Päckchen Vanillezucker
ca. ½ Tasse Milch
evtl. Puderzucker

Zubereitung
Den Apfel schälen, entkernen und in schmale Spalten schneiden. Die Pfanne einfetten (gilt auch für antihaftbeschichtete Pfannen), die Apfelspalten darin kreisrund verteilen und mit 1 EL Zucker bestreuen. Einige Minuten bei mittlerer Hitze andünsten.
Aus Mehl, dem restlichen Zucker, Öl, Eiern, Backpulver und Vanillezucker einen Teig herstellen. Das geht mit einem normalen Rührbesen (da wir statt Butter Öl verwenden, ist das kein Problem). So viel Milch zugeben, dass die Masse gut gerührt werden kann. Den Teig auf die Äpfel geben, Deckel auf die Pfanne legen und bei mittlerer Hitze etwa 10 Minuten backen, dann auf kleine Hitze schalten und den Kuchen circa 15–20 Minuten weiterbacken. Nun einen großen Teller, ein Schneidebrett oder einen Tortenteller auf die Pfanne legen und beides umdrehen, sodass der Kuchen gestürzt wird. Wer mag, kann das Ganze noch mit Puderzucker bestreuen.

Rote Grütze

nochmals von Eva und Philipp von https://yeoldekitchen.com. Rote Grütze ist Kindheitserinnerung pur! Frau Has Mama kocht im Hochsommer gerne rote Grütze aus all den Beeren und Früchten, die vollreif an Büschen und Bäumen hängen. Zur roten Grütze gibt es im Hause Ha immer Vanillesoße. Hervorragend passt auch Sahne oder Joghurt.

Zutaten für 6–8 Personen
2 kg gemischte rote Früchte nach Wahl (z. B. Kirschen, Beeren)
150 g Zucker
1 Schuss Rum
2 EL Speisestärke

Zubereitung
Die Früchte mit dem Zucker und dem Rum in einen Topf geben und köcheln lassen, bis die Früchte die gewünschte Konsistenz haben. Die Speisestärke in eine Schüssel sieben (wenn Sieb vorhanden), mit etwas Flüssigkeit der Grütze verrühren und zur Grütze geben. Die Grütze einmal aufkochen lassen, dann in eine große Schüssel oder in kleine Schalen geben und auskühlen lassen.

Marshmallow-Sandwich

vom Grill ist mal was anderes als die bekannten Marshmallows am Holzspieß.

Zutaten für 8 Stück
Alugrillschale oder Alufolie
8 mittelgroße Marshmallows
16 runde Kekse
Schokocreme
Öl

Zubereitung
Die Grillschale oder ein Stück Alufolie mit Öl einpinseln, die Marshmallows darauf von beiden Seiten grillen (geht schnell, also nicht zwischendurch Bier trinken). 8 Kekse auf einer Seite mit Schokocreme bestreichen. Wenn die Marshmallows bräunlich und klebrig – also genau richtig – sind, auf die Schokocreme setzen, Keksdeckel drauf und den nicht nörgelnden Kindern servieren.
Wenn man Kinder beschäftigen will, lässt man sie in althergebrachter Weise die Marshmallows an einem Holzstock über einem Lagerfeuer weich rösten. Ältere Kinder können dies auch mit einem Schaschlikspieß über dem Grill machen.

Popcorn vom Grill

ein leckeres Zwischendurch oder wenn die Süßigkeiten schon alle sind

Zutaten für 1–2 Personen
Alufolie
Butter
1–2 Handvoll Popcornmais

Zubereitung
Aus der Alufolie einen großen Teller formen, Butter rein, Popcornmais rein, sodass die Körner größtenteils nebeneinanderliegen. Die Alufolie als gewölbtes Päckchen schließen, damit das Popcorn »Luft nach oben« hat, und auf den Grill legen. Wenn die Glut heiß ist, wird es auch schnell anfangen zu ploppen. Wenn der Lärm aufgehört hat, vorsichtig die heiße Alufolie auseinanderklappen und pur oder mit Salz, Zucker, Schokolade, Zimt oder Chiliflocken genießen.

Schnelle Tomatensuppe
für nörgelnde Kinder

Zutaten für 2 Kinder
2 tiefe rote Teller
heißes Wasser

Zubereitung
Die roten Teller mit dem Wasser füllen, hinstellen, fertig. Nicht vergessen, ein Foto von den staunenden Kindergesichtern zu machen!

Stockbrot

der Klassiker

Zutaten für ca. 12 Stockbrote (je nach Länge und Dünne der Teigstränge)
2 Würfel Frischhefe oder 2 Päckchen Trockenhefe
1 kg Mehl
500 ml lauwarmes Wasser
4 EL Öl
4 TL Salz
je nach Geschmack Knoblauch, Oregano, Bärlauch, Paprika, Pfeffer, Zwiebel oder Käse mit in den Teig kneten

Zubereitung
Falls frische Hefe verwendet wird, diese zuerst in ein wenig lauwarmem Wasser auflösen. Dann alle Zutaten zu einem Teig kneten. Sollte er kleben, etwas Mehl dazugeben. Mindestens 1 Stunde gehen lassen. Den Teig portionsweise um je einen Stock wickeln (am besten dünne Stränge) und so lange über das Lagerfeuer halten, bis es rundherum braun ist.

Variante Hotdog: Ein leckeres Bio- oder Sojawürstchen aufspießen und mit Teig umwickeln. Dabei auch gerne Senf oder Gurkenscheiben mit einwickeln.

Variante Quark-Öl-Teig für ca. 10 Stockbrote (sofort einsatzbereit, da ohne Gehzeit): 300 g Quark, 12 EL Öl, 6 EL Milch, 600 g Mehl, 2 Eier, 1 Packung Backpulver und 1 Prise Salz miteinander vermischen. Der Teig sollte eine feste Konsistenz haben, falls nötig, etwas Mehl dazugeben. In dünnen Strängen um einen Stock wickeln. Guten Appetit!

Ein dicker, großer Dank

zunächst an die Campingplatzbesitzer des »Hexenwäldchens«! Ich bin ein begeisterter Gast in dem von euch geschaffenen Familienparadies und werde bestimmt in den nächsten Jahren wieder bei euch aufschlagen! An dieser Stelle sei nochmals darauf hingewiesen, dass es nur Parallelen zur Örtlichkeit gibt, aber nicht zu irgendwelchen Menschen. Das ist alles frei erfunden. Die Chefs dort und ihre Mitarbeiter sind durch die Reihe weg dufte!

Bei der Recherche habe ich mit vielen Leuten telefoniert, gesprochen, geschrieben und diskutiert, die mir meist geduldig ihr Ohr und anschließend relevante Informationen geschenkt haben. Danke an Anne Hoffmeister und ihre Seidenraupenerfahrungen, Eugen Kinzler für den hamburgischen Sachverstand in Belangen der Rhetorik, Bernhard Kenter von der Uni Hamburg, Volker Haar vom Institut für Holzforschung, den Mitarbeitern der Polizei und des Rathauses von Neustrelitz und Mirow sowie den Rangern vor Ort und Ueli Ramseier (Präsident swiss silk).

Einen lieben Dank an die Grafikerin Hannah Metten für die super Campingplatzkarte!

Danke an meine Agentinnen Lianne Kolf mit Simone Haselmann, meinen Verlag Emons mit den freundlichsten Mitarbeitern und an meine großartige Lektorin Susanne George. Es hat sehr viel Spaß bereitet, mit euch mein Büchlein zu machen!

Vielen Dank an alle Foodblogger, die mir ihre Rezepte gegeben haben! Ich bin schwer beeindruckt, was ihr auf euren Seiten so alles zaubert! Für die nächsten Jahre habe ich genug damit zu tun, all die Rezepte nachzukochen!

Ein strahlendes Dankeschön an all meine Freunde und Freundinnen, die mir Mut machen und mich motivieren! Das bedeutet mir sehr viel!

Ein besonderer Dank an meinen Mann und meine Kinder – mit euch ist die Welt um ein buntes Lächeln reicher!

Und falls jemand bis hierhin gelesen und Kontakte zum Theater hat – Manuela und ich hätten da ein fertiges Theaterstück vorliegen mit dem Titel »Der domestizierte Steinpilz« – darin geht es nicht um Mückenstiche und Zwiebeln … versprochen!